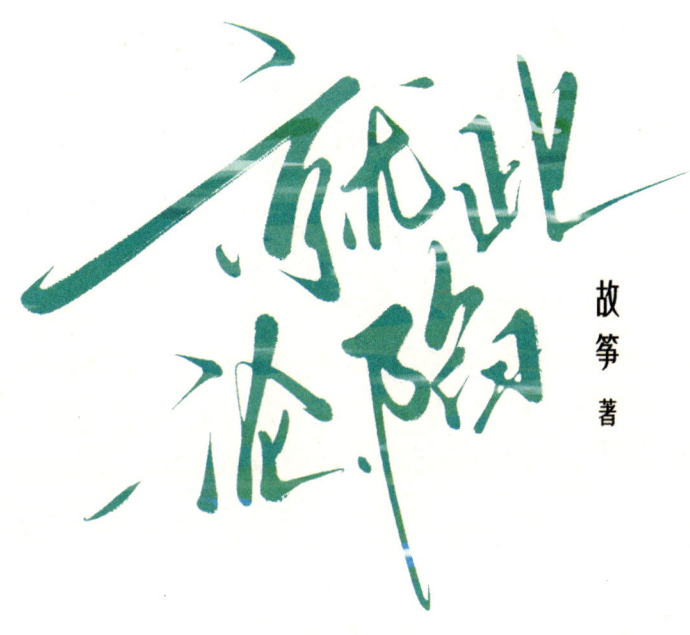

故筝 著

上册

青岛出版集团 | 青岛出版社

图书在版编目（CIP）数据

就此沦陷/故筝著.—青岛:青岛出版社,2024.6
ISBN 978-7-5736-2316-4

Ⅰ.①就… Ⅱ.①故… Ⅲ.①长篇小说－中国－当代 Ⅳ.①I247.5

中国国家版本馆CIP数据核字(2024)第108337号

	JIUCI LUNXIAN
书　　名	就此沦陷
作　　者	故　筝
出版发行	青岛出版社（青岛市崂山区海尔路182号）
本社网址	http://www.qdpub.com
邮购电话	18613853563
责任编辑	李文峰
特约编辑	王羽飞
校　　对	商芷宁
装帧设计	千　千
照　　排	梁　霞
印　　刷	三河市良远印务有限公司
出版日期	2024年6月第1版　2024年6月第1次印刷
开　　本	16开（640mm×920mm）
印　　张	41.5
字　　数	696千
书　　号	ISBN 978-7-5736-2316-4
定　　价	69.80元（全2册）

编校印装质量、盗版监督服务电话 4006532017　0532-68068050

目录

上册

第一章　宴文柏 / 1

第二章　宴文嘉 / 34

第三章　崭露头角 / 72

第四章　宴文姝 / 96

第五章　一股清流 / 119

第六章　宴太太的风采 / 162

第七章　宴文宏的向日葵 / 197

第八章　宴　朝 / 230

第九章　归　来 / 268

第十章　重新认识一下太太 / 300

目 录

下册

第十七章　重新追求 / 506
第十八章　首先，我要感谢大嫂 / 541
第十九章　见故人 / 569
第二十章　双向奔赴 / 597
番 外 一　办婚礼 / 638
番 外 二　新生活 / 644

第十一章　她的温柔 / 329
第十二章　与太太同进退 / 355
第十三章　《明星》 / 383
第十四章　醋意如海水 / 419
第十五章　来自过去的人 / 446
第十六章　爱意如藤蔓 / 481

第一章
宴文柏

　　前一日，顾雪仪刚被封为一品诰命夫人，后一日，再睁开眼睛，她坐在一张白色的桌子前，手边摆着一个简陋的杯子，还有一本装帧奇怪的书，书页上用缺胳膊少腿儿的文字写着"强宠甜心妻"五个字。

　　那五个字深深扎进她的眼中，将脑海深处的记忆全部拉了出来。

　　她还叫顾雪仪，却已经不再是大晋盛家主母顾雪仪，而是如今欣源集团的大小姐顾雪仪。她在二十四岁那年对宴氏集团的总裁宴朝一见钟情，于是使用手段藏进了宴朝所在酒店的房间里，再花钱请了媒体来"捉奸"。

　　媒体拍下了他们先后出入酒店房间的照片，很快这些照片就登上了头条。

　　半个月后，他们结婚了。

　　…………

　　一阵敲门声响起。

　　顾雪仪暗暗皱眉——这是一户没有规矩的人家。随即她冷声问道："谁？"

　　敲门声停住，外面紧跟着响起了一个女声："太太……您快出去看看吧，蒋小姐在楼下等了您很久了，这会儿都发火了。"

　　蒋小姐是谁？这女人到别人的家里还发火，好大的威风哪。顾雪仪倒是很多年没见过有人敢这样在她跟前撒泼了。

　　"太太……现在先生不在家，您可不能任性啊。蒋小姐肚子里还有先生的孩子呢……"外面的人催得一声比一声急。

顾雪仪约莫知道，外面的女人应当是这户人家的下人，可哪里有下人来指挥主人的道理？

外面的人催得越急，顾雪仪反倒越不着急了。她轻轻地掐了自己一把，感觉到了疼，这说明她不是在做梦。她现在的首要任务就是迅速熟悉这个陌生的地方并活下去，还要活得不失顾家女儿的风采。

"太太！"门外的女佣王月重重地敲了几下门，还是没听见里面有动静，心下也忍不住嘀咕：今天真是奇怪了，这蒋小姐不是第一回来了，蒋小姐前两次来的时候，顾雪仪一听到蒋小姐的名字就气得砸东西，今天怎么没声了？

王月心中有点儿焦躁——要不是顾雪仪顶着个宴家太太的名头，按照宴家的规矩，先生不在，事事都得禀报给太太，王月也不想来触这个霉头。那蒋小姐也不是好惹的，这事儿总得有个人去处理啊！

"太太……"王月刚叫了一声，一转头就看见那位蒋小姐顺着楼梯上来了。

这位蒋小姐极其有名，是个一线演员，三年前因为出演了一部古装剧的女主角而大火。她留着一头时下流行的羊毛鬈发，五官带着点儿混血的味道，大红唇一抿起来，还有点儿风情万种的感觉。

蒋梦有点儿着急——如果不急，她也不会三番五次来宴家了。此刻她一只手护着小腹，眉头微蹙，开口就问王月："宴太太还不肯见我吗？"

宴家是她最后的机会……如果不是听闻宴朝失踪了，她也不敢来。她一定可以糊弄过顾雪仪那个蠢货。蒋梦在心中暗暗给自己打气，面上却露出了忧郁的神色。

王月面露尴尬之色，小心翼翼地说道："蒋小姐，太太可能还在睡觉……"

顾雪仪并不得先生的喜欢，也是靠不光彩的手段才和先生结婚的。这位蒋小姐就不同了，肚子里怀的可是先生的孩子啊，现在先生又失踪了，弄不好这就是先生唯一的血脉了。

蒋梦看向面前那扇门，上面的花纹是法国知名设计师的手笔。岂止这扇门，从她踏入这里开始，目之所及都是富贵相。

蒋梦心中刚生出一丝艳羡情绪，很快又被她压了下去。宴朝是她看得见却抓不住的人，她只要抓住自己能抓住的东西就够了。只要过了这一关，即使比不上宴家富贵，她也能过上无数人努力一辈子也过不上的生活了。

想到这里，蒋梦一步跨上前，敲响了房门："宴太太，我想我们得谈一谈。"

顾雪仪根本不理会门外的声音，抬起头专心地打量着周围的环境。这是一个相当奇怪的地方，奇怪的床、奇怪的灯和奇怪的窗户，还有许多看上去奇怪又价格低廉的摆件，墙上还有一大面水银镜子，镜面正对着她和她身后的床。

顾雪仪缓缓走近那面大镜子。镜子里的她穿着一条浅绿色丝绸做的裙子，两根细细的带子挂在肩上，露出了纤细的脖颈和漂亮的锁骨，裙摆及膝，底下则是一双笔直的腿。镜子里的女人和她容貌相似，只是被怪异的妆容模糊了眉眼，看上去很凶，又艳俗，年纪也仿佛老了好几岁。

顾雪仪根据原来的记忆找到了浴室，又找到纸巾，艰难地拧开水龙头，伸出指尖试探着感受了一下水……是温的。

这个世界真奇怪，下人没有规矩，屋内摆设没有美感，但这些奇技淫巧倒是有几分意思，带来了不少方便。

顾雪仪用纸巾蘸着温水，擦拭起脸上的妆容，但这些妆容很难擦去。她倒也不急，就一点点地擦，一边擦一边继续消化这具躯壳的记忆……

门外的蒋梦已经等得万分焦灼了，今天顾雪仪怎么这么沉得住气？

蒋梦咬了咬唇，干脆皱起眉头，发挥她的演技，捂着小腹道："我肚子……好像有点儿疼，宴太太！我肚子疼……"

王月一下慌了，一边扶住蒋梦，一边大声喊："来个人！去叫家庭医生！"

然后她又大喊："太太！不好了！太太您快出来啊……"

门内，顾雪仪这才找到了一种名为卸妆水的东西，总算擦去了脸上大半的妆容，她的眉眼这才清晰地露了出来。

这时候，一阵吵嚷声突然在卧室内响起。那是一段她听不懂的语言，她只隐约能听出那好像是乐曲。

顾雪仪走出去，找到那个发出声音的小方块。她根据原来的记忆，了解到这个东西叫手机，动作生涩地接听了电话。

那头传出一个男子尴尬的声音："是……是宴太太吗？宴四少现在在警局里，他和江家三少打起来了……您看，您能来接一下人吗？"

宴四少？他应当是这具躯壳的丈夫——那位宴朝先生的弟弟。他和江家三少打起来了？他在警局里？

顾雪仪又迅速从记忆中找到了对警局的定义，大约就是类似于衙门或是大理寺一类的地方。堂堂大家子弟,居然因为在市井打架斗殴闹到了衙门去,还要当家主母去接人,简直可耻又可笑!

顾雪仪面色一沉,在屋内环视了一圈儿,最后选了一件称手的东西拿了起来。

这时候,她的目光顿了顿,停在了一张图上,不,这个叫照片。照片上面清晰地印着一个身形挺拔的年轻男人的人像。男人生得十分俊美,积石如玉、列松如翠。他穿着玄色的服饰,留着短发,面上挂着一点儿淡淡的笑容,眉眼却分外淡漠。

玄色显贵,短发显厉,男人整个人都透着一股不怒自威的味道。单单是透过照片,顾雪仪就能感受到他传递出的无形压力。

男人外表是谦谦君子,实际身上藏着血气,这就是宴朝?

这样的男人怎么会轻易答应和这具躯壳的原主结婚呢?他看上去并不是会受他人胁迫的人。不过,这关她什么事呢?

顾雪仪无情地把照片反扣了过去,打开了门。

门外正大喊着的王月和卖力表演的蒋梦都愣住了。她们眼看着那扇门开了,顾雪仪里面穿着睡衣,外面随意裹了一件红色风衣走出来。她黑色的长发披在肩上,眉眼冷厉,一刹那她竟有种美丽逼人、压得人喘不过气来的感觉。

王月和蒋梦竟然还有种自己仿佛马戏团小丑一样卖力表演却得不到一枚硬币打赏的滑稽感。

王月结巴了一下:"太……太太,您出来了,您终于出来了……蒋小姐,她……"

蒋梦立刻微眯起眼睛,无力地靠在王月的肩上,抬头看向顾雪仪:"宴太太,还请你不要意气用事,我并不想夺走你宴太太的位置,只是想和你聊一聊这个孩子……"

顾雪仪淡淡地扫视过她,一言不发。

蒋梦被她从头打量到脚,顿时有种被人当作某种货物打量一样的窘迫感。蒋梦想:奇怪,我疯了吗?我怎么会有这种感觉?

顾雪仪谁也不理会,大步往楼下走去。

王月和蒋梦都傻眼了——顾雪仪难道不是出来见蒋梦的吗?王月本能地要去拦顾雪仪,口中还喊着:"太太,您别走啊……"

那边蒋梦突然被王月甩开,差点儿摔倒在地,惊得叫了一声。王月只好又慌忙去扶蒋梦,转头问顾雪仪:"太太,您这是要去干什么?"

顾雪仪这才停下脚步,说:"我去接宴四。"

王月愣了一下才反应过来顾雪仪说的是宴文柏,更疑惑了:"接……接四少?"

宴家上下就没有一个人和顾雪仪关系好的,尤其是四少,他年轻气盛,可没少让顾雪仪丢面子,所以四少不管怎么了都轮不到她顾雪仪去接啊!

还没等王月想明白,顾雪仪晃了晃手中的东西:"嗯,顺便抽一顿。"

王月这才看清楚顾雪仪手里拿着一条皮带,惊呆了。她……她要打宴四少?她怎么敢?她疯了,真是疯了!太太疯了!

车一路开到警局的门口,司机还有点儿没缓过神的感觉。

"开门。"顾雪仪说。

原主在宴家一向颐指气使惯了,司机也没觉得哪里不对,老老实实地下车去给她打开了车门。眼看着顾雪仪一脚踏了出去,脚上还是一双漂亮又干净的水晶拖鞋,司机忍不住隐晦地出声劝道:"您……您真的要去接四少吗?"

"嗯。"顾雪仪将司机脸上的为难之色看在眼中。难道这个宴四是个混世魔王不成?那他就更该被抽了。

顾雪仪攥紧了手里的"鞭子"。这种人到处惹是生非,导致家族富不过三代都是小事,牵连整个家族覆灭那可就是大事了!顾雪仪越发坚定了自己内心的这个想法,大步迈进了警局。

司机望着她的背影,叹了一口气,只好守在外面。实在不行,他就给二少打个电话。今天也真是怪了,太太怎么管起四少的事了?先生都不管四少的事,太太可千万别搞出什么大乱子!

"宴四……宴文柏在哪里?"顾雪仪踏进门就直接朝里面的办案人员问道。

宴家显赫,宴四少的名号也响当当的。门口的小女警愣了一秒,就立刻反应过来说:"在里面,您跟我来。您是……宴太太吧?"

"是。"

原主结婚前频频出现在各种八卦周刊上,结婚后,因为宴朝行事低调,原主也不得不跟着低调起来,出现在镜头前的次数也就少了。

小女警对宴太太的印象还停留在几年前八卦周刊上印着的挑眉、大红唇、翻着白眼的模样。她一时间差点儿没认出来眼前的年轻女人。女人结婚后不是都不如婚前光鲜靓丽吗?怎么宴太太反倒跟变了个人似的,变得更好看了呢？大概她嫁入宴家这样的家族有什么不同吧？

小女警压下心头的困惑，推开面前的玻璃门："就在里面了，宴四少现在看上去不太好。"

顾雪仪点了一下头："谢谢。"

小女警有点儿受宠若惊，宴太太真跟变了个人一样……

顾雪仪已经见到了宴家的四少。不大的房间里，只有一个青年坐在角落的椅子上。他身量修长，穿着属于这个世界的怪异服饰，那似乎是衬衣。衬衣领口被撕烂了，露出了一大片精瘦的胸膛。

青年听见了脚步声，于是抬起了头，有点儿不敢相信："顾……顾雪仪？"

"宴文柏？"顾雪仪更仔细地打量起了他。

青年的年纪应该在二十岁左右，额上绑着一根白色的绑带，绑带上隐约洇出了一点儿血迹，而绑带之下剑眉星目，鼻梁挺直，模样相当出挑，倒是有几分大家子弟的风采。只是青年眉间紧皱，看向她的目光满是不耐烦、暴躁。他若是蓄起长发，身着长衫，就像她那个世界里的少年刀客了。

"你来干什么？"宴文柏不快地问道。

"接到了警局的电话。"

宴文柏扯了扯嘴角，露出一个又冷又不屑的表情："那也该是我大哥的秘书来处理，关你什么事？"

"我是你大嫂。"顾雪仪的口吻冷静，她仿佛只是在陈述一个事实，不掺杂任何情感。

宴文柏过去没少听到这句话，正要条件反射地出言讥讽，但一抬眸，正对上顾雪仪冷淡的目光。

她卸掉了总想压过别人一头的浓妆，但没卸干净，眼角还残留着一点儿黑色的睫毛膏、红色的眼影……那也许不是眼影，而是被揉红的。还有唇角，唇角也残留着一点儿口红……看着并不是乱糟糟的，相反，她看起来还有点儿干净和漂亮。

刁蛮、凶恶的气息从她的脸上退了个干净，她更没有用厌恶的目光盯着他，气急败坏地大声强调"我是你大哥的妻子！你得听我的！"，而是冷淡地看着他，如同看一个陌生人。

宴文柏不自觉地攥了攥指尖，心中反而有种说不出的怪异感。

顾雪仪随手拽过一把椅子坐下，说道："说吧，事情是怎样的？"

宴文柏收起心中的怪异感，嘴角一勾，冷笑道："你以为我会告诉你吗?"

顾雪仪甩了甩手,"啪"的一声脆响,皮带抽在了地上:"我认为你会。"

宴文柏的心尖本能地抖了抖。顾雪仪疯了吗?她……她难不成还想打他?

"干什么?干什么?!这里是警局!不要乱来……"玻璃门外突然传来一阵乱糟糟的声音。

玻璃门被猛地撞开,一个和宴文柏年纪差不多的人快步走了进来,开口就是讥讽:"怎么着宴文柏?打不过,要告诉家长了?还能让你哥来收拾我啊?谁不知道你哥失踪了,生死不明,现在都还没消息呢?!"

宴文柏"腾"地站了起来:"江靖,你想死吗?"

"来,你有本事打我,你……"江靖仰着脖子,嘴角挂着嚣张的笑。

"啪",又是一声脆响,皮带横飞过去,抽在了江靖的脚下。江靖被吓得惊叫一声,本能地往后退了一步:"谁?什么东西?!"

江靖脸上的嚣张之色退了个干干净净,他脸色发白,惊魂未定地看向顾雪仪。

宴文柏顿时觉得胸口没那么堵了。

"你是谁?"江靖抓着门框,顿时大觉丢脸,面色难看地盯着顾雪仪。他觉得这个女人看上去有点儿眼熟,但怎么也想不起来是谁。

"顾雪仪,他大嫂。"

宴文柏紧抿着下唇,这次倒是没有再反驳。

江靖愣了愣,声音惊诧:"你是顾雪仪?宴文柏,你大嫂原来长得这么好看!就是脾气不怎么样,啧,难怪你大哥不喜欢她!"

顾雪仪抬了抬眼,眼尾被卷翘的睫毛拉长,有种不怒自威的感觉,又有点儿勾人。

江靖突然一下就安静了,不自觉地盯着顾雪仪。

"先离开这里。"顾雪仪说。

江靖没再出声。宴文柏也没说什么,只是抬头,目光凶狠地看了一眼江靖。江靖不怕他,当即瞪了回去。

在小女警的引导下,顾雪仪办好了手续。

江靖见状,忍不住说道:"宴总失踪以后,秘书都不听话了吗?还要宴太太亲自来处理这些事?我爸可是派了个助理来跑腿!"

顾雪仪回过头,语气不急不缓地道:"怎么?你家里没有一个人关心你,随便派个人就能把你打发了,这很值得骄傲吗?"

江靖表情一僵，说不出话了。

刚刚跟着走出来的宴文柏也是一阵无语，扯了扯嘴角，脸上出现了一点儿畅快的笑容。他怎么不知道顾雪仪还有这种噎人的本事？

江靖到底还是年轻，憋着一股劲儿就想反驳顾雪仪的话，但张了张嘴，半天没能挤出来一句有力的话。而这边办完手续，顾雪仪已经大步走在了前面，对宴文柏说道："跟上。"

宴文柏觉得顾雪仪这样呼来喝去的让他没面子，但他又不能往地上一坐，说"老子不走了"，只能憋着气跟在后头，乖乖出去了。

等他们出了警局大门，宴文柏立刻往另一头走去。

"你去哪儿？"顾雪仪叫住了他。

"接下来的事就不用你管了。"

顾雪仪转头看向江靖："请江三少到家里去一趟。"

江靖没想到顾雪仪会邀请自己，舔了舔唇，心想：老子有什么不敢去的？他立马点了点头："好啊，走啊！"

宴文柏一听这话，顿时火冒三丈。顾雪仪把江靖请到宴家干什么？江靖可是刚刚和他打了架！难不成顾雪仪还要把人请回去道歉安抚吗？她就那么怕江家？不行！他不能让顾雪仪丢了宴家的脸。

宴文柏一眼就认出了停在路边的车，于是快步走过去，拉开副驾驶座的车门，坐了进去。

司机看他脸色不对，叫了一声："四少。"

顾雪仪和江靖很快也上了车。

宴文柏听见关车门的声音，回头看了一眼。这一回头，他才注意到顾雪仪穿着一条睡衣吊带裙，露出了纤细的脖颈，胸口一片雪白，外面只简单裹了一件风衣，衣带将纤腰一束，体态婀娜。宴文柏眼皮一跳，竟然有点儿不敢再看下去。

"停车。"宴文柏出声。

司机连忙踩下刹车，小心翼翼地问道："四少，怎么了？"

宴文柏打开车门走下去，来到后排拉开车门，对顾雪仪说："你坐前面。"

顾雪仪抬眸看他，却没有动。

"快……"宴文柏有点儿不敢直视她，把到了嘴边的话咽了下去，勉强从牙缝里挤出了一句，"请大嫂坐到前面去。"

她穿成这样，和江靖坐在一块儿算怎么回事？江靖是什么东西？！

顾雪仪这才起身，换到了副驾驶座上，漫不经心地想：宴文柏都这个年纪了，还要小孩子脾气。想她盛家子这个年纪已经跟着父亲叔伯上战场了。不过，小孩子脾气的人倒也更好调教。

江靖冷嗤了一声："宴文柏，你搞什么？"

"你再废话，信不信我把你的脑袋塞车轮底下？"宴文柏冷着脸说道。

车很快就开到了宴家别墅门口。

别墅内，蒋梦刚让家庭医生看过了，王月在蒋梦的手边放了一杯咖啡，也醒过神了，敢情蒋小姐全是装的呀。蒋小姐这手段可比顾雪仪厉害多了啊！她要是进了宴家，还不得闹出更多的事？

蒋梦又撩了撩头发，柔弱地说："不好意思，我怀了宝宝，怎么能喝咖啡呢？"

王月正准备委婉地说点儿什么，就听见门外传来了汽车声。

很快，顾雪仪和宴文柏先后进了门，后面还跟着江靖。

蒋梦愣了愣，连忙站了起来。顾雪仪还真把宴家四少带回来了？

宴文柏也注意到了这边，转头冷声问："她是谁？"

"四少好，我是蒋梦。"

江靖插了句嘴："哦，电视上看过，几年前不是演了个挺傻的电视剧吗？还挺火的。还有那个内衣广告拍得不错。"

蒋梦的表情僵住了，她总觉得这位江少像是在拐着弯骂她傻一样。

"宴家的大门什么东西都能进来了吗？"宴文柏今天憋了不少气，当即把火撒在这儿了。

蒋梦的表情更僵了。她仔细地回忆了一下，自己没有得罪过宴四少啊。别说得罪了，她过去都没见过宴四少！

"四少，我是来……"

"上楼。"顾雪仪打断了蒋梦的话。

江靖倒是积极，先一步跨上了楼梯。他接触过的女性里还从来没有像顾雪仪这样的，何况顾雪仪完全不像外界传的那样。江靖还真有点儿好奇，这位宴太太打算干什么？她要给宴文柏出气，还是替宴文柏道歉？嘿，新鲜！

宴文柏见状，也沉着脸大步上了楼。他不能让顾雪仪乱来！

王月又一次惊了。太太真的打四少了？怎么……怎么他突然就听太太的话了呢？太太让他上楼他就上楼？

江靖走在前面，上了二楼。二楼有个会客厅，但还没等他踏上会客厅

· 9 ·

的地砖，顾雪仪突然一皮带抽在了他的脚边，挡住了他前进的路。

顾雪仪出身将门，年纪尚小时，就跟着父亲学射箭、挥鞭、马上功夫了。因为女子毕竟力气有限，射箭就学得少了，但她挥鞭的本事越来越厉害。她一皮带抽下去，带着一道气劲，光是擦着人而过就足够让对方感受到其中蕴含的力道和气势了。

江靖哪怕早有准备，还是被惊得往后跳了两步，脸色也被吓白了。她竟然真的要给宴文柏出气！

"既然江少家里人不管，那今日我就受累替江少的家里人教一教江少何为礼貌、规矩。"顾雪仪神色不动，反手又是一皮带抽了过去，正抽在江靖的背上。

江靖疼得"啊"了一声，一刹那仿佛整个人都被这一皮带给抽得裂开了。他连忙往旁边躲，一边躲一边怒道："你疯了吗？你敢打我！"

宴文柏也被惊住了，连忙往后面退了两步，免得自己跟着遭殃。

江靖是家中幺子，不如上头几个哥哥能干，家里对他极不重视，管教也很少，再加上有个叔叔当兵，他在叔叔那里学了些拳脚功夫，于是从小就在他的社交圈子里未遇过敌手。这还真是江靖头一回挨打。他拼命躲闪，却发现躲不开！他一咬牙，豁出去了！老子今天就打女人了！

江靖的那点儿花拳绣腿还真不够顾雪仪看的，她收拾他绰绰有余，根本没给江靖反击的机会。

宴文柏在一边越看眼皮跳得越快，眼睁睁地看着江靖躲也躲不开，反抗又反抗不过……他光看着都觉得痛。他以前都不知道，顾雪仪竟然这么厉害！

"别打了，痛，我得进医院了……宴太太！顾……顾姐，顾姐！不是，大嫂，我也叫你大嫂行了吧？你再打我……我就——"

"告诉家长？"顾雪仪不冷不热地接了后半句话。

江靖一下子把到嘴边的话又咽了回去。他要这么干了还有面子吗？那他不是又挨打又丢脸？于是江靖咬牙切齿地说："我道歉，我道歉行吗？"

好男儿能屈能伸，他不能让人给打死啊！他过去是真不知道皮带抽在身上这么疼啊。一皮带抽过来，好像要把骨肉都分开一样。

顾雪仪收了手。

江靖已经抱头弓背，蹲在地上缩成一团了。

宴文柏的嘴角抽了抽，他还真没见过江靖这么厌的样子。

"道歉吧。"顾雪仪垂眸，慢吞吞地卷起了手里的皮带。

皮带是棕黑色的，她的手指纤长又白皙，二者放在一块儿，反衬得她那双手漂亮极了。

江靖抬头看了一眼，怔了一秒，然后才恢复了自然的神色："我……我道什么歉？"

顾雪仪攥着皮带的手顿了顿。

江靖连忙说："不……不是，我不是反悔啊，我就是……就是……真没道歉的经验！您……提示一下？"

顾雪仪也不生气，淡淡地道："想想你今天说过什么话。"

江靖这下来了思路，马上说："对不起，我不该冒犯宴总，不该冒犯你，不……不该冒犯您。我嘴上没把门的，就……这不习惯性的嘛，但那不是真心的。真的，您相信我。好……好了吗？"

宴文柏脸上仍旧黑沉沉的，但心中那口气出了不少。他是真没想到，一顿打就让江靖服软了。

顾雪仪这时候突然转头看向宴文柏。

宴文柏心头一跳。她还想干什么？

顾雪仪抬手指了一下他，对江靖说："他呢？"

江靖傻眼了："我……我还得给他道歉？"

"你打了他。"

"他也打我了啊。"

顾雪仪的手指轻轻一用力，她捏住了皮带。

"好，一码归一码，对，得道歉。"随后，江靖看向宴文柏，挤出一个僵硬的笑容："宴四少，对不起，我不该和你打架。下次在宴会上，我不提宴家了。"

宴文柏压根儿不在乎江靖道不道歉，江靖就算道歉也不是真心的，但宴文柏忍不住再次看向顾雪仪。她竟然还会记着让江靖再给他道歉？宴文柏心里一时有些复杂。

"我可以走了吧？"江靖龇牙咧嘴地问道。

难怪外头的人都说顾雪仪刁蛮，要他看，那哪儿是刁蛮哪，那是剽悍哪！顾雪仪把他弄死他都不意外。

"你走吧。"顾雪仪看都没看他。

江靖心中还有点儿不是滋味儿。这宴太太这么高傲吗？他挨了顿打，还得不到她正眼相看？

江靖抿着唇，一瘸一拐地下楼了，再也不敢想在宴家要什么抚慰了。

楼下。

别墅的隔音虽好,但毕竟会客厅的门是大开着的,皮带的"噼啪"声她们听得一清二楚,蒋梦的脸都白了。她本能地摸了摸自己的小腹,总有种一会儿自己就要被顾雪仪收拾的错觉。

顾雪仪这一定是在杀鸡儆猴,就是故意吓她的!可顾雪仪连宴四少……不,现在连江少都打了,蒋梦目瞪口呆地看着江靖,心中的慌乱感慢慢扩散开来。

"江……江少没事吧?"虽然江靖刚才没给她好脸子,但蒋梦这会儿还是殷勤地迎了上去。

江靖本来走路姿势还有点儿别扭,这下立马挺直了背脊,咬牙切齿地道:"我没事啊,我挺好的。"

"宴太太她对人也太无礼了……"蒋梦皱起眉说道。

"没有啊,挺好的,宴太太挺有礼貌的。"

蒋梦一时不知如何接话。

江靖懒得跟她废话,也不再看她,赶紧走出了宴家大门。

楼上的气氛有些尴尬。

宴文柏从来没有和顾雪仪同处一个空间这么长时间过,顾雪仪总是处在一种快要跳脚或者正在跳脚的状态中,没有人能和她和平共处,可今天……她打了江靖来维护他?不!这太可笑了。这根本就不可能!

就在宴文柏的大脑思绪乱飞的时候,顾雪仪突然展开了皮带,抬起了手,"啪"的一声,皮带落到了宴文柏的身上,太疼了!

宴文柏这下终于体会到刚才江靖挨打的滋味儿了,这换谁都得服软啊。宴文柏恨恨地咬牙:"顾雪仪!你干什么?"

"我打他,是因为他欺负你,不尊重宴家。我打你,是因为你选择了打架这样低级的方式去解决麻烦,丝毫不顾宴家的脸面。"顾雪仪顿了顿,又说,"打架也就罢了,还打输了。"

宴文柏的脸上顿时烧了起来。

顾雪仪刚想说"我盛家没有你这样的连打架都能打输的儿郎",话到嘴边,才蓦地想起来,如今她已经不是盛家主母了。顾雪仪皱了一下眉,抬手又抽了宴文柏一皮带:"这一下,是因为你不懂什么叫长幼有序,目无尊卑。"

· 12 ·

宴文柏死死咬着唇才没有叫出来。他瞪着顾雪仪，目露怒意，但又没以前那么烦她了。他内心复杂极了，脑子里也是乱糟糟的。

顾雪仪住了手，这次没有再慢条斯理地去卷皮带，而是顺手将其扔到了一旁。

宴文柏这才慢慢松开了紧咬的唇，因为要忍着疼痛，一开口音调都降了不少："你不打了？"他的声音带着一点儿怨气，语调又软，倒有点儿像是在和亲近的人撒娇。

宴文柏暗暗咬牙，立马后悔说这句话了。

顾雪仪压根儿没注意他的种种反应，分外坦然地道："嗯，不打了。打外人，需要重鞭才能起到震慑之效。打自己家的人不一样。"

宴文柏愣住了，张了张嘴，又闭上，又张了张嘴，到底还是没有再说她不是宴家人。

顾雪仪缓缓朝前走去，微微俯身、低头，对楼下说："医生。"

家庭医生还没走，提起医药箱，赶紧跑了上来。

顾雪仪转过身，倚着身后的栏杆，指了指宴文柏的额头："给他瞧瞧。连同他身上被抽出来的伤。"

她神色依旧淡漠、冷静，眉眼却漂亮得惊人。红色风衣穿在她的身上，像是化作了一团火，牢牢地印在旁人的眼中，带着灼热的温度。

宴文柏低下了头，心中翻涌起更复杂的情绪，里面夹杂着那么一点儿不易察觉的既酸涩又温暖的感觉。

等家庭医生给宴文柏处理好伤口，宴文柏再抬起头时，顾雪仪已经不在这里了。

宴文柏皱了一下眉，犹豫一下，叫来了女佣，问："楼下那个叫蒋梦？就是之前狗仔爆料的那个和我大哥一前一后出酒店的女人？"

"是。"

宴文柏脸色沉了下去，冷声道："我大哥都失踪半个月了，那个绯闻也是三个月前的事了。她现在跑上门来干什么？"

女佣哪里答得上来，只是愣愣地看着宴文柏。

宴文柏站起身就往楼下走。她是欺负他大哥失踪，宴家无人了吗？什么货色都能上门来撒野？谁知道，等他到了楼下，蒋梦已经不在那里了。宴文柏皱眉问道："人呢？"

"几分钟前走了。她说是不舒服，得去医院。"

宴文柏皱着的眉头没有松开，他转头看了一眼楼上的方向。顾雪仪住在三楼。"

"顾……顾雪仪呢？"宴文柏又问。

他过去总是直呼顾雪仪的名字，这会儿再这么叫，心中总有种说不出的怪异感，可要他叫大嫂，他又叫不出来。

女佣没察觉四少话里的僵硬感，回答道："太太回房休息了，还让我们不要打扰她。"

宴文柏没有再问，只是不自觉地低下头，默默抬手按了按额角的伤口。伤口被这么一按有点儿疼，不过他伤得并不严重，只是破了点儿皮。

顾雪仪又回到了最初的那个房间里。

这个世界的一切对她来说陌生却并不复杂。这至少说明，她能在这里很好地活下去。

她对原来所在的王朝是有不舍和思念之情的，但她的性情里从没有犹豫不决、沉湎过去。她死时，刚得封一品诰命，盛家、顾家都正是最强盛的时候。他们的君王贤明，王朝强大。她的家族和她的国家都没有需要她挂念的地方。

这样想着，顾雪仪回到桌前坐下，翻开了那本印着"强宠甜心妻"的书。要了解一个地方的风土人情，就应当多读书，她就先从这本书看起好了。

蒋梦回到车里，才觉得气喘匀了。顾雪仪太可怕了！她竟然说打就打！万一自己也被她打了，肚子里的孩子保不住，那可就前功尽弃了！

"蒋小姐，我们现在去哪儿？"司机问，"去医院吗？"

"去医院……"蒋梦本来是装的，但在听见皮带抽下去的"噼啪"声后，就有种说不出的心慌感。她背上全是汗，浑身不舒服，真得去医院了。

司机应了一声，一脚踩下了油门。

蒋梦缓了缓，从包里摸出手机，调到拨号界面，输入了熟记于心的号码，拨通、挂断，然后再拨通。

那边的人大约过了一分钟才接起，随即传出男人疲惫的声音："我不是说了最近要少给我打电话吗？"

"事情……不太顺利。"蒋梦嗓音嘶哑地说道。她也觉得委屈，但面对那头的男人又不好发作。

"不顺利？就一个没脑子的顾雪仪，你也哄不住？"

蒋梦觉得更委屈了。谁知道这个顾雪仪根本不按常理出牌啊!

"简家人要从海市回来了。"那头的男人沉声道。

蒋梦也有点儿慌乱:"怎么这么快?"

"宴朝失踪这么久了,简昌明是宴朝的好友,当然会赶回来查看情况。"男人的声音更显烦躁了,"简芮肯定会和他一起回京市的。"

蒋梦的冷汗下来了。

简芮,大鲸娱乐总裁的正牌夫人。简家现在的掌权人简昌明有着雷霆手腕,而简芮则是他最疼爱的侄女。大鲸娱乐的总裁曹家烨在演艺圈内比较有名,但在简家面前就显得不太够看了。曹家烨有许多情人,蒋梦非常怕简芮。因为蒋梦也是曹家烨的情人之一,而且一个月前刚刚怀上了曹家烨的孩子。

保不住这个孩子,她就会和曹家烨过去的那些情人一样,什么都捞不着不说,最终还会落得个被雪藏的下场;可如果她保住了这个孩子……曹家烨会拼命想办法给她钱,让她养大孩子,这当然比她自己打拼轻松!如果她运气好,熬到简芮死了,也许还能做正牌的曹太太。

她碰瓷宴朝,是她在曹家烨那里得知宴朝失踪的消息后想出来的办法。

三个月前,她到酒店参加活动,恰好和宴朝一前一后离开酒店。那些狗仔跟了她很久,却没有拍到一点儿有用的东西。她也没想到,那些狗仔居然以为宴朝是她的秘密情人。现在,这条绯闻成了她最好的掩护。只要她坐实自己宴朝情人的身份,简芮哪怕对她有所怀疑,也会看在简、宴两家的交情上放过她。

蒋梦舔了舔发干的唇:"真的不会出事儿吗?如果宴朝活着回来了……"那她的下场比得罪简芮还要惨!

"宴朝是在非洲失踪的,那里正在爆发埃博拉疫情,他不可能活着回来。"曹家烨在电话那头斩钉截铁地道。

说到这里,曹家烨也有点儿不耐烦了:"办法是你想的,现在你又后悔了?好,既然后悔,那你去打掉这个孩子。"

"不,我不是后悔。只是顾雪仪……顾雪仪有点儿不对劲儿。"

"她能有什么不对劲儿?她气得发疯了?发疯最好。她越发疯,这事儿看上去才越真。简芮才会对你的身份毫不怀疑。"

"她是疯了……但是这次不是砸宴家摆着的古董了,也不是叫嚣着要雪藏我了。她会打人……"

"我还当是什么呢。"曹家烨轻嗤一声道,"宴家是要脸面的,更何况宴朝眼看着是回不来了。如果你说你怀了宴朝的孩子，宴家肯定会拼命保护'宴朝唯一的血脉'，怎么可能让她打你？你怕什么？"

"可是宴文柏都被她打了。"

"宴家的保镖呢？"

"她连江靖都敢打，保镖更拦不住啊！我怕……你知道她拿什么打人吗？皮带。她要是打在我身上，你儿子就没了……你真的不心疼吗？"蒋梦说到这里，又怕又委屈，还带着三分演戏的意味，低声哭了起来，哭得柔弱可怜。

曹家烨语气缓了缓说："你哭什么？多大点儿事儿。她打了江靖是吧？行。这件事我会告诉江家的。等江家找上门，她也没工夫打你了。"

蒋梦抽泣地应了声，又和曹家烨撒了几句娇，奉承了几句还是他有办法，才挂了电话。

等收起手机，蒋梦立马停止了哭泣，给了司机一张卡。

司机立马点头道："蒋小姐放心，我是曹先生的人，肯定不会往外乱说的。"

蒋梦缓缓地舒了一口气。她一定不能输！别的女人做不到的事情，她一定能做到！

顾雪仪终于翻完了面前的这本书。

虽然有些字缺胳膊少腿，但结合原来的记忆，她阅读起来并不困难。而当她合上最后一页的刹那，这本书竟然凭空消失了。

顾雪仪皱了一下眉，倒也没觉得害怕。她重新活过来本身就已经是很不可思议的事了。

她拿起手边的杯子抿了一口水。杯子里的水已经凉了，但她并未在意，现在更在意自己从这本书里获得的信息。

书的女主人公叫郁筱筱，男主人公叫宴朝。这本书里，男主人公有一个死缠烂打、刁蛮恶毒的前妻，叫顾雪仪，前妻的名字和她的名字一模一样。书里的男主人公在失踪后，遇到了郁筱筱。郁筱筱单纯可爱，每一个笨拙的举动在男主人公的眼中都是动人的。男主人公从初期看不上眼，到后期慢慢被她所打动。男主人公归来时，将郁筱筱一并带回，震惊了所有人。而顾雪仪对男主人公要跟她离婚这件事极其不满，开始频频找郁筱筱的麻烦，最终被忍无可忍的男主人公灭掉……这时候这本书的剧情才行进到三分之一。

原来她重新活在了一本书里,并且还是一个注定早死的角色!

顾雪仪有点儿惊讶,忍不住感叹这个世界的神奇。人竟然能进入一本书,而这本书竟然能自成一个鲜活的世界,但她并不想做别人的爱情的垫脚石。丈夫未来想不想离婚,关她什么事?她无论到了哪里,都应该精彩地活下去!

顾雪仪想了想,决定继续大量阅读,尽快掌握这个世界的常识。

顾雪仪在卧室里待了好几天。宴家女佣当然不敢慢待她,定时送来三餐,也会定时来打扫房间,收走要清洗的衣服。

一转眼就是五天后。

宴文柏头上的伤已经好得差不多了,他拿下了额头上绑着的绷带,那里只剩下一个浅浅的白色的印记。

他走下楼,正好看见女佣端着托盘走过,问道:"顾……顾雪仪还没出来?"

女佣小心地答道:"是,太太还在休息。"

宴文柏皱了皱眉。谁需要休息这么久?她不会是因为见到蒋梦想不开,自己躲起来哭呢吧?但他又怎么都无法将这样的猜想和顾雪仪那张脸对应上。

过去的顾雪仪不会哭,现在的顾雪仪更不会。如果是因为蒋梦的事生气,那么她大概会找上门将蒋梦拆成八块,而不是自怨自艾,前者才更符合她的风格。

正巧,这时候客厅里的电话响了,女佣飞快地接了起来。

很快,女佣的脸色就白了。她小心地托着听筒递到宴文柏面前:"四少,是江先生。"

"哪个江先生?"

"江少的二哥。"

江靖这傻子还真告诉家长了?宴文柏面色一冷,接起了电话:"喂。"

"宴四少?"那头传来冰冷的声音,"麻烦宴四少将电话交给宴太太。"

宴文柏攥紧了听筒。是他沉不住气和江靖打了起来,他又怎么会让顾雪仪来给他收拾烂摊子?他的骄傲不允许他这样做。

宴文柏将听筒攥得更紧,压着怒火,冷声说道:"江先生找她有事吗?如果是江靖的事,江先生找我就行了。"

那头江二的声音毫不留情:"你做不了主。"

"江靖胡说八道,竟敢编排我大哥,所以我和他打起来了。他是瘸了还是躺进ICU了？江先生这么急着找上门为他出气？"宴文柏也毫不客气地开始嘲讽。

"宴四少！"江二在那头厉喝了一声。

顾雪仪从楼上走下来，刚好听完整段对话。宴文柏还是太嫩了，完全没有独立处理麻烦的本事。她想也不想地伸出手："电话给我。"

宴文柏乍然听见背后的女声，表情僵了僵，转过身，将手里的听筒攥得更紧了。他把电话给顾雪仪有什么用？她能揍江靖，可江二不一样。她……她说不定会怕的。对，她会怕的。她一怕，就会露怯，就会丢宴家的脸。他就是不想让她丢宴家的脸！

"宴四少。"那头又一次传来江二的声音。

宴文柏站在那里一动不动，仿佛成了一尊雕塑。

顾雪仪见他不动，倒也不和他多费口舌，直接伸手夺过了听筒。

宴文柏毫无防备，竟然没抓住听筒。顾雪仪光滑、温热的手指擦过他的手掌，宴文柏惊得整个人都僵了。

"我是顾雪仪。"她直截了当地对电话那头的人说道。

那头的人顿了顿："宴太太，你打了江靖？"

他之所以会问，是因为有人言之凿凿地说，顾雪仪打了江靖。宴家的人打了江家的人，没放在明面上，那就是小孩子打架，可放在明面上，就等于江家的脸面被宴家扔到地上踩。可江靖说自己没挨打。家庭医生给他检查，他身上并没有明显的伤痕，也就是拿手去按压，江靖才会疼得龇牙咧嘴。

"是。"顾雪仪垂眸应声，丝毫不露怯。

这下电话那头的江二愣住了。顾雪仪竟然就这么承认了？他是该说她胆大还是该说她压根儿就没将江家放在眼里？

"那我少不得要上门拜访一下了。"

"恭候。"

江二被噎了噎，挂断了电话，但心中总觉得不是滋味儿。明明是他打电话去问责，怎么一通电话打完，一点儿出气的畅快感也没有。

秘书等到他挂了电话，弯腰问道："您真的要到宴家拜访吗？"

"嗯。"

"下午一点您看怎么样？我重新排一下您的行程。"

"嗯，就一点。"江二掐灭了指间的烟，"宴总杳无音信，我也该去宴家看一看。"

这边的宴文柏却有点儿激动,一把扣住了顾雪仪的手腕:"你怎么就承认了?你就不怕江二找你的麻烦?"

宴文柏身高足有一米八五,顾雪仪不得不抬眸看他。

"所以你就想替我揽下这事?"顾雪仪说道,"那一皮带没有白抽。你有了长幼尊卑的意识,懂得维护家里人是极好的。但有些事,小孩子是担不起的,得大人来担。"

谁是小孩子?谁是大人?她也才二十几岁。

宴文柏喉咙里堵满了反驳她的话,但最后挤出来的只有一句:"我没有,我没有要维护你。"

顾雪仪也并不打算在这种没意义的事上和他争论出个结果,淡淡地应了一声:"嗯,我知道了。"

宴文柏听到她毫无情绪起伏的回答,心中并没有松一口气,反倒感觉有点儿堵得慌。她知道了?她知道什么了?她因为他打了江靖,他转头又说这样的话,她听了心里会怎么想?不……不是,他管她怎么想干什么?

宴文柏不自觉地收紧了手指,然而手指的皮肤底下仿佛还能感到她的脉搏的跳动,一下一下,敲击着他的手指,也敲击着他的心脏。宴文柏连忙收回手,不敢去细想刚才的感觉,只挤出了一句话:"我也不是那个意思。"

"嗯。"她依旧应得淡淡的。

宴文柏顿时有种所有情绪全部被蒙在一面鼓里的憋闷感。不管他想什么,说什么,也许顾雪仪压根儿就不在意。

"吃过早餐了吗?"顾雪仪问。

宴文柏不想回答,但一下又想到了顾雪仪说的要有礼貌,咬了咬牙,说:"还没。"

顾雪仪转头吩咐女佣:"准备早餐。"

女佣这才从恍惚状态中回过了神:"好……好的太太。"

宴文柏破天荒地和顾雪仪坐到了同一张桌子前共进早餐。

顾雪仪似乎不太擅长使用刀叉,但她的姿态是无可挑剔的优雅。宴文柏目光怪异地看了看她,忍不住又一次开口了:"你也担不起。"

"我打他的时候,当然就想好了后果。谋定而后动,这也是你下次遇见麻烦的时候处理事情的准则。"顾雪仪头也不抬地道。

从顾雪仪的嘴里说出"谋定而后动"五个字,有点儿滑稽,但宴文柏笑不出来,只是忍不住问道:"江二是江氏现在的掌权人,他出面来处理这样的小事，你知道意味着什么吗？"

"意味着他对宴朝失踪的事很感兴趣。"

宴文柏愣了愣。

"这并不是什么大事，你不需要过分担忧。你有忧患意识是好的，但并不需要畏惧敌人。"顾雪仪放下了叉子。这个东西沉甸甸的，她拿着不舒服。

"你不担心江二趁我大哥不在对付宴家吗？"宴文柏虽然还是忍不住反驳顾雪仪的话，但他的确没刚才那么焦躁了。顾雪仪不急不缓的口吻还是影响了他的情绪。

"你大哥是很厉害，但他不是神。宴氏集团整个商业帝国的运转并不是靠他一个人撑起来的。换句话说，你大哥如果足够厉害，那么就应该有相当强的风险意识。他会有意识地培养出一支强悍的队伍，确保宴氏集团在他短暂离开之后还能正常运转。"顾雪仪顿了一下，继续说道，"所以，无论从哪个角度来说，这些事情都不是我们需要担心的。"家族和家族之间的对抗从来就不是容易的事。这些事情没有人比顾雪仪更清楚。

宴文柏竟然被说服了，只是顾雪仪一口一个"你大哥"，让他觉得有那么一点儿怪异，好像她和他们之间的关系分外疏离一样。

好吧，他们本来也没亲近过。

"江二上门，正好。"

"好什么？"

"拿出宴家的强势态度，让外面的人知道，哪怕宴朝不在，宴家也并不是谁都能来欺负的。"顾雪仪明明只是语气平静地表述事情，但宴文柏的心跳就是快了起来，连四肢百骸的血液都跟着沸腾起来。

宴文柏舔了舔唇："他对宴氏集团没有任何影响，但如果出手对付我们呢？"

也许正如顾雪仪说的那样，宴氏集团已经是一个庞大的商业机器了，擅自挑衅宴氏集团的人会付出代价。可他们在宴氏集团并没有话语权，宴氏集团被他大哥牢牢地攥在手里。那他们的安全呢？

顾雪仪惊奇地看了他一眼。

宴文柏被看得心跳又快了几分。

顾雪仪反问："你觉得他打得过我吗？"

宴文柏闭嘴了。

今天宴文柏该去上课的，但一想到江二会登门，就毫不犹豫地打电话请了假。

顾雪仪吃完早餐,也不像往常一样出门去扫货了。她坐在沙发上,背后倚着一个腰枕,手里捧着一本书,认认真真地看了起来。

顾雪仪怎么突然看起了书?这画风怎么看都和顾雪仪格格不入。

顾雪仪察觉到他的目光,微微抬了一下头,对宴文柏说道:"相当优秀的书。"

虽然这本书里有些东西和她曾经所处的王朝是不一样的,但顾雪仪也不得不惊叹它的出色。想必看完这本书,她对这个世界的了解会更加详细。

宴文柏就没看过这本书,听见顾雪仪这么说,忍不住多看了两眼,改天他也找来看看。

客厅里很快又安静下来,只剩下轻轻的呼吸声和翻动书页的声音。

宴文柏有点儿坐不住,于是悄悄地看向顾雪仪。

过去他,不,不只是他,而是宴家上下都不喜欢顾雪仪。他们从来没有认真看过顾雪仪。直到这一刻,他才发现顾雪仪长得很好看。而且他总觉得,她对比过去有了翻天覆地的变化,不仅气质变了,就连容貌好像也变了。

她一只手按着书页,坐姿优雅,身上的白色长裙完美地勾勒出了她的身形。

从他的这个角度看过去,他正好能看见她长长的睫毛、漂亮的下颌线、微微抿住的淡粉色的唇……日光倾泻进来,洒在她的发丝上、肩膀上,仿佛为她披上了金缕衣,让她有种说不出的贵气。

宴文柏别开了头。他摸出手机,一会儿打游戏,一会儿刷微博,一会儿又在APP(应用程序)上背单词,但因为心里焦躁,不管做什么,都觉得无聊极了,并忍不住频频切换到别的APP。十多分钟下来,他也不知道自己都干了些什么。他和顾雪仪独处的时光是和从前不一样的"难熬"。

宴文柏干脆随手点开了一个正在热播的电视剧,自动播放。安静的环境一下变得嘈杂起来,宴文柏才觉得没那么焦躁了。

"侯爷,鸢儿愿为侯爷献上性命……"

顾雪仪乍然听见这样一句话,不由得将目光转了过去。她知道,宴文柏正在用手机播放电视剧。电视剧里的台词让她有了一种熟悉感。

她好奇起来,这个世界的电视剧是怎么演绎她那个世界的故事的?顾雪仪放下书,问道:"我能看吗?"

宴文柏乍然听见顾雪仪的声音,愣了一瞬,然后才说道:"能。"宴文柏僵硬地往旁边挪了挪，给顾雪仪让出一点儿位置。

顾雪仪坐得近了一点儿，盯着他手中的手机屏幕。

尽管这些天顾雪仪已经对这个世界有了一定的了解，但这一刻还是忍不住在心中感叹：这个世界实在太神奇了，娱乐方式又多又新奇，百姓们的生活也极为便利。

顾雪仪无论干什么都是极认真的，这是她多年来的习惯。但宴文柏怎么也集中不了注意力，鼻间萦绕的都是顾雪仪身上的味道。

他们一个看得认真，一个在走神，竟然也难得和谐，这一幕不知道惊掉了别墅里多少用人的眼珠子。

两个人就这么一块儿刷了八集注水古装剧，转眼到了午餐时间。

"不太好看。"顾雪仪评价道。

宴文柏压根儿没看进去，听见顾雪仪的声音，这才跟着扫了一眼屏幕，然后一眼就瞧见了一张熟悉的脸。男人头戴玉冠，身着锦衣华服，当镜头扫过去时，他就成了那个最扎眼的存在。

宴文柏说："是挺难看的。"

顾雪仪失去了兴致，并没有注意到那张格外出彩的脸。她起身往餐厅走去，用人已经将食物都摆好了。顾雪仪扫了一圈儿，除了正餐，还有蔬菜沙拉、新鲜水果，这点倒是令顾雪仪很满意。

这个世界有个词叫科技，科技的发达让这个时代的百姓都能享受到新鲜且种类繁多的水果。这正符合顾雪仪的喜好。

宴文柏眼睁睁地看着顾雪仪慢条斯理地吃完了早餐后看书、刷电视剧，再到吃午餐，她完全没将江二上门当回事。

"这个很好吃。"顾雪仪突然抬起头，指了指面前那碟草莓说道。

女佣连忙问道："那再给太太洗一碟？"

"嗯。"顾雪仪点了点头。

下午一点，用人说江二到了。顾雪仪和宴文柏起身走出餐厅，又回到客厅坐在沙发上等江二。

江二叫江越。只是他在江家排行第二，小时候又总是一根筋，大家也就习惯喊他"江二"了。现在，江二已然成了一个不容小觑的称呼。

他带着秘书进了门，保镖则留在了门外。

"宴太太。"江越刚一进门，就先礼貌地打了声招呼，然后才看向沙发上坐着的女人。

宴文柏和她并排而坐。宴文柏一向桀骜，这会儿却坐得很端正，端正得有点儿乖巧。而穿着白色长裙的年轻女人身段婀娜，一只手按着书页，另一只手停在半空中，仔细看，能瞥见她的指尖上残留的水渍。

女佣端着一碟草莓出来，恭敬地放在顾雪仪面前。

江越看了一眼草莓，然后才看向顾雪仪。眉如远山，眸如寒星，她的眉眼如淡墨一笔一笔绘成，有种古典美，同她淡漠的神情结合在一起，就是独一无二、锐利逼人的美。

宴朝的妻子原来这么好看？

"江先生。"对方轻轻启唇，不冷不热地和他打了招呼。

江越这才看见，她的唇瓣上沾染了一点儿草莓的汁液，殷红、晶莹，更衬得她的唇饱满柔软，偏偏她满脸的冷淡之色。

江越不自觉地攥了一下手，这才往前走了两步，笑道："宴太太这是在用下午茶？"

话音落下，江越才想起来，来的时候似乎并没有打算要对顾雪仪展露笑意。

顾雪仪应了一声："嗯。可惜没有准备江先生的。"说完，她去拿桌上的纸巾。

因为动作的关系，她的身形被拉长，从脖颈到背脊形成了漂亮的弧度。黑色的发丝在她的颈侧滑落，露出一点儿白皙的脖颈。

江越本能地跟着弯腰去拿纸巾，但宴文柏的动作更快，他也离顾雪仪更近。等江越反应过来的时候，宴文柏已经将纸巾递到顾雪仪的手里了。

顾雪仪接过纸巾去，擦去指尖上的水。

江越骤然回神，发现顾雪仪竟然不怕他。

"江先生坐啊。"等擦干净了手指，顾雪仪才抬起头看他，说，"江先生在这里罚站干什么？"

江越顿了顿，笑着退后几步，在沙发上落座。

顾雪仪眨了一下眼，看清了男人的模样，知道宴文柏为什么说她会怕江二了。

这个江二身量高大、肤色黝黑，乍一看，哪里像生意人，倒像她那个世界的江湖人。哪怕他穿着西装，站在那里也让人看不出丝毫的儒雅之气，但这就可怕了吗？这个时代的人又哪里比得上那些真正从刀光剑影中拼杀出来的大将军一身煞气压人呢？

顾雪仪长在将门，身边都是久经沙场之人。后来她又嫁入高门做主母，一人掌管着四百余人的大家族。无论是亲上战场还是入宫面圣,她都从来不怵。她又怎么会怕江二呢?

"江先生此行是要为江靖出气吗?"顾雪仪先开了口。

"总要讨个说法的。我们江家的人,在你们宴家挨了打……怎么能轻易揭过去?"

"那你们江家的人打了我宴家的人又该怎么办?"顾雪仪不急不缓地反问。

对江靖打人这件事,江越倒是并不意外。他对这个弟弟了解不多,却知道这个弟弟在同龄人里很喜欢打架。

"那宴太太想怎么样?"

"当然是以其人之道还治其人之身,所以我揍他了。"

她的意思是,他上门来找碴儿是完全没有理由的,而她揍江靖的理由充分。

江越其实已经有点儿惊讶了,因为他发现顾雪仪看上去并不像传闻中那样无脑、刁蛮,相反,她冷静得要命。既然这样,这一趟他已经等同于白来了。但江越还是忍不住问道:"哦?我凭什么相信宴太太呢?江靖可是我的亲弟弟。"

江越说到后半句话,语气加重了一点儿。

宴文柏面色一冷,眉眼锐利,抬眸睨着江越,宛如被激怒的小狼。

这时候顾雪仪不慌不忙,冲宴文柏勾了勾手指:"过来。"

宴文柏身上的冷锐之气顿时被压了下去。她这是干什么?

宴文柏喉头动了动,有点儿臊得慌,感觉顾雪仪的手势跟逗狗似的,但在外人面前,宴文柏当然不想被江越看笑话,所以还是往顾雪仪那边挪了挪身体。

宴文柏刚做完这一系列动作,顾雪仪就微微侧过身子,手搭上了他的额头。

她刚吃过草莓,手指还是微凉的。宴文柏的额头却是温热的。她的手指一碰上去,宴文柏的身体就颤了颤,连带心脏好像也跟着颤了颤。

顾雪仪并没有注意到这样的细节,飞快地揭开了宴文柏额上的绷带,指尖轻点在那道泛白的伤口上,语气紧跟着一沉,带着一点儿怒意:"江先生,这就是你弟弟造成的。怎么?只许你江家的人欺负我宴家的人吗?"

宴文柏根本就没注意听顾雪仪说了些什么,浑身上下都紧绷起来。他本来就是血气方刚的年纪,生命里还从来没有一个女性跟他这样亲近过。

宴文柏的目光闪了闪。顾雪仪此刻的样子，就像他小时候曾经看过无数次的家长替小孩儿出头的画面。

想到这里，宴文柏心中不由得又有些暖暖的。

江越也看见了宴文柏的额头上的伤痕。要他说，这伤并不重，但顾雪仪面含愠怒之色，这话他也就说不出来了。江越就改了口："就算是这样，那也只是小孩子私底下打闹，何必上升到家长动手的层面？"

江越的秘书在一边越听越觉得这话有点儿不对味儿。

今天江总上门，不是要给宴家施压吗？这气焰怎么好像慢慢地弱下去了？他怎么就带着点儿熊家长狡辩的口气了？

顾雪仪嗤笑了一声。

从进门开始，江越还没看见她笑过，但她乍一笑起来，就仿佛霜雪初融后绽放的第一朵花，惊艳又夺目。

"这依旧只是私底下的矛盾。我为了宴文柏打了江靖，江先生要不服气，也可以为了江靖反过来打我，难道不是江先生先将事情扯到江家与宴家的纠纷上的吗？"顾雪仪语气冰冷，骤然收起了笑意。

江越捏了捏指尖。没人和他说过，宴太太是个变脸的好手啊！情绪一张一弛，她很会拿捏啊！她这么一说，让他这个上门找麻烦的人反倒无话可说了。

"择日不如撞日。江先生今天要为江靖出气，和我打一架，也是可行的。"

江越万万没想到竟然会有女人向他约架，这个女人还是顾雪仪，宴朝的太太。江越想也不想地摇头："我不打女人。"说完，江越又觉得这话好像很容易惹对方不快，马上又改口道："不和女人打架……"

等他再看向顾雪仪时，她的脸上已经不见一丝笑意了。江越心下感叹，这才又说道："这件事……既然是江靖引起的，那就算了吧。"

"算了？"顾雪仪抬了抬眼，"江先生以为我宴家的门随随便便就能踩吗？"

江越心下觉得有点儿好笑。顾雪仪还想和他算这笔账吗？她就不怕……算了，好像从他踏进门开始，她就真的没怕过他。

江越也不由得佩服顾雪仪了。

宴朝是宴家的主心骨。他失踪了，江越没想到顾雪仪反而把宴家撑起来了。她是真的冷静沉着也好，外强中干也罢，至少压住了场子。若是别人在这样的情况下，恐怕早就不知所措了，更别说还在江越面前反将一军了。

宴文柏看着江越，顿时觉得他的头上升起了一个红色的"危"字，但显然，江越本人对此一无所知，问道："那宴太太的意思是……？"

顾雪仪站起了身。

宴文柏的呼吸顿时都变慢了。

若是自己拿皮带抽江越，就太不给他面子了。顾雪仪漫不经心地想着，然后攥紧了手指，握成拳，用一只手揪住了江越的西装领口。

秘书当场呆了。她要干什么？江总都放她一马了，难不成她还想打江总？

江越看到顾雪仪的动作，笑了一下，并没有别的动作。

她倒是很护着宴家。

女孩子的功夫都是花拳绣腿，她们没什么力气，他被揍一拳倒也没什么，也的确是他想先以势压人，她想揍他一拳那就揍吧。

顾雪仪左手拽住江越的领口猛地一拉，随即一拳打在了江越的脸上！

疼！真疼啊！江越蒙了一秒。好多年没让人揪过领子的江越，今天尝到了女孩子的拳头究竟有多硬。

秘书连忙上去扶住了江越。江越还有点儿没回过神。

顾雪仪微微皱起眉头，低头轻轻揉了揉自己泛红的指骨，说："好了，江先生可以走了。"

江越张了张嘴，总觉得自己得说点儿什么，但等真张了嘴，又突然不知道该说什么了。

"江总，您没事吧？"秘书急坏了。

江越推开了秘书："没事。"他用舌尖轻轻顶了顶脸颊，想说"一点儿小伤"，但舌头刚一顶上去，发现更疼了，只好把话咽了回去。

"现在……扯平了。"江越还是保持了绅士风度，等说完这句话，他接下来的话一下就顺畅多了，"宴总如今不在京市，如果宴太太有什么需要帮忙的地方，也可以来找我。"

"宴家家大业大，有得力的干将，有众多亲朋，不劳江先生。"顾雪仪淡淡地道。

江越忍不住叹气，她还真是一点儿也不肯示弱。于是他转头朝外走去："那江某就先告辞了。"

等他走到一半，顾雪仪叫住了他："把那碟新洗的草莓给江先生带上，不能让江先生白跑一趟。"

呆立中的女佣突然反应过来，连忙将草莓装好，递给了顾雪仪。

秘书的脸色已经黑了，但江总都没发作，自然也轮不到他发作。

顾雪仪走到江越面前，将草莓放到他的手中，说道："江先生慢走。"礼仪无可挑剔。

江越一时也不知道她是在讽刺他，还是真心实意地要让他带个"伴手礼"回去。她不是说没给他准备吗？她怎么又给他了？

江越抓着那盒草莓，走了出去，回到了车内。

"这个宴太太……"秘书起了个头，但突然又不知道该用什么词语来形容顾雪仪了。你说她无礼吧，她偏偏举止优雅，很有礼貌，临了还让他们带份水果，虽然这水果不是什么昂贵的东西，但总归是份礼物。你要说她有礼貌吧，她揪着江总的领子就是一拳。谁家太太敢这么干？

江越没出声，低头掀开了盒盖。里面的草莓还带着水珠，草莓尖特别红，看着很是诱人。江越拣了一个放进嘴里，这草莓还挺甜。

宴太太不仅会拿捏情绪，张弛有度，还会软硬兼施，打一棒子给一颗糖吃啊！

江越脑中闪过顾雪仪将草莓放到他的手中的画面，心中一时有了异样的感觉。她微微抿紧的唇比这盒子里的草莓还要好看。

江越要是看过宴文柏挨打的全过程就会知道，他并不是那个特殊的人。

"回公司。"江越说。

秘书应了一声。

很快江越就会知道，自己这个想当然的决定有多失误了。

在江越走进江氏大楼十分钟后，江氏职员满脸惊恐地说道："江……江总的脸怎么了？"

江越去宴家的事，在圈子里当然是瞒不住的。

江越这会儿才明白过来，顾雪仪这一拳看似没把他打咋样，事情也轻松画上了句号，但实际上，他还不知道要丢多久的脸呢。

江越好面子。身处这个圈子里的人，谁不好面子呢？

江越只好下了封口令。众人不能议论江越，也就不能议论宴家和顾雪仪了。

辛苦的人也不只江越，还有和江越打交道的各路大佬。他们无法忽视江越脸上那块青紫色的痕迹，还有微微肿起的脸，但不能问，更不敢笑。

江越忙完了工作，脸上的伤也好些了，他才回了一趟江家。

江靖也正在家里养伤呢，没事就躺在床上，吃饭都让用人给他端到床上，不知道的人还以为他命不久矣呢。听说江越回来了，江靖才赶忙下床，怕被二哥看到他这副咸鱼样，再挨一顿打那可就不划算了。

"二哥，茶，你喝点儿茶……"江靖从厨房里端了茶出来，看见江越，愣了愣，"二哥你也挨打了？"

看着江越沉默的样子，江靖在心里暗暗咂舌：果然不是我不行，也不是我没骨气，是宴文柏他大嫂太厉害了啊！

江越也知道江靖说话不好听，估计也就是因为这样，才和宴文柏打起来的。

这么一看，欠抽的人还真是江靖。

江越一手托住茶杯，发现还挺烫，黑着脸把茶杯放下，不过他的脸本身也挺黑的，也就看不出来了。江越冷声问："她怎么打你的？"

本来江靖还不好意思讲，也不敢告状，但江越都挨打了，那他也没什么不能说的了。江靖小声说道："她拿皮带抽我。"

江越心中竟然顿时舒坦了点儿。江靖应该被打得更疼吧。

江靖不知道自家二哥心里头想的什么，看着江越有点儿难兄难弟的意味，连二哥这张黑脸都没那么吓人了，多少添了几分亲切感，尤其那脸上的伤痕，江靖越看越亲切。

江越茶也不喝了，站起身，一脚踹在江靖的屁股上："下次别在外头给江家惹是生非。"

江靖自动把这句话替换成了"下次别再招惹顾雪仪"，连忙小鸡啄米似的点头，表示再也不敢了，这才把江越送回了书房，不然他总觉得自己可能得再挨江越一顿打。

圈子内都得了消息，曹家烨当然也听到了风声。

由于江越好面子，封口令下得及时，曹家烨并不知道江越挨打了，只知道江越面色黑沉地去了宴家，等走的时候却是步履轻快，手里还拿着一盒草莓……

"江家和宴家关系疏远，说是不对付都不为过。"曹家烨紧紧皱着眉，"这事儿怎么就轻易被揭过去了？"

江越临走还拿了盒草莓。草莓当然不是什么贵重玩意儿，但是个象征啊！这象征着江家和宴家关系融洽了啊！宴朝还在的时候，他们之间的关系都没这么融洽，怎么他们现在玩起这一套了？

曹家烨想破脑袋也想不出来其中的原因，但也清楚，宴家、江家过招，真不是他能看明白的。

现在问题来了，顾雪仪怎么对付？顾雪仪连江二都摆平了，难不成真像蒋梦说的那样，变成大麻烦了？

蒋梦坐在角落里，面上带着一点儿泪痕，看上去柔弱又可怜。她喃喃地道："简芮是不是明天就回来了？"

曹家烨一听她提这个名字就烦躁不已，心中还有点儿不可说的惶恐感。他怕简家。如果他不怕简家，也不会到这个年纪了连个孩子都没有。

简芮不能生，就搞得他也没孩子！

曹家烨之前说让蒋梦去打掉孩子，那都是气话。如果蒋梦真的打掉孩子，他能掐死蒋梦。

曹家烨气得重重地踹了沙发一脚，沉重的沙发都被他踢得移了位。他转过身，沉声说："这事儿我不能掺和，我一掺和，简芮一查一个准。告诉你团队里养的那些人，还有你平时打点的那些媒体，现在就发消息，必须在明天之前让全网都有你怀了宴朝的孩子的消息。这样，你也不用再去管顾雪仪怎么样了，全天下人都知道了，谁还管她认不认宴朝的孩子呢？"

蒋梦惶恐地看了一眼曹家烨，心中也有点儿怨他。

这明明是他的孩子，他却硬要扯到另一个人身上去。

到时候全网皆知，她就真的一点儿退路都没有了。如果宴朝回来了，她肯定比曹家烨的其他情人的下场都要惨！

曹家烨一转头，也看出了蒋梦的委屈与怨怼情绪，他正准备再说点儿什么，这时候电话响了。

曹家烨接了电话，那头传出了一个低沉的男声："曹总。"

曹家烨一惊，哪怕明知道电话那头的人看不见，但他的背脊还是往下塌了塌，摆出了一副弯腰的姿态，他恭敬地叫道："小叔。"

"简芮的飞机晚上八点到，你去机场接她。"

曹家烨的心里"咯噔"一声，他问道："那……那您呢？"

那头的人直接挂断了电话。

曹家烨抹了把脸，忍下心中的愤懑情绪。

蒋梦起身道："我这就去联络。"

"去吧。"曹家烨突然又叫住了她，"等等，昨天李导给我打了个电话，说你三天没去片场了。"

蒋梦忍着怨气道："这几天我不是在想办法搞定顾雪仪吗？"

"那也得去片场。这个片子，对大鲸娱乐来说很重要，是签了对赌协议的。你不能任性,而且你就这么走了,连招呼都不和李导打,以后你还想不想演戏了?"

蒋梦听完,觉得更憋闷了,但嘴上还是乖乖应了:"我知道了,以后不会了。"

等出了门,蒋梦才毫不掩饰地死死咬住了唇,瞪大的眼睛里全是血丝。她想到了剧组里的男一号。对方比她还夸张,入组以来三天两头不见人影,怎么不见李导去找他的麻烦呢?还不是她的地位太低了!蒋梦脑中飞快地闪过种种思绪,她越想越委屈,越想越忌妒。她攀上曹家烨,不就是为了以后不再吃这些苦头吗?可现在他为了几亿元,居然让她怀着孩子还得拍戏,这几亿元在宴家人眼里什么都不是,顾雪仪当初怎么就成功赖上宴朝了呢?

哪怕顾雪仪是个草包,哪怕她将来和宴朝离了婚,分到的家产也够她过上优渥的生活了。这一刻,蒋梦恨不得自己真的是宴朝的情人,能靠着肚子里的孩子将顾雪仪挤下去!

《间谍》剧组里,李导也是焦头烂额。

"联系上了吗?"他问助理。

"没……没有……"助理惶恐不安地道,"到处找了,都没找到。"

"完了。"李导一副"天要亡我"的表情。

助理却不太能理解,明明蒋梦几天不来剧组,李导也只是发火而已啊,怎么那位几天不来剧组,李导就急疯了呢?

"再找!必须得把人找到……"李导是真急了,嘴唇都白了,抓着扩音器的手也微微颤抖起来,"人是我特地请进剧组的,如果那位在剧组里失踪了……"他也就离完蛋不远了。

助理被李导的模样吓住了,只好组织人手继续找人。

他还是想不明白:那个人的长相在演艺圈里的确相当出众,出众到甚至少有人能与之相比的地步。但他没影了,剧组真的值得停工,烧着经费也要先找到他吗?

"蒋姐回来了!"剧组工作人员喊了一声。

他们抬头看了一眼,蒋梦打扮靓丽地回到了片场,身后的助理还提着礼物,看样子礼物是带给剧组工作人员的。可这会儿大家见了这些礼物,并不高兴。

蒋梦脸上的笑容顿时少了,她也发觉剧组气氛不对,难道李导真因为她离组发了那么大的火?

"怎么了?出什么事儿了?"她随便拉住一个人问道。

"原哥不见了。"

蒋梦怔了一下,松了一口气的同时,连忙叫助理把东西分下去。

他们口中的"原哥"叫原文嘉,长相十分出色。

那时候蒋梦还忌妒过他,他怎么一出道就这么受欢迎呢?这个人脾气实在太差,为人处世也不行。

后来蒋梦无意中发现,原文嘉其实应叫宴文嘉,他是宴家人。刚得知这个消息的时候,蒋梦还动过勾搭他飞上枝头的念头,但他的脾气实在太古怪,不管蒋梦用什么办法,他都不为所动。蒋梦明白宴家是她高攀不上的,于是很快就答应了曹家烨的追求。

蒋梦正感叹的时候,李导也看见了蒋梦。

这时候网络上已经铺天盖地地推送蒋梦疑似怀上宴朝的孩子的消息了。剧组里的人看向蒋梦的目光慢慢就不对劲了,有惊奇,有畏惧,有艳羡……

李导的另一个助理也跑过来,和李导说了网上的消息。

李导冷着脸说道:"难怪脾气大了,拍着拍着就不拍了,招呼也不打就走。"

宴文嘉虽然也是这个德行,但宴文嘉是他为了角色亲自请的,蒋梦却是被硬塞进来的。

李导突然怔了怔,又看了看蒋梦,倒是一下想起了一个人,那个在新闻报道里存在感被弱化的女人——宴朝的正牌太太,顾雪仪。

宴文嘉不见了,肯定是不能瞒着宴家的。李导叫住了助理:"想办法去弄到顾雪仪的手机号,给她打个电话,请她到这里来一趟,就说宴……原文嘉不见了。"

顾雪仪倚在飘窗旁,手边放着一本书、一盏热茶。她问:"宴文柏去学校了?"

女佣应声:"是的,太太。"

顾雪仪想了想,又开了口:"让司机跑一趟,给他送点儿吃的东西。"

"送……吃的东西?"女佣愣住了,她从来没听到过这样的命令。

"嗯。"

见顾雪仪神色如常,一副这就是一件再平常不过的事的样子,女佣也压下了心中的疑惑，只是问道："送些什么呢？"

"今天吃的蟹粉狮子头和平桥豆腐味道不错，再送一点儿水果吧。"顾雪仪头也不抬地吩咐道。

女佣点点头，转身出去了。等走出去老远，女佣忍不住想：我怎么就这么听太太的话了呢？

这时候，手机铃声响了起来。

另一名女佣连忙上前，取了手机，送到顾雪仪手边："太太，您的电话。"

王月看着这些用人的行为，惊得眼珠子都快掉了。

顾雪仪倒是没觉得哪里不对。过去她身边侍候的人可比现在多，且每个侍候的人都有各自的特长，以确保她在主持家事的时候没有后顾之忧。

顾雪仪接过手机，接通电话。

电话那头传来紧张的声音："是……是顾雪仪女士吗？"

"是。"

那头的人松了一口气。很好，她没有一上来就骂他，更没有挂他的电话。

他吸了一口气，一股脑儿地说了出来："您好，我们是《间谍》剧组的工作人员。原文嘉先生在剧组拍摄期间突然失踪了。剧组的人正在四处寻找，但还是没有结果。我们导演让我给您打电话……"

"原文嘉？谁？"

那头的工作人员顿了顿："您……您不认识吗？"

顾雪仪搜了一下原主的记忆，又回想了一下那本书里的剧情，这才搜到一个对得上号的人物。原文嘉是宴朝的二弟宴文嘉。于是她问："他在剧组失踪了？"

"是……是。"那头的工作人员不自觉地缩了缩脖子。他不明白，电话那头的人怎么突然变得有压迫感了呢？

顾雪仪立刻吩咐道："备车。"

女佣隐约听见了电话内容，知道好像出事儿了，不敢耽搁，连忙一路小跑着下楼去通知司机和保镖。

顾雪仪穿了一件外套，头发也用皮筋扎了起来，然后随手抓起一副墨镜。她虽然不太适应戴这东西，但这东西遮太阳的效果很好。

顾雪仪皱了一下眉，不知道宴文嘉失踪是否和宴朝失踪有关，又或者是否别的仇家乘虚而入。不管什么情况，她都得尽快把人找回来，免得被有心人利用。

如果说几天前顾雪仪对这个世界还毫无归属感的话，那么这些天下来，这个世界已经用它科技的魅力吸引了顾雪仪。

宴家是个不错的地方，值得居住，适合生存。那她就应该将这里保护好，也包括保护这里面的人。

与此同时，简昌明也得到了消息，宴文嘉失踪了，顾雪仪还找过去了。

简昌明将手里的报纸翻过了一页。现在已经没多少人看报纸了，但他还保留着这个习惯。等将报纸看完了，简昌明才抬起头，皱眉道："顾雪仪去添什么乱？"

京市的某所一流高校内。

"宴文柏，你家里人还给你送吃的？"

宴文柏看着保镖手里的保温桶，心中掠过一丝怪异的温暖感觉。这里面并不是什么昂贵的食物，可小小的保温桶是他小时候只能在别的同学那里见到的东西。

第二章
宴文嘉

一辆黑色的豪车停在了《间谍》剧组外。

这边豪车来来往往,这辆车自然也并不稀奇,但很快,车门打开,先下来一个大汉,看样子是保镖。大汉走到副驾驶座旁,拉开了车门。

这时候有人盯着那辆车惊叫了一声:"快看车牌号!宴朝的车?他不是失踪了吗?"

剧组里的议论声一下子就多了起来,众人甚至忍不住频频朝蒋梦看过去,满眼都是羡慕忌妒恨。

"不会是冲着蒋姐来的吧?"

"有可能。"

蒋梦听了这话却并不开心,只觉得一阵心虚。不可能!宴朝失踪那么久都没有消息,怎么可能突然出现在这里?

副驾驶座的车门很快被拉开,一双笔直且雪白的腿先映入了大家的眼帘,紧跟着副驾驶座上的人下来了。她穿着一件白色外套,头发高高地扎起,露出了漂亮的五官。

蒋梦看见来人是顾雪仪,松了一口气,随即忧虑地想:自己的情绪再这么大起大落,肚子里的胎儿恐怕要保不住了。

顾雪仪并没有看到蒋梦,进入片场,直接问:"谁是导演?"

李导隐约听见了声音,把手里的扩音器一放,小跑着过来,有点儿难以置信:"宴……宴太太吗?"

顾雪仪:"嗯。"

周围的人听到了这段对话,很快就一个传一个,大半个剧组的人已经知道宴朝的正牌太太来了!

本来他们刚得知蒋梦是宴朝的情人时还羡慕她。那可是宴朝啊!哪怕宴朝真的回不来了,宴家仍旧是常人无法高攀的!可现在人家正牌太太上门了,他们一下就不羡慕了,看向蒋梦的目光反倒有点儿微妙。

蒋梦接收到来自四面八方的目光,气得暗暗骂街。她怎么也没想到,当时的做法不仅没解决麻烦,反倒让自己陷入了困境中。

"宴太太,这边请。"李导恭敬地把顾雪仪请到了休息室里。

顾雪仪一走,剧组的人才敢放肆地议论起来:

"我记得几年前在杂志上看见她的时候她不是长这样……整容了?"

"不像吧。如果哪个医生能有这样的水平,麻烦介绍给我。"

"宴太太这么好看啊。"

说着,他们免不了回头看一眼蒋梦。蒋梦当然漂亮,可和顾雪仪没法比。一个带着混血感,容貌娇艳,男人看了或许会很喜欢,但另一个五官底子好,气质也更出众,眉眼又相当符合大众的审美,十足的冰美人,令人见之难忘。

蒋梦感受着他们打量的目光,顿时觉得屈辱得要命。顾雪仪也配和她比吗?

顾雪仪此时正在看剧组提供的一段监控录像。监控录像显示,宴文嘉在三天前的凌晨一点,片场正在拍夜戏的时候,突然离开了剧组。

"这本来并不奇怪。宴少好像很喜欢去酒吧。另外我听他的经纪人说,他喜欢飙车,有时候来了兴致,还会连夜搭乘私人飞机,飞到拉斯维加斯玩……二少本来是不想参演这部戏的,是我特地把人请来的。二少拍得不大痛快,偶尔离组散散心,大家也都理解。但他这次经纪人、助理、保镖全没带……"李导越说越着急。

有人坚信宴朝回不来,当然也有人坚信宴朝能回来,李导就是后者。但话说完,李导看向顾雪仪的目光又带着一丝怀疑之意。宴太太真的做得了宴家的主吗?她能找到宴二少吗?

"好,我知道了。"顾雪仪淡淡地道。

李导看她完全没听进去,连半点儿着急上火的样子都没有,心下顿时失望极了。难怪坊间有传闻说顾雪仪嫁入宴家后并不受待见,和宴家上下都合不来。宴文嘉失踪了,顾雪仪来这一趟,说不定也就是做做样子。

"把他的经纪人叫来。"李导正胡思乱想的时候,就听见耳边传来了女声。

"啊?好。"李导连忙派人去找宴文嘉的经纪人。

宴文嘉是宴朝的二弟,职业是戏子,不,在这个世界,戏子叫演员。他有这样的出身,竟然选择了这样的职业,多少让顾雪仪有点儿惊讶,不过倒并没有鄙夷之心。

顾雪仪坐在那里,不急不忙,甚至还喝了杯热茶。

一会儿的工夫,宴文嘉的经纪人来了。

"宴太太,我是小方。"经纪人是个四十来岁的中年男人,穿着不太合身的西装,袖子短,裤腿也短。男人还蓄了点儿小胡子,戴着一顶圆帽。这个世界总有一些时尚是顾雪仪无法理解的。

顾雪仪也不客气,叫了一声:"小方。"

这个叫"小方"的男人正准备再说点儿什么,顾雪仪却已经转头吩咐保镖:"把笔记本带上,把他带上。我们现在就走。"

保镖犹豫了片刻,就按照顾雪仪说的做了。他是宴朝聘请的,可现在宴朝不在,宴文嘉失踪了,宴文柏不管事,宴家也就只剩下顾雪仪了。

蒋梦忍不住说:"她好大的派头,一来就把剧组上下使唤得团团转。"

经纪人也忍不住说道:"可不是嘛,不过话说回来,你要是做了宴太太,也可以这样做。"

正说着,她们就看见顾雪仪出来了。蒋梦立马闭了嘴。

顾雪仪走到一半,突然顿住了脚步:"宴文嘉长什么样?"

顾雪仪身后的人头上疯狂地冒出了一串问号:"您……不知道?"

"嗯,不知道。"顾雪仪回答得分外坦然,没有丝毫不好意思的样子。

原主和宴文嘉几乎没有来往,而她来到这个世界后,也并未关注宴朝有几个弟弟,弟弟都长什么样。

小方只好拿出手机,翻出里面宴文嘉拍的时尚大片给顾雪仪看。

照片里的年轻男人长着一张标准的贵公子的脸,精致且透着华贵气息,垂眸、抬眼都带着多情且忧郁的味道。他一定很适合扮演古代的皇子。

保镖跟着顾雪仪往车那边走去,一边走,一边忍不住说道:"您如果要调用宴家的人手去寻找二少的话,需要联系先生身边的秘书。只有他盖章,您才有调配权。"

"不需要。"顾雪仪说,"报警。"

"报……报警?"保镖怔住了。他们这样的人家解决失踪的事件,都是调用自家的力量,哪儿有报警的?他们从来没想过这个途径。

顾雪仪又看了看地图,然后说道:"沿着这条路走。"

司机当然不会质疑,乖乖地按着顾雪仪的指示去做了。保镖蒙了一会儿之后,也只好按照顾雪仪说的报警去了。

宴文嘉失踪的事很快就传开了,江家、宋家、封家的人全知道了。

宴朝的秘书还在思考,如果接到电话,到底要不要盖章呢?严格来说,他是只听从宴朝吩咐的。结果秘书纠结了半天,竟然一个电话都没接到。

"宴文嘉不见了?"江靖见怪不怪,"可能又找地方寻死了吧。"

江越根本不在乎宴文嘉是死是活,是让人绑架了还是自己去寻死了,但想到了顾雪仪,咂了一下嘴:"宴朝是挺厉害,长得好看,也比较有能力,就比我差点儿……"

江靖无语。二哥,你说这话良心不会痛吗?

良心不会痛的江越点了根烟,脑海中又一次闪过顾雪仪的模样:"但给他做妻子可太累了。"可惜啊。

在距离剧组三十多千米的地方,有一处小海滩,海滩上的风"呼呼"地刮,吹动了男人身上的浴袍,露出男人肌肉分明的腰。

男人转过身,露出一张相当好看的脸,伸开双臂,扑入了海里,像是美丽的海妖投归大海的怀抱。

远处渔船上的小姑娘发出了惊呼声。

这时候,一阵船桨飞速旋转的声音不断在靠近。一道纤瘦的身影猛地从船上跳了下来,投入了水中,她身上的白色外套被风吹得鼓了起来,像是巨大的蝶翼。

宴文嘉倒下去的那一瞬就发觉不对了。一艘船在靠近,船桨高速旋转,把他铺在海里的网直接铰碎了,紧跟着一道美丽得不太真实的身影扑了下来,猛地把他按在了水里。

宴文嘉怀疑她是想让他死!宴文嘉艰难地在水里挣扎着。这时候他听见身上的人的手机铃声响了。

对方不急不缓,还特别有闲心地接通了电话。他那傻弟弟的声音从电话那头传了出来:"你给我……送了吃的东西?"

宴文嘉眼前一黑。你给宴文柏送吃的,就送我去死啊?

宴文嘉喝了好几口咸涩的海水,才被捞起来,他捂着胸口,一只手撑着地,半坐半躺,浑身都湿透了,头发贴着脸颊,连视线都是模糊的。他

· 37 ·

抬眼看向不远处。

对方还在打电话。周围的人一拥而上，递上了宽大的浴巾、水杯。对方抬手，轻轻地拢住了浴巾。

刚才将他按进水里的人年纪很轻，身形纤细，是个女人。她的身上也湿透了，白色的衣服紧紧地裹着身躯，曲线玲珑，发丝贴在了脸颊上，眉眼也蒙上了一层水，带着一种朦胧的美。她有点儿眼熟，但他想不起来这人是谁了。

宴文嘉眨了一下眼，眨去了眼睫上的水珠。

这时候旁边才有人送上毛巾和纸，他接过来随意抹了把脸，不远处的女人在他的眼中也逐渐清晰起来。

宴文嘉听见旁边有人小心地喊了一声："宴太太。"

宴太太？谁的太太？宴朝之下，他们都没有娶妻。那她就只能是一个人了。

"顾雪仪"这个名字从他的舌尖滚过，但声音都堵在了喉咙里。宴文嘉再度抬手抹了一把脸上的水，甚至怀疑自己不是眼花了，而极有可能是眼瞎了，不然他怎么会觉得眼前的女人是顾雪仪呢？

"您还好吗？"旁边传来了询问的声音。

宴文嘉分了点儿注意力过去。问话的人好像是剧组的某个工作人员，看上去有点儿眼熟，宴文嘉冷淡地挪开了视线，随意地应了一声："嗯。"

工作人员有点儿尴尬，但还是红着脸伸出手，想去扶宴文嘉。

宴文嘉避开了，自己撑着地站了起来。他浑身湿透了之后看着有些落魄，但身形依旧挺拔修长，现场有不少人忍不住一边脸红又一边小心翼翼地望向他。

顾雪仪低头喝完了温水，然后再抬起头，宴文嘉就站在她的面前了。

宴文嘉眯起眼，带着一丝审视的味道看她，说："我的网破了。"

"嗯。"顾雪仪不冷不热地应了一声。

宴文嘉有种一拳打在棉花上的感觉，只得又说："你差点儿淹死我。"

"你不是想跳海吗？"顾雪仪眨了一下眼，"我是在帮你。"

她长长的睫毛上也带着一点儿水珠，眨眼的时候，水珠欲落不落，不由得让人生出她很温柔的错觉，但宴文嘉觉得胸口发堵。

他行事随心所欲，宴家没有人约束他，他离开宴家就更没有人约束他了。他也从来不向任何人解释自己的行为。

顾雪仪将身上的浴巾拢得更紧，往前一步，离宴文嘉更近些，伸出手，

· 38 ·

纤细白皙的手指格外引人注目。她说:"如果你觉得不够的话,我可以再帮你一次。"

这句话一下勾起了宴文嘉刚才濒死的记忆。纤细的手指带着极大的力量、细滑、柔软的皮肤紧贴着他的脖颈,将他牢牢地压在水里,窒息感扑面而来,一种异样的感觉紧紧裹住了他的脖颈。

宴文嘉不自觉地挪了挪步子,想后退,又生生忍住了。他冷着脸,终于从喉咙里挤出了一句话:"极限运动,没听过吗?"

他有种直觉,如果不说清楚的话,也许她真的会把他重新按到水里。

"没听过。"

宴文嘉顿了顿,不知道她是装的,还是真的没听过。他不得不摸出手机,准备点开搜索引擎。结果他一晃手机,先甩了自己一脸的水,舔了一下唇,一嘴的咸涩味道。他头一次放下了他那我行我素的孤傲性子,做起了"人形百科词典":"极限运动是一些难度较高的、危险性较大的、极具挑战性的项目的统称。"

"简称找死?"顾雪仪歪头问道。

宴文嘉竟无力反驳,主要是从来没人敢这么质疑他。

眼看着现场的气氛越来越紧张,有人出来打圆场:"不如咱们坐下来慢慢说?"

"原哥要不要先到医院检查一下?"刚才经纪人小方都被顾雪仪的动作吓傻了,这会儿灵魂才归位。

"不用了。我死不了。"后半句话到了宴文嘉的嘴边,又被他吞了下去。这句话他以前没少说,但这会儿,宴文嘉突然说不出口了。

他觉得面前的女人很可能会来一句:"那我帮你,一秒升天。"

"给剧组回电话。"顾雪仪一边说,一边掉头往船的方向走去。

"是。"这位宴太太行事太过雷厉风行,众人还没反应过来,就已经不自觉地按照她的吩咐去做事了。

顾雪仪上了船,其余人也跟着上了船,但动作愣是被她衬得笨拙了许多。她要是像白天鹅,后面的人就像是一群大笨企鹅。

等众人在船上重新坐好,顾雪仪抬手,冲宴文嘉说道:"上船,等什么?"

见宴文嘉没动,顾雪仪问道:"你还想玩?"

宴文嘉迈动长腿,没几步就跨上了船。

小方发誓,就没见原哥这么听话过!他都快哭了。

宴文嘉安全回到了剧组。

"怎么回事？"剧组上下的人连忙围了上去。

"没事，掉水里了。"

"掉水里了？天哪，原哥没事吧？"

"没事，到得及时，原哥得去换身衣服。"

李导迎上来，压着心中的震惊情绪，对顾雪仪恭敬地道："宴太太。"

宴文嘉又一次听到这个称呼，不着痕迹地皱了一下眉。尽管他不想承认，但这个女人的身份已然呼之欲出了。

"顾雪仪？"他看向她。

顾雪仪正从工作人员手里接过咖啡，喝了一口，苦。她皱了皱眉，然后把咖啡还给了工作人员，抬起头，这会儿却又变成了气质冷淡的成熟女性，说道："叫大嫂。"

"扑通"，像是有一块石头重重地砸在宴文嘉的心上。他竟然在顾雪仪面前颜面无存？他沉下脸，没有叫大嫂，只是飞快地转身去换衣服了。

前后也就十多分钟的工夫，宴文嘉出来了，跟换了个人似的，换上了一身烟灰色的西装，西装剪裁得体，将他的身形衬托得更加挺拔，他仿佛化身旧社会舞池里的绅士，一垂目、一抬眸都能吸引无数的女人。

宴文嘉直接走到李导面前，转头环视一圈儿："你不是一直想先拍第三十三场戏吗？拍吧，就现在。场景不是早就搭好了吗？"

第三十三场戏的主角是宴文嘉饰演的角色，但因为宴文嘉长期我行我素，李导嘴皮子都快说破了他也没拍，他甚至还转头飞到国外度假了。

李导轻吸了一口气。他不知道顾雪仪是从哪儿把人找回来的，更不知道今天这位大少爷是吃了什么药，怎么突然就转了性，不过这些都不重要，重要的是宴文嘉同意拍了。

李导重新拿起自己的扩音器："剧组人员准备，各就各位……"

"整个剧组都为他折腾。等他一回来，就立刻开工。他说是什么就是什么。"蒋梦吸了一口气，"这就是宴家的力量哪。"

她羡慕极了，甚至有一个疯狂的念头涌进了她的脑海。

"什么？"她的经纪人没太听清她说了什么。

蒋梦目光闪了闪，含混地道："我说顾雪仪挺厉害的。"

经纪人也不由得咂舌："是有点儿厉害。"

"您怎么知道他在哪儿的？"保镖纳闷地问道。

顾雪仪回答得漫不经心："世家子弟都这副德行。"他们总想玩点儿刺激的东西。

保镖一时无语，说得怎么好像这样的人她遇到过很多似的。

"那您坚持报警是为了——？"

"如果等你调齐了人手，最后发现他在玩跳海……"

保镖想象了一下，扯了扯嘴角，那可真够尴尬的。

宴先生失踪，宴家现在的一举一动本来就被外人盯着，有很多人想趁火打劫，可报警就不一样了，报警可以以防万一，而且报警是每个公民遇到危险时的正当权益，并不需要拿任何利益去交换。宴家不会和任何一方势力扯上关系，也不会引起宴氏集团和股民恐慌，以为宴家没了宴先生真就不行了。倒是他们先乱了方寸，还以为二少失踪这件事和宴先生失踪有关系，差点儿就闹出了笑话。

顾雪仪这时候突然回头问道："你们宴家就没一个人知道宴文嘉是怎么个玩意儿吗？"

玩意儿？保镖张了张嘴，又闭上了。那谁知道呢？而且宴先生是真的很忙，忙到很少回家。宴先生和宴家的少爷、小姐关系并不好，感情也不深。宴先生不会去管少爷、小姐，他们这些底下的人又怎么会去注意呢？更何况二少也常年不见人哪。

"真是奇怪……"顾雪仪低低地感叹了一声。他们宴家的人一个因为她送去的食物很惊奇；一个我行我素，不管不顾地跳入大海。这个宴家挺奇怪的，没有规矩，也没有亲情。

剧组工作人员都已经回到自己的岗位上了，随后导演喊了一声："开机！"

宴文嘉站在镜头下，模样俊美、气质华贵，所有人都不自觉地屏住了呼吸。他仿佛已经化身为剧本中的那个角色，成了身世坎坷且拼命想要跻身高层，将自己包装得绅士、优雅、俊美无双，实则冷血无情的军阀。

他总要挽回面子的，宴文嘉想。

五分钟过去了，片场爆发出一阵掌声，李导也激动地大喊："好！"

宴文嘉果然很符合这个角色。

这时候，宴文嘉往场外看了过去，那里空空如也。

宴文嘉面色一冷："顾雪仪呢？"

剧组工作人员并不知道宴文嘉的真实身份，又听他直呼顾雪仪的名字，脑袋晕乎乎地想，刚才原哥急着表演，不会……不会是特地演给顾雪仪看的吧？

"走……走了，好像说是要去商场选购一身新衣服。"

宴文嘉顿了顿。

敢情她连一秒钟也没看见？

影视基地附近的商场并不大，衣服价格有高有低，顾雪仪进了门口那家店，就没再往前走了。

模特身上穿着姜黄色的长裙，领口处是一圈儿紫色的波浪领。

顾雪仪抬手捏了一下，面料很柔软。她转头看向营业员，说道："就这件，包好。"

营业员都愣了，头一次碰见带这么多人来她这儿买衣服的顾客。

她知道隔壁就是影视基地，但是那些带这么多助理、保镖的人压根儿不来这儿逛哪。

"不卖吗？"

"卖，卖！"

顾雪仪刚学会刷卡和从银行卡中取钱，为了能够更熟练地使用这些技能，转头又问："能刷卡吗？"

"能。"

顾雪仪也没有问价钱，为了不再穿着湿衣服，迅速挑好了衣服，然后拿出宴朝的副卡，飞快地完成了刷卡支付、签名的动作，然后就带着衣服和新购置的一次性内衣去了隔壁的小酒店。

在遥远的另一个半球，手机振动，一条短信进来了："您尾号××××的卡10月12日15时11分快捷支付支出（朵朵服装公司）335.00元。"

这并不是顾雪仪第一次刷这张副卡，但作为一个从小用惯了奢侈品的刁蛮大小姐，在宴家生活得不如意时，她每次都得刷掉几万元甚至十几万元，这是头一次刷了335元。

洗了热水澡，换掉身上湿漉漉的衣服，顾雪仪才觉得舒服了。

顾雪仪皱了一下眉，走了出去。这是她来到这个时代后，第一次认真地走在街头。她默不作声地将周围的一切收入眼底，熟悉着属于这个时代的东西。她一路走过去，看到了李记麻辣烫、72便利店、麻麻辣辣酸辣粉、意大利冰激凌……

在遥远的另一个半球，手机不断振动，新的短信不断进来。
"您尾号××××的卡10月12日15时30分快捷支付支出12.00元。"
"您尾号××××的卡10月12日15时33分快捷支付支出4.00元。"
"……快捷支付支出33.00元。"
昏暗的环境中，手机一次又一次地响起。一串又一串零散的数字出现在手机上。
剃了光头、穿着防弹衣的男人盯着手机屏幕仔细地看了一下："盗刷的？"
旁边有人踹了他一脚："你胡说什么，谁能盗刷老大的卡？"
"那不然是什么？"
"谁知道呢？"
一只手从简陋的布帘子后伸了出来，那只手分外瘦削，手腕白皙，上面的青筋清晰可见。手的主人拿走了手机，静静地看了一眼，然后将手机扔到了一旁。

半个小时后，顾雪仪走完了这条街。她觉得真有意思，以后可以多出来走一走。她越来越喜欢这个世界了。
他们又回了剧组。她身后跟着的人倒是有点儿恍惚地看了看她手里举着的甜筒。顾雪仪低头去咬甜筒的时候，波浪领被风吹了起来，连带发丝飞扬，身上那股压人的气势一刹那退去。
宴文嘉脱掉戏服出来就看见了这样一幕，步子一顿。她还没走？
顾雪仪隐隐有所察觉，她对人的目光太敏感了。顾雪仪抬头迎上了宴文嘉的目光："今天的戏拍完了吗？"
"拍完了！"李导连忙在旁边说道。要是宴文嘉每天都这么配合，电影的拍摄进度肯定能快很多！
宴文嘉动了动唇。他是拍完了，还从没这么卖力过，结果她没在现场看他演。
"那就上车。"顾雪仪丝毫不停顿地说道。
宴文嘉一声也没有反驳，大步走向停在片场外的车，然后拉开车门，坐了进去。
在场所有人都惊呆了。顾雪仪来到剧组，他们开始以为她是来找蒋梦的麻烦的，结果她是来找原文嘉的！那么问题来了，顾雪仪和原文嘉到底是什么关系？

顾雪仪刚把人找回来的时候，两个人身上可都湿透了。他们暗暗揣测：原文嘉总不会是顾雪仪的弟弟吧？他根本不像她弟弟，完全不像。

顾雪仪想进一步了解宴文嘉，而宴文嘉也想了解宴家发生了什么事，怎么轮到顾雪仪来找他，而且顾雪仪还变得跟以前不一样了。就这样，两个人各怀心思地抵达了宴家。

顾雪仪走的这半天，宴家别墅又忙了起来。

"简先生回京市了。"女佣躬身道。

简先生？哪个简先生？顾雪仪并没有从原主的记忆中搜寻到相关信息，就连那本书似乎也很少提到这个角色。

顾雪仪转头看向宴文嘉。

宴文嘉避开她的目光，淡淡地道："好像是我大哥的朋友吧。"

顾雪仪点了一下头，心里对这个人的定位有了一定的认知。

宴文嘉虽然很少回家，但他的房间一直在，他径直上了楼。顾雪仪扫了他一眼，也没有出声阻拦。

很快就有电话打到了宴家别墅里。顾雪仪接了起来，那头传来一个客气的女声："您好，我是简昌明先生的秘书雪琳，明晚简先生会携简芮女士到贵府拜访，您看方便吗？"

顾雪仪稍做迟疑，就迅速答道："方便。"

江越拨了个号码出去，电话占线，他又拨了一次，电话还是占线。因为顾雪仪刚挂断了来自简昌明的秘书的电话之后，很快又接到一通电话。

"宴太太，您好。我是宴总的秘书。我接到消息，简先生明晚会到宴家拜访。如果方便的话，请太太带我出席。"

顾雪仪立刻意识到，这位简昌明先生的身份不一般。她对这个世界的了解毕竟还不够，她并不打算托大，于是应下了秘书的要求。但这两通电话似乎只是开始。她刚放下听筒，电话紧跟着又响了。

"雪仪。"这一次电话那头传来的是温和的女声，这人年纪应该在四五十岁，她顿了一下，说道，"我是妈妈。"

原来原主是有父母的。

顾雪仪这才艰难地从记忆中找到关于原主的父母的信息——父亲顾学民，批发教辅材料起家，后来开设分厂做女装出口生意，再后来成立了自己的品牌，顾家也终于跻身有钱人的行列；母亲张昕，是顾学民的第二任妻子，大学毕业就嫁给了顾学民，无业。

顾雪仪一边默默消化着这些信息，一边对电话那头的人应了一声："嗯。"

听见顾雪仪的声音，那头的人似乎得到了某种鼓励，立刻柔和地笑着问："明天简先生要上门是吗？现在就你一个人在宴家，你爸爸担心你撑不起场子，所以才让我打电话来问问你，如果需要的话，爸爸妈妈就一同前往，陪在你身边，你也不要担心——"

"不用了。"电话那头的人话还没说完，就这么生生被噎住了。

"你不要任性，怎么会不用呢？咱们是一家人，又何必说两家话？宴先生的秘书是不是也联系你了？我看我们去就行了，那个秘书就不用去了。宴先生最近失踪了，他的秘书也是很忙的……"他们在电话里都不敢直呼宴朝的名字。

顾雪仪直接挂了电话。之后顾母又不死心地打了几次电话，都被顾雪仪挂了。

这时候，门外用人的声音响了起来："四少回来了。"

顾雪仪没有再理会不断响起的电话。一旁的女佣会意，自觉地负责挂断顾母的电话。

宴文柏面色难辨喜怒，慢吞吞地走了进来，手里还拎着那个保温桶。他刚一抬眸，瞥见顾雪仪的样子，步子就猛地顿住了。她打扮成这样，身上更多了一丝温柔少女的味道，仿佛刚从油画中走出来一般，好像和前几天那个拿皮带抽人的女子完全不是一个人，但和那个给他送食物的人是一个人。

宴文柏舔了舔唇，压下了多看两眼的冲动。他焦躁地转了转头，很快察觉到了别墅里不太一样的气氛："出什么事了吗？"

顾雪仪没有回答他的问题，而是反问："吃完了吗？"

宴文柏的手指攥得更紧了："没有。"

顾雪仪："哦。那下次让厨师少做一点儿。"

两个人间的对话平静又家常，宴文柏身上的刺好像一下子就被抚平了，连那股无形中的焦虑感都消失了。

宴文柏拎着保温桶就往楼上走，等踏上几级阶梯，才绷着脸，攥紧手指，说道："狮子头凉了。谢谢。"这声"谢谢"几不可闻。

顾雪仪倒是没有觉得自己这样的行为有什么特别的。如果宴文嘉也在

· 45 ·

上学的话,她一样会让人给他送吃的东西。顾雪仪的祖父曾经说过,若是族中子弟连家族亲情都不顾,将来又遑论大忠大义?他们上了战场,恐怕也是自私自利、冷血薄情的逃兵或蠢将。于是,顾家和盛家总会在一些细枝末节的地方让族中子弟感受到家里人的关怀。

顾雪仪随口问女佣:"宴文嘉在哪个房间?"

"二楼,左边尽头的房间。"

顾雪仪点了一下头,记在了心里,然后缓步上楼回了自己的房间。

第二天,简昌明搭乘的飞机在机场降落。曹家烨、简芮都在机场里接机。

"小叔要去宴家?是因为宴文嘉失踪的事吗?"简芮主动上前接过行李。

"宴文嘉没失踪。"简昌明淡淡地道。

简芮:"啊?是吗?剧组里不是闹得很厉害吗?"

简昌明没有解释。简芮知道他的性子,也不多问,说起了另一个话题:"说起来,我好像还没见过顾雪仪呢。"

简昌明淡淡地道:"不是讨喜的人。"

宴文柏上楼的时候,宴文嘉的卧室的门突然打开了。

两个人对视了一眼,彼此的眼中都是漠然之色。宴文嘉的目光下移,落在了那个保温桶上:"她给你送的?"

宴文柏冷淡地应了一声:"嗯。"

"现在才来讨好宴家人,她不觉得太迟了吗?"宴文嘉的话里倒是没有嘲讽的意味,似乎只有困惑、好奇之意。

宴文柏回答不了这样的问题。他们对她的了解本来就不多。宴文柏抿了一下唇,觉得自己还把保温桶拎在手里有点儿傻。他一边往楼下的厨房走,一边不耐烦地道:"哦,可能是鬼上身了吧。"

宴文嘉静静地看着他走远,然后才关上了卧室的门,懒洋洋地斜倚在沙发上,先是翻了会儿杂志,又打了三局游戏,然后刷了会儿微博,欣赏了一下今日的傻子言论,还看了部电影,还是没等到顾雪仪上门。他紧抿了一下唇。这就完了?

他以为她要借机发挥,端起大嫂的架子,给他讲大道理,甚至破口大骂,恨不得撕了他,但她什么都没有做。他们的交集从她把他死死地按在水里开始,也在那里结束了。他好像只是从她的眼皮子底下经过的一只微不足道的蚂蚁。她怀着慈悲的心肠把这只蚂蚁捡起来搁到了一边，然后就没有然后了。在剧组，她没有再和他交谈，甚至连多余的目光都没有给他。他们回到宴家也一样，她分给他的目光甚至还不如给宴文柏的多。

宴文嘉猛地将手中的耳机捏得变了形，然后起身去了床上，望着天花板。他压下焦躁情绪，闭上了眼。

顾雪仪坐在卧室里，正按照记忆和网络上得到的信息，慢条斯理地给自己护肤，这个世界的护肤步骤不如她那个时代的烦琐，但效果好。

做完这些，她又慢吞吞地享用了晚餐以及餐后水果，重新洗了个热水澡，这才睡下。

那条从商场买的裙子顾雪仪也没有扔掉，而是挂在了衣柜里。哪怕家大业大，她也不应该铺张浪费。

宴家人都已经不是小孩儿了，他们这样的性子当然不是一日养成的，她要把他们的性子纠正过来，也不是一天就能做到的，先晾一晾吧。什么宴朝、宴文柏、宴文嘉，这些名字都慢慢从顾雪仪的脑中退去，她睡了个好觉。

第二天，顾雪仪和之前一样，起床，洗漱，吃中式早餐。别墅里安静极了。

"四少去学校了，二少……二少还没动静。"大概是怕顾雪仪乱来，说话的女佣连忙又补充了一句，"二少休息的时候不许任何人打扰，早上他应该是不会下来的。"

"嗯，我知道了。"顾雪仪淡淡地应了一声。

女佣小心地看了看她的脸色，确认了好几遍，见她竟然没有生气，然后才放心地走开了。

大概是因为上次江越来宴家时，顾雪仪给宴家人撑了场面，即便宴朝失踪了，宴家也没有一丝慌乱的样子。哪怕已经得知简昌明要来，宴家人也没有紧张的情绪。

下午的时候，简昌明还没来，顾学民夫妇倒是先上门了。

顾雪仪想了解更多的信息，就转头问女佣："他们上一次到宴家是什么时候？"

女佣呆住了，好半晌，才艰难地出声："好像……是去年您和先生结婚那天。"

这可真够久远的了。之前江越上门的时候，他们也没打过电话，更没有登门探访。现在他们却来了，难道是为了简昌明？在原主的记忆中，她和父母的关系不错，毕竟她能和宴朝结婚，顾学民夫妇出了大力。早年，顾学民夫妇为了让女儿嫁入地位更高的人家，可没少在原主身上花钱。只可惜，光用金钱堆砌显然不够，原主是什么货色一目了然。只看原主顾雪仪就知道，顾学民夫妇也好不到哪里去。

顾雪仪目前并不想和宴家以外的人和事过多纠缠，也丝毫不畏惧被指责。

"挡着吧。"顾雪仪说。

"啊？挡……挡着？"女佣愣了一下，说话都结巴了，可看到顾雪仪的脸色，才意识到她不是在说笑，"可是，如果他们一直不走……"

"那就让他们在门外等着。"顾雪仪冷声吩咐道。

"如果外面非议宴家的话……"

"我刁蛮古怪、脾气大，做出这样的事不是很正常吗？"顾雪仪平静地反问。

女佣不吭声了，太太说得有道理。

自从顾雪仪和宴朝结婚后，顾学民夫妇就一直等着从宴家得到好处。有人看在宴家的面子上，都不用宴家打招呼，就会给他们提供一些便利，可是后来宴朝跟那些人打了招呼，这些便利他们就享受不到了。顾学民夫妇哪里能甘心？他们等啊等，等到了现在，结果宴朝失踪。他们眼看着这步棋走错了，宴家可能要走下坡路了，简昌明是宴朝的好友，又亲自上门拜访，那是不是说明宴朝的事有转机了？而且他们是不是能趁机和简昌明搭上关系呢？

顾学民夫妇为了达到他们的目的当然不会离开，就在外面等着，没等到顾雪仪开门，却等来了宴朝的秘书。

宴朝的秘书叫陈于瑾，有宴朝的风采，是个笑面虎。

顾学民几年前认识的一个业界大佬在陈于瑾手里吃过大亏，所以顾学民看到陈于瑾的脸就本能地缩了一下脖子，打着招呼："陈总。"

陈于瑾是宴朝的得力干将，圈子里不少人为了表示尊敬，也称呼他为"陈总"，反倒没几个喊"陈秘书"的。

简昌明果然要到了，不然陈于瑾也不会来！

顾学民不知道哪里来的胆量，说道："今天不知道怎么回事，可能是雪仪还没起床吧，这别墅里的用人竟然一直不让我们进去。"

陈于瑾笑了笑，说道："我先进去看看出了什么问题。"

顾学民刚想点头，突然反应过来，陈于瑾先进去了，那他们还是进不去啊，陈于瑾可不会管他们！这宴家上下，连带宴朝手下的人，没人把他们顾家人放在眼里！于是顾学民凑了上来："那我和陈总一起进去吧。我也看看陈总怎么叫开门。"

陈于瑾心下有点儿烦，转头让司机踩了油门。宴家的大门很快打开了。陈于瑾的车进了门。

顾学民刚想迈步跟进去，但想到里面挺大，还得走一段路，就回头准备开车，结果刚坐进车里，大门又关上了。

顾学民脸色一沉，忍不住在心中骂了句脏话。这一个个的都看不上他是吗？

陈于瑾很快进了门。

女佣说："太太在二楼看书。"

陈于瑾边上楼边好笑地想：她能看什么书？难不成她是在看《如何抓住一个男人的心》或者《怎么从离婚中分得更多的财产》吗？

顾雪仪正好从沙发上起身，赤脚踩在厚厚的地毯上。沙发旁边摆了一个小冰柜，顾雪仪蹲下身，从冰柜里往外拿东西。听见脚步声，顾雪仪慢慢地转过头，问来人："喝下午茶吗？"

他和江二不一样，他是宴朝的秘书，是自己人。

她素面朝天，穿着宝石绿的柔软居家服，缎面的，垂坠感很好，更衬得她身形修长。深沉的颜色并不显老，反而有种别样的贵气，并且更衬得她肌肤赛雪。光从她背后的窗户透进来，为她镀上了一层金光，她仿佛仙女下凡。

宴家别墅里很安静。宴文嘉等人都不在，丝毫没有要见简昌明的意思，不过就算他们在也没什么用。陈于瑾对这个结果并不意外，但让他意外的是顾雪仪。

那是顾雪仪，但又不像顾雪仪。

她已经重新坐在了沙发上，微微弓着背，伸出纤长的手指推动面前的那盘水果，态度冷静、平和地问道："要吃吗？"

一刹那，陈于瑾以为自己见到了另一个宴朝。

楼下，又一辆车抵达了宴家。

顾学民终于等到了简昌明的车，车窗摇下，却出现一张女子的脸，这个女子三十岁上下的年纪。

"我是简芮，来拜访宴太太。我小叔已经在宴氏集团等候陈总了。"

简昌明觉得去宴家也挺没必要的，返京是为了宴朝的事，宴朝的事找陈于瑾就够了，至于安抚宴朝的家眷的事就交给简芮好了。

陈于瑾这会儿在顾雪仪的对面坐下了。顾雪仪已经换了本书，手边就摆着那本刚看到一半的书——《人间椅子》。

陈于瑾的目光滞了滞，那恰好是他相当喜欢的一本书。那并不是一本受大众喜欢的书，顾雪仪怎么会看这样的书？陈于瑾压下了心中的讶异感。

"谢谢，不用。"陈于瑾低头看了一眼顾雪仪推过来的水果，拒绝了。宴太太的手段不少，他还真怕一不小心被扯进去。同时，陈于瑾心中也已经想好了怎么应对顾雪仪翻脸了。

顾雪仪点了点头，面上没有丝毫情绪的变化。她自己慢慢吃了起来，一边优雅地吃着，一边问陈于瑾："陈秘书是为了简先生登门的事来的，是有什么话要嘱咐我吗？"

陈于瑾面上还带着笑容，看上去眉眼温柔，让人很容易相信他说的话，但这一刻从陈于瑾口中说出的话并不温柔，甚至还有点儿冷酷："我希望太太到时候不要说话。"

顾雪仪顿了顿，目光微微上移，思考着他说的话。这个世界她初来乍到，要学的东西还有很多。陈于瑾比她专业，有陈于瑾出面，她不开口也好，免得说错了话，引起不必要的麻烦。于是顾雪仪应声："好。"

这下轮到陈于瑾顿住了。她这么好说话？他迅速控制好情绪，微笑道："谢谢太太配合。"

这时候，楼下传来一阵脚步声。女佣神色复杂地上了二楼，来到顾雪仪面前："太太，简芮女士到了，还有……还有顾先生和顾太太。"

顾雪仪皱了一下眉。这些人还是把顾学民夫妇放进来了？他们应该是跟着那位简芮女士进来的。

想到这里，顾雪仪不由得转头看了陈于瑾一眼。

陈于瑾被她看得莫名其妙，慢吞吞地眨了一下眼，脑袋往前探了探，露出询问的神色。

顾雪仪心中对这个陈秘书的评价又上了一个台阶。他倒是很聪明，进门的时候依旧把顾学民拦在了门外，不怕得罪人。他看似笑得温和，实则强硬无比。她很喜欢这样的聪明人。

"既然进门了，那就先请他们到楼下喝茶吧。"顾雪仪说着，扭头问陈于瑾："简芮是简昌明的什么人？"

陈于瑾沉默了一下。顾雪仪真的不知道？不应该啊，顾家这么善于钻营，他们不是早就将简家上下都摸清楚了吗？不过陈于瑾还是答道："她是简先生的侄女。"

顾雪仪点了下头，然后就稳稳当当地坐在那里不动了。

陈于瑾刚才以为她准备起身相迎，这会儿看见她的姿态，心中倒是吃了一惊。

顾家太善于钻营，总是在不合时宜的时候表现出自己的热情，却忘了现在已经和宴家结了亲，他们也是宴家的脸面的一部分，幸好宴总根本不在意这些东西。

陈于瑾哪里知道，顾雪仪对这些人情往来向来很有分寸。她早就从宴文嘉的口中得知简昌明是宴朝的好友，和宴朝是平辈，而简芮是简昌明的侄女，是晚辈。无论怎么样，也轮不到她热情相迎。平时也就算了，现在宴朝失踪，她是宴朝的太太，又怎么能丢了宴家的脸面？

楼下。

女佣请顾学民夫妇到一旁去喝茶。顾学民还有点儿失落，本来想见简昌明，谁知道来的是个女人，可他又不能跟着去宴氏集团。他就凑合凑合，见到简芮也行。

"雪仪是不是在楼上？我去看看她。"他对女佣说道。

顾太太在他身边，点头附和道："是啊，我们上楼看看雪仪。最近她肯定没少担惊受怕。"

女佣回忆了一下顾雪仪的模样，一时尴尬不已，又不好说"太太似乎并不想见你们"。

简芮等了会儿，没等到人下楼，也明白过来，顾雪仪这是等她上去呢。

简芮看了一眼顾学民也就不再看了，径直上了楼。

顾家的确是门麻烦亲戚。宴先生这样的人物怎么就娶了顾雪仪呢？

顾学民看着简芮上了楼，也不再等了，直接上了楼梯。楼下的女佣也不好再拦，只能眼睁睁地看着他上去了。

"宴太太。"简芮走上最后一级台阶，拐个弯儿，就到了会客厅里。

来之前，她脑中已经结合杂志上的照片大致想过顾雪仪的模样，等真正见到人，她愣住了。沙发上坐着的年轻女人抬眸看向她，眉眼如画，气质淡雅出众。

"请坐。"顾雪仪动了动唇，"咖啡还是茶？"

简芮本能地答道:"咖啡,谢谢。"

答完,她才慢慢走到沙发边坐下,心中还残留着刚刚的震撼感。

简芮慢慢回过神,这才注意到沙发旁还有一个人。这个人简芮可没少见,她立马打招呼:"原来陈总也在这里,真是不凑巧,我小叔刚刚去宴氏集团了,说是去那里等陈总。"

"那真是不凑巧了。"陈于瑾答道。

他已经在这里了,不好立刻起身就走。他不能在外人面前不给顾雪仪面子,否则打的是宴家的脸。

眼看着陈于瑾稳稳当当地坐在那里,没有要走的意思,简芮心中有点儿疑惑。不对啊,顾雪仪看上去并不蠢,不需要陈于瑾时刻守在旁边哪。简芮还想开口说点儿什么,她在圈子里并非不擅交际的那类人,但到了顾雪仪面前,突然有点儿不知道说什么好了,于是开始找话题:"宴太太看上去气色不错。"

说完,简芮才意识到这句话有点儿像嘲讽。

顾雪仪点了一下头:"嗯,睡得很好,吃得也不错。"

陈于瑾听见这句话,嘴角抽了抽。

简芮也愣了一下,难道顾雪仪不关心宴先生吗?

"尤其是这个草莓,味道不错。"顾雪仪往简芮那边推了推盘子,"要尝尝吗?"

简芮愣愣地接过盘子:"谢谢,我尝尝。"

陈于瑾看着气氛不错,忍不住挑了一下眉。这时候,顾雪仪转头看向他,说道:"陈秘书去宴氏集团吧。"

顾雪仪主动开口让他走,那可就太好了。陈于瑾微笑着站起身:"好,那我就不作陪了。"

顾雪仪缓缓站起身,身段更显婀娜,说道:"我也去。"

陈于瑾几乎以为自己听错了。

简芮连忙放下水果,跟着站起身:"宴太太也去?不用了吧。宴太太留在这里,我们说说话。我还有好多话想和宴太太说呢。"若是顾雪仪去了,她小叔得生气吧?

"雪仪。"那头顾学民的声音也近了。

简芮顿时大感头疼,局面怎么变得这么乱了?

"雪仪。"张昕走在前面,等走近了,看见顾雪仪的模样,也猛地愣住了,隔了几秒才问道,"你最近还好吗?"

"我很好。"顾雪仪抬了抬眼,见到父母,和见到简芮时并没有什么两样,冷冷淡淡的,顿了一下,说,"宴朝的几个弟弟都很贴心。"

刚走到会客厅附近的宴文嘉步子一顿——他听错了还是顾雪仪说错了?

陈于瑾的嘴角抽了抽。谁不知道顾雪仪和宴家人关系不好啊?他们的关系怎么突然好了呢?不过她倒是很顾大局,比以前长进了太多,不,准确地说,像换了个人似的。

"时间不早了,也不好让简先生久等,我们先走吧。"顾雪仪说着,再不分给顾学民夫妇多余的目光,看向门口,又叫住来人:"文嘉。"

从来没人这么叫过宴文嘉。演艺圈里的人管他叫原哥,宴朝直呼他的全名,他父亲叫他老二,总之这是他第一回被人叫"文嘉"。

两个人之间的关系仿佛骤然被拉近了,明明只是普通的两个字,但因为去掉了姓氏,一下就变得莫名其妙地亲切了。

宴文嘉攥了一下手指,没有应声。

"简女士要不先在这里休息一会儿,我和陈秘书去一趟宴氏集团,就由文嘉来招待你。"顾雪仪淡淡地道,礼节方面还真挑不出错处。

简芮没想到自己这么快就被顾雪仪安排好了。她还能说什么呢?陈于瑾都没说什么。她点了点头:"好吧。"

谁叫她把顾学民夫妇给放进来了呢?看上去顾雪仪似乎不是很想见他们,而且陈于瑾先到的,都没把他们放进来,说明他也不欢迎他们。

宴文嘉也没想到自己就这么被安排好了。宴家的事轮不到他操心,他也不愿意去操心,但这会儿宴文嘉抿了一下唇,走了过去。

简芮听见脚步声,扭头看了一眼。简家和宴家来往多,她当然知道演艺圈里的原文嘉是宴家的二少。只是再见到宴文嘉,她还是忍不住惊叹,宴家的基因实在太过优秀了。简芮打了声招呼:"二少。"

那头顾学民夫妇愣了愣,也打了声招呼。

顾雪仪微微颔首,说道:"嗯,我就先走了。"

陈于瑾只好和顾雪仪一块儿下楼,坐上了车。顾雪仪是宴总的合法配偶,说句难听的,宴总真要死了,她是有权继承宴总的遗产的,当然能过问宴总的事。他再一想,简昌明本来就是要直接来宴家的,她跟着去见简昌明也没有什么不妥之处。

顾学民倒是想跟上去,但也知道陈于瑾不会同意,就打消了念头,又何必在简芮面前讨个没趣呢?他和张昕对视了一眼,心中均对顾雪仪的改变吃惊不已。两个人飞快地用眼神交流：她什么时候能支使动宴家二少了？

其实他们要是再细心点儿就会发现，顾雪仪吩咐的事情宴家的用人都很快去执行了，这跟以前可大不一样。

陈于瑾和顾雪仪上了车。陈于瑾扭头看了一眼顾雪仪，顾雪仪竟然把那本书也带上了。她丝毫不浪费时间，这时候正低着头慢慢翻阅那本《人间椅子》。

要不是周围的人都不知道他喜欢这本书，陈于瑾都快以为顾雪仪这是故意装出来博取他的好感的了。

宴文嘉居然会听她的话，也够奇怪的。宴文嘉这人谁的面子也不给，上天入地随心所欲，连宴总都没支使过他。

陈于瑾收回目光，开口问道："四少和江靖前段时间打架进警局了？"

"嗯。"

"江总也找上门了？"

"嗯。"顾雪仪慢慢抬起头，一只手按住了书页。

陈于瑾眼皮一跳，低头看她的动作，却发现她压住书页的动作都是温柔的。他挪开了目光，然后就听见顾雪仪反问："江二找你告状了？"

陈于瑾失笑："江总要面子，就算要告状也是找宴总，不会找我。"

顾雪仪点了点头："嗯，那不就行了？"

"我并没有质疑您，只是有点儿好奇，您是怎么处理的？"

顾雪仪皱了皱眉，抬起手，挨近陈于瑾的脸。

陈于瑾毫无防备，心跳在一刹那漏了一拍，呼吸也滞了滞，但顾雪仪的手挨上他的脸之前就撤回去了。

她挑眉，眉眼冷若冰霜，问道："怕不怕？"

陈于瑾心跳如擂鼓。

顾雪仪接着说道："就这么处理的。"说完，她又低头看书了。

陈于瑾却陷入了困惑之中。这番对话过后，他不仅没有了解事情的经过，对顾雪仪的疑惑反而更多了。这么处理的？她摸了江二的脸？

卸去浓妆，收起气急败坏、刁蛮傲气的表情，顾雪仪的确很漂亮，甚至可以说符合绝大多数人的审美，能够抵挡住她的美色的人也很少，但这事儿……陈于瑾眉头皱得更紧了。这事儿大了，宴总头上是"绿"了吗？

原来的顾雪仪上一次到宴氏集团大楼时直接被挡在了门外，没有宴朝发话，根本没人敢放她进去。最后她气势汹汹地走了，临走还踹了大门一脚。这一次她却跟着陈于瑾下了车，等进了宴氏集团的大楼，前台小姐一时怔住了，突然不知道该怎么称呼她。

陈于瑾瞥了前台小姐一眼。顾雪仪来得少，前台小姐多半是没认出来。于是陈于瑾低声道："这是太太。"

前台小姐恍然大悟，连忙叫了一声："太太。"

顾雪仪微微颔首，然后和陈于瑾一块儿进了电梯。

电梯门合上，他们的身影很快在大厅里消失了，前台小姐还没回过神。这……这是换了个人？这不是那位顾小姐了？

简昌明坐在十楼的小会客厅里。十层再往上就涉及更多机密了，宴氏集团的人即便知道简昌明是宴朝的好友，也不敢把人请到十层以上的地方。

这时候，宴朝的另一个秘书正坐在小会客厅里陪简昌明闲聊。秘书转身笑着说道："陈总已经在楼下了。"

简昌明点了一下头，就听见门外的走廊里响起了轻轻的脚步声，然后是嘈杂的人声，紧跟着，门被推开了。

"简先生。"陈于瑾的声音先一步响起。

紧接着才是顾雪仪淡淡的声音："简先生。"话音落下，她抬眸朝小会客厅里的男人看了过去。

这栋大楼的每一处都让顾雪仪忍不住惊叹。这个时代的科技实在太了不起了，比起宴家那些让她感觉廉价的西式装修，这里的一切更让她佩服。相比之下，坐在沙发上的男人反倒不那么起眼了。男人穿着灰色西装，戴着一副银边老派眼镜，胸前的口袋处还别着一支钢笔。他身形笔挺，坐得端正，五官英俊，年纪在三十五六岁，并不比简芮大多少，应当是辈分比较高。

"陈总。"那头简昌明缓缓地站起身，伸出手和陈于瑾握了一下，然后才分了点儿目光给顾雪仪，"这位是……？"

"顾雪仪。"顾雪仪直接自报家门。

简昌明惊讶了一瞬，但也就那么一瞬，毕竟什么世面都见过，很快就恢复如常了，问道："我那个侄女呢？"

"宴文嘉在接待简女士。"

简昌明点了点头，也就不再多问。

三个人很快围着小圆桌落了座，秘书室的人送来了咖啡和茶，然后就

55

关上了小会议室的门。屋内立刻安静下来。

简昌明瞥了一眼陈于瑾，陈于瑾神色淡淡的，没有别的表情。简昌明立刻明白了，顾雪仪可以待在这里。既然这样，简昌明也就不再耽搁，直截了当地开了口："简家的人已经到尼日尔了，那一带常年有恐怖组织活动，他们没找到宴总，只找到一点儿线索，宴总很可能转去了马里。"

"辛苦简先生了。"陈于瑾听完这番话，脸色也并没有什么变化。

"这本来就是我应该做的。"简昌明说到这里，突然看向顾雪仪，目光不冷不热地从她身上掠过，又说，"是我欠宴总的。"

顾雪仪疑惑不已。这里面还有什么事跟她有关系吗？

陈于瑾听见这样的话也没有表现出任何的疑惑与好奇之色，始终保持着秘书的专业素养，不急不缓地说道："宴家的搜救队和雇佣兵还在非洲继续寻找。以宴总的本事，他肯定能安然无恙。我们能做的就是控制住国内的局面。"

宴家的家业比她想象中的还要庞大。她选择安静地做个听众果然是对的。

"你是指宴氏集团的股价？"简昌明反问，淡淡地笑了笑，"宴氏集团底子厚，下跌只是一时的。很快，他们就会反应过来，哪怕宴总人在国外，宴氏集团依旧能维持正常运转。到那时候，股价会反升的。陈总处理这些事应该很有经验。我在海市都听说了，有些企图玩恶意收购的把戏的人都被压下去了。"

股价？股市？顾雪仪又默默地消化起了这些新词。

陈于瑾淡淡地说道："宴氏集团的股价不会动荡，股市更不会动荡，自然没什么好担心的，不过……"

"你说宝鑫？"简昌明似乎这才来了点儿兴趣。

陈于瑾点了一下头。

"一个烂摊子。"简昌明说着顿了顿，才又说道，"这件事要处理干净，陈总恐怕分身乏术。"

宝鑫……那应该是一家公司的名字。顾雪仪心中默默地想。那是宴氏集团旗下的子公司吗？

子公司这个概念还是她刚从书上看到的。

简昌明紧跟着又开了口："在这个烂摊子里，我也只能起到微小的作用，最好的办法是将这个风险分摊出去……"

陈于瑾轻轻点了一下头："宝鑫的亏损对宴氏集团来说并不会影响整

个集团,但它带来的隐形风险很大,最好是有其他同样庞大的企业分担风险。"

"那就得是江家、宋家了。"简昌明说了几个家族。

他们面色如常,并没有要避讳顾雪仪的意思,大概是觉得,就算顾雪仪听见了,恐怕也听不懂。

"宴家的根基毕竟还是在海外。"陈于瑾面上这才浮现出一点儿无奈之色。

简昌明点了点头,评价道:"这个时候不宜引进海外的企业,但是江家的江二、宋家的宋景……这些人和宴总好像都不太对付啊。"

他们岂止是不对付?这江二要真是给宴总戴了绿帽子,那他们可就是死敌了。陈于瑾想着,不由得转头看了看顾雪仪,却见她神色沉静,微微低着头,也不知道在思考什么。她不开口的时候倒是相当漂亮。

"所以陈总的意思是……?"简昌明问道。

"请简先生从中斡旋,将时间往后拖一拖,至少等宴总回来。"

简昌明这时候又看了一眼顾雪仪:"我会尽力。"

顾雪仪已经从这段对话里简单推断出了宴氏集团遇到了什么麻烦。

她提前针对简昌明做过功课,发达的网络上有关他的信息很少,但还是让顾雪仪抓住了一些关键词。简家和一些当地非常重视的大项目有关系。陈于瑾提及的宝鑫的亏损对宴氏集团来说不值一提,却有更大的隐形风险,甚至不能由海外企业来分担。也就是说,宝鑫的亏损一定跟简家的大项目有关,所以,陈于瑾才会提到让简家从中斡旋。不过简昌明提到的江家原来也那么厉害?那她揍江二的时候,倒是下手有些狠了。还有宋家,目前她没有任何来往,不过之后她应该就会见到了。

顾雪仪脑中渐渐有了一个想法,不妨试一试。从古至今,这些事并不是只有男子才能做的。

"宴太太还有什么想问的事吗?"简昌明突然问道。

顾雪仪这才停住了思绪,抬眸看向简昌明,摇了摇头。

"有关宴总的消息,宴太太没什么想问的吗?"

她还是摇头。

陈于瑾都从中品出了一点儿无情的味道。

简昌明这下也忍不住好奇了。当初顾雪仪为了嫁给宴朝要死要活的,现在怎么突然对宴朝漠不关心了?哪怕当初这是一宗人情交易,简昌明心中也还是有愧疚感。宴朝生死不知,本该和他亲近的妻子却丝毫不关心他的死活,这样一想,简昌明有点儿悲凉。

"那我让人送太太回家。"陈于瑾站起身说道。

顾雪仪点了头,起身往外走,等走到门口,才突然想起什么,回头淡淡地道:"我相信他会活着回来的。"这是她今天进门后说的第二句话。

当然是场面话,但这句话让简昌明的目光微微变了。陈于瑾的步子也顿了顿。

这句话远比哭闹、大喊更有力量。

等跨出小会议室的门,顾雪仪突然又叫住了一个小秘书,从她的手中抽走了便笺纸和签字笔。顾雪仪抵着墙,飞快地写了一行字,然后将纸笔还给小秘书,转身将那张字条塞进了陈于瑾的掌心里。

陈于瑾心口猛地跳了跳,跟着整个人都僵住了,她的指尖的温热触感仿佛还有所残留。

简昌明蓦地眯起了眼。走廊上的人也都震惊地看过来。

陈于瑾想起来,来之前他交代顾雪仪别说话,所以,全程她几乎没开口,但那并不代表她不能开口啊!这时候她还递什么字条?这行为搞得像他们有私情一样,更像是别样的勾引和挑逗手段。

陈于瑾冷着脸展开了手里的字条,字写得十分漂亮:陈秘书,你的裤子湿了,沾茶水了。

陈于瑾无语。

顾雪仪神色淡淡的,大步朝电梯的方向走去。身后的简昌明却拧着眉,眼皮跳个不停。顾雪仪和陈于瑾有什么关系吗?

江越照了照镜子,脸上的痕迹几乎看不出来了。

江靖无聊得要命,下楼正看见二哥在照镜子,不由得问道:"顾雪仪的电话打通了吗?"

江越顿了顿,说道:"宴文嘉应该已经安全回家了。"

潜台词就是说,顾雪仪没接他的电话。

牛!江靖在心中说道。他还是头一次见到有人不接他二哥的电话的,再一想二哥平时黑着脸有多吓人,带给他多大的心理阴影,不由得感觉到了一点点心理平衡。

下一刻,江越的手机突然响了。江越拿起来,接通电话,那头传来了顾雪仪的声音:"17号江先生及江先生的家眷有空吗?"

怎么,顾雪仪要请他吃饭?江越抿了一下唇,脸颊还有点儿隐隐作痛。

他笑了："有……有空啊。"

对面的江靖却被他的笑吓得打了个哆嗦。

第二天江越就发现自己想太多了。不只是他，整个圈子里，不管是与宴家交好的还是与宴家来往不多的人，只要在圈子里的都被邀请了，顾雪仪只是没有邀请宋家和封家的人。

江越觉得好气又好笑，掐了烟，还不小心烫了一下手指，"哒"了一声。他以为顾雪仪请他是赔罪呢，结果她翻脸无情，一脚踩在他的身上，还踩得更实了。前几天是江二来宴家，临走还拿了水果，相当和谐。宴家这次唯独没有请宋家和封家的人。外界会猜测：难道江家与宴家握手和好了？

他一抬头正看见江靖抱着个PSP（掌上型游戏机），扯着嗓子喊："王妈！我要吃的！吃的！饿了！"

怎么不饿死你呢？全怪这个浑蛋！要不是江靖，能扯出后面的事？还有那个不知道从哪儿得了江靖、宴文柏打架的消息就立马往他这里传的人，这些人一个都别想跑。

王妈倒是很快端了吃的出来，但江靖接到手里，总觉得气氛有点儿不太对，没下去嘴。江靖回头看了看江越："您老心情不好？"

"我心情好得起来？"江二露出了冷笑，"宴家办的宴会，宋、封两家根本没收到邀请，就我们江家收到了。"

"那不是说明咱们家特厉害？"

"厉害？咱们前脚登了宴家的门，后脚外头就要说，我们和宴家玩一起了。前几天老子为了你去宴家，走的时候拿了水果，那就叫佐证懂不懂？"

江靖寻思了一下。那我也没让您老拿水果走啊。

"那这次宴会我们就不去了呗。"江靖说道。

江越冷冷地看着他，如同在看一头猪："那就叫做贼心虚了。"

江越一下想到了那天在宴家，她缓缓起身走到他面前，亲手将那盒草莓放到他的手中，这是打一巴掌给一颗甜枣啊。

江越好奇这次她又该给什么甜枣安抚住他。

"那……去也不是，不去也不是。"江靖蒙了，又过了几秒，咂了咂嘴，"宴文柏他大嫂可真够厉害的啊！"

江越又用看傻子的目光看了一眼江靖，这傻子一点儿敏感度都没有。江越说："是挺厉害。"

对大家主母来说，弄清楚谁与谁交好、谁与谁不和、哪些人是一个小圈子里的、哪些人地位差异大,并不是什么难事。才一天,顾雪仪就已经全部弄清楚了。

宴文嘉被迫成了信息提供者。他坐在沙发上,本来应该穿着睡袍,赤着脚踩在地毯上,但因为顾雪仪在面前,他不得不穿得整整齐齐。他刚想歪一歪身子,衬衣还勒得慌,他只好又坐正了。宴文嘉心中憋着不痛快的情绪,懒洋洋又语带讽刺之意地问:"你弄清楚这些事有什么意义吗?"

"当然有。"她就说了三个字,不急不缓,语气平稳,连多余的解释都没有,宴文嘉的声音一下子全噎在喉咙里了。

顾雪仪合上手里的文件,站起身:"我该出门了。"

宴文嘉本能地问了一句:"你去哪里?"

"商场。"

"你去商场?"宴文嘉皱起了眉头,"你去商场扫货?"

顾雪仪点了一下头:"夏太太约我。"

夏太太?就是那个出了名的败家精?顾雪仪难道看不出来对方是什么货色吗?她难道不知道对方约她,只是为了从她的嘴里套出宴家的情况吗?

宴文嘉五脏六腑都带着火气,语气阴沉沉的:"我大哥失踪了,你就这么若无其事地去商场扫货?"

顾雪仪怼他:"你大哥失踪,你也若无其事地去玩极限运动了。"

宴文嘉被噎住了,半晌后说道:"他回不来,我就投海一块儿死,不好吗?"

"要死别铺网。"

宴文嘉又被噎住了。

"下次你要这么告诉我,再把你按入水里的时候,我也会不松手的。"顾雪仪云淡风轻地道。

宴文嘉又是沉默半晌,然后说道:"倒也……不必牺牲你自己。"

"那我走了。"

"啊。"

"会有八卦记者拍我吗?"

"当然……"宴文嘉嗤笑一声,猛地顿住了。等他再抬头看过去时,顾雪仪已经推开门出去了。

宴家没有蠢货,宴文嘉立刻就明白了她的意思。她举办宴会,去商场扫货,都只不过是一种手段,一种让外界知道宴家依旧运转如常、没有任何动荡的手段。"

宴文嘉抿了一下唇,心中又翻涌起了复杂的情绪。

这时候,门外的顾雪仪停住了脚步,问女佣:"今天给四少的吃食送去了吗?"

女佣答道:"太太,已经送到四少的学校了。"

"嗯。"顾雪仪又问,"他今晚不回家?"

"是,说是不回家……"

"打电话,让他今晚必须回家吃饭。准备点儿食物,给他补补脑。他上学,需要营养均衡。"

"是。"

很快,一阵脚步声走远了。她倒真像个大家长一样。

宴文嘉觉得好笑,但真让他笑,又笑不出来。他不仅笑不出来,反而还有点儿说不出的郁闷感。她对他就是淹死都不松手,对宴文柏怎么就嘘寒问暖还关心营养均不均衡呢?宴文柏上的是大学,又不是高中,要什么营养?何况宴文柏都长这么大了,要是营养不均衡,这会儿早就得病了!宴文嘉咬牙切齿地想着。

这个夏太太和顾雪仪没什么交情,二人只是偶尔相约一起扫扫货。真要论一论,那也是原主主动贴着夏太太。

夏太太性格要强,牢牢地攥着老公的钱,能花十一分,绝不会花十分就收手。商场的柜姐很喜欢她。

这些钱砸下去,再加上品牌方时不时邀请她去看看秀,夏太太慢慢也有了对时尚的敏锐嗅觉,这正好是原主缺的。原主为了能拿到更好的奢侈品,真正融入时尚圈子,没少在夏太太面前低下她那高贵的头颅。当然更重要的一点是,这个圈子里乐意和原主玩的人她看不上,她想去巴结的人,人家又看不上她。谁不知道她和宴朝的婚姻就是走个过场呢?

现在,夏太太站在顾雪仪面前,惊讶地问道:"你今天没化妆?"

顾雪仪是会化妆的,但太忙,就省去了这个步骤。夏太太还没有重要到需要她盛装以待的地步。顾雪仪简洁地答道:"懒。"

夏太太顿时心生轻视之意。难怪她不讨宴先生喜欢,时尚品位一塌糊涂。过去她还知道化妆,现在连这都懒得弄了。虽然她现在看上去更漂亮了,但不化妆的女人还是缺少了点儿味道。夏太太压下眼中那一刹那的惊艳和忌妒情绪，目光闪烁地问道："你不会是因为看了新闻太伤心了吧？"

"新闻？什么新闻？"

"你没看见？"夏太太愣了愣，这会儿又不鄙视顾雪仪了，面上反倒是带着点儿怜悯之色，"网上都说蒋梦怀了宴先生的孩子，真的假的？"

"假的。"顾雪仪干脆利落地答道。

夏太太哪里肯信？她心说，顾雪仪要面子也不是一天两天了，这会儿肯定是拿谎话来粉饰太平呢。

"不是要去×××专柜吗？"顾雪仪转移了话题。

夏太太的注意力一下就跟着跑了，她点了点头道："走。"

非洲的某个地界上，这次他们又换了一个地方，光线明亮多了，只是手机仍旧随意地放在桌子上。

信号虽然微弱，但接收短信丝毫不受影响。

手机屏幕一次又一次亮起：

"您尾号×××的卡10月15日14时11分快捷支付支出230000.00元。"

"您尾号×××的卡10月15日14时32分快捷支付支出110000.00元。"

"……快捷支付支出410000.00元。"

"这真不是盗刷的？"几个人盯着屏幕，面面相觑。

倚坐在土堆上却依旧身形挺拔、气质出尘的年轻男人微微垂下目光，扫过手机屏幕上的信息。

"是顾雪仪。"男人轻轻启唇，声音低沉好听。

"太太？"几个人心说，她可真能花钱。

男人倒是不觉得奇怪，这才像正常的顾雪仪。他神色冷淡，丝毫不受影响，很快就转移了话题："卡扎离这里还有多远？"

"夏太太还有什么东西推荐的？"顾雪仪转头问道。

夏太太顿了顿。从专柜拿货也是有讲究的，你要不是他们家的VVVIP（非常重要的贵宾），没有拿过货，人家上了新货压根儿不给你。你哪怕掏出一张卡说你有钱，能全买下来，柜姐也懒得理你。夏太太恰好就是VVVIP。那些奢侈品牌的店上了什么新货，柜姐都会给她留着，但她也有金钱不足的时候，不是样样都能扫进口袋里的。

· 62 ·

今天顾雪仪就靠着夏太太是老客户的面子，让柜姐把新货全拿出来了。那些包单个拿出来也算不上贵，可她要都扫了呢？

夏太太看着都有点儿不是滋味儿。她有拿货资格，本来该她高高在上的，可今天怎么看她都像是给顾雪仪拎包的小丫鬟，顾雪仪倒成了那个光动手刷卡的太太。

"有，还有，还有几个专柜没去。"夏太太咬了咬牙说道。她倒想看看今天顾雪仪胆子有多大，敢刷宴朝多少钱！

顾雪仪点了一下头："那就走吧。"

顾雪仪买东西很快，甚至并不细看，连在自己身上比一下都懒得去做。一转眼，半小时过去了，她又刷出去好几百万元了。

夏太太的嘴角抽了抽。她突然意识到，如果宴朝真的死在了外面，顾雪仪将会分到一笔多么庞大的财产，她在顾雪仪面前的那点儿优越感一下子就荡然无存了。

这时候，顾雪仪也慢吞吞地伸了个懒腰，有一股慵懒的气质："我买好了，夏太太今天好像都没怎么买？"

"好多留给我的货你都买了，我还能买什么？"夏太太忌妒地咬牙，尴尬地笑道。

"那真是多谢夏太太割爱了。"

"不谢。"

"那我先回去了，今天我们家四少要回家吃饭。"顾雪仪起身，让保镖拎起了东西。

顾雪仪说走就走，过去可都是夏太太先走，原主回回被抛下。夏太太站在原地，一时间真说不清心里是什么滋味儿。

看到顾雪仪回了家，女佣弱弱地道："四少说……说今晚要和朋友去玩，不回家。"

顾雪仪伸出手："电话给我。"

女佣连忙去取了电话给她。

在学校里的宴文柏盯着那个保温桶看了半天。要说顾雪仪做戏，可有天天这么做戏的吗？

这时候旁边有人坐过来，拍了拍他的肩，说："四少家里人挺好啊，天天都给送吃的。这吃的东西不贵，但天天有人惦记着你、关心着你，这种滋味儿可比什么都值钱哪。"

那人说着，面露黯然神色："哪儿像我爹妈，我现在上大几了他们都不清楚呢。一个天天泡在公司里，一个全国各地旅游。"

"不说了，下节课还上吗？那边打电话让咱们早点儿过去呢。"又一个声音插了进来。

宴文柏慢慢收回目光。是，保温桶不值钱，请厨子专门烹饪的食物也不值钱，但有人惦记的滋味儿，他从小到大都没尝过。宴文柏应声说："不上了，走……"

话没说完，他的电话就响了。宴文柏接起电话："不是说了不回去？"

"你晚上去哪儿玩？"顾雪仪好听的声音从那头传了过来。

宴文柏本能地身体一僵，竟然忘记了回话。

"好玩吗？不如带我一起玩玩？"

他本来也只是去凑热闹，一帮人玩游戏，能有什么好玩的？宴文柏单单想一下顾雪仪到现场的画面，脑子里就"嗡"的一声。他脱口而出："不好玩，你别来。我上完课就回去。"

等他挂掉电话，一旁的人都惊住了："四少，你不去了？"

"去什么？"

剧组。

蒋梦又忐忑不安地翻了一遍新闻，很好，她怀了宴朝的孩子的消息都上话题榜第三位了。可以的，她一定可以熬过这次危机。

过了五分钟，蒋梦又刷了一次新闻，这一次，她怀了宴朝的孩子的消息降到了第四位。蒋梦定睛一看，第三位是"宴太太亮相惊艳，新光扫货收获颇丰"，第二位是"宴朝或平安归来"，第一位是"宴家17号晚宴受邀名单震撼我全家"。

蒋梦两眼一黑，敢情她费了半天劲儿，最后全给顾雪仪做铺垫了！

豪门离普通人的生活很遥远，更何况顶级豪门，还真不是媒体敢随便报道的。可普通人谁不看点儿电视剧呢？

蒋梦在三年前大火后，人气"噌噌"往上涨，也就去年没拍什么好戏，她才落回了二线，但今年媒体传出她和李导合作拍新电影的消息后，她的受关注度一下就又上去了。就在这个时候，居然有人爆出她怀孕的消息，她一下被推到了风口浪尖上，宴家才真正进入大众的视线中，蒋梦也的确出尽了风头。

此刻蒋梦心里堵得不行。

经纪人看她捂着肚子，一副喘不过气的模样，连忙把手机给扣上了，恨铁不成钢地说："你想气得流产吗？别忘了你的目的！"

本来她以为蒋梦是她手里走得最远的艺人。蒋梦长得好看，又有混血因素加持，大家都喜欢她这张脸。后来她和曹总好上了，好资源也是拿到手软，可她偏偏怀孕了。怀孕就怀孕吧，蒋梦也是有手段的，但怎么到了顾雪仪面前，还没打几回交道就稳不住了？

"找顾雪仪是不行了，她都不肯见我。宴家二少、四少也不管事，谁都不肯认我肚子里的孩子。"蒋梦急急地喘了两口气，勉强缓了过来。

"你的意思是……？"

"找宴文姝。"

宴家别墅。

宴文柏挂断了电话。

宴文嘉坐在他对面，目光漠然地看着他："你还真回来了？"这一点他还真没想到。

宴文柏反应很快，一只手叩着手机，目光微冷地道："你听见顾……顾雪仪给我打电话了？"

"嗯。"

宴文柏的手机很快又响了，他连看都没看，就再次挂断了电话。

"是施成斌那帮人约你？不去？"

宴文柏开口问道："你不用去剧组吗？"

宴文嘉仰头想了一下，这才发现，自己竟然在宴家待了好几天了。他以前可是不怎么回宴家的。宴文嘉敛住了思绪，重新将目光落到宴文柏身上，回答得相当随意："不想去。"

宴文柏冷冷地道："我也不想去。"

宴文嘉坐直了，轻笑了一声，过分俊美的脸哪怕蒙上了一层阴郁之色也依旧好看："现在不怕施成斌不带你玩了？"

宴文柏看着他的目光更冷了。

餐厅里的气氛立刻变得剑拔弩张。宴家的几位大少爷、大小姐本来就不太对付。用人们见怪不怪，一个个低下了头，装作什么也没听见。

一阵脚步声突然走近。顾雪仪从楼上走下来，换了一身更舒适的家居服，腰带松松一系，就勾勒出纤细的身形。

· 65 ·

"太太。"女佣叫了一声,说,"晚餐已经准备好了。"

两个人都闭了嘴,仿佛刚刚谁也没有开过口。

顾雪仪看清两个人的模样后,却什么也没有说。还是宴文柏忍不了过分安静的氛围,开了口:"你真的要举办晚宴?"

"嗯,邀请函都已经发出去了。"

宴文柏想说"你真是不知天高地厚",话到了嘴边又咽了回去:"你知道到时候会来多少人吗?场面你控制得了吗?这些都是小事,场地你选好了?酒席、服务人员你定好了?"说着说着,宴文柏就急了。

"那些小事啊,交给陈于瑾。"

宴文柏被噎住了,半晌后才咬着牙,有点儿生气,又有点儿难以置信地说:"陈于瑾同意你这么干?"

"嗯。"

陈于瑾疯了吧?岂止陈于瑾疯了,宴文柏深深地看了一眼顾雪仪,顾雪仪也疯了。

这时候,他的手机突然又响了。宴文柏看也不看就挂掉了电话。

这不是又疯了一个吗?他也疯了。

几个人聚在一块儿,有人问道:"打通了吗?"

"宴四少搞什么?突然不去了?没他当招牌,那咱们还进得去吗?"

几个人面面相觑,谁也不知道问题的答案,脸色都不好看。

微博里,网友们还在聊。大部分网民关心的是新闻八卦,却有更多的人从这场话题讨论里看出了别的东西。

当年顾雪仪闹着要嫁给宴朝的事,圈子里几乎人人知道,连金融圈的人都有所耳闻。她能高高兴兴地去扫货,当然不是因为马上要继承宴朝的遗产了,毕竟前几天没见她兴高采烈地出门,宴朝可不是今天失踪的。现在最大的可能就是宴朝安好。

一时间,有高兴的股民,有松了一口气的金融从业者,当然也有不少人感到遗憾。

简昌明叠上了手中的报纸,那是一沓财经报。

秘书敲开门,拿着一沓报表进来。简昌明却没有立即翻开,而是看向坐在沙发上的简芮:"你已经在我这里坐了一个小时了,说吧,到底什么事?"

简芮也有些不好意思，哪怕她已经二十九岁，年纪并不小了，平日里也手腕强硬，但到了简昌明面前就变成了个小女孩儿："是曹家烨……"

"嗯，曹家烨又和哪个演员传绯闻了？"简昌明的语气平淡，显然他已经见怪不怪了。

"没有。"

"嗯？"

"只是……怀疑。我觉得自己没错，可是……"简芮干脆起身走到简昌明面前，把手机递给他。手机屏幕上，骤然闯入简昌明的眼帘的是一张抓拍照。

简芮在一旁说："这个女星叫蒋梦，小叔你不看电视，应该不太了解。她是几年前大火的一个女演员，就在曹家烨的公司工作。我去年就隐约听到一点儿风声了……她长得很有风情，很合曹家烨的口味……可是现在我也糊涂了，难道是我收到的消息有误？小叔，你看……现在铺天盖地的新闻都是她怀了宴总的孩子……蒋梦这个女人有点儿手段，如果不小心漏了，说不定就成大麻烦了。"

简昌明皱眉问道："你说铺天盖地的新闻？"

"是。"简芮点了点头，"所以我才怀疑是我这里出了错……"

没等简芮把话说完，简昌明突然说起另一件事："你知道顾雪仪为什么举办这个晚宴吗？"

简芮怔了怔。

简昌明平静地说道："她是为了让更多人知道宴家的近况，化被动为主动，达到她的某种目的。"

简芮隔了几秒钟才反应过来："那铺天盖地的新闻也是为了让更多的人知道……"

"你要想知道真实情况，不如直接去问顾雪仪。"

简芮沉默了一会儿，然后点了点头："我知道了。"

简昌明突然又问道："你觉得顾雪仪是什么样的人？"

简芮有点儿没弄明白这个问题，又愣了十多秒，才斟酌着答道："她是一个……一个和传言完全不一样的人。"

"马上就到17号了。"简昌明喃喃自语。

17号，宴家的晚宴将于晚上七点半在京市最豪华的思丽卡酒店举行。

现在是下午两点，女佣捧出来的昂贵礼服摆满了整个房间。顾雪仪粗略地扫了一眼,却并不满意。女佣喋喋不休地介绍着,哪一件是出自某某大师的手,哪一件又是什么限量款,但在顾雪仪眼里,这些衣服都很廉价,可她又不能穿古装出席。

陈于瑾此时穿着深蓝色西装站在门口,望向门内的顾雪仪,不由得询问道:"太太没有一件看入眼的吗?"

顾雪仪已经要完全适应这个世界了,掌握的知识越发丰富,大概只有一些较为冷僻的东西才能难住她了。她蓦地从原主的记忆里找到了一丝信息。

"嗯。"顾雪仪转过身答道,"直接请一个造型团队吧。"

陈于瑾挑了一下眉,心说那可太好了,您终于不用自己亲手折腾了。

"好的。"陈于瑾说完,就打电话去了。

宴文姝连夜飞回了国。

蒋梦的经纪人戴着一顶鸭舌帽就去接人了。

宴文姝从机场出来,冷冷地打量了经纪人足足五分钟。经纪人被她盯得冷汗都出来了,浑身不自在,别别扭扭地从喉咙里挤出了一句:"宴小姐,我们……先上车吧。"

宴文姝这才挪开了目光,却没坐经纪人准备的保姆车,而是坐上了自己叫的车。

半个小时后,宴文姝见到了蒋梦。这时候已经是下午两点半了。

"你想去宴家的晚宴?"宴文姝的语气带着讥讽之意。她明明白白地在说,蒋梦不配去宴家的晚宴。

蒋梦的表情僵了僵,面部肌肉差点儿撑不起笑容:"是……这件事总要解决的,不是吗?您回国不也是为了这件事吗?"

宴文姝冷冷地道:"那就去吧。"

蒋梦松了一口气。经纪人私底下都给她找好造型团队了,她就等着今天去宴家的晚宴上艳压顾雪仪呢。

经纪人转身去打电话,没一会儿却冷着脸回来了:"×工作室那边不接单了。他们优先接了纪明明的单。"

蒋梦脸色大变:"纪明明也要去参加宴家的晚宴?她也配?"

蒋梦咬着唇,看向宴文姝。

宴文姝不耐烦地道:"你不会指望我帮你找吧?"

宴文姝顶着宴家的名头,在国内外的社交圈子里都混得相当开,当然能请到更好的团队，甚至说不定还能请到顶级团队，但宴文姝的态度给蒋梦泼了一盆冷水。

蒋梦心下焦灼，不想在这时候还输给顾雪仪，只能给曹家烨打电话。

一转眼，时间就到了下午六点。

顾雪仪刚刚做完造型，慢吞吞地睁开眼，先让女佣端来了吃食，慢条斯理地用完了点心、水果，又喝了一盏热茶，然后才起身准备往酒店走。

造型团队在一边看得愣愣的。他们为各个电影节的最佳男主角、最佳女主角服务……这些人里，有五官精致的，有气质出众的，有带着当家太太气魄压人一头的，但他们从来没见过有哪个豪门太太能将这些特点集于一身的。

"您……"有个青年突然疾走两步，到了顾雪仪的身边弯下腰，替她理了理裙摆。

顾雪仪回了一下头。

青年对上了她的目光，顿了顿，才把剩下的话顺利说完了："您要小心一点儿。"

顾雪仪冲他淡淡地笑了一下："好。"她再转过头，一眼就瞥见了等在那里的陈于瑾。

顾雪仪脸上的笑容还没有完全消退，陈于瑾正好抓住了那转瞬即逝的笑颜：她的眉眼微微弯了弯，眼中似有光华泄出，是和冷淡少言时完全不同的美丽样子。陈于瑾顿了顿，侧过身子说道："太太，请。"

陈于瑾是什么人？宴朝的得力助手之一。他常常作为宴朝的代言人出席各种场合，交友圈子里也有无数大佬。他一通电话打出去，为顾雪仪请的当然是顶级造型团队。

顾雪仪还没有仔细照过镜子，对自己现在的模样浑然不知。

六点半，他们的车抵达了思丽卡酒店。

宴会会场已经布置得差不多了，侍者在其中来回穿梭，连记者都已经守在酒店大门外，只不过顾雪仪和陈于瑾走的是侧门，并没有被记者拍到。

二人一边往里走，陈于瑾一边问道："二少和四少不会出席？"

"嗯。"顾雪仪淡淡地应声，俨然一副大家长的样子，"宴文嘉去剧组拍戏，宴文柏要读书，何必让小辈跟着一块儿动？"

小辈？也就只有顾雪仪拿他们当小孩儿了。

酒店负责人很快迎了上来，等走近了，当即愣了愣。年轻男人西装革履，面容俊美；年轻女人长裙曳地，美得惊人，乍一看，他们很般配。如果不是刚好见过宴太太的照片，负责人就要以为顾雪仪是陈秘书的女伴了。

"这是……这是单子，请宴太太再过目一下。"负责人小心地递上了宴会单子。

顾雪仪今天的气质其实有点儿偏沉静柔和，但负责人就是感受到了一股莫名其妙的压力。

陈于瑾轻叹了一口气，说："我来吧。"

"嗯？"顾雪仪转头看他。

陈于瑾从来没有这么好心过，但今天的宴会是宴家的脸面，他淡淡地道："太太今天着盛装怎么能做这样的小事呢？"

顾雪仪抽回了手，微微颔首："那就辛苦陈秘书了。"

陈于瑾看了看她。她像是变了个人，变得聪明，会拿捏分寸，变得气质出挑，一言一行都挑不出错。她一举一动间的魅力会无声地侵入，也会强势地兜头迎面而来。

不一会儿，又有负责与媒体打交道的人来找顾雪仪："宴太太，这是今天媒体的单子。"

陈于瑾轻轻吸了一口气，秉持着送佛送到西的原则，接了过来："我来吧。"

负责核对来宾的人也跟着走过来了："宴太太，这个是——"

没等对方将话说完，陈于瑾就说道："我来。"

陈于瑾能力强悍，应付一个宴会自然是绰绰有余的。

顾雪仪不怕这样的场合，不过如果有样板，让她瞧一瞧，取其精华去其糟粕，也是一桩好事。

七点半，她才缓缓站起身，往前厅走去。

陈于瑾早已经将所有的事都处理完毕，立刻跟了上去，落后顾雪仪半步。

酒店门外有陈于瑾的助手负责接待宾客。只有像简昌明这一级别的客人来了，才需要陈于瑾亲自去迎接。

酒店内外渐渐人声鼎沸。门外的记者兴奋地抓拍着每一辆豪车和每一个从豪车上下来的人。能把这些人聚到一块儿的，也就只有几家顶级豪门了。

"简先生到了！简先生……"众人立刻拥了过去，想在简昌明面前留下印象。

顾学民夫妇夹杂在其中，更是忍不住感叹：如果顾雪仪能抓住宴朝的心，让宴家真正承认他们这门姻亲，他们该有多风光？

简昌明身边跟着简芮和曹家烨。看着面前无数人献殷勤，曹家烨忍不住感叹，娶了简家女儿最风光的时刻也就是这时候了。他目光闪了闪，今天不知道又能谈下来多少投资，拉来多少项目呢？

简昌明却看也不看那些人，转头问陈于瑾的助手："你们陈总呢？"

简昌明没等到回话，旁边突然传来一声惊呼声："那是江二！江二怎么来了？"

江越带了弟弟江靖，穿着黑色西装，目不斜视，大步走来。

记者举起了相机，疯狂拍照。这可真是大新闻哪！简家和宴家本来交情就好，简昌明出现不稀奇，可江二出现在这里，那代表着什么？那背后代表的东西可太多了！

蒋梦也是这时候到了酒店门口。宴文姝先下车，蒋梦紧跟其后。曹家烨最后给她请了国内数一数二的造型团队，比经纪人原本联系的还好。

蒋梦勾了勾唇，露出风情万种的笑容。等下了车，蒋梦才发现，前面一个是简昌明，一个是江越，大家都围着那两位大佬，压根儿没人注意到她。

当然，这不重要，重要的是和顾雪仪打照面的时候，她能将顾雪仪比下去。

蒋梦稳住心神，跟上宴文姝的步子。

酒店内，陈于瑾去接简昌明，却见顾雪仪也走出去了。陈于瑾顿了一下，还是落后了半步。

他以为顾雪仪要去接简昌明，谁知道走近了，才见顾雪仪微微一笑，说道："江先生，晚上好。"声音舒服极了。

周围的人本能地让开了路，顾雪仪朝江越走近。她穿着一条曳地长裙，蛾眉轻扫、绛唇轻点。陈于瑾突然眼皮一跳，在反应过来自己做了什么之前，已经本能地先一步弯下腰，提了提顾雪仪的裙摆。

一刹那，所有人都定在了那里，江越也愣了一瞬。这就是那颗甜枣吗？

简昌明皱起了眉。江二又是怎么回事？顾雪仪不是来迎他的吗？

第三章
崭露头角

"江先生，这边请。"顾雪仪微微侧过身子，做了个请的动作，对那些高举着相机的记者并不在意。

技术越高超的记者越恨不得当场给顾雪仪拍个高级写真才算完！

江越动了动唇，最后却只吐出来一个字："好。"他已经走到这里了，进不进门差别都不大了。

江越收回目光，从顾雪仪的身旁走了进去。江靖紧跟其后。见到顾雪仪，他既惊艳，又觉得背上疼。

"顾姐……不，大……大嫂。"江靖连忙同顾雪仪打了声招呼。

大嫂？一时间周围离得近的人全朝他看了过去，包括他哥江越，还有不远处的简昌明。

江靖这才意识到这个称呼有歧义，而且歧义还挺大。他远在国外的大哥的风评都要被他这声"大嫂"连累了，更重要的是，周围人的目光齐齐地投在了江靖的身上。

江靖连忙摆手："不，不，不，我的意思是……我……我是跟着宴文柏叫的！宴文柏不是得叫她大嫂嘛。"

江越扯了扯嘴角，扯出了一个笑，表情看着有点儿冷又有点儿凶："随宴文柏叫的？怎么？你要和他结婚了？"

江靖打了个哆嗦："不，不，不……那不是同辈儿嘛。"江靖说完就老实闭嘴了，免得多说多错。

江越这才大步往里走去，可周围的气氛依然有点儿尴尬。江靖赶紧也溜进去了。

顾雪仪倒是面不改色，转身又说道："简先生，晚上好。您往里请。"

这回，她面上的笑意多了些，笑靥动人。

一时间，大家也分不清她对谁更特殊一些了。她这可真是一碗水端平了。

简昌明收回目光，微微颔首："宴太太先请。"说完，他跟随顾雪仪一同往里走去。

简芮在后面看得越发惊叹，真的很少有人在小叔面前还能将主人姿态拿捏得这么恰当的，丝毫不怯，也丝毫不谄媚。

眼看着顾雪仪转身进去了，大家也明白了，今天的晚宴，最有分量的两个人物已经到了，别人都配不上宴太太亲自迎接了。

门口原本堵着的人也先后散开了。拿到邀请函的媒体也有序地进入了场内。

宴文姝望着酒店大门的方向，眉头皱得更紧了。等回过头，她看见蒋梦依旧站在那里一动不动，更是气不打一处来："愣着干什么？还不快进去？"

蒋梦艰难地挪动着步子。刚刚她终于认出顾雪仪身上的礼服是某奢侈品牌的春夏高定款，纪明明上次都没借到。国内顶级造型团队 The moon 拿到这个品牌的高定服装是最多的。顾雪仪请的应该就是 The moon 团队了，可是谁给她请的呢？

她高调地来了，反倒被顾雪仪压得死死的，那不成媒体的谈资了？如果早知道是这样，她不如低调点儿了。她跟上宴文姝，费了好大的力气才保持住脸上得体的笑容。就在这时，她听见宴文姝嗤笑了一声："你想做宴太太？"

蒋梦赶紧说道："不，我不想……"

宴文姝的语气的讥讽意味更浓了："不想你跑到我面前来干什么？当你拿孩子当筹码的时候，你就已经把你的那点儿野心暴露干净了。"

宴文姝侧过身子，看了她一眼："但我告诉你，如果说顾雪仪不配做宴太太的话，那你更不配。"说完，宴文姝就走进了酒店。

蒋梦猛地攥紧了手指。

顾雪仪的裙摆并不适合走太多的路，除非一直有人在后面帮她提裙子。她对现代服装的要求并不高，因而当时没有向造型团队提意见。现在她站在酒店里，就仿佛一尊美人像，只能小心翼翼地挪动，不过这样一来，举手投足间反倒更显优雅贵气。顾雪仪抬手，随意指了个果盘，对江越说："这个比那天的草莓更好吃。"

江越一听见"草莓"两个字就被气笑了："宴太太，这笔账我还没有和你仔细算呢。"

"嗯？什么账？"顾雪仪歪了一下头。

江越顿了顿，突然间又有种以大欺小的错觉，但很快，这种错觉就被他压下去了。现在，江越不会再拿顾雪仪当刁蛮无脑的女人了，更不会将她当作柔弱的小姑娘。江越顿了顿，敛住了笑意，声音低沉地说："宴太太就这么把我江家和你宴家绑到了一块儿，我有什么好处呢？宴太太，总要给我一点儿甜头的。"

不远处的简昌明和陈于瑾眼皮同时跳了跳。他们没听清江越的话，但江越的到来本身就已经让人多想了。

"甜头吗？"顾雪仪想了想，说，"我让陈于瑾把宝鑫的项目分给你。"她的语气不急不缓，甚至还有点儿柔和。

江越又一次被气笑了："宴太太当我是傻子吗？"

顾雪仪捧着那碟水果，转头看着他，没有说话。

江越慢慢敛住了笑意，忍不住思考起来，自己刚才那句话是不是嘲讽意味太浓了点儿？很快，江越就反应过来，不对啊，他骂自己是傻子，嘲讽的话，也是嘲讽他自己啊。江越再开口时，还是忍不住换了语气："宴太太不妨去问一问陈总那个项目亏了多少亿元了？说亏，都是好听的。"

顾雪仪的目光闪了闪。她对宴朝的了解不多，但既然是男主角，又有陈于瑾这样的下属，他的手腕应该是厉害的，那他为什么还会留下这样的烂摊子？难道这是长辈留下的？在他接手的时候，这个摊子就已经烂透了？

顾雪仪心里在推测，但面上丝毫未露，江越有点儿蒙了。他盯着顾雪仪冷静的面容，忍不住想：难道顾雪仪不懂这些东西？陈于瑾糊弄她，她还真把这玩意儿当甜头要分给他？陈于瑾这笑面虎就是会骗人。

江越抿了一下唇，准备再说点儿什么。

顾雪仪突然淡淡地笑了笑："江先生会需要的。"

江越转头看了一眼陈于瑾，说："别陈于瑾说什么你就信什么。"说着，江越还皱了一下眉，脑子里闪过陈于瑾弯腰给顾雪仪提裙子的画面。

顾雪仪于是也回头看了一眼陈于瑾，然后应了一声："嗯。"

江越听着她的话觉得有点儿敷衍，怎么都不太得劲儿。

陈于瑾被看得莫名其妙。江二说什么了？陈于瑾准备过去看看："简先生，不好意思，先失陪一下。"

简昌明淡淡地道："正好我也有话要和宴太太说。"

陈于瑾的步子顿了顿，然后他和简昌明一起走了过去。其他人见状也都识趣地没再上前搭话。

"江总近来可好？"陈于瑾主动说道。

"宴太太。"这是简昌明礼貌又客气的声音。

这些声音都被另一个突然横插进来的声音打断了，那个声音有点儿冷："顾雪仪，我们聊聊。"

顾雪仪看过去，来人穿着某奢侈品牌的高定成衣，头发染成金色，还全部编成了小辫子，啊不，这小辫子在这个时代好像叫脏辫？来人年纪不大，五官秀气，身形纤细，却画了并不太适合她的挑眉，浑身都散发着压不住的嚣张气焰。

陈于瑾面色微沉，往旁边跨了半步，一下就挡住了顾雪仪的小半个身子，同时也让少女注意到了他。

少女见了他，面色倒是慌了一瞬，不过很快就恢复如常了："陈总……"

顾雪仪转头问陈于瑾："她是谁？"

少女羞愤地看着顾雪仪："你装什么？你不认识我？"

陈于瑾无语，但也习惯了顾雪仪这样的问话，顿了顿说："太太，这是宴家三小姐，宴文姝。"

陈于瑾什么时候成顾雪仪的人了？他竟然还正儿八经地和顾雪仪解释？

"哦。"顾雪仪不冷不热地应了一声，紧跟着开口，"直呼我的名字，我以为是跟着人进来混饭吃的小丫头呢。"

宴文姝身后的蒋梦惊呆了，顾雪仪连宴文姝都骂？

悄悄靠近的江靖倒是露出了一点儿感叹的神情，心说：宴文姝这还没挨打呢。宴太太，顾姐，大嫂，你倒是动手啊！你可不能光打别人家孩子啊。

宴文姝被气得脸色铁青，然后才意识到周围有多少人看着这边的场景。这代表她丢脸就一次性丢出天际了。她的脸一下又涨红了，她气急败坏地道："顾雪仪，你……"

"我说错了吗？"顾雪仪转头问陈于瑾。

陈秘书这会儿当然也不会给宴文姝留面子，点了一下头："您没有说错。"宴文姝突然跑到这里来，一副气势汹汹的模样，都不止没教养了。

顾雪仪看着宴文姝淡淡地道："这小丫头，还有点儿蠢。"

陈于瑾的心中别扭地冒出了一个词——心有灵犀。这大抵就是聪明人的共通之处吧，嗯，是这样，陈秘书的眼中光芒闪烁。

宴文姝被气坏了，她哪儿受过这样的气啊？她又看了一圈儿，这才看清周围站的是什么人——江家的江越、简家的简昌明、大哥的秘书陈于瑾。除了陈于瑾开口了，其他人都是神色淡淡地看着她，仿佛看一个不相干的人。就连与大哥交好的简昌明都是这样。他们……他们难道不觉得顾雪仪刁蛮吗？宴文姝突然陷入了茫然和愤怒情绪之中，他们都被灌迷魂药了吗？

宴文姝坐在酒店房间里，脑子里还因为受的冲击过大而"嗡嗡"作响。她艰难地消化着刚刚的事……简昌明和陈于瑾出现在这个场合并不奇怪，不，仔细想想，其实也挺奇怪的。宴会是顾雪仪举办的。她本来以为，这不过是顾雪仪趁着她大哥不在才举办的宴会，目的是扩大自己的交际圈，可陈于瑾怎么会陪着顾雪仪胡闹？简昌明更不应该会出席！他从始至终只是给宴朝、给宴家面子而已！顾雪仪算哪根葱？现在，不仅陈于瑾跟在顾雪仪身后，就连简昌明也出席了宴会，甚至还有更不可思议的事——江二也来了！

宴文姝就算对商场上的事再不敏感，这会儿也隐隐明白过来这场宴会与众不同了，它一定有着更大的意义。

楼下。

顾雪仪突然转头问道："几点了？"

陈于瑾顿了一下，没想到还有人会问他这样的问题，毕竟已经很久没人拿他当普通工具人使了。

陈于瑾低头看了一眼手表："八点四十一分了，太太。"

顾雪仪转过身，往电梯的方向走去："我去一趟楼上，就要麻烦陈秘书多盯着点儿了。"

她现在去看宴文姝？宴文姝性格鲁莽，还相当倔强，很难被说服。陈于瑾觉得，将宴文姝请到楼上的房间就不用再管了。陈于瑾目光闪了闪，应了一声："我的职责所在。"

顾雪仪这才提了提裙摆，进了电梯，直接找工作人员要了房卡，刷开了门。

听到"吱呀"一声，门内的宴文姝本能地僵住了："陈秘书？"

陈于瑾会来教训她吗？陈于瑾铁面无私，甚至可以说有点儿冷漠。他的所有精力都奉献给了宴氏集团，可除了公务，他不会指责宴家的任何人，哪怕他们干出多么不像话的事。可来的人也只能是陈于瑾了，只有他和宴家有关系。宴文姝紧张得后背都出了汗，正想着要怎么面对陈于瑾的时候，结果一转头，看见的是一张化着精致的妆容、过于美丽的脸。一刹那，宴文姝竟然生出了自惭形秽的感觉。她咬了咬牙，刚才在大厅里被众人注视着，那种脸上火辣辣的感觉又冒出来了："顾雪仪。"

顾雪仪在她对面的沙发上坐下，神色淡淡地道："很生气？"

当然！宴文姝冷冷地看着她，没有出声。

"我也很生气。"

宴文姝冷笑了一声。谁在乎顾雪仪生不生气呢？

"我没想到，你竟然还不如宴文柏。"

"我不如宴文柏？我——"

顾雪仪打断了她的话："刚才的半个小时里，你还没有想明白吗？如果你还没有想明白，那确实不如宴文柏。如果你想明白了，还有这样的疑问，那就更不如宴文柏了。"

宴文姝被噎住了。怎么都是她蠢，是吗？她蠢吗？

宴文姝完全不想和宴文柏比智商，渐渐冷静下来。她咬了咬牙，不得不承认，这次带蒋梦来参加宴会是她太冲动了。

宴文姝张了张嘴，正准备为自己辩解两句，顾雪仪紧跟着又开口了："不管你是真喜欢自己的家也好，还是仅仅为了宴家带给你的名利、地位也罢，现在感到羞耻、后悔，那还有救。"

宴文姝张了张嘴，总觉得这句话听上去有些怪异。难道顾雪仪现在已经自觉到终于将自己从宴家划分出去了？宴文姝不服气地说道："难道你就没有让宴家蒙过羞吗？"

顾雪仪神色不变："若是我做错了事，别人只会议论顾家没有将我教好。可若是你做错了事，别人就会议论宴家上下都没有教养。"

宴文姝被噎住了。顾雪仪说得有理有据，令人信服。宴文姝说出了自己今天来的目的，这才有了点儿底气："可蒋梦的事不能不解决。"

"你想怎么解决？"顾雪仪不急不缓地问道，仿佛是个乐意倾听的和善长辈。

宴文姝有些惊奇地看了她一眼。顾雪仪竟然没生气？

"她肚子里有我大哥的孩子。如果……"宴文姝咬了咬唇，"如果我大哥真的死在了外面，那这个孩子就是我大哥唯一的血脉了。"

顾雪仪从记忆里找了找，没找到宴文姝和宴朝感情好的信息："过去也没见你们兄妹感情多好，现在你倒是宝贝起他的遗腹子了？"

宴文姝脸色涨红，从沙发上跳了起来："你懂什么？"

顾雪仪淡淡地道："我是不太懂。这个孩子能不能进宴家的门，难道不是该由我说了算吗？"哪怕是她过去所处的那个时代，也断然没有女子仗着怀孕就能逼迫正室的道理。像宴文姝这样过问兄嫂房中事的女子是要被责罚的，甚至还可能有碍名声。

"你不懂，"宴文姝咬着牙说道，"我大哥的孩子很重要。我也讨厌蒋梦，比讨厌你还要讨厌，可是孩子很重要！"

"那我还应当谢谢你了？"顾雪仪微微歪了一下头。

"谢……谢什么？"宴文姝狐疑地看着她。

"你更讨厌蒋梦。"

"你……你高兴什么？我也没有夸你的意思。"宴文姝紧紧抿着下唇，一时间反倒结巴了，都不敢看顾雪仪了。现在的顾雪仪好看得仿佛是另外一个人。宴文姝只要多看一会儿，就会不自觉地忘记对面的人是顾雪仪。

"若你大哥当真死在外头，宴家也不会因此绝后。这些事轮不到你操心。"顾雪仪陡然又拉回了正题。

宴文姝一时间有点儿恍惚，定了定神："你懂什么？不一样的。"

顾雪仪轻轻启唇："嗯？莫非宴文嘉和宴文柏是太监？"

宴文姝惊得差点儿摔倒。她怎么敢这么说？

"当然……当然不是！"宴文姝咬了咬牙。她已经数不清自己这一天咬过多少次牙了。她讨厌宴文嘉，也讨厌宴文柏，可今天要真在顾雪仪这里坐实了他们不行的猜测，宴文柏能把她从二楼扔下去。

宴文姝抬头看着顾雪仪美丽的容颜，露出了冰冷又讽刺的笑容，说："你不知道？我不如直接告诉你，我们几个加一块儿基因也不如我大哥好，只有他的基因传下去，他的孩子才配继承宴家的一切。你是不是又想说，宴家是有皇位要继承吗？"宴文姝的语速越来越快，还带着点儿憎恶的意思，"是！宴家手里握着的东西太多，可不就等同于有皇位要继承吗？"

房间里静默了一瞬。这种静默气氛让宴文姝感觉很难受，她又用力咬了咬唇，突然有些后悔自己说了这些话。

顾雪仪突然开口道："你们确实蠢了点儿。"

宴文姝愣住了，有这么当面说人蠢的吗？

顾雪仪站起身："我该下楼了，今天的客人很多。"

宴文姝恶狠狠地看着她。

顾雪仪走到她身边，突然抬手按了按宴文姝的眼角："每个人的基因都是不同的，有生来就是天才的人，也有普通人。你应当明白，蠢是可以挽救的。努力让自己发光发热比做蠢事要好。"

她的手指温热、细滑，但只按了一下就飞快地抽走了。

顾雪仪走了出去，还顺手关上了门。

宴文姝抬手狠狠地擦了擦眼角，这才发觉眼角有一点儿冰凉的泪意。

她哭了。

顾雪仪从电梯里出来，陈于瑾立刻迎了上去。

陈于瑾其实也不知道自己为什么这么快走上前去，但既然走上前了，也就出自礼节问了一句："谈好了吗？"

顾雪仪："嗯。"她顿了顿，又说道，"要麻烦陈秘书一件事。"

顾雪仪会提什么无理要求？陈于瑾脑海中闪过这样的念头，但没有厌恶感了。

"最近三个月内，宴文姝一旦订国外的机票都给她取消。"

陈于瑾沉默了一秒，问："太太是准备把三小姐关在家里吗？"

"不是关在家里，是留在国内。"顾雪仪纠正道，"我知道这样的小事陈秘书能轻易办好。"她这是毫无技术含量的糖衣炮弹，但她的语气漫不经心中又透着真诚之意，仿佛给予他莫大的信任。

陈于瑾的喉头动了动，他说道："当然。"

顾雪仪微微颔首，这才又一提裙摆，重新朝不远处的简昌明等人走去。

其余的豪门太太也开始主动和顾雪仪搭话。

顾雪仪从侍者手中拿过一杯酒，举起酒杯，轻轻摇晃杯身，动作优雅。她唇角微微上扬，对前来搭话的人露出浅淡的笑容。见到了她的笑容，对方仿佛得到了某种激励，更加热情起来。

顾雪仪微微偏过头，侧耳倾听，心中却在思考别的事。

蠢是会互相传染的。从宴文姝的样子，顾雪仪就能判断出她在国外拥有什么样的交际圈子了。宴文姝离宴家太远了，她还是将人放在身边，先调教几个月再说。

顾雪仪淡淡地笑着抬起眼眸，正好对上站在远处的江越的目光。她冲他举了举杯，微微一笑，然后就毫不拖泥带水地挪开了目光。金太太正站在她的面前同她搭话。

江越目光一动，好像有什么东西飞快地从心湖上掠了过去，只留下一点儿涟漪。

陈于瑾远远地将这一幕尽收眼底，立刻朝顾雪仪走了过去。

这时候却有人走过来，叫住了他，尴尬地道："陈总，那个……那个三小姐带过来的蒋小姐怎么处理啊？"

陈于瑾："她手里有邀请函吗？"

"没有。"

陈于瑾转过头，笑得两眼都眯了起来："那不是很好处理吗？"

来人恍然大悟，立刻转头叫来了保镖，让他们赶走蒋梦。

蒋梦没想到宴文姝一去就没了消息。顾雪仪能打宴文柏，难不成连宴文姝也敢打？以宴文姝的性格她按理说不会妥协啊。蒋梦尴尬得要命，周围投来的目光几乎要将她的皮肤扎穿，她甚至听到有人在议论自己。

蒋梦又气又羞，浑身发抖："你们……你们不能赶我走，我是三小姐的客人。你们如果再赶我走，我要闹起来，宴家脸上也不好看！啊！你们干什么？"蒋梦的嘴直接被堵上了，两个保镖上前，将她架了出去。

蒋梦瞪大眼，目眦欲裂。明天的头条估计就是她被保镖赶出宴会的新闻了，她该怎么办？她的脸面往哪儿搁？

负责人在背后啧啧出声："可从来没有无赖能赖到宴家头上的。"

这个女人太天真了。

角落里。

顾学民的妻子张昕喃喃地道："学民，你觉不觉得女儿好像变了？"

顾学民应得心不在焉："哎呀，那不就是你们女人吗？化妆一个样，卸妆一个样，多正常！"

"不是的，以前她不是这样的。"

顾学民却根本没注意听她的话，急急地道："快，快！简先生过来了，你去和简先生说话！"

"蒋梦人呢？"李导在剧组里气得崩溃地大喊。

"跟副导请……请假了。"导演助理小心地答道。

李导没好气地骂了一句:"真把这儿当菜市场呢,想来就来,想走就走?"

等他一转头,那边还坐了个大爷。李导深吸一口气,深觉自己流年不利,但想想宴文嘉拍完的戏,又觉得自己还能再忍忍。大爷是自己请回来的,他能怪谁呢?

李导朝宴文嘉走了过去,等走近,才看清了宴文嘉的动作。

宴文嘉垂着眼,神色冷淡且阴郁,手里攥着手机。他正无意识般不断刷新着微博,间隔不超过五秒。他这也不像是在看八卦消息啊。

李导知道宴文嘉脾气古怪,怕他再搞一出失踪,寻思自己当导演的也应该多关心一下剧组演员,于是问道:"您这是做什么呢?"

宴文嘉的动作僵了一下,他手腕往内一扣,就将手机收了起来,冷冷地扯了扯嘴角:"没什么,只是等个新闻。"

陈于瑾真的会尽心尽力地帮顾雪仪?不可能。宴文嘉扔掉手机,站起身道:"开工吧。"

李导顿时笑得两眼都眯起来了:"好,好。今天拍第79场。"

宴文嘉取过一旁的皮手套,慢条斯理地戴上,淡淡地道:"拍第81场吧。"他本来模样就生得贵气,又是正儿八经的豪门大少爷,气势上直接压过了李导。

李导顿了一下:"好,那就第81场。"

这一场是宴文嘉扮演的军阀处置被抓住的间谍……李导心想:二少这是不高兴啊。但他转念一想:二少哪有高兴的时候?

同一时刻,一帮人刚从学校旁的KTV里出来,时间已经比较晚了。

今天没有宴家的车等在门外,几个人扫了一眼,搂着宴文柏的肩膀:"四少今天怎么着也得跟我们一块儿去了吧?"

宴文柏抿了一下唇,有些焦躁,但没有表现出来,沉声说:"不去了。"

"到底怎么了?那天和江靖打了一架,四少就决定从此以后要做乖宝宝了?"那人说完就后悔了,毕竟这话听着讽刺意味太浓了。

宴文柏皱了一下眉,冷冷地看了那人一眼。

那人被他一看,顿时恼怒地道:"如果不是这样,那就是四少对我们有什么看法了。"过去宴文柏几乎每天都和他们混在一块儿,打球、玩赛车、开游艇、参加各种宴会和活动。

宴文柏也想不通,怎么几天不一起玩,这些人的反应就这么大,好像他欠了他们似的？他到底年纪轻，还是少年心性。这些人一没好脸，宴文柏心里也涌起了怒意，他直接攥着车钥匙走了。

其他人看着他离去的背影有点儿蒙："不是吧？这就生气了？宴文柏到底怎么想的？难不成他还真要和我们翻脸？"

大家面面相觑，有人甚至还踹了一脚刚才那个讽刺宴文柏的人："你就不能闭嘴吗？"

宴文柏心里的烦躁感占了上风，他开着车一路出了学校，打开手机导航，朝思丽卡酒店开去。他这是还她的人情，还她穿着睡衣就匆匆到警局接他，而且揍了江靖一顿的人情。

半个小时后，宴文柏终于到了思丽卡酒店门口。他打开车门走了下去，心里还有点儿别扭。到时候他该用什么表情面对她？他又用什么语气跟她说话？还有，他该跟她说什么？他说"我顺路经过这里"，还是直接说"过来看看"？

宴文柏胡乱地想着，然后走进了门。

门内侍者来往穿梭，但除了他们已经没有其他人了。

顾雪仪回到卧室，踢掉了高跟鞋，又让女佣从后面为自己脱下礼服。

女佣匆匆瞥了一眼她雪白的后背，就不敢多看了。

房间里很快就剩下顾雪仪一个人了。宴家显得有点儿安静。

顾雪仪这才想起来宴文嘉这时候应该还在剧组里，想了想，给陈于瑾打了个电话："陈秘书。"

陈于瑾抓着领带的手顿了顿："太太？"他抬头看了一眼墙上的挂钟，晚上十点零五分，现在已经是他的休息时间了。

"陈秘书有李导的电话吗？"顾雪仪问道。

陈于瑾又一次顿住了。他发现顾雪仪好像真拿他当工具人使唤了，不过还是说道："有。我短信发给您。"

"好的。"顾雪仪应了一声，却没有立刻挂电话。

陈于瑾攥紧了手机，也没有立刻挂断电话。他隐约听见电话那头顾雪仪的呼吸声，轻轻的，然后他又听顾雪仪说道："陈秘书，今天辛苦了。"她的语气格外真诚。

"不辛苦"这三个字到了陈于瑾的嘴边，还没等他说出来，顾雪仪又低低地说了一声："晚安。"然后她挂断了电话。

陈于瑾攥着手机站在浴室门外。西装外套已经脱了，窗外的风突然吹进来,高层公寓外的风有点儿凉,陈于瑾不自觉地打了个寒战,然后才意识到自己从接电话开始就站在这里没动了。

晚安,陈于瑾不自觉地在心里应了一声。

顾雪仪拿到手机号,就给李导发了短信:"李导好,我是顾雪仪。辛苦您照顾宴文嘉。一旦他再有异常的举动,请您及时通知我。谢谢。"

顾雪仪发完消息,才进了浴室。

宴文柏这时候也回了宴家。他沉着脸快步上了楼,结果迎面撞上了宴文姝。

"你什么时候回来的?"宴文柏语气不善地问道。

"今天。"

"你去宴会了?"

"去了。"

"宴会几点结束的?"宴文柏不着痕迹地用力咬了咬牙。

"九点半。"

"那么早?"难怪他扑了个空。

宴文姝的表情有些怪异:"因为……因为顾雪仪她要早睡。"

宴文姝看见宴文柏迷惑又震惊的表情,这才觉得心理平衡了。她也觉得惊奇,不,是震惊。简昌明、江越、陈于瑾等人竟然都同意了顾雪仪的提议,真在九点半就散了!

宴文柏越过宴文姝,大步往楼上走去。

"你去找顾雪仪?"宴文姝忍不住问道。她想提醒他顾雪仪现在有点儿难对付,但又放弃了。一转眼,宴文柏就没影儿了。

这是宴文柏第一次主动来到顾雪仪的卧室门口。他想也不想地就抬手敲门,敲门声很急促。宴文柏也不知道为什么自己气不打一处来。

门很快就被打开了。

"嗯?什么事?"伴随着声音响起,顾雪仪的身影出现在门边,她穿着一件睡袍,头发还有点儿湿,眉眼也还带着水意。

宴文柏喉咙里的话一下就哽住了,他连忙别开了头。其实顾雪仪穿得并不奇怪,但年轻人总是会有奇奇怪怪的联想,宴文柏把念头全部压了下去,心里还有点儿羞愧,挤出一句"没事"后,快步下了楼。他都走到二楼了,又掉头走了回去,又一次敲开了顾雪仪的房门。

顾雪仪的头发刚吹到一半,她微眯起眼,面容依旧柔美,但目光是冷淡的,甚至有些锐利:"如果这次还说不清楚的话——"

宴文柏的背部一紧，他赶紧问道："宴会……顺利吗？"

"很顺利。"顾雪仪顿了一下，又说道，"懂得关心人了？嗯，有长进。"

宴文柏被她认真的口吻夸得后背紧绷、脸上发烧。他从来没因为这样的小事得到过这样的夸奖。

而顾雪仪转身往门内走去。

宴文柏顿时紧张起来，她不会……不会又要去拿皮带吧？

顾雪仪再转身走回来时，摊开了手掌，上面是一枚胸章。胸章看上去并不昂贵，只是一个圆圆的底壳，上面画了点儿图案，中间镶着一颗星星。

"奖励。"顾雪仪将胸章放在了他的手里，然后才关上了门。

宴文柏怔怔地站在那里，不自觉地收紧了手指，攥了攥那枚星星胸章。

这是他第一次得到奖励。

非洲。

年轻男人从手下那里接过一块刚拆开的医用纱布，眼睛都不带眨一下地按在了额头上。

年轻男人摸出了手机。最新来自银行卡的消息只有一条。

"您尾号××××的卡10月17日21时33分快捷支付支出11.00元（粉粉冰激凌金利路分店）。"

她就买了一个冰激凌？

这里炎热、蚊虫多，环境极其恶劣，他查看每天收到的银行卡短信好像都成了一种别样的乐趣。

在这个圈子里混的，大多是聪明人，第二天，那位在宴会上和顾雪仪搭过话的金太太就主动打了电话，想约顾雪仪去上花艺课。顾雪仪婉拒了。之后又有什么王太太、张太太打电话来约她，她都一一拒绝了。

比起这些，她更想先解决宴家要紧的事。宴家是她适应这个世界的平台，是她暂时的栖身之所，她花的钱也来自宴朝。

顾雪仪换了身衣服往楼下走去。

楼下，宴文柏坐在沙发上，正低头盯着自己的掌心微微出神，听见脚步声，他立刻收起了手。

顾雪仪却早已看清了他的手中是什么，是那枚胸章。其实那枚胸章也不是什么贵重的东西，是昨天男宴结束后，她在酒店附近的一家冰激凌店买冰激凌的时候被赠送的。东西很廉价，但顾雪仪觉得这个时代的工艺很有意思，就留了下来。

"今天不用上课？"顾雪仪问道。

"嗯。"

"我出一趟门。"顾雪仪说道。

宴文柏张了张嘴，想说"你跟我说干什么"，可话到了嘴边，又咽了回去。这种打招呼的方式怪异又陌生，但带着一股浓厚的生活气息，这种生活气息以前从不属于宴家。等宴文柏回过神的时候，顾雪仪的身影已经消失了。

顾雪仪坐上车，就给陈于瑾打了电话。

陈于瑾正坐在会议室里主持一场高层会议。昨天的宴会发挥了作用，宴氏集团当然也要配合，以达到最好的效果。这时候陈于瑾的助手敲响了门，递过来一部手机："陈总，简先生的电话。"

陈于瑾刚把手机放在耳边，电话那头就传来了简昌明的声音："陈总方便的话，下午一起去一趟宝鑫……"

简昌明的话没说完，一阵手机铃声突然又响了起来。会议室里的人你看我我看你，最后目光落在了陈于瑾的身上。那是陈于瑾的私人手机在响。刚才助手递过来的那部手机是陈于瑾处理公务用的。

陈于瑾答应跟简昌明一起去宝鑫之后就挂了电话，然后拿出私人手机，刚一接通，电话那头就传来了顾雪仪的声音："我要到宴氏集团了。"

陈于瑾左手拿着手机，右手也拿着手机，不小心就碰到了免提键。

会议室里一下安静极了。那是……宴太太吧？宴太太有陈总的私人电话？

他们哪里知道，陈于瑾处理公务的号码都是留给那些打电话他必须接待的人物的。当初顾雪仪问他要号码的时候，因为她身份特殊，可他又很不愿意应付这位宴太太，于是为了方便挂断电话，就留了私人号码。

陈于瑾这几天接惯了顾雪仪的电话，倒没觉得哪里不对，顺手就接了起来。

气氛微妙了一瞬，但很快这点儿微妙感就消散了。大家想的都是，陈总果然是宴总的得力助手之一啊，连宴太太有事都打他的私人号码。

陈于瑾让一个小秘书下去接顾雪仪，然后才继续开会。

开完会后，陈于瑾在公司的咖啡厅里见到了顾雪仪。

"我们来聊聊宝鑫。"顾雪仪开门见山地说道。

陈于瑾的动作顿了顿，然后他说道："太太怎么对这个感兴趣了？"他不得不承认，跟过去相比，她聪明了，但那依旧和处理公司事务是两个世界。

顾雪仪回答得相当简短有力："我不希望宴氏集团倒闭，我过不了贫穷的生活。"

这个理由真是令人无法反驳。以前的顾雪仪把野心都写在脸上，但从来不提宴家为她带来的种种好处，甚至总是将自己包装成受害者，对宴总的冷待提出抗议，令人厌恶至极。现在的顾雪仪大大方方地承认宴家给她带来的好处，反倒让人无法产生反感。

"太太可以放心，宴氏集团不会因为宝鑫倒闭。"

"我从来只相信我看到的东西。"

陈于瑾目光一动。他也是这样想的。陈于瑾蓦地又想到了那天去宴家时看见的那本《人间椅子》。现在的顾雪仪倒是跟他有很多共同之处。

"巡视宴氏集团的产业，这是您的合法权益。"陈于瑾说道。

顾雪仪微微笑了一下，站起身问道："宴氏集团的食堂有什么值得推荐的食物吗？"两个人都没有再提宝鑫，因为顾雪仪已经从陈于瑾的话里得到了想要的答案。

陈于瑾领着顾雪仪往食堂走去："可以试一试松鼠鳜鱼。如果您吃辣的话，还可以再试试水煮肉片；喝汤的话，可以试试佛跳墙……"

中午十二点，网上出现了蒋梦在思丽卡晚宴上被保镖赶出门的新闻，立刻引起了广泛讨论。随即总是和蒋梦抢资源的另一个女演员纪明明立马发了条微博："某人终于玩脱了。"

蒋梦原本设想好的脱身之计一步错，步步错，她再睁开眼时，才发现自己已经陷进舆论的泥潭了。

这时候顾雪仪和陈于瑾去了宝鑫。简昌明则是独自去的。

简昌明的蓝牙耳机里传出简芮的声音："小叔，您去宝鑫了？我没记错的话，那好像是宴氏集团的子公司吧？"

"嗯。"简昌明言简意赅地道，"还人情。"

简芮听完，一下想起了在宴会上，包括在宴家的时候，觍着脸凑上来的顾学民夫妇。顾学民的妻子张昕当年无意中帮简昌明打了一通很重要的电话，对简昌明有恩。后来顾雪仪想嫁给宴朝，顾家知道简昌明和宴朝交好，就用这件事作为交换条件让顾雪仪嫁给了宴朝。简昌明看不上顾家，也希望一次斩断和顾家之间的牵扯，就选择欠宴朝人情。现在看来，顾家成了宴朝的姻亲，他们拼命地想从宴家获取利益的嘴脸实在太难看了。她小叔自觉欠宴先生的人情更大了。

简昌明和简芮通完电话，陈于瑾的车也到了。

简昌明下了车，陈于瑾很快从车上下来，但没有立刻和简昌明打招呼，而是先转身走到另一边拉开了车门，然后简昌明就看见顾雪仪走了下来。今天她穿着一条镉绿色长裙，一头长发用墨绿色的飘带简单束起，耳畔垂下几缕。微风轻轻吹动她的裙摆，也吹动了她脑后的飘带和耳畔的发丝，纤细的身影飘飘欲飞。

一刹那，简昌明竟然生出一种抓不住她的错觉。

"简先生下午好。"顾雪仪和他打了个招呼，还递过来一个保温袋，"宴氏集团食堂的特色小吃，简先生尝尝？"

简昌明目光一闪，骤然回神。他的目光落到了那个保温袋上，保温袋外面印着一个"宴"字。还真没人给简昌明带过这样的小东西。因为那些但凡想讨好他的人都会精心准备昂贵又独特的礼物，可那些昂贵的礼物又有几个能做到独特呢？此刻，这东西倒是独特。简昌明神色平静地接过纸袋："谢谢宴太太。"

他不缺钱，不缺地位，不缺昂贵的宝石、黄金，甚至各种藏品，但她随手带来的小吃满含心意，仿佛她时时刻刻都惦记着对方，连这样的小东西也记得与人分享，让人感觉到满足的同时也让人舒服。

三个人打过招呼，就一块儿往前面那栋大楼走去。

他们刚一走近大楼，顾雪仪的手机就响了。她接通电话，那头传来了李导做贼般的声音："顾……不，宴太太吗？我是《间谍》剧组的导演。刚刚我们发现，二少的助理在网上订了平谷的跳伞票。"平谷跳伞哪，二少要从3000多米的高空跳下去啊！

顾雪仪面不改色地说："好，我知道了，今晚我会赶到剧组的。"

陈于瑾和简昌明一听这话就立刻知道怎么回事了。简昌明问道："宴文嘉又失踪了？"

陈于瑾犹豫了一下，还是说了一句："太太不用在意，二少失踪是常事。"

"不是失踪。"顾雪仪顿了顿，说道，"他要去平谷跳伞。"

"平谷？"陈于瑾惊讶了一瞬，才说道，"上个月有五名游客差点儿死在那里。"

简昌明闻言，再想到刚才顾雪仪对电话那头的人说的"今晚我会赶到剧组的"，心中顿时又涌起了一股无名怒火，还有一丝愧疚情绪。宴家上下也没有好东西。这段婚姻害了宴朝，也害了顾雪仪，她得给宴家那几个小孩儿收拾烂摊子。

简昌明觉得自己欠的人情更多了，说道："我让保镖去把他抓回来。"

"不用。"顾雪仪拒绝了。这些人似乎一点儿也不擅长教养家族中的子弟。她淡淡地道："这么简单粗暴就能解决问题的话，那我不如把他扔平谷里摔死。"

宝鑫的负责人叫裴丽馨，她的丈夫叫宴勋华，按照辈分，是宴朝的叔公。顾雪仪一行人到的时候，宴勋华并不在宝鑫，只有裴丽馨在。

宝鑫的大楼装修得相当气派。他们进了门，陈于瑾的助手出示了一张工作证，前台小姐立刻带着他们上了楼。

电梯门打开。顾雪仪先一步走了出去，一眼就看见了等在那里的中年女人。女人四十来岁，烫时髦的鬈发，穿的是高定成衣。只是她的审美似乎不太好，这套衣服并不适合她，上面大团的印花显得她的腰更粗了。

女人的身后还跟着一群人，那是这里的高层及秘书。女人笑着疾步迎了上来，却径直越过了顾雪仪，直直地停在了陈于瑾和简昌明面前："陈总！这位……这不是简先生吗？简先生怎么来了？实在是蓬荜生辉。"

顾雪仪慢吞吞地抬了抬眼，看向女人身后跟着的那些人。那些人也都在第一眼惊艳后，纷纷去看陈于瑾和简昌明。这两位才是要紧的大人物，一个是宴朝的喉舌，一个是简家的家主，都能决定他们在一个行业里的生死啊。

"裴总好。"陈于瑾微笑着，说出他和顾雪仪商量好的说辞，"太太想过来看一看。"

裴丽馨脸上生疏又客气的笑容一下变得亲切了许多。她转头看向顾雪仪："原来是太太想过来看看哪。"

其他人也纷纷和顾雪仪打招呼："宴太太。"

顾雪仪态度冷淡，连正眼都没给裴丽馨。

裴丽馨早就听过她刁蛮的传言，也不觉得奇怪，只是心里多少有点儿不爽。裴丽馨重新扬起笑容说："太太来这里看什么？这里可不是制造化妆品、首饰和女士服装的地方……"她的语气明显带着一点儿对顾雪仪的讽刺之意。顾雪仪只懂化妆、服饰这些东西，跑这里来凑什么热闹？

顾雪仪面上丝毫没有怒色，眉眼冷淡，有种与生俱来的高傲与轻慢气

88

质,问道:"这是宴家的产业吗?"

裴丽馨变了脸色,有种被对方的傲气牢牢压制住的感觉。她笑了一下:"当然,这当然是宴家的产业。"

"那我是谁?"

"宴……宴朝,不,宴总的太太。"裴丽馨的表情更僵硬了。

"那我有权来这里看看吗?"

"有。"裴丽馨脸上的笑容已经快维持不住了。按理说,她算是顾雪仪的长辈,可顾雪仪的三连问不就是故意踩她的脸、削弱她的气势吗?

"嗯,这就对了。哪怕这里是造军火的地方,我哪天想起来要过来看看也是可以的。"顾雪仪不急不缓地道。

宝鑫的高层和秘书都不由得站直了身体。这位宴太太实在太傲慢了,但他们不仅没生气,反而对她充满了敬意。

陈于瑾的目光落在顾雪仪的身上,忍不住多了几分赞赏意味。

顾雪仪这番话却把裴丽馨心头的怒火与不满情绪一下都激了出来。她冷着脸,淡淡地道:"是,您说的是。"

"那还愣着做什么?带路啊。"顾雪仪淡淡地道。

"您想去哪里?"

"我要看一下账目。"

裴丽馨听见这句话,心里一下笑出了声。她笑着说:"抱歉,太太。这个随意给您看的话,不仅我们,您也要坐牢的。"

顾雪仪皱了一下眉,似是有些不耐烦,问道:"那你们有什么能给我看的?工程计划书?"

裴丽馨目光一闪。顾雪仪果然刁蛮,网络上还夸她有豪门太太的手腕,依她看,顾雪仪恐怕只有那张脸像豪门太太吧?裴丽馨说:"不好意思,这个也不行。"

顾雪仪脸色一冷,盯着裴丽馨说道:"你是不是故意针对我,嗯?这个也不许,那个也不许。现在我要去仓库,马上带我去看,不然……"

裴丽馨听见她的话,心里笑了起来,她果然什么都不懂,一会儿要看这个,一会儿要看那个。她现在用这样的口气也不过是想挽回自己的面子吧?敢情她是来这里过太太的瘾,或者是来清点宴朝的"遗产"?陈于瑾和简昌明多半也是被迫陪着她过来折腾的,怕她弄坏了宴朝的东西吧。裴丽馨起了轻视之心,加上心里已经讨厌顾雪仪了,就本能地觉得顾雪仪很蠢,说道:"好,我带您去。您可别乱来。"

陈于瑾顿住脚步："我和简先生就在这边喝喝茶，太太慢走。"

裴丽馨心说：他们果然是被迫陪着顾雪仪来折腾的。

裴丽馨立刻带着顾雪仪往楼下走去。其余高层则在上面陪着陈于瑾和简昌明，他俩都有些心不在焉，都在想刚才的事。

顾雪仪要看账目，裴丽馨当然不肯，那是最重要的东西；她要看工程计划书，这个已经算不上机密了，里面能暴露宝鑫的问题的地方不多，但如果是陈于瑾和简昌明看的话，那就能看出不少问题了，所以裴丽馨也拒绝了；最后她提出看仓库，裴丽馨觉得她看了又带不走什么东西，而且看样子简昌明和陈于瑾也并不想陪她去，当然不会暴露任何问题，于是，裴丽馨答应了。顾雪仪先提出对方不可能答应的要求，再逐步退让，最后提出真实的要求，这样做往往比一开始就提出真实要求更容易达到目的。她很聪明，甚至，好像处理这样的事她相当有经验一般。顾雪仪真是演技一流，就连刚才盛气凌人的模样都没有让人反感，反而让人觉得，她仿佛天生就该是尊贵、骄傲的。

陈于瑾握着茶杯，面上笑眯眯的，心里却有些焦躁。她独自跟裴丽馨去仓库真的没问题吗？

之前顾雪仪特地在万能的网络上搜过相关信息，可相关信息非常少，她只在某个小众爱好者的论坛里看见了只言片语。看完后，顾雪仪才大致弄明白宝鑫究竟是干什么的。它承接工程，但承接的不是普通的建筑类工程，而是大型基建项目。

顾雪仪置身仓库里，仓库占地面积很大，周围放着各种集装箱，让她对宴家究竟有多厉害的认知又上了一个新台阶。

两个小时后，裴丽馨问道："看够了吗？"

顾雪仪抬了抬下巴："嗯，走吧。"

裴丽馨松了一口气。照她这样看，恐怕连集装箱上的字都没看清，看得出来什么？

大家又回到了会客厅里。

等看见陈于瑾和简昌明在喝茶，顾雪仪冷声道："陈秘书在干什么？我们走了，还要去庆和呢。"庆和是宴氏集团的另一家子公司。

裴丽馨心道：她果然是来清点"遗产"的。

陈于瑾放下茶杯，跟上了顾雪仪。

顾雪仪走了几步，突然扭头说："简先生就不用一起了吧？"

聪明人和聪明人之间自然是一点就透。简昌明淡淡地道："宴朝不在，我得替他护着点儿，宴太太。"

顾雪仪冷冷地别过脸，进了电梯。

裴丽馨的猜测全部被证实，她笑着送走了顾雪仪。

简昌明回到自己的车里，顾雪仪和陈于瑾上了另外的车，两辆车一块儿驶了出去，去了一趟庆和才各自返回。

"裴丽馨不麻烦，躲在后头的老乌龟才麻烦。这件事不解决，宴家这笔生意就做到头了。"陈于瑾突然开口说道。说完，陈于瑾又陡然意识到，和顾雪仪说这些干什么？现在的顾雪仪是聪明，但这样的麻烦也不是她能解决的，也许她听完，又要担心宴氏集团破产了。

陈于瑾抿了一下唇，正犹豫着要不要安抚一下顾雪仪，就看见顾雪仪神色平静地应了一声，随即拿起手机打了个电话，说："我现在过去。"好像今天的事情对她没有丝毫影响。

陈于瑾怔了一秒，然后才问道："去剧组？"

"嗯。"

陈于瑾脱口而出："我送您？"

"嗯，好啊。"顾雪仪应得理所当然。

陈于瑾被噎了噎，几秒过后，露出无奈的笑容，亲自开车送顾雪仪到了剧组。

这时候，已经是傍晚七点了。陈于瑾这才有点儿后悔，这个时候自己应该在宴氏集团大楼里工作才对。

顾雪仪下了车，李导就先迎上来了，一眼就认出了陈于瑾。

谁能不认识这位宴氏集团的代言人呢？谁想搭上宴氏集团都得先搭上陈总才行哪。

"陈总好，宴太太好。"李导赶紧打招呼。

顾雪仪低头看了一眼时间，转头又对陈于瑾说："很晚了，辛苦陈秘书，陈秘书先回去吧。"

陈于瑾动了动嘴唇，鬼使神差地说了句："不急。"

顾雪仪听见这句话，也就不再多说了，转而向李导问起了宴文嘉的事情。

"平谷跳伞都是白天，这位大少爷非得晚上跳。经纪人说，是因为他觉得晚上的平谷更美。"李导一边说着，一边摸自己的头。

瞧瞧，自从开拍这部电影，他的头都秃了多少了？

· 91 ·

"在哪里开始？"顾雪仪问。

李导马上找来了工作人员："你带宴太太过去。"

工作人员忙不迭地应了，带着顾雪仪徒步往山坡上走去。等到了半山腰，顾雪仪看见了一个小房子。工作人员注意到她的目光，介绍道："这是穿戴安全设备的地方。"

顾雪仪顿住了脚步："嗯，我也穿一套。"

一直不远不近地跟在后面的陈于瑾眼皮猛地跳了跳，脱口而出："你疯了？"

顾雪仪却已经推开了小房子的门，走了进去。

陈于瑾用力地抿了一下唇，突然意识到，现在的宴太太十分有主见，这一点好像比过去的宴太太还难搞。

顾雪仪很快换好衣服出来了。

陈于瑾的唇抿得更紧了，一颗心提了起来。这不该他来管的，陈于瑾试图说服自己，但越是在脑中强调，越是忍不住去想。顾雪仪也不应该管宴文嘉的事……她知道这有多危险吗？哪怕遇上天大的事也从来不急的陈秘书这会儿却陡然间产生了强烈的焦虑感。

宴文嘉在平谷泡了温泉，睡了一觉才起来换衣服，准备跳伞。

他登上直升机后，直升机很快上升到一定的高度。美丽的夜空触手可及，夜空下的平谷也更加美丽。

直升机的门被打开了。

宴文嘉知道教练就坐在他的身后，闭了一下眼，再睁开，深吸了一口气。突然间，背后传来一股力道，宴文嘉被一脚踢了下去，失重感陡然笼罩住了他，心跳瞬间加快。

宴文嘉骂了一句。紧跟着，一只手抓住了他背后的带子，往上提了提。

宴文嘉感觉自己的肩带一紧，自己仿佛是老鹰抓小鸡游戏里的那只小鸡一样……对方也跳了下来，牢牢地抓住了他，两个人似乎被绑在了一起。

他们紧挨着朝平谷落了下去……降落伞打开，风猛烈地吹拂着脸颊。

宴文嘉艰难地睁开了眼，转过头。那人不是黑皮肤的教练，而是顾雪仪。

"顾……雪……仪？"他的声音被风吹散。美丽的夜空下，宴文嘉差点儿当场心肌梗死。

她怎么敢跳伞？！

陈于瑾眯起眼，望向顾雪仪的身影——肆意、大胆又过分美丽，如同一只翻飞的蝴蝶。强烈的视觉冲击之下,陈于瑾的心跳骤然加快。

宴文嘉攥着降落伞的绳索,脑子里"嗡嗡"作响。他没有快乐,只有悲伤。

等到滑行降落的时候,顾雪仪还踩了他一脚。

"你怎么会和我一起跳下来?"宴文嘉的声音从牙缝里挤了出来。

"我让他们踹你一脚,他们不敢,那就只好我来了。"顾雪仪的声音毫无起伏,她仿佛在说一件无关紧要的事。

"你什么时候来的?"宴文嘉问。

"三个小时以前。"

"三个小时前你就在直升机里等我了?"宴文嘉皱起眉。

工作人员这时候上来给他解开安全带,他推开了人,自己抬手抵在了搭扣上,目光紧紧盯着顾雪仪,脱下了身上的安全设备。

顾雪仪却没有立刻脱下设备,而是问:"还来吗?"

宴文嘉都快以为今天要来跳伞的人其实是顾雪仪了。他扯了扯嘴角:"好啊。"

谁会认输呢?反正宴文嘉不认输。

顾雪仪看向陈于瑾:"已经凌晨了,陈秘书还是先回去休息吧……陈秘书?陈秘书?"

"嗯?"陈于瑾现在心跳的速率还没降下来。他脸上公式化的笑容消失了,只剩下一脸麻木的表情。他是个相当惜命的人,从来不做这样的事。宴文嘉一次又一次玩命的举动在他看来都是愚蠢的,但也正因为从来没有接触过,真正近距离接触的时候他才会格外震撼。

顾雪仪跳得太快,因为刚刚练习过很多遍了,跳伞的姿势堪称优美。当她的身影逼近,他很难从她的脸上看见惊慌、紧张的表情。她的眉眼间洋溢着傲然和战意,这是平时根本见不到的,他很难想象这样的表情会出现在一个女孩子的脸上。当她张开双臂,快速下落,陈于瑾的心脏也像是从高空落下来,这辈子的刺激感他都在今天感受完了。瞬间,他的大脑和灵魂仿佛被分成了两半:灵魂感受着大风拂过,仿佛自己也纵身跳下一般,大脑还在冷静地给出专业解释——难道这是吊桥效应?

"你不回去吗?"顾雪仪的声音响起,猛地拉回了陈于瑾的思绪。

"不回。"那种高度紧绷的危险感还笼罩在陈于瑾的心头。如果他没有看见顾雪仪坐上车安全离去,就算回去了也会因为焦虑失眠。

顾雪仪还是没有多问,转头又和宴文嘉往山坡上走去。

陈于瑾喉头动了动,想叫住她,但脑子里很快又冒出了其他想法——

你和她没有关系，你没有权力去管她，也不应该去管她……"

陈于瑾刚刚回过神，宴文嘉又在半空中骂了一声——他又被踹了下去。

顾雪仪依旧和他一起纵身跳了下去。

宴文嘉潜过水、蹦过极，还跑到北极去当了几天冻蘑菇……可他一直觉得孤独，无法从中感受到生命存在的意义。这是第一次有人和他一起做这样把命拴在刀尖上的事。宴文嘉胸中的怒意和冷意渐渐消散，目光投向了面前的平谷。夜色下的平谷显得越发美丽，这是他见过的最美丽的风景。

几分钟后，他们再次成功滑翔落地。

"还玩吗？"顾雪仪又问。

宴文嘉："不了。"他突然怀疑顾雪仪就是想找机会踹他。

顾雪仪却很认真地向他提议道："不如多玩几次？一次玩个够。如果不够刺激的话，你也可以试试直接从平谷的山坡上跳下来。"

宴文嘉："我不玩了。"

"哦。"顾雪仪淡淡地道，"那就回家吧。"

大气也不敢出的工作人员这才连忙上去给他们解开安全带，陈于瑾也终于松了一口气。

"我在车上等你。"顾雪仪顿了一下，才说道，"如果待会儿还没见到你人的话，那我会认为你依旧对这里恋恋不舍。那我们就接着玩，一直玩到明天都没问题。"

可怜的李导怕出事，一夜都没敢睡，和宴文嘉的经纪人一块儿走过来时就听见这么一句话，吓得天灵盖都快飞了。等缓过劲儿，他只觉得自己的头又秃了一些。

宴文嘉沉默半晌，回道："我知道了。"

顾雪仪回到了车里。

陈于瑾想说点儿什么，顾雪仪突然降下了车窗，问外面的工作人员："有热水吗？"

"有的，您等一等。"工作人员连忙去接了一杯热水，从车外递了进来。

顾雪仪将纸杯握在手中，低头小口抿了起来。

陈于瑾看了看她，突然发现顾雪仪的皮肤白得过分，似乎没有血色一般，突然有点儿想笑，但又有一点儿心疼，说道："原来太太也怕？"

"嗯？"顾雪仪抬眸看他。

"太太的脸色都白了。"

"哦，你说这个。"顾雪仪又低头抿了一口热水，"我穿得太少了，跳下来时还挺冷的，尤其风兜头迎上来的时候，冻脸。"

陈于瑾沉默。

"你方才说也怕？"顾雪仪微微伸长了脖颈，在车内昏暗的灯光下，她看上去像个充满好奇心的少女，"所以陈秘书怕跳伞吗？"

陈于瑾继续沉默，这话当他没说过。

宴文嘉看完了一段录像，然后脸色铁青地站了起来。

经纪人看他脸色不对，连忙问："怎么了，原哥？"

"我先走了。"宴文嘉说着，大步向顾雪仪的车走去，"你回剧组等我，我明天或者后天回剧组。"

经纪人听到宴文嘉的话，一颗心也落了地，这才跟着导演准备收拾收拾回剧组酒店。

宴文嘉拉开车门坐进去，才看见陈于瑾，问道："陈总也在？"

陈于瑾："是的，二少，我一直都在。"

宴文嘉皱了一下眉，选择了闭嘴。

陈于瑾知道宴文嘉有话想和顾雪仪说，但他自己这会儿还没缓过劲儿，又困得要命，哪怕是加班也没加到这个点过，情绪低落，所以没理会宴文嘉，将他们送回宴家，自己才离开。

下了车，宴文嘉却没有立刻进门。

顾雪仪回头看了他一眼："怎么？还想回去？"

宴文嘉沉声问道："你三个小时以前就到了，你先去训练了？你跳了很多次？为什么？"

大部分的跳伞景区会提供录像、拍照服务，这里也一样，宴文嘉看的录像就是过去的三个小时里顾雪仪重复学习、适应跳伞的过程。

"因为没有跳过。"顾雪仪说。她当然没有跳过，古代没有这样的东西。

宴文嘉陷入了焦躁情绪之中，急急地道："你知道的，我问的不是这个。你为什么到平谷来找我？你为什么要跳那么多次？"

"要去评价你玩的东西，我当然应该先体验过才有资格评价。"

宴文嘉的呼吸滞了滞，他站在那里，仿佛听见自己空空荡荡的五脏六腑里缓缓流淌过什么。宴文嘉扯了扯嘴角，露出了一个僵硬的笑容："然后呢？你现在怎么评价？"

顾雪仪："我想我现在有资格骂你傻，再打你一顿了。"

第四章
宴文姝

顾雪仪的恢复能力很强，第二天起床后，她神清气爽，气色相当好。

"太太，您的早餐已经准备好了。"女佣在一旁说道。

顾雪仪转头看了一眼。楼梯拐角处，有个女佣往角落里躲了躲。顾雪仪记得这个女佣，这是第一次来敲她的房门的女佣，好像叫王月？

顾雪仪的目光从王月身上掠过，然后她径直走向了餐厅。

王月被吓得够呛。她现在算看出来了，太太变了。家里二少、四少都管不住太太了，有时候他们还得挨揍。太太又举办了什么宴会，连陈秘书都出席了。先生再不回来，宴家就要易主了。她这个给蒋梦开门的下人又能讨到什么好呢？这直接导致现在王月一见到顾雪仪，就跟鹌鹑见了老鹰一样。王月哪里知道自己已经成了反面教材，她的害怕样子都被宴家的其他用人看在眼里，谁也不想变成第二个王月，对待顾雪仪的时候自然就更加恭敬小心了。

顾雪仪走进餐厅。

宴文姝坐在餐桌前，听见脚步声，飞快地收起了手机。

"早。"顾雪仪在主位上坐下。

宴文姝的嘴角抽了抽，那里以前可是她大哥坐的地方，顾雪仪可真敢坐！

女佣很快在顾雪仪的手边放下一杯牛奶。

"现在……"宴文姝犹豫着起了个头。

顾雪仪将牛奶杯握在手中，没有喝，抬眸盯着宴文姝。宴文姝喉头哽了哽，补了一句："早。"不然，顾雪仪大概又要用风轻云淡的口吻说她没教养，还很愚蠢了。她要是跳脚，那就显得更蠢了。

宴文姝咬了咬唇，心中有点儿郁闷，同时又被激起了一股不服输的劲儿……顾雪仪说她蠢，那她会让顾雪仪知道她不蠢！

"嗯。"顾雪仪低头喝了口牛奶，然后动作优雅地拿起了筷子，夹走了一个小笼包，"你刚才想说什么？现在说吧。"

"那……那件事……怎么处理？"

顾雪仪手上动作不停："你认为呢？"

宴文姝听见这句话，一下子警觉起来：她是不是在考验我？如果我提了什么不恰当的建议，她是不是又要骂我？脱离了那些追捧她的，整天除了聊化妆品、包和服饰以及去哪里旅游的姐妹，宴文姝才骤然意识到，她的大脑到了这一刻好像真的不够用。她开始拼命思考："我认为……"宴文姝开头就卡了壳，甚至有种回到高中时代站在台上做总结的错觉，"我应该在她来找我的第一时间就先立刻看住她……"

"为过去后悔没有任何作用，你现在要想的是接下来怎么办。"顾雪仪打断了她的话。

宴文姝脸上发烫，觉得自己刚才好像又犯蠢了："接下来……我不会让她再出现在宴家以及任何与宴家有关的场合。我会雇专人看着她，不让她来烦你。"宴文姝顿了顿，又说，"我不喜欢你，但你说得对，这轮不到我来管。我大哥没回来，你就是宴家太太。不能随便从哪里钻出来一个女人，我就纵容她搞逼宫的戏码。"

宴文姝觉得自己这番话说得相当理智了，她对顾雪仪宽容又客气！

顾雪仪轻叹了一口气。

宴文姝一下子紧张起来，后背都冒出了细密的汗，她……她难道又说错了？

顾雪仪看了她一眼，目光都忍不住带着一点儿怜爱之意。小姑娘从小缺乏正确的引导，还是想得太简单了。顾雪仪说："她说什么你就信什么？你没有一点儿自己的判断吗？"

宴文姝听到这话又羞又气，想说当时事出紧急，没想那么多，但转念想想，事情又有什么可紧急的呢？难不成自己跑慢了，蒋梦肚子里的孩子就滑胎了？当时她怎么脑子一热，就立刻飞回国了呢？因为蒋梦说，顾雪仪如何羞辱她，拒不见她，转头又以宴家的名义办起了宴会……蒋梦看准了自己讨厌顾雪仪这一点!

"我被人当枪使了……"宴文姝"腾"一下站了起来。

宴文姝想到了这一点,思路一下开阔起来。蒋梦不是什么好东西,她为什么信了蒋梦的话?就凭蒋梦和宴朝几个月前的一条绯闻吗?宴文姝的肺一下被气炸了,蒋梦竟然利用了她,更让她无法忍受的是她竟然因为自己的喜恶掉进了蒋梦的圈套里,还差点儿丢了宴家的脸。宴文姝咬了咬牙:"我知道了。现在,我应该先弄清楚她和我大哥是否真的有来往,她肚子里的孩子是否真的是我大哥的。"

不等顾雪仪出声,更准确地说,她是不敢去看顾雪仪的眼睛,就跑出了宴家。她还是沉不住气,自己三言两语,她就立刻信了。和曾经的顾家与盛家的子弟相比,宴文姝仍旧是蠢的,但蠢得有点儿可爱。

顾雪仪没有拦宴文姝。小姑娘要自己去撞一下南墙才知道不是谁都捧着她。

顾雪仪重新端起了牛奶杯,抿了一口牛奶,然后上楼开始继续学习如何使用笔记本电脑,顺便还要将前一天在仓库里看见的信息全部整合起来。她拿出手机,用生疏的拼音敲下一条短信,发给了陈于瑾:"昨天辛苦陈秘书了,平谷的凌晨很冷,陈秘书注意休息。如有需要,可以熬点儿姜汤驱寒。"

陈于瑾听见短信提示音响起的那一刻,本能地觉得可能是顾雪仪发来的。

恰好这时候助手正在调PPT(演示文稿),陈于瑾低下头,摸出了手机,短信还真是顾雪仪发来的。

陈于瑾攥着手机的手指紧了紧,鼻子里跟着痒了痒,他没憋住打了个喷嚏。

会议室里的人一下子齐齐看向陈于瑾,无数的关怀目光像碎纸片一样飞向他。

他不会告诉任何人,自己去平谷吹了几个小时的冷风就是干了件这辈子最没有意义、最荒唐的事!陈于瑾面带微笑,没应和他们的话,低下头,又将那条短信看了一遍。

姜汤?他没熬过,但可以试试。

宴文姝跑出了宴家,然后打了辆车,在车上给蒋梦的经纪人打去电话。在顾雪仪下楼进餐厅的时候,宴文姝正在用手机刷微博。关于顾雪仪和蒋梦的话题相当火爆，光是评论区现有的内容就足以让宴文姝大开眼界了。

宴文姝越看越气愤，也越看越心虚。蒋梦干出这样的事，自己竟然还把她带到宴会上去了，自己是猪脑子吗？

如果当时顾雪仪的反应不够快，那宴家人会变成怎样的笑话？

"喂，宴小姐！"电话接通，那头传来经纪人急切的声音。经纪人一直联系不上宴文姝，生怕失去这最后的机会。总不能在宴文姝这里没动静之后，她还得去找宴家最后一个没和他们接触过的小少爷吧？

"宴小姐，终于联系上您了。现在情况很不好……"经纪人带着哭腔说，"蒋梦她……她想不开了。"

要是之前，宴文姝肯定着急了，但这会儿，她淡淡地说："哦？是吗？把地址给我。"

经纪人根本没发现宴文姝这一刻的口吻平静得有些冷。

宴文姝也没发现，自己现在的样子无意识地模仿了顾雪仪。

她拿到地址后就挂断了电话。

"宴文姝性格冲动，只要你拿孩子当筹码，她肯定想也不想就会保护你。其实哪怕她不保护你也没关系，这么折腾下来简芮应该已经对你是宴朝的情人深信不疑了。"经纪人说道。

蒋梦的脸色青白，手脚冰凉，她怎么缓也缓不过来，颤声说道："希望如此吧。"

经纪人拿走了她的手机，刷了刷微博，看到"宴文姝转发"这五个字挂在话题榜上，疑惑地刷新了好几次，每次刷新，话题热度都在往上涨。

宴文姝在微博上小有名气，所以她发微博会上话题榜并不奇怪，但热度涨得有点儿奇怪。

经纪人这样想着，点进了微博，一刹那变了脸色："蒋梦！不好了！"

那条微博是宴文姝转发了关于蒋梦的丑闻的微博，并评论："剧里演技没见长进，生活里演技进步神速。"

经纪人的冷汗下来了。宴文姝这不是要让蒋梦人设崩塌吗？经纪人哆嗦着又刷新了一次，差点儿两眼一黑晕过去。

宴文姝不仅没删掉那条转发微博，还嫌不够解气似的又发了几条新微博："看清楚了，这是宴太太。"后面跟着一张图片。

经纪人点进微博就看到了那天媒体放出来的顾雪仪的照片，一口气卡在了喉咙里，失声大喊："她不是和顾雪仪关系不好吗？"

蒋梦一时遭受的打击太多，脑子里"嗡嗡"作响："我……我怎么知道？那天宴会上，她的确和顾雪仪吵起来了……现场气氛很紧张……"

这时候，门铃突然响了。

经纪人突然想起了什么，满头冷汗地道："我刚刚把你的地址给宴文姝了……她是不是……是不是已经知道什么了？"

《间谍》剧组。

李导愁眉苦脸地看着微博。这个蒋梦怎么这么多事呢？她这丑闻越搞越大……电影势必会受影响，他怎么把这个女人弄出去呢？

李导气得摔了一下手机，一抬头，看见了今天天没亮就来了的宴文嘉，心里直发颤，还以为宴文嘉昨晚被气疯了，今天神经都不正常了，结果李导跟他说了几句话，发现他神经正常得不得了，就是说话有点儿颤音，可能是昨天冻的……哦，还有就是脸上不知道怎么多了几道轻微的伤痕，但那不重要，粉底能盖住。

李导松了一口气。如果没蒋梦拖后腿的话就更好了。

宴文嘉这时候正襟危坐。

剧组里不少工作人员忍不住悄悄打量他，他一如既往地英俊。

经纪人崩溃地抓了抓头："这不是几道伤痕的问题，是您的脸都肿了啊，您自己没发觉吗？晚上您还真要这样去参加活动？无数台高清摄像机同时对着您哪，原哥！"

宴文嘉摸了摸脸，姿态优雅地维持着被顾雪仪抽得所剩无几的尊严："我不疼，我没关系，我很好。"

"人要找死的方式有千万种，不给别人添麻烦是基本道德。你觉得生命无趣，想要找到活下去的意义，不应该这样去找……这样你一辈子也找不到。也许有一天，你就真的死在某个丛林里，某个沙漠中，某个悬崖下……所有人只会觉得松了一口气，没有人会缅怀你。这就是你想要的结果吗？有些人死了，他们称得上活过；有些人死了，那就只是死了。剥下宴家的外衣，你算什么？"顾雪仪不急不缓的声音落下时，宴文嘉正盯着她的背影，脑子里不受控制地想，明明清瘦的身体，又怎么能在跳伞的时候爆发出那么强大的力量呢？他觉得胸口被什么堵住了。

他慢吞吞地消化着顾雪仪的话，越是反复在大脑中消化，越是有种密密麻麻的痛扎在他的身上。

这是我要的结果吗？我算什么？

没等宴文嘉从丧气、压抑情绪中挣脱出来，顾雪仪突然转过身，从桌上拿起了一条皮带："现在我先教教你基本道德。"

宴文嘉躲了躲，但她的手法太巧妙，他闷哼一声，被抽在了下巴上，死死咬着牙没再发声，跟着摔下去，在桌子上磕到了脸。要不是顾雪仪从后面提了一下他的领子，宴文嘉就真是死得荒谬了。

坐在椅子上的宴文嘉慢吞吞地动了动眼睫，将顾雪仪的话又在脑子里过了一遍。

"想要找到活下去的意义，不应该这样去找。"那他应该怎样去找？

"原哥，您真的不再想想了吗？"经纪人的声音在耳边响起。

宴文嘉抬头看向经纪人："不想了。"他可以流血，可以疼痛，但要他嘴上认输是不可能的。

经纪人的声音一下全被按在了喉咙里。他触到宴文嘉的目光，就知道宴文嘉是认真的。面前过分俊美的青年，好像有哪里变了，但经纪人又说不上来他到底哪里变了。经纪人抬手抹了把脸，麻木地想：可能是他的脸肿了带来的错觉吧……

顾雪仪学了一天如何使用笔记本电脑，然后走到门外对女佣说道："给我准备一套笔墨纸砚。"她还不习惯这个时代用水性笔来写简体字。

女佣面露惊讶之色，但很快就下楼给顾雪仪找东西去了，只是心里忍不住嘀咕：太太要这个东西干什么？

女佣很快就送来了笔墨纸砚。顾雪仪扫了一眼，这套笔墨纸砚不算差，但也不算好，将就能用。她捏住墨条，加入清水，悬腕在砚台中慢慢研磨起来。

女佣见状，连忙说道："太太，我来吧。"

顾雪仪习惯亲自做这样的事："不用了。"这也是训练腕力的一种方式。

顾雪仪抓着墨条慢慢地研磨着，越发感觉到这具躯壳和她的契合度越来越好。磨好墨之后，顾雪仪就让女佣出去了，自己则提笔慢慢根据记忆梳理宝鑫的信息。这一梳理就是三个小时，等她再回过神时已经是晚上了，显然现在她不适合再去找陈于瑾了。

顾雪仪将厚厚的一沓纸折好，打开了梳妆台上的小保险柜。小保险柜里装满了各式各样的首饰，顾雪仪把首饰全倒进了抽屉里，转而将那沓纸放了进去,然后锁好了保险柜。

半小时后,陈秘书收到了顾雪仪发给他的第二条短信:"明天陈秘书有空吗?我会去一趟宴氏集团。"

陈于瑾望着厨房里熬干的锅,按着额角,重重地咳了咳,回了条短信:"有。"

他重新有了点儿力气,把锅洗净,重新熬姜汤。

顾雪仪得到确切的回复后就去洗漱了。陈于瑾则在目不转睛地盯着锅,等了几分钟后,姜汤终于熬好了。他低头喝了一口,姜汤又烫又辣,但的确很暖。

顾雪仪从浴室里出来后给宴文柏打了个电话。

宴文柏接起电话,却不知道该说什么,绷着脸,电话里一片死寂。他这几天都是按时回家,也没有再和江靖起冲突。而且她就睡在他的楼上,给他打电话干什么?

宴文柏抿紧了唇。

"你有宴文姝的电话吗?"顾雪仪问道。

宴文柏挂断了电话——她打电话给他就是为了要宴文姝的手机号?

过了几秒钟,宴文柏意识到自己干了什么,才迟缓地想起了皮带的滋味儿,马上又拨了电话回去,但语气里带着一点儿不易察觉的屈辱感:"你要宴文姝的号码?我发给你。刚才……"宴文柏憋出了一句谎话,"不小心挂了。"

顾雪仪没和他计较,低声说了句:"晚安。"然后她就去短信里查收手机号了。

宴文柏倒是抓着手机愣了几秒,然后又躺了下去。

顾雪仪给宴文姝打了电话,但没打通,然后只发了条短信:"点到即止,别做蠢事。"

这时候是晚上九点三十三分,宴文姝胸中憋着怒火,冷冷地盯着蒋梦:"在我面前演了那么多戏,怎么?现在让你去医院做一次产检,你都不肯去了?"

蒋梦发丝散乱,模样憔悴,看上去柔弱可怜,反倒衬得宴文姝咄咄逼人。

经纪人看宴文姝没带别人,顿时胆子大了点儿,掏出手机,悄悄打开录像功能,对准了蒋梦。她只要剪辑一下,就能改变现状。

宴文姝一扭头,就发现经纪人在录像。她之前整天都和国外记者及那些街拍摄影师打交道，对这个东西太敏感了。她顿时火冒三丈，一把抢过手机来往墙上砸去。

经纪人瞪着宴文姝，眼珠子都红了。宴文姝的脾气是冲，太冲了，就没有这位大小姐顾忌的事。她们哪里能想到会搬起石头砸了自己的脚呢？现在她们被逼到这个地步……今天的事肯定不能善了了。

"蒋梦，你给那个人打电话。"

"哪个人？"宴文姝冷声问道。

房间里一时间静了下来。

晚上十点。

曹家烨戴上帽子、口罩，带了保镖，趁着夜色出了别墅区。

简芮听见动静下楼问道："先生人呢？"

女佣轻声回道："先生说公司有点儿急事。"

当晚，宴文姝一直没有回顾雪仪的电话和短信。

顾雪仪第二天早上八点就起来了，用过了早餐，一边赶往宴氏集团大楼，一边又给宴文姝打了个电话，宴文姝还是没有接。

顾雪仪忍不住皱了一下眉。其实从一开始她就没将蒋梦这个角色放在眼里。蒋梦演戏也好，逼上门也好，去找宴文姝也好，都说明她很急，同时也能看出她的手段很拙劣。宴文姝连这样的人都拿不下？

很快，车抵达了宴氏集团大楼。

顾雪仪没有继续拨电话，径直上了楼。工作人员纷纷跟她打招呼："宴太太。"

电梯到了陈于瑾所在的楼层，早就有小秘书等在那里了。小秘书立刻带着顾雪仪去了小会议室。

门被推开，屋内的男人抬起了头。

"简先生。"顾雪仪打了声招呼。

"宴太太。"简昌明喉头动了动，推了一下眼镜，也打了招呼。

这一幕和他们上次在宴氏集团大楼见面的情景分外相似，但心境全然不同了。简昌明已经能更客观地看待顾雪仪身上的改变了。

顾雪仪落了座，几分钟后，陈于瑾也到了。

"宴家在各个家族成员的手机上安装 GPS 了吗？"顾雪仪问。

陈于瑾的感冒已经好了大半，他一看见顾雪仪就想起了微烫、微辣的姜汤。他说道:"有是有,但得看您要找谁。毕竟有些人总是不愿意配合的,他们会自己拆掉定位。"陈于瑾说完,又追问了一句,"怎么了?出什么事了?"

听见这句话,简昌明不由得抬头看了陈于瑾一眼,陈秘书的话好像变多了?

"麻烦陈秘书让人查一下宴文姝的定位。"

陈于瑾也不再问为什么,立刻应了一声:"好。"他转身出去吩咐了一番,然后又回到了小会议室中。

顾雪仪取出了那沓纸,眼睛都不眨地撒了个谎:"我写成了这样,看上去更像我的练字帖。"

的确,谁也无法将这东西和宝鑫联系到一起。

陈于瑾双手接过纸,缓缓展开,简昌明也跟着看了过去。字体端庄秀美,只有横、撇、钩隐隐透着铁画银钩的气势,这手字相当漂亮,好像她已经写过无数遍了一样。但接下来更让人惊叹的是,他们发现她的记性也相当不错。她身上还有多少惊喜呢?顾家真的教得出这样优秀的人吗?

在陈于瑾和简昌明盯着那沓纸的时候,顾雪仪的手机收到了一条来自某浏览器的新闻推送:"宴文姝转发微博疑似讥讽蒋梦,你怎么看?"

顾雪仪看见这条消息,立刻警觉起来,点进新闻看了看。

宴文姝在去找蒋梦的路上就发了微博嘲讽蒋梦。评论区有不少评论是讽刺蒋梦的。对需要靠人气维系地位的蒋梦来说,这无异于直接割断了她的命脉。

宴文姝真是鲁莽,至少应该带两个保镖再去兴师问罪啊。

顾雪仪的手指滑动了一下,她看见了宴文姝发的另一条微博:"看清楚了,这是宴太太。"

顾雪仪微微挑了挑眉,宴文姝果然还是孩子的思维方式。她站起身:"简先生和陈秘书先看着,我得离开一会儿……"

"太太去哪里",这话到了嘴边,又被陈于瑾咽了回去,这些事轮不到他管。

顾雪仪冲他们微微颔首,礼节依旧无可挑剔,然后她打开门快步走了出去。

她带了两个保镖,这当然不算少了,更何况她曾经跟随父兄去过战场,比起寻常女子已经强了太多。但她不会将自己置于危险之中,步子一顿,扭头又推开了门,问道:"陈秘书,保镖能借我用一用吗?"

简昌明动作一顿，随即说道："我的保镖能借给宴太太。"

开口慢了的陈于瑾张了张嘴又闭上了。

门铃声又一次响起，但这次蒋梦和她的经纪人不再害怕了，反而松了一口气。蒋梦抬手将眼角揉得更红，然后才走过去打开了门，声音柔弱又凄苦："你来了。"

曹家烨却一把推开了蒋梦，大步朝门内走去，沉着脸问道："人呢？"

蒋梦猝不及防地被推了一下，脸上的表情变了变，一只手捂住了肚子，勉强露出了笑容："人……在里面。"

曹家烨走过玄关，见到了宴文姝。

经纪人守在那里，看见他来了，立刻站了起来，想喊"曹总"，又没敢喊。

坐在椅子上的宴文姝扫了一眼，冷笑道："有什么不敢叫的？不是曹总吗？谁不认识曹总呢？"简家和宴家交好，宴文姝当然也认识简芮的丈夫。

曹家烨脸色一变，没想到自己戴着帽子、口罩和墨镜竟然还是被认出来了。幸好他离开别墅后故意开着车在城际高速上绕了好几圈，最后才绕到蒋梦这里，不然，简芮恐怕也知道了。

曹家烨摘下口罩和墨镜，冲宴文姝微微笑了笑："我接到电话，说有人在这里骚扰我们公司旗下的艺人，所以过来看看，没想到是宴小姐。"

宴文姝根本不吃他这套，冷笑了一声："你就是蒋梦的奸夫？"

曹家烨能在简芮的眼皮子底下荒唐这么多年，脸皮的厚度不是一般人能比的，听宴文姝这么说，他反倒吃惊又愤怒地反问道："宴小姐这是什么意思？你这是诽谤！我知道了，你们宴家不想认，就——"

蒋梦在一边听见这番话，心中并不觉得痛快，反而憋屈极了。曹家烨怎么这么懦弱呢？他连简芮都反抗不了，现在还要口口声声把她和别人扯到一起。

没等曹家烨把话说完，蒋梦突然惊叫了一声："啊！"

他们只见宴文姝抄起手边的瓷器摆件就朝曹家烨砸了过去。曹家烨没想到宴文姝一个女孩子脾气冲动到这个地步，说砸就砸。

曹家烨疼得叫了一声，顿时目光狠毒地盯着宴文姝："宴小姐这样打人，简家恐怕会向你们宴家要一个交代。"

"你倒是提醒了我，这事简芮知道吗？她不知道吧？我会告诉她的。到时候究竟是怎么回事，简芮自然会弄明白。到时候别说她不会放过曹总……"宴文姝转头看向蒋梦,越说越气:"你把这口脏锅往我宴家的头上扣,你且看看我宴家怎么收拾你们这对奸夫淫妇!我早该想到,我大哥那样的人物,怎么看得上你这样的货色?!"

蒋梦脸上的表情也绷不住了:"不能放过她!她要告诉简芮,你就什么都没了……"

她恨不得撕了宴文姝的嘴。宴文姝的话一下子又勾起了蒋梦的回忆。在宴文姝最新的那条微博下,不少网友在讥讽她,字字诛心。

蒋梦越回忆,眼中的恨意越浓。从她找上顾雪仪开始,这一切就都变得不顺利了。宴家人将她视作蝼蚁一样,肆意侮辱。不管曹家烨怎么想,她都会说动曹家烨弄死宴文姝。她已经被架在火上烤了,没有退路了。

"你什么意思?"宴文姝睨了一眼蒋梦,厉声喊道,"你还想把我留在这里吗?滚开!"

蒋梦已经下了决心,这会儿反倒平静了:"宴小姐的手机已经没了,宴小姐要怎么联系简芮女士呢?"

宴文姝前脚砸了经纪人的手机,经纪人反应过来后,就和蒋梦一起抢了宴文姝的手机从楼上摔了下去。如果不那样做,她们也留不住宴文姝。只要宴文姝走出这扇门,她们可就都完了。

沉默许久的曹家烨终于又开口了,抬起头,再不掩饰眼里的恶意:"嗯,那就留宴小姐在这里做客吧。"

宴文姝笑出了声:"那等着你们的可就不仅仅是身败名裂了。"

曹家烨并不在意,眼中甚至浮现出一点儿快意。他把这些年在简芮乃至整个简家那里受的气今天全部宣泄出来了。宴文姝可是宴家的千金小姐,身份、地位比他高多了。能把这么个人踩在脚下欺辱……曹家烨终于有了扬眉吐气的感觉。

宴文姝的表情一点点裂开。她紧紧咬住唇,本能地往后退了退:"你敢!"

她表面依旧不肯退让,但一颗心已经沉了下去。她仔细想了想,似乎没人能来救她。宴朝失踪了,宴朝的秘书陈于瑾从来不管宴家人如何,简昌明也从来不留心宴朝的家里人,她又和顾雪仪不对付,就连和宴文嘉等人的关系也是疏离的,她的朋友们远在国外……国内那些平时和她相交的豪门千金压根儿不知道她在这儿啊,就算知道,恐怕也没办法这么快调集人手来救她……

宴文姝心中泛起一丝恐惧情绪。

简昌明指着那两个保镖，认真地说道："他们都是在国外雇佣兵学校待过的，身手不凡，警觉性也很高。"

顾雪仪点了一下头，说道："谢谢简先生。"她重新关上了小会议室的门，然后大步离开了。

简昌明看了一眼关上的门："她去找宴文姝？"

陈于瑾："应该是。"宴朝的弟弟妹妹就没有一个省心的，他们也见怪不怪了。

顾雪仪在楼下分别和简昌明的秘书、陈于瑾的助手借来了保镖，最后带走了宴氏集团大楼的四个保镖，又带走了简昌明身边的两个保镖，再加上自己的两个保镖，一共八个。八个保镖，加上她，坐了两辆车。

"太太，咱们去哪里？"司机问。

陈于瑾坐在小会议室里，手机突然响了，他低头接起电话，惊讶地道："太太？蒋梦的地址？好的，当然没问题，您稍等一下。"陈于瑾说着挂断了电话，起身离开了会议室。

简昌明原本正在翻阅资料的手顿了顿，他看向陈于瑾。

蒋梦是演员，地址当然是对外保密的，但对陈于瑾来说，要弄到这样一个人的地址太容易了。前后不到两分钟，地址就被发到了顾雪仪的手机上。

顾雪仪将地址给司机看了一下："开车。"

"是！"

简昌明的保镖在一边听了却有点儿不舒服。他们俩还以为要保护顾雪仪，送她回家，或者是要去做点儿重要的事，可刚才她在电话里提到了蒋梦？搞了半天，他们是要陪着宴太太去打小三哪？

陈于瑾回到了小会议室里。

简昌明已经放下了手中的东西："她要蒋梦的地址？"简昌明性格有点儿老派，并不爱看电视剧，如果不是上次简芮和他提起，他连蒋梦是谁都不知道。现在，他知道这个女人是被媒体将她与宴朝扯上关系的人。

陈于瑾的眉心飞快地皱了皱："是。"他也才反应过来，她不是去找宴文姝，而是去找蒋梦？

"不应该。"简昌明就说了简短的三个字。顾雪仪比以前聪明太多，不会看不出蒋梦的花招。

在拥挤的车流中开了半小时,两辆车到了蒋梦所在的住宅区。

顾雪仪推开车门大步走了下去。

住宅区的保安立刻拦住了他们:"不是业主不能进入。"

顾雪仪半抬起头,瞥见了小区大门上的标志,有点儿眼熟。她稍做回忆,恒运地产好像也是宴家的子公司吧?顾雪仪直截了当地道:"去叫你们这里的负责人过来,说我是顾雪仪。"

保安看了看顾雪仪身后跟着的几个保镖,这才半信半疑地去打了电话。前后不到三分钟,就有个中年男人气喘吁吁地从物业中心跑到顾雪仪面前,抬头看了看顾雪仪:"宴……宴太太?"可不就是她吗?这张脸才上过新闻呢!这张美丽动人的脸,他绝不会认错!这就是最好的通行证了!

中年男人连忙把人迎了进去,又陪在一边,殷勤地问:"您到这里来是有什么事吗?您看有什么事是我能帮上您的?"

"三栋的门禁卡、电梯卡给我。"

中年男人马上招手叫了一个工作人员,交上了这两样东西:"您要去三栋是吗?我陪您过去吧。"

顾雪仪冷淡地睨了他一眼:"不用,我自己过去。"

中年男人被这眼神钉在了那里,竟然有种拔不动腿的感觉。等他再回过神,顾雪仪已经走远了。中年男人慢慢地呼了一口气出来。他过去有幸见过宴先生一面,明明是个彬彬有礼、君子模样的人物,但也是这般不怒自威。宴太太和宴先生还挺有夫妻相。

这时候顾雪仪已经进入了电梯。

蒋梦住在十三楼,顾雪仪抬手按下了"13"。

几个保镖仍旧感觉莫名其妙,一会儿他们负责做什么,负责拉架吗?

他们正想着的时候,顾雪仪突然回过头说道:"你们留在外面,躲进消防通道。门开了也暂时不要跟我进去,等听到一声巨响再进来。"

保镖们更摸不着头脑了,但从来都很听雇主的话,于是点了点头,自觉地贴着墙站好。

顾雪仪站在门前,按响了门铃。

门内。

曹家烨和蒋梦对视了一眼,两个人眼中都带着血丝,目光警惕。

"会是谁？"蒋梦问。

"可能是送摄像机的人来了。"曹家烨说道。

蒋梦松了一口气，甚至还露出了轻松的笑意。

宴文姝已经被绑住了，瞪大了眼睛，身体因为极度恐惧而战栗不止。她旁边蹲着一个面容惨白的青年，青年已经将东西准备好了，晃动着手里的针管，笑着说："你会喜欢这个东西的。"

"我去开门。"曹家烨说着走到了门边。透过猫眼，他一眼就看见了门外的年轻女人，瞳孔一缩，紧紧握住了门把手。

来人是顾雪仪！怎么会是她？她知道宴文姝来找蒋梦了？

曹家烨的脑门上渗出了汗。那不是又多了一分风险？他们又多了一个要处理的人？但曹家烨很快冷静下来，仔细看了看顾雪仪背后。确认了她身后没有人，她没有带人来后，他露出了轻蔑的笑容。女人就是蠢……反正这些人都是要处理的。曹家烨按下门把手，打开了门。

顾雪仪抬眸看向他："曹总。"她的声音很好听，曹家烨一下联想到在思丽卡酒店她惊艳亮相的画面。

顾雪仪这样举手投足优雅端庄、美丽而又不自知的女人才是绝世大美人，可惜他以前根本没发现。曹家烨的心中有某个念头动了动，他微笑着说道："宴太太怎么来了？"同时他一只手绕过顾雪仪去关门。

顾雪仪的手在背后不轻不重地抵了一下。

曹家烨的目光都在她的身上，他并没有发觉门没有关严。在他眼里，一个女人实在掀不起什么浪花，尤其是顾雪仪这样的蠢女人。

保镖眼看着门关上了，心脏跳得飞快。他们也不知道女人打起架来会怎么样，会死人吗？他们真的要等到听到一声巨响再冲进去吗？可宴太太怎么制造那声巨响呢？

他们咽了咽口水，从消防通道出来，站在猫眼看不见的地方，紧盯着那扇门。

门内。

"宴文姝呢？"顾雪仪问道。

曹家烨做了个请的手势："在里面，她在蒋梦这里做客，她们好像闹了点儿矛盾，我这个做老板的才过来看看是怎么回事。"

她走过了玄关。

宴文姝隐隐约约听见了高跟鞋的声音，眼睛瞪得更大了。顾雪仪……

怎么会是她？宴文姝呆呆地定在那里，脑子里"嗡嗡"作响。

蒋梦扭头看见进来的人，顿时变了脸色："你放她进来干什么？"不愧跟了曹家烨这么久，蒋梦一眼就看穿了曹家烨的心思。

曹家烨却不理会蒋梦，而是转头冲顾雪仪笑了笑，指着宴文姝说："你看，她在那儿呢。"

顾雪仪冷淡地抬了抬眼。那一眼冷淡中带着风情，曹家烨怔了一秒。

就在这时，"砰"的一声，顾雪仪突然一个抬腿斜踢，曹家烨的脑袋被高跟鞋踢得"嗡"的一声，整个人倒向一旁，撞在了墙上，紧跟着旁边的花瓶倒地。

保镖等到了那一声巨响，不，是两声巨响，立刻破门而入。

经纪人被吓得惊叫连连，蒋梦也叫了起来。

同一时刻，顾雪仪三步并作两步，踩上茶几，跨过去，揪住握着针筒的青年往外一推，然后脱下身上的外套，裹住了宴文姝。

宴文姝的脑子里"嗡嗡"作响，她张不开嘴，也挣不开绳索，觉得丢脸，也有重获新生的惊喜之情，眼眶一热，眼泪落了下来，心想：我真蠢。

为了保密，曹家烨不敢带太多人来这里，除了一个保镖兼司机，就是那个面色惨白的青年。男人的力气天生比女人大一些。曹家烨抱着这样的想法，在成功拿下宴文姝后，完全没将顾雪仪放在眼里。三个男人，都不需要蒋梦和她的经纪人，就能困住顾雪仪了。

此时此刻，曹家烨靠墙而坐，脑子"嗡嗡"作响，视野里一片模糊。他的大脑仿佛停止了运转，他就这么愣愣地看着一、二、三、四……八个保镖冲了进来。

顾雪仪带了人？她还踢了他？

曹家烨晃了晃头，然后就看见他带来的司机被按倒在地。那个青年见势不妙，正准备跑，保镖上前一个肘击，揍得青年仰面向后倒去，紧跟着保镖拎着青年的脖领子往后一拖，青年就没了还手之力。

"你们……你们是谁？"曹家烨勉强说道，"你们这是私闯民宅！"

"我是宴氏集团的人。"

"我是简先生的人。"

曹家烨一听这话，脑子里"嗡嗡"响得更厉害了。

顾雪仪早有准备，是不是早就猜到蒋梦和他是怎么回事了？

"放开，放开我，我和曹总的事没关系啊，我就是跑腿的。"青年扯着嗓子喊道。

保镖冷着脸踹了他一脚:"闭嘴,我们太太还没说话,你再喊我把你的脑袋拧下来。"

青年在听见宴氏集团和简先生时就害怕了,再被保镖一骂,立刻闭紧了嘴,一张脸更白了。

顾雪仪从茶几上下来,半坐在茶几的边缘,然后从桌子上取了一把水果刀,弯腰割断了宴文姝手上的绳子。

宴文姝整个上半身被外套裹着,视野里一片漆黑。她听见了陌生的声音,想到自己看不见他们,他们也看不见自己狼狈的模样,这才没那么惶恐不安了。

顾雪仪的手就这样探入了外套底下,她拿下了宴文姝嘴里塞的东西,又伸手把宴文姝滑下去的肩带弄了弄。她做这一切,没有被其他人看见。

"好了。"顾雪仪淡淡地道,"还要哭吗?"

宴文姝本来有点儿止不住眼泪,但听见这句话立马停止了哭泣:"不了。"

顾雪仪这才将外套往下扯了扯,露出了宴文姝的脸。宴文姝努力地适应了一下光线,然后才看向顾雪仪。顾雪仪就坐在自己面前,面容沉静。一种无形的力量从顾雪仪的身上传递过来,宴文姝情绪慢慢平稳了,伸手拉了拉外套。

顾雪仪是为了维护她的面子吗?

顾雪仪站起来,转过身去。她之前没让保镖直接跟进来,就是想到了小姑娘落到了别人手里,不知道要受什么折磨,不好让更多人看见,不过事情还不是很糟糕,只是小姑娘这辈子大概没吃过这么大的苦头,情绪有些崩溃罢了。

顾雪仪走到曹家烨的身边,说道:"曹总。"

曹家烨的额上一下子就冒出了冷汗,他艰难地咽了咽口水,勉力让眼前清晰一些。顾雪仪那张漂亮的脸进入了他的视线,可这回他不再有欣赏与心动的感觉,而是排斥,甚至还有一丝恐惧。

顾雪仪拿出手机,转头问简昌明的保镖:"你们简先生的手机号是多少?"

简昌明的保镖蒙了。简先生把他们都借给她了,她竟然没有简先生的联系方式?保镖一边觉得匪夷所思,一边走过去帮顾雪仪输入了手机号。

顾雪仪立刻拨了电话过去。

曹家烨顿觉不好,挣扎着想站起来,同时伸手去抢顾雪仪的手机:"宴太太……你听我说，事情不是你见到的那样。这是个意外，是蒋梦，她恨宴文姝在微博上骂她，所以找了人来动手。我……我是来救宴小姐的。"

曹家烨慌了，他的话根本没有逻辑，他的大脑一片混乱，还有点儿晕，根本顾不了那么多了。

蒋梦脸色煞白，尖叫了一声："曹家烨！你浑蛋！"尽管她早就猜到，曹家烨走投无路的时候会让她背黑锅，但没想到这一天来得这么快。

"宴太太！"曹家烨大喊一声，"你一定听我说——"

这时候手机"嘟"的一声就被接通了。那头的简昌明突然攥紧了手机，语气微冷："曹家烨，你想说什么？"

所有辩白的话顿时全卡在了曹家烨的喉咙里。

"麻烦简先生为我接通简芮女士的电话。"顾雪仪说道。

简昌明这才知道，这个陌生的手机号是顾雪仪的。不知道是不是他的错觉，顾雪仪在电话里的声音似乎更冷淡了。

顾雪仪去找蒋梦了，他却意外地听见了曹家烨的声音。简昌明心中隐隐明白了是怎么回事，无奈地应声："好，宴太太稍等。"

简昌明立刻给简芮打了电话。简芮不明白是怎么回事，但简昌明发了话，她就主动拨了电话给顾雪仪："宴太太？"

曹家烨听见她的声音，本能地僵住了。

"简女士，曹总绑架了宴文姝。简女士准备怎么向宴家交代？"

曹家烨猛地挣扎起来，大喊："简芮！你别听她的——"

简芮脸色大变，匆匆往楼下走："宴太太现在在哪里？"

顾雪仪报了一个地址，最后不冷不热地加上了一句："在蒋梦的家里。"

简芮攥紧了手机："我知道了。我立刻赶过去。"

宴文姝还坐在椅子上，怀里抱着顾雪仪的外套，怔怔地望着顾雪仪的背影，听着她不急不缓的声音。顾雪仪先给简昌明打了电话。她似乎完全不怕简昌明，甚至跟他要来了简芮的电话。无论遇见什么事，她好像都处变不惊。那是宴文姝怎么学也学不来的样子。

顾雪仪挂断了电话。她站起身，在地毯上捡起一个针筒，然后才弯下腰，连血管都不找，直接扎向曹家烨。

曹家烨看到这一幕，惊恐地大喊起来："不，不！这个不行！顾雪仪，你怎么敢对我下手？简芮很爱我的，这么多年都舍不得和我离婚。她不会放过你的……"

宴文姝听到这里，厌恶地抿紧了唇。曹家烨说得没错，简芮一直都舍不得和他离婚。如今大哥失踪了,顾雪仪会怎么做?

顾雪仪冷淡的声音再度响起:"你说错了。简家和宴家结仇,是要看我放不放过她。"

简昌明的保镖听得眼皮直跳,浑身不自在,但不好说什么。是简先生让他们来的,那就说明,宴太太对简先生来说是有一定分量的。人家也就说了简小姐而已。等她说到不放过简先生的时候,他们再发作也不迟。

曹家烨眼看着失去了所有的筹码,只能狂怒又逻辑混乱地大喊大叫:"简芮不会放过你的……你住手……"

曹家烨眼看着针尖贴上他的皮肤,针管慢慢推进,液体顺着他的手臂滑落下来,一滴也没扎进去……他的叫声却变成了惨叫声,极度的惊惧情绪让这个四十多岁的男人狼狈至极。

蒋梦被吓得浑身发抖,没想到顾雪仪这么大胆,不,是这么狠,她说下手就下手,没有一丝含糊。

针管猛地停下了。

曹家烨剧烈地喘着气,颤声说:"你后悔了?你后悔还来得及——"

顾雪仪把针管扔到了地上,淡淡地道:"吓你的,这么不禁吓,还不如小姑娘有骨气。"

曹家烨受了刺激,脸色剧变,想爬起来。

保镖立即上前按住了他。这时候那个青年转了转眼珠子,立马捡起针管,奔着蒋梦去了。蒋梦被吓得大声喊着经纪人的名字。可经纪人腿都被吓软了,又怎么救得了蒋梦?

青年冲蒋梦笑了笑:"你会喜欢这个东西的。"这句话和他刚才跟宴文姝说的一模一样。只是那时候蒋梦是冷漠的看客,甚至还勾起了嘴角;而这一刻,她成了待宰的羔羊……

蒋梦脑袋阵阵发晕,浑身软得要命,腹部下坠的感觉越来越强烈。自从主动招惹了顾雪仪,她已经很长一段时间没休息好了。极度惊惧之下,蒋梦一屁股坐了下去,双腿间缓缓流下了血。她浑身疼痛,倍感羞耻,还有绝望的阴影笼罩着她。

"你干什么?"简昌明的保镖踹了青年一脚。

青年已经将针头扎进了蒋梦的身体里,扯着嗓子喊:"我擅长这个,我特别会打。您让我将功赎罪好不好?"

保镖翻了个白眼,揪着他往地上按:"你安静点儿!你以为你为虎作伥跑得了啊?"

顾雪仪却不看那个青年，而是看向了门外："我想看看简芮怎么处置这件事。她若是保下你，曹总，下次就会往你的血管里打进空气了。"

曹家烨头部阵阵钝痛，发不出声。

蒋梦却是被吓得丢了魂一般，失声喊道："宴太太……是我，是我故意碰瓷，其实我和宴先生没有一点儿关系。宴太太，这件事本来和你无关，你放过我吧。"蒋梦流下了眼泪，哭得十分凄惨。

"我是谁？"顾雪仪问道。

蒋梦模样狼狈，怔了怔道："宴太太？"

顾雪仪指向了宴文姝："她是谁？"

蒋梦咬了咬唇："宴小姐。"

"从你找上她的那一刻起，你就同我有关系了。"顾雪仪说道。

宴文姝将怀里的外套抓得更紧了，怔怔地看着顾雪仪，喉咙发紧。顾雪仪在护着她。

"好了。叫救护车，再报警。"顾雪仪走到宴文姝身边，朝她伸出了手，"你先去医院。"

宴文姝站了起来，手指顿了顿，又将那件外套盖在了头上。

这时候，简芮到了。

顾雪仪再看向简芮的时候也有些不满了："我若是你，要么与他断个干净，要么便叫他狠狠吃一吃苦头。头一回犯错，就断了他的生路；再犯错，就剁他一根手指……"

简芮愕然地看向顾雪仪。

宴氏集团还有无数事务要处理，陈于瑾走不开，简昌明却稍做迟疑后，暂且放下了宝鑫的事，赶往蒋梦的家。他倒并不是担心顾雪仪和简芮处理不了这样的事，而是担心顾雪仪和简芮起冲突。简家对曹家烨不满已久，但简芮仍旧将曹家烨牢牢地拴在手中。

这次曹家烨是怎么得罪了顾雪仪，简昌明还不清楚。但简芮会不会又为了曹家烨而开罪顾雪仪呢？

简昌明坐在车内，没有联系简芮，而是给保镖打了电话。

"简先生。"那边保镖的声音很低。

难道她们已经起冲突了？简昌明沉声问道："那边发生了什么事？仔仔细细地告诉我。"

保镖还有点儿恍惚，一时不知道该怎么说，顿了半天，最后说出一句："打起来了。宴太太刚刚让人报了警。"

保镖抬起了头，感觉简小姐和宴太太之间的气氛好像有些奇怪。一会儿她们要是打起来，他们是拉架还是不拉架呢？他们帮着谁呢？

简昌明听到这里，赶紧让司机快点儿开。

简芮是真的惊了。她是怎么也没想到，有着古典美人的面孔的顾雪仪竟然会说出这样的话。短暂惊愕后，简芮紧紧抿了抿唇，说道："宴太太知其一，不知其二。我同曹家烨做了这么多年夫妻，抛开昔日情分不谈，如果我就这样与他一刀两断，岂不更说明当年我的那点儿喜欢实在廉价？更何况他如果离开了我，就会和别的女人好。这不是惩罚他，而是成全他。最后岂不只剩下我一个人痛苦？"

曹家烨听到这里，死死咬住了牙。他就知道，这个女人就没想让他好过！

"可他依旧换情人比换衣服还快。这个惩罚的法子困住的是你自己，不是他。你每年都要挖空心思去找谁是他的新情人，谁又怀了他的孩子……你以为让他拥有再失去就是惩罚吗？不是。"顾雪仪冷淡地道，"曹家烨的痛苦只是一时的，但你的痛苦是一生的。"

这样的男人顾雪仪从前见得太多了。简芮指望这样的人从别人身上感受到痛苦实在太过天真。

简芮抿紧了唇。这么多年来，她自以为是的报复方式，其实不过是在折磨自己。她顿时有种里子、面子都被扯破的尴尬和羞恼感觉。

顾雪仪可不会去管简芮听完这话高不高兴。她第一个接触的是宴家，现在宴家才是她保护的对象，除此之外，其余的人都不值得她多费心思："你若当真喜欢这样的男人，割舍不下，就断了他的生路，当一条狗来养，也无伤大雅。"顾雪仪顿了顿，丝毫不给简家留面子，"但你若是还要这般行事，就真叫人瞧不上了。"

保镖一时间全被惊住了，当……当狗养？

蒋梦忍着剧痛，拼命往后退了退。巨大的恐惧感让蒋梦都不敢再喊疼了。

顾雪仪着实看不上简芮的手腕。简芮有这样的出身，行事为何如此畏首畏尾？现代人的思维应当更先进才是，怎么如此迂腐呢？

"太……太太，救护车到楼下了。"宴家的保镖低声说道。

顾雪仪冲他微微点头："我与三小姐先走，你们留在这里协助简小姐处理后面的事。"这就是丝毫不相信简芮的意思了。

保镖连忙应声:"是!"

蒋梦呆呆地坐在地上,一时不知还能向谁求救。

简芮的手段也极其狠辣,可顾雪仪比简芮还要狠,好像从一开始就没将她放在心上,她的存在,她的性命,对顾雪仪来说,好像是那么不值一提。明明……明明顾雪仪不该是这样的人哪!

简芮在那里站了会儿,脸上的神情不住地变化。她无法反驳顾雪仪的话。

顾雪仪和宴文姝的脚步声渐渐远去。

简芮深吸了一口气,转头先看向曹家烨:"我忍你忍到头了。"

刚支撑着爬起来,还想去哄简芮的曹家烨突然听见这句话,吓得"扑通"一声跪了下去。这么些年,他厌恶却又坚信永不会失去的依仗没了?他害怕地说:"不,简芮,你听我说,你不能什么都听顾雪仪的啊。你忘了吗?十七年前,你因为你小叔被牵连,是我,是我冒着生命危险去救你的啊!我说过很多次了,我是爱你的,我一直都是爱你的——"

简芮被这些话捆绑了太多年,再也不想提起当年的事:"堵住他的嘴。"

楼下,救护车已经在那里等着了。警车也来了。

顾雪仪带着宴文姝以及另外两个宴家的保镖下了楼,没有急着走出去,而是继续用外套将宴文姝裹住,才牵着宴文姝的手走了出去。她将宴文姝推向救护车的方向,自己对警察说道:"您好,我是顾雪仪。我要举报曹家烨绑架他人,企图侵害他人的生命财产安全。我甚至怀疑,他们曾多次这样伤害他人,请详查。宴氏集团也会协助各位,找到曹家烨的上线……辛苦各位了。"

对方没想到顾雪仪这么好说话,一下来就先交代清楚了,又相当客气,赶紧说道:"好的,会有女警去做笔录。您……先请吧。"

警察上楼抓人,顾雪仪则上了救护车,陪着宴文姝去了医院。

宴文姝躺在救护床上,抬手拽了拽挡住视线的外套,又一次看向顾雪仪。今天顾雪仪带给自己的震撼感太多了,连简芮在她面前都说不出一句反驳的话。

顾雪仪原来是这样的……

宴文姝的心中骤然升起一团火焰,她想要成为顾雪仪这样的人!

蒋梦住的地方虽然有严格的保密措施,但还是抵不住记者太灵敏。他们在住宅区附近已经蹲了很久,只是不知道蒋梦具体住哪栋楼,也无法进入小区。结果今天,他们刚架起望远镜和摄像机就有了收获。

"主编!出事了!出大事了!"负责用望远镜锁定蒋梦的身影的记者大喊了一声。

就在"原文嘉出席活动疑似变丑"的新闻爬上话题榜的时候,蒋梦的大名又一次荣登话题榜,只不过这一次还有曹家烨。

今日娱乐:"大新闻!蒋梦、曹家烨二人,以及曹家烨的司机,还有另一个身份不明的青年在蒋梦家中被警察带走。中途有救护车离开,救护车旁的人疑似宴太太顾雪仪。简芮、简昌明先后抵达现场。"后面还附了三张图。

网上一下子就炸了锅。

蒋梦拥有很多男性支持者。有男生看见了微博,立马气得拍桌而起:"蒋梦……"

讲台上的老师皱眉:"说什么呢?这是在上课。"

那个男生慢慢回过神,紧抓着手机,但仍旧满脸怒气。

坐在后面的宴文柏皱了皱眉。他对这个女人的名字印象深刻,因为上次她找到了宴家。宴文柏立刻打开手机,一点进去,立刻瞥见了顾雪仪的身影,那张照片里的人的确是她。

宴文柏"腾"的一下站了起来。

老师皱眉看向他:"这位同学,你又怎么了?"

"老师,有点儿急事。"话音落下,宴文柏立刻跑出了教室。

不会是顾雪仪出事了吧?救护车上的人是她?

宴文柏的心头狂跳不止。上一次他没赶上晚宴,这一次,他会赶上的。

教室里,有人挑眉看了一眼宴文柏离开的方向:"他最近真是着魔了。"

"听说因为他,你们现在还没进去那个地方?"

"是啊,本来跟他说好一块儿去的,这不借宴家的牌子使使嘛,结果又被放鸽子了。"

"裴少是不是有办法?"

被称作裴少的青年勾唇笑了笑,没说话。

宴文柏径直去了医院,找到了护士告诉他的病房号,撞开了门,铁青着脸,说道:"顾雪仪。"

顾雪仪坐在椅子上,缓缓回过了头。她坐在那里,依旧端庄优雅。

"嗯？你怎么在这里？"

"我……"宴文柏吸了一口气，"我顺路。"

他都结巴了，连床上还躺着个人都没发觉，大脑里一团糨糊，但看到住院的人不是顾雪仪，松了一口气。说道："我打球撞到腿了，来医院看看，不是特地来的。"

顾雪仪看了看他的模样。青年飞奔而来，满头大汗，两颊通红。嗯……他倒不像撞到腿了，像是撞到头了。顾雪仪抬起手指，轻轻敲了敲太阳穴："那你先去照个CT？"还是应该照X光，还是照B超？这个地方她记得不太清楚，看来等回去之后还需要再加强一下记忆。

宴文柏顿了顿，再一看，床上躺的是宴文姝，觉得心里更堵了。敢情他又白跑了？

《间谍》剧组里，李导被气得又摔了手机。

"这下真得换人了！"李导痛声骂道，"塞蒋梦进来的原来是曹家烨！"

旁边人听见了这话，大气都不敢出。曹家烨毕竟还是曹总，谁敢像李导这样骂？

宴文嘉听见"蒋梦"两个字，一下想到了顾雪仪，让助理把手机拿过来，迅速从照片中捕捉到了顾雪仪的身影。

顾雪仪去找蒋梦了？结果她撞上了曹家烨等人？她上救护车了？

突然间，他沉下了脸，目光阴沉地盯着手机，然后登录了这个已经很久没登录的微博，转发了之前那条蒋梦的丑闻微博，并评论："我一直在想，演技这么烂还这么不敬业的人是怎么被塞进剧组的？行了，今天解惑了。"

经纪人抱着手机，急匆匆地跑来："祖宗，您怎么就这么发了？现在圈里还没人发相关微博呢。您这一发，肯定有网友说您落井下石啊！"

"我和她有什么关系？"宴文嘉抬眸斜睨着经纪人。

"您接《间谍》这部戏以后，就有不少粉丝剪了她和您的搭档片段哪！有些粉丝觉得你们在一个剧组里，私底下是有交情的啊——"

宴文嘉冷冷地扯了扯嘴角："关我什么事？"

第五章
一股清流

宴文姝受的伤多集中在手腕、脚腕处,全是束缚伤,脸上的痕迹也不严重,消得快,除此之外,便是受到了极大的惊吓。

曹家烨本意是想控制宴文姝,而不是和宴家作对。如果不是这样的话,宴文姝还要吃不少苦头。

宴文柏进了病房,在顾雪仪对面的那把椅子上坐下。他虽然和宴文姝关系冷淡,但这时候也说不出冷嘲热讽的话了。于是他冷着脸,语气沉沉地说道:"简家与宴家交好,曹家烨不会是仗着这点才敢对宴文姝下手的吧?"

"是狗急跳墙。"顾雪仪说着,将目光落在了宴文姝的身上,"说什么傻话激怒他了?"

再听见"傻"这样的字眼,宴文姝也没那么激动了,相反还有点儿面红耳赤:"也没有……就是,说的都是事实啊。"

"对曹家烨、蒋梦之流,你讲出事实,就等同于戳他们的心窝子了。"

"那……那我下次不说了。"宴文姝这会儿认错倒是快。

宴文柏都惊奇地看了她一眼。她转性了?宴文姝原本低着头,这时候突然微微抬头,冲宴文柏翻了个白眼。宴文柏无语。她还是没有变。

顾雪仪的手机突然响了起来,她低头看了一眼,先挂断了,然后才不紧不慢地道:"没有不让你说。要戳别人的肺管子,要嚣张跋扈,那得有资本。你连蒋梦和她的经纪人都打不过,又怎么对付曹家烨?他的社会经验可比你丰富多了。"

宴文姝抬头飞快地看了看顾雪仪的脸色,然后又低下了头,低声说:"是我太弱了。"

大约是因为被顾雪仪骂过几次,她已经习惯了,再加上也真的得了教训,现在她再承认起自己的缺点倒也没那么难了。

"下次如果要上门耀武扬威,多带几个保镖。"顾雪仪看向宴文姝那张表情微微呆滞的脸,只觉得蠢得可怜又有点儿可爱。

宴文姝当真是除了会做大小姐,什么都不会做。

宴文姝回过神,低低地说道:"我明白了。"

宴文姝话音刚落,病房的门就被敲响了。

宴文柏自觉地起身去打开了门。他总不能指望顾雪仪去吧,那没准儿他又得挨打。

女警来找顾雪仪做笔录,顾雪仪相当配合地做完了笔录,然后又给陈于瑾打了个电话。

陈于瑾已经从保镖的口中知道了事情的经过,在电话那头应了声,立刻表示会配合警方,然后才挂了电话。

女警走后,陈于瑾又打来了电话。这次他的声音微微沉了下去:"宴小姐怎么样了?"

"我很好。"宴文姝连忙说道。

陈于瑾顿了顿才问道:"太太呢?"

"我当然很好。"

陈于瑾顿了顿,忍不住说了一句:"太太鲁莽了。"他听保镖说,当时她独自进了蒋梦的屋内。

没等顾雪仪开口,宴文姝倒是先忍不住了:"不是,是因为我才会这样……"

陈于瑾把话咽了回去。宴文姝转性了?

陈于瑾本来还想再说点儿什么,但一想到顾雪仪现在相当有主见,他说的话她未必听得进去,最后只说了一句:"太太应该相信宴氏集团的强大。如果遇到问题,太太可以立即打电话差遣我。"

顾雪仪应声:"好啊。"

陈于瑾松了一口气,然后才后知后觉地想起,为什么要因为顾雪仪同意差遣他而松了一口气呢?

病房门这时候又一次被敲响了。

"谁？"宴文柏抬头问道。

门外的人顿了顿，似乎是没想到宴文柏会在这里。

宴文柏又问了一次："谁在外面？"

门外的人这才开口答道："是我，简昌明。"

宴文柏变了变脸色，本来要去开门，但又坐了回去，转头看向顾雪仪。其实连他自己都没注意到，在这时候，他竟然本能地在等顾雪仪拿主意。

"门没有锁，简先生进来吧。"顾雪仪淡淡地道。

门的确没有锁，但亲自给对方开门，和对方自己推门进来，那意义就不同了，前者更显尊敬。

简昌明推开门，心中也明白了。他再想到那天去宝鑫，顾雪仪从宴氏集团带过来的小吃，两种待遇对比，反倒让人有点儿不是滋味儿了。

进了门，简昌明一眼就看见了顾雪仪，然后是宴文姝、宴文柏。

简昌明先向宴文姝说了声"抱歉"。他年长她很多，是宴朝的好友，更是简家的现任掌权人。

宴文姝有点儿受不住他这样，想说"没什么大事"，但还是先看向了顾雪仪。

简昌明将这一幕尽收眼底，复杂的心情中又掺杂着一点儿惊讶情绪。

"简芮呢？"顾雪仪直截了当地问道，压根儿就没有对简昌明的歉意做出任何回应。

她是真生气了。简昌明脑中骤然冒出了这个念头。

为什么？为了宴文姝吗？简昌明哪怕与宴家交好，仍旧觉得宴家除了宴朝，其他宴家子弟身上的确没有半点儿优秀的地方。

简昌明按住思绪："她在警局处理剩下的事务。"他顿了顿，才又说道，"宴太太可以放心，就算简芮想重蹈覆辙，简家也不会允许的。"

简昌明并不懂怎么带孩子。过去简芮想怎么样，简家能给的，就都随她去了，但是现在哪怕简芮想回头，他也不会再让她回头了。

顾雪仪点了点头，什么话也没有说。

简昌明反倒有点儿按捺不住了，拿出了手机，点开了新闻，放到了顾雪仪面前："这是简家的诚意的一部分。"上面是一则已经发出去的警方通告，这则通告代表曹家烨彻底没有了翻身的可能，蒋梦也一样。

顾雪仪应了一声："嗯。"她还是没有别的反应。

简昌明莫名其妙地有点儿焦灼，压下了那点儿怪异的感觉后说："等事情了结后，我会再让简芮登门道歉。"

顾雪仪这才抬了抬眼，似乎拿正眼看他了，随即站起身说："好。"

"其余的事，宴太太什么时候需要什么时候联系我。"有宴文柏和宴文姝在，简昌明当然也就没有明说宝鑫的事。

顾雪仪点了点头，用目光示意他可以走了。

简昌明事务繁忙，也的确不便多留。他能亲自到这里致歉，在外面很多人看来，那也是冲着宴朝的面子。

简昌明转身走到门边，一只手握住门把手，顿了顿，回过头说："宴太太记得存下我的手机号。"

顾雪仪轻点了一下头，简昌明这才离开。

宴文姝和宴文柏已经说不出话了。

简昌明是什么人物？那是等同于宴朝一样的人物，他居然对顾雪仪这么客气？

宴文姝有种简昌明登门好像是特地来向顾雪仪道歉的感觉，愣愣地想：我可能不仅傻，还有点儿疯。

宴文嘉转发微博，直接点名了蒋梦。这种连影射都懒得搞的行为，直接将宴文嘉送上了话题榜。随着警方通告发布，蒋梦又一次上了话题榜，这次依旧有曹家烨的名字。

蒋梦和曹家烨的最新微博底下，光是骂他们的留言就已经有五万多条了。毕竟曹家烨是简家的女婿，底下有人怕惹简家不快，还特地将评论区的内容给简芮看了。

"你以为我看了会生气？"简芮笑着说道，"都留着吧，一条一条攒下来，每天去看守所念给蒋梦和曹家烨听。每一条都不要漏掉。"

剧组里，宴文嘉终于放下了手机。

经纪人顿时觉得心脏也落回了肚子里。他有点儿不敢看网络风向，但想想宴文嘉这几年也没少干破事儿，都挺过来了，现在还能挺不过去吗？

经纪人深吸一口气，打开了宴文嘉的微博主页，眼睁睁地看着微博粉丝从 5400 万一下蹿到了 6000 万。

经纪人愣了愣，见宴文嘉又从桌上拿过了手机，说道："你不会还点赞吧？"

"不点。"宴文嘉摩挲了一下手机屏幕，"手累。"

手机屏幕上映出了他的模样，他的眉心无意识地皱起，面上又笼上了一层深深的抑郁之色。宴文嘉用力地捏了捏手机，拨了顾雪仪的电话。

宴文姝休息得不错，看上去也没有留下心理阴影，顾雪仪就带着她回了宴家，连同宴文柏也一块儿带回去了。刚下车，顾雪仪就接到了电话："你好，你是……？"

那头正准备张嘴的宴文嘉被堵住了。她连李导的号码都存了，没存他的？

"如果不说话，我就先挂电话了。"

"宴文嘉。我，宴文嘉。"

顾雪仪顿住了脚步："嗯，在剧组吗？今天戏拍得怎么样？"

今天他还有一场戏没拍，就刷微博刷得火冒三丈，还点赞点了大半天，突然被顾雪仪这么问，有点儿答不上来："还行。"回答完，宴文嘉才突然反应过来，是他打的电话，应该是他问顾雪仪，怎么主动权又落到顾雪仪手里了？于是宴文嘉立刻问道："新闻怎么回事？"

"就是新闻里写的那么回事。"

"你进医院了？"

"进医院的不是我，是——"

宴文嘉这才换了个站姿："哦，知道了。"随后他挂断了电话。

顾雪仪皱眉。他不关心宴文姝吗？

"宴文嘉吧？"宴文姝的声音突然在一旁响起。

"嗯，得叫二哥。"

宴文姝撇了撇嘴，到嘴边的粗话被她硬生生地转了个弯儿，咽了回去。

顾雪仪这下知道为什么宴文嘉不等她把话说完了。

宴文嘉挂了电话，对着手机屏幕出了会儿神，屏幕上又映出了他的模样。他把手机甩给经纪人："我去拍戏了。"然后他大步走到李导面前："今天拍什么？"

李导受宠若惊："第21场和第22场。两场……其实也不多，你要是觉得麻烦，一场也可以……"

宴文嘉屈起手指："再加三场。"

江家。

"您拨打的电话正在通话中……"江越收起了手机。

江靖将头探过来，问："你看见新闻了？"

"我的眼没瞎，当然看得见。"江越说。

江靖心说他二哥火气有点儿大，于是将声音压得更低："你给宴太太打电话问候？结果又没打通？"

江越睨了他一眼，吓得江靖赶紧先溜了。江越又在那儿坐了会儿，然后给手下打了个电话。要不是这条新闻，曹家烨那个缩头乌龟还浮不出水面。简家不弄死曹家烨，江越都要弄死曹家烨。

顾雪仪返回卧室，又看了会儿书，然后才去浴室洗漱。白天的事对她没有造成一点儿影响。等她回来的时候，手机屏幕突然亮了。

顾雪仪拿起手机来扫了一眼，屏幕上是她刚存的宴文嘉的号码发过来的信息："我今天拍了八场戏。"

顾雪仪抿唇轻笑了一声，按熄了手机屏幕。

剧组。

这时候已经是凌晨一点了。李导很久没有拍得这么痛快了，就是剧组人员都累得够呛。他们准备收工，一抬头，却发现宴文嘉笔直地坐在椅子上，身上的军装还没有换下，他还盯着手机，不会又在点赞吧？

经纪人赶紧走了过去："原哥，休息了。"

宴文嘉盯着空空如也的对话框。是我拍得不够？在她看来，我拍这么多戏不值一提？宴文嘉抬起头："再拍两场。"

经纪人立刻小心翼翼地问道："原哥，你是不是不高兴哪？你不高兴直说啊，你别这样……"

最后剧组还是收工了，但很快，经纪人和剧组上下都见证了一个不着调的人突然努力工作起来是多么让人崩溃的事情。李导一边对着监视器默默流泪，一边大声地在心中感叹，自己当初死皮赖脸地请宴文嘉来演这个角色是再正确不过的决定。他还忍不住担心，难道宴二少的心理问题更严重了？

顾雪仪刚起床就接到了陈于瑾的电话，他请她去一趟宴氏集团，于是她匆匆用过早餐，就去了宴氏集团。

陈于瑾亲自下来接她："裴丽馨想请您吃饭。"

顾雪仪顿了一秒，笑道："好啊。"

陈于瑾摇了摇头:"裴丽馨这时候请您,没什么好事。"

"没事。本来就是要看清楚她想做什么坏事。"顾雪仪微微笑了笑,面上没有一丝畏惧神色。

陈于瑾望着她的模样,一时也不知道该说她是真聪明,还是她对更残酷的事了解太少,所以才这般无畏。不过没关系,宴总不在,至少还有他。陈于瑾微微笑了笑:"今天请太太过来并不是为了这件事。"

"警局送锦旗来了。"陈于瑾说这句话的时候神色还有一丝微妙。

这可是宴氏集团头一回收到这样的东西。警局不知道该将锦旗送到哪里,就送到了宴氏集团,弄得宴氏集团的工作人员都瞪大了眼睛,不知道多少人还偷偷拿起手机拍了视频。

陈于瑾询问:"有员工偷偷拍了视频,是不是让他们删除比较好?免得外泄出去,被在逃的嫌犯盯上。"

顾雪仪不急不忙:"盯上我?那不是又要做好事了。"

陈于瑾闻声哑然。

当蒋梦和曹家烨听到犯罪分子会打击报复顾雪仪的消息的时候,他们的心中浮起一丝快意。

那可都是些不要命的家伙,如果顾雪仪真的被盯上,下场只会比他们俩更惨,但很快,后面那一句就彻底浇灭了他俩心头的希望。

"他们忘了顾雪仪是宴朝的太太,忘了宴氏集团有多厉害,哪怕宴朝不在,也还有个不好惹的陈于瑾,现在连简家都维护起顾雪仪了……"简芮派去的人就坐在那里,一条一条地把这些评论念给蒋梦和曹家烨听。除了他们微博底下痛骂、嘲讽的评论,连其他帖子里夸宴文嘉骂得好、夸顾雪仪干得好的内容也没有落下。

"蒋小姐似乎不大好?"对方停下来问道。

蒋梦心里重新浮现一丝希望。她抬头望着对方,努力让自己那张苍白的脸显露出一丝动人的风情,好招来对方的怜惜之情。

"是……我的身体很虚弱,我很疼,可不可以为我想想办法?"蒋梦知道自己这张脸有多讨男人喜欢。

曹家烨看见这一幕,气得破口大骂。蒋梦心中对曹家烨怨恨至极,她根本不再理会曹家烨的反应。

简家已经抛弃曹家烨了。

蒋梦泪光盈盈地看着男人,而对方慢慢站起来,微微笑了笑,说:"简小姐说了，请蒋小姐慢慢感受现在的痛苦吧。"

蒋梦的最后一丝希望破灭了，她跌坐了下去。她引以为傲的生存手段彻底派不上用场了。

曹家烨在一旁笑出了声。

"你这个没有骨头的男人……连简芮都懒得再帮你了，你又有什么脸笑我？"蒋梦恶狠狠地回过头，再没有顾忌，彻底和他撕破了脸。

"你说什么？"曹家烨脸色一变，"我杀了你！"

两个人大骂起来，甚至还要动手，警察立刻破门而入，将他们牢牢地按在了墙上。这是曹家烨这辈子最屈辱的时刻，也是蒋梦这辈子希望破灭的时刻，他们不会再有好日子过了，再也不会翻身了！当初她就不该生出贪念，不该找顾雪仪。

男人回去之后又将蒋梦和曹家烨的反应告诉了简芮。

简芮冷笑了一声："大难临头各自飞，真是一出好戏。"她顿了顿，"顾雪仪说得没错，只有这样才能真正折磨曹家烨。"

"你早就应该去问她了。"简昌明从楼上下来，沉声说道，"如果当时宴文姝真的出了什么事，你百死难赎。"

简芮低下了头，叫了声："小叔。"

"那天她是怎么跟你说的？"简昌明突然问道。

简芮让那个男人先离开了，然后犹豫了一下，把顾雪仪的话转述给了简昌明。当简芮说到顾雪仪说"断他生路""养条狗"这样的话时，她尴尬地顿了顿，小心翼翼地抬头看了看简昌明，毕竟她小叔也是男人，听见这样的话，他难免会觉得不适。但简芮抬头看见的是简昌明平静的面容。

"她说得没错，简家是什么身份，曹家烨是什么身份？你如果真喜欢他，就当条狗养着也不是不可以。"

简芮面露惊愕之色："您……您听了……没觉得哪里不舒服吗？"

"她头脑清醒，我为什么要觉得不舒服？"简昌明顿了一下，"她比你聪明。"

简芮张了张嘴，又闭上了。小叔您还记得刚回京市的时候，您评价顾雪仪的那句"不是讨喜的人"吗？

"你怎么没去登门道歉？"简昌明突然问道。

简芮尴尬地道："这不是正在准备嘛，我也不知道宴太太喜欢什么、宴小姐喜欢什么。"

他也不知道,说道:"宴太太是个直爽的人,你不如直接问她。"

简芮半信半疑地点了点头。她可以这样吗?她要送礼,还要先去问人家想要什么?

"问到了再告诉我。"

宴家,顾雪仪又看完了一本书,这次是《流行病学》。她合上书,起身下楼。

宴文姝探出了头:"你要出去吗?"

"嗯。"

宴文姝咬了咬唇:"陈秘书来接你?"

"是。"顾雪仪抬头看了她一眼,"有什么事吗?"

"没什么事。"宴文姝到了喉头的话又咽了回去。

她也是突然想起来,大哥和顾雪仪似乎并没有什么感情。大哥现在失踪了,也许回不来了,那顾雪仪会移情别恋吗?比如说,陈秘书?陈秘书以前也不喜欢顾雪仪,但是上次在思丽卡晚宴上,他给顾雪仪拎裙子,照片她都看见了……顾雪仪是不是以后不会是她的大嫂了?

宴文姝把这些杂乱的思绪都堆在了心头,看着顾雪仪的目光也透出了一点儿不舍之意。

顾雪仪顿了顿,转身摸了一下宴文姝的头:"好了,上楼休息吧。"宴文姝刚经历了曹家烨那么一出,胆小也能理解。

宴文姝咬着唇,嘴角往上轻轻翘了翘,这才转身回去了。顾雪仪摸她的头了!那是不是说明,她在顾雪仪心里没那么蠢了?

顾雪仪出了宴家,车已经等在门外了。陈秘书走下来,穿着灰色西服,绅士地为顾雪仪拉开了车门。

裴丽馨举办的宴会定在傍晚六点半,名义是为她的弟弟庆生。

裴丽馨的母亲在五十多岁的时候生下了这个儿子,他和裴丽馨的年纪差了二十岁。裴丽馨的父母去世后,就是她一手把这个弟弟带大的,二人感情深厚。

"裴家的宴会上有很多人您应该没有见过。"陈于瑾说着,拿了一个平板电脑给顾雪仪,"这里面有一些资料,不一定全面,但聊胜于无。"

顾雪仪打开平板电脑,飞快地看着。

陈于瑾看着她的动作,都有点儿怀疑她到底有没有看进去。

车子抵达裴丽馨的别墅时,顾雪仪把平板电脑还给了陈于瑾:"好了。"

她这就看好了？

陈于瑾抿了抿唇。算了，也没关系，他可以时刻在旁边提醒她。

两个人进了别墅大门，裴丽馨迎了出来："太太、陈总……里面请。"

裴丽馨对陈于瑾的到来丝毫不意外。顾雪仪不靠谱，陈于瑾也是不得不随时盯着她吧？

裴丽馨也看见了网上的新闻。在她看来，什么协助警方破案，还被警方送锦旗，太可笑了，那面锦旗挂在宴氏集团大楼里就是四不像。顾雪仪这么一弄，还给宴家带来了麻烦。裴丽馨掩去眼中的轻蔑之色，冲着一个方向招了招手："智康，过来，姐姐给你介绍一下。"

顾雪仪看了过去。那边有几个年轻人聚在一块儿说话，手中都举着酒杯，正低低地发出嬉笑的声音。

听见裴丽馨的声音，有个青年立刻反应过来，将手中的酒杯塞给了别人，应了声："好，马上。"那一圈儿人像以他马首是瞻。

青年大步朝这边走来，他的五官和裴丽馨很像，勉强算得上英俊。

"太太以前没见过吧？这是我弟弟，裴智康。"裴丽馨说着笑了笑，眼中带着一点儿自豪之色。

在她看来，自己的弟弟那是英俊潇洒、一表人才。

随即，裴丽馨才看向自己的弟弟："这是陈总；这是宴总的妻子，宴太太。"

裴智康的目光落在了顾雪仪的身上。他知道她是宴文柏的大嫂，最近他也没少在新闻上看见她的消息，但真正见到本人和只看照片感觉是完全不同的。她长得相当漂亮，气质也格外出众，很容易令人联想到那不可摘的、高山上的花朵，可也正是这样，裴智康敢打赌，十个男人有九个见了她都会产生强烈的征服欲！

"宴太太好。"裴智康露出点儿爽朗的笑容，朝顾雪仪伸出了手。

顾雪仪垂下目光，瞥了一眼，随即将傲慢与刁蛮性子发挥到了极致——她直接忽视了裴智康，转头对裴丽馨说："今天除了我，还有什么客人吗？"

裴智康的表情僵了僵，他收回手，摩挲了一下掌心，还是心痒痒。

裴丽馨心中有点儿不高兴。顾雪仪算什么东西？顾雪仪怎么能无视她的弟弟？但裴丽馨想到顾雪仪一直是这样的性格，而这样的性格才好操控、好洗脑，这才压下心中的不痛快情绪，笑着说："没有了。今天除了家里人和智康的一些朋友，这里最尊贵的客人就是太太您了。"

"嗯。"顾雪仪应了一声，"这还差不多。"

裴丽馨面上挂着笑，心里却在冷笑，这人真是好哄。多亏宴朝娶了这样的老婆，也多亏前些天顾雪仪去了宝鑫一趟，一下子给了她新的思路。

角落里，那几个刚才和裴智康说话的人也忍不住盯着顾雪仪的身影，惊讶不已。

非洲。坐在黑色皮卡车内的年轻男人突然打了个喷嚏。

"您没事吧？"他手底下的人紧张地望着他。这个鬼地方流感肆虐，老大要是感冒了，那就出大问题了。

"没事。"

话音落下，车停住了。

年轻男人微眯了眯眼，看着土丘旁边，一个梳着辫子、皮肤黝黑的外国男人大步朝这边走了过来，一边走一边大声喊："我的朋友，终于等到你了！"

年轻男人却没有立刻下车，而是漫不经心地翻起了杂物箱里的册子。册子旁放着一部手机，手机屏幕漆黑一片。

年轻男人的思绪短暂地拐了个弯儿——他已经好几天没有收到来自银行的消息了。

在裴丽馨的别墅里举办的宴会的确是小规模的，就在一楼大厅里摆了三桌，在客人到齐后，女佣陆续开始上菜，颇有家宴的味道。

"不知道太太喜欢吃什么菜，就按各地的口味多备了几道菜。"裴丽馨说完，问道，"太太觉得怎么样？"

顾雪仪明白，裴丽馨在用这样的方式以示看重和亲近，以图拉拢她。这样的手段实在太常见了，不值一提。于是顾雪仪淡淡地道："也就一般般吧。"

裴丽馨在心中又骂了两声，面上却笑容不改："请太太先入座，有什么不足的地方太太提出来，我们下次再改。"

顾雪仪这才给了她面子，在主位上落座。裴丽馨立刻陪坐在一侧，又让裴智康坐在自己的身边。陈于瑾自然在顾雪仪的另一侧落了座。贵客与主人坐下了，其他人才纷纷坐下。

裴丽馨举起酒杯："今天太太光临智康的生日宴，是裴家的荣幸，让我们共同举杯，敬太太一杯。"

顾雪仪没动。气氛一下冷了下来。

裴丽馨自从成为宝鑫的负责人以来，还从没被人这样下过面子，手僵在了半空中。她抬头说道："太太？"

顾雪仪问："宴勋华呢？"

裴丽馨顿在半空中的手更僵了。宴朝都不敢直呼这个叔公的名字，顾雪仪竟然直呼宴勋华的大名？顾雪仪恐怕压根儿没把他们这些长辈放在眼里！想到接下来的图谋，裴丽馨还是把怒气往下压了压，笑着说："您说老宴哪，他这会儿不在。"

"那他在哪里？"顾雪仪不悦地道，"你们请我上门，主人却不在家，是故意怠慢我还是因为宴朝不在？"

裴丽馨可不想被扣上这样的帽子，连忙说道："不是怠慢，是老宴赶不回来。"

顾雪仪纤纤的手指捏着筷子，她微一歪头，不辨喜怒地道："哦，那就是在国外了？"

裴丽馨骤然被噎住了。

"怎么会在国外呢？老宴身体不好，常年不是在医院里，就是在国内各地散心。我也有段时间没联系他了。好了，不说他了，我让人给太太准备了礼物。"裴丽馨说到这里还有点儿肉痛。她并不是出身有钱人家，相反，幼年时家里还特别穷。这次为了拉拢顾雪仪，她特地让裴智康去拍卖会上拍下了一块鸽血红宝石，价值500多万元。她知道顾雪仪喜欢这些东西，也只有狠狠心，才能换来更多的利益。

裴丽馨话音落下，裴智康立刻配合地起身，拿了个盒子过来。他走到顾雪仪身边，微微弯腰，打开了盒盖："太太看看，喜欢吗？"

"还有陈总的。"裴丽馨不想那么快暴露目的，就把陈于瑾的礼物也备上了。

她给陈于瑾准备的礼物则是一块表。

陈于瑾微笑着，语气却是冷淡的："我就不必了。"

顾雪仪伸出手指，轻轻地拨弄了一下那块鸽血红宝石。

裴智康盯着她葱白似的手指，与血红的宝石搭在一块儿，她的手指特别好看，裴智康一时间看呆了。

"我喜欢这个东西。"顾雪仪说着，勾唇一笑。她从进门开始，就一直是傲慢、高冷的模样，一直挑剔，对谁都不假辞色，但也正因为这样，这一刻她的笑容才更显难得。

裴丽馨重重地松了一口气,觉得自己摸准了顾雪仪的脉门,把人哄住了!

裴智康目不转睛地盯着顾雪仪,说:"太太喜欢就好。"

陈于瑾的手指攥紧了酒杯,面上笑容不改,他抬眸看了一眼顾雪仪。

她的确很少笑,脸上最常见到的表情就是淡淡的。

顾雪仪松了口,席上的气氛一下子就有了变化,大家重新举杯,没一会儿就热闹起来。

喝完这杯酒,顾雪仪又恢复了高傲的模样,裴丽馨和她说三句话,她一般只答一句,不高兴的时候,还要戗裴丽馨一句。

裴丽馨一顿饭吃下来憋了满肚子气,也亏得她在社会上摸爬滚打这么多年,深谙变脸之道,才绷住了表情。裴丽馨不停地在心中安慰自己:顾雪仪越是这样,不是越说明刚才的笑是真心实意的吗?这不正说明顾雪仪没见识,只要给她利益,她就会心动吗?

这顿饭好不容易吃完了。裴丽馨故意打翻了酒杯,酒洒到了顾雪仪的身上。

"啊?太太……没弄脏太太的衣服吧?"裴丽馨连忙站起身,扯了几张纸巾就要给顾雪仪擦衣服。

顾雪仪心中轻叹了一口气,还以为裴丽馨有多厉害的手段呢,这些手段在她的眼里太小儿科了。顾雪仪面上带着怒意,站了起来,冷声道:"你搞什么?"

一刹那,裴丽馨有种被冷意压得喘不过气的感觉,等回过神,那种感觉又消失了。裴丽馨连忙赔笑道:"太太别生气,先跟我到楼上处理一下,免得衣服湿漉漉的不舒服。"

顾雪仪面含怒色,起身先一步往楼上走去。

裴智康带来的那些朋友忍不住咂舌:"宴太太生起气来都很好看哪。"

裴智康也这样想。美人粉面含怒都是极美的。

只有陈于瑾低下头,抿了一口热茶。太太的演技倒是炉火纯青了。一开始,他以为她是刁蛮无理、爱慕虚荣、手段低劣;后来,他以为她端庄优雅、眉眼疏朗;现在,他倒有点儿看不清她了。她一点儿也不死板,相当灵活……

陈于瑾低头又抿了一口热茶。她和他何其相像。

顾雪仪走上了二楼。

裴丽馨在后面追着顾雪仪:"太太,这边请。"她生怕顾雪仪走错了房间。

等进了房间,裴丽馨取了一套崭新的衣服让顾雪仪换上。

顾雪仪却根本不吃这套。她随手拖过来一把椅子,往上一坐,淡淡地道:"端盆水来,给我一点点洗干净,再拿吹风机来吹干。"她微微屈起一条腿,另一条腿向前蹬着地毯,姿态优雅又格外高傲,仿佛拿裴丽馨当丫鬟使唤。

裴丽馨咬了咬牙:"好,我叫个女佣上来。"这顾雪仪怪癖还真多。

"是你打翻的酒杯,叫别人来干什么?"顾雪仪抬了抬眼,眼中带着鄙夷之色,"裴总这样没担当?"

我可是宴朝的叔公的妻子,也就是你的叔婆!这话也就只在裴丽馨的心头过了一遍。大概是这一天没少受顾雪仪的冷待,裴丽馨一想前面都忍下来了,现在闹翻,前面的心思可就白费了,尤其是那块红宝石就白瞎了!于是裴丽馨转头去打了水,又去拿了吹风机,一点点将顾雪仪的外套上的那块污迹洗干净,再拿着吹风机,蹲在顾雪仪身前给她吹干。

顾雪仪上楼后就没再下来,陈于瑾不着痕迹地皱了皱眉。虽然他现在已经相信顾雪仪足够聪明,可牵扯到宝鑫的事,裴丽馨很可能会变成疯子,做事不计后果……

陈于瑾问道:"怎么还没有下来?"

裴智康也有点儿疑惑,她们说话也用不了这么久啊。裴智康站了起来:"我去看看。"

陈于瑾理智上知道,这时候应该让顾雪仪和他们单独相处,他们才会暴露自己的真实目的,但他还是跟着站了起来,淡淡地道:"我也上楼看看。万一太太出了事,我不好和宴总交代。"

裴智康心下轻蔑地笑了笑,面上却笑着说道:"好啊。"幸好他姐姐早就猜到了陈于瑾会紧盯着顾雪仪。陈于瑾盯得越紧,他们就越要争取到顾雪仪。

两个人又一前一后地往楼上走去。很快,他们就来到了门外。

"姐姐?"裴智康喊了一声。

他的声音被吹风机的声音掩盖了,裴丽馨压根儿没听见,还在憋着一口气,继续给顾雪仪吹衣服。

裴智康只好和陈于瑾一前一后地进了门,然后他们就看见了屋中的一幕——顾雪仪仿佛生来就是娇生惯养的千金大小姐,风华逼人;裴丽馨蹲在她面前,像用人一样在给她吹干衣服。

裴智康看到后,第一反应都不是心疼姐姐,而是宴太太实在太好看了,就应该被这样侍候。陈于瑾却是顿了顿,有点儿哭笑不得。原来她在这里折磨裴丽馨呢,也就她想得出来这法子。

这时候顾雪仪才动了动腿。

裴丽馨以为她要踹自己,连忙关掉了吹风机,往旁边躲了躲。顾雪仪脾气不好,做出这事儿可不奇怪。

"你们找过来干什么?"顾雪仪看向前方问道。

裴丽馨回头一看,陈于瑾和裴智康都站在那里。她给顾雪仪吹衣服被他们看见了?裴丽馨的表情实在绷不住了,她还没丢过这么大的人!

"嗯,担心太太,过来看看。"陈于瑾毫不掩饰地道。

陈于瑾这样直白,裴丽馨反倒放下了戒备之心。裴丽馨张嘴正准备说点儿什么,顾雪仪先一步开口了:"行了,下去等着吧。"

陈于瑾又深深地看了她一眼,然后才应道:"是。"

裴丽馨见陈于瑾都得受顾雪仪的气,心里这才舒服了点儿。她马上把裴智康也打发走了。她再回过头时,顾雪仪站起身,扯了扯外套:"就这样吧。"

裴丽馨勉强露出了点儿笑容:"今天实在不好意思,改日我再好好给太太赔罪。"

"怎么赔?"

"当然是用太太喜欢的东西来赔。"

"你知道我喜欢什么?"顾雪仪睨了她一眼。

"刚才的宝石太太不就很喜欢吗?"

"是。我那里还有一块蓝宝石,我这个人有点儿收集癖,希望手里的宝石能凑齐七个颜色。"

裴丽馨暗道:她还得给顾雪仪凑足七块不同颜色的宝石?

"玉我也喜欢。"顾雪仪顿了顿,淡淡地道,"比如红皮白肉籽的和田玉,紫罗兰、藕粉的翡翠我也喜欢。"

裴丽馨听得眉心皱起,恨不得堵上顾雪仪的嘴。别人都是暗示,她却大大方方地说了出来。

"这些……太太都喜欢?"

"你没长耳朵吗?"顾雪仪回头看着她,淡淡地反问,"我刚才不是说了,这些都是我喜欢的。你不是要赔礼吗?就用这些东西吧。"

"是……但是这些东西不一定能弄到,毕竟都是很珍贵的。"

顾雪仪盯着她。裴丽馨立刻感觉到了压力。

"你连这些东西都弄不到？"顾雪仪说道。

裴丽馨胸口一堵："当然……得费点儿时间，弄是能弄得到的。"她是宝鑫的负责人，手里握着宝鑫的财权，但最恨走出去的时候别人只将她当成宴氏集团子公司的高层，也最讨厌别人质疑她的地位和能力。

"嗯，那就先这些吧。"

"先这些？"

"宝鑫是宴氏集团的子公司，又是你自己说要给我赔罪的……你这是什么语气？"顾雪仪不紧不慢地质问道。

"没有，您误会了。"裴丽馨急切地说道，"那天自从见过您之后，我就很想和太太相交，所以今天才请太太来参加家宴。太太……宴总已经很久没有消息了，太太想过将来怎么办吗？"裴丽馨终于说出了今天最想说的话。

顾雪仪顿了好几秒，才说："拿着他的遗产去养——"

"男宠"两个字到了嘴边，她才生生地改成了"小白脸"。

裴丽馨的嘴角抽了抽。她就说，以顾雪仪爱慕虚荣的性格，这人怎么会真爱宴朝呢？幸好顾雪仪爱慕虚荣。

"可是陈总不会同意啊。"裴丽馨轻声说，"宴总还有几个弟弟妹妹呢，他们将来都是要和太太分财产的。"

"你什么意思？"

"不如我给太太出谋划策……"

又是十分钟过去，顾雪仪才下了楼。

裴智康先看了一眼顾雪仪，然后才迎上裴丽馨，轻声问道："姐，怎么样？"

裴丽馨活像是脱了层皮，打起精神道："顾雪仪太贪……不过正因为贪，我没花多少工夫就说服她了。"

裴智康笑了起来："那现在宴太太也算是咱们阵营的人了？"

"算，但还是要提防着。"裴丽馨说着，有气无力地掏了张卡给裴智康，"我听说江市三天后有个拍卖会，你去拍……"

顾雪仪和陈于瑾上了车。陈于瑾问："怎么样？"

"宴朝……活得好好的。"顾雪仪轻挑了一下眉毛说道。

134

陈于瑾惊诧地道:"太太怎么知道宴总还活着?"

"裴丽馨言语间都是在暗示宴朝还活着,会回来。如果我想拿到宴朝的遗产,最好跟他们配合,让宴朝别再回来。"顾雪仪顿了一下,才说,"如果我拥有了宴氏集团足够多的股份,掌握了宴朝的遗产,就没有人能追究宝鑫的事了。"

顾雪仪闭了闭眼,倚着靠背小憩,然后淡淡地道:"陈秘书不妨查一查宴勋华和宴朝失踪有没有关系,不然裴丽馨怎么知道宴朝还活着?"

顾雪仪顿了一下,又说了句:"他们应当是没杀了宴朝,却也联系不上宴朝。"

"我知道了。"陈于瑾应道。

他转过头,还想和顾雪仪多说几句,却见顾雪仪闭上了眼,模样静谧美好,只好闭上嘴,将话咽回了肚子里。

她对宴总的安危还是上心的,但她不知道,他早就知道这些事了,而这些事他不能告诉她。

顾雪仪闭上眼想的却是刚才她的手机振动了一下,收到了宴文柏发来的短信:"今晚不回。"

短信格外简短。

宴家的子弟心智成长比过去顾家、盛家的子弟都慢,尤其宴文柏,过去总是三五天不着家,在外面不是和人打架,就是和人玩非法赛车,她应当严格管控他每日的活动。

不知道过去了多久,陈于瑾的声音在车厢内响起:"到了。"

顾雪仪睁开了眼。

陈于瑾走下车,绕到车旁,为她打开了车门,同时低声问道:"裴丽馨今天还给太太许诺了什么?"

"不是她许诺,是我点单。"顾雪仪说道。

"点单?"陈于瑾愣了愣。

"我告诉她,我喜欢各个颜色的宝石凑一套,我喜欢和田玉还喜欢翡翠……"

陈于瑾忍不住失笑:"太太有些狠。裴丽馨要肉疼了。"这次他是真心实意地笑了,而不是伪装。

顾雪仪摇了摇头:"这些算什么?"

她若是按以前每年生辰时旁人送到她跟前的礼品单子随意说上几样东西,都能叫裴丽馨掏空私房钱了。

陈于瑾顿了一下,然后送顾雪仪进了门。

这算什么?他很难想象这话会从顾雪仪的口中说出来,但她的语气的确云淡风轻,还有点儿不屑一顾,那些东西她似乎完全不看在眼里。

陈于瑾不禁又一次想,顾家真的养得出这样的女儿吗?

顾雪仪进了门。

宴文姝坐在沙发上画了会儿画,却有点儿心浮气躁画不进去。听见脚步声,她立刻放下了手中的画板;等看清是顾雪仪回来了,她又连忙把画板捡了起来,尴尬地说:"我……听心理医生说,这样可以安抚躁动不安的情绪。"

"嗯。"顾雪仪走上前。

宴文姝有点儿怕她,但又有点儿喜欢她,还很想成为她那样的人,于是开始没话找话:"今天宴文柏没回来。"

"嗯,我已经知道了。"顾雪仪说着,把手里拎着的礼盒递了过去,"给你了。"

宴文姝受宠若惊地接过去礼盒,攥着带子的手紧了紧。

等她回过神,顾雪仪已经上楼了。

这是宴文姝第一次收到来自"家人"的礼物。顾雪仪算是她的家人吧?顾雪仪是大哥的妻子,是她的嫂子。宴文姝打开了盖子,里面放着一块鸽血红宝石。宴文姝的呼吸滞了滞,她见过很多名贵的宝石,但那些都不如这块漂亮。顾雪仪是在奖励她吗?

宴文柏肯定没有这东西,宴文嘉肯定也没有。

宴文姝盖上盖子,将礼盒抱在怀中,忍不住笑出声来,然后又猛地捂住了嘴,左右看了看,确定没人听见她失态的笑声才上了楼。

剧组里被点名的宴文嘉发丝散乱,领口胡乱扯开,扣子散落,忧郁又冰冷的气质体现得淋漓尽致。

他特地熬了一个通宵,拍了这场戏。

李导坐在监视器后感动得直落泪。老天爷啊,他是请到宝了啊!这个圈子里就没有比宴文嘉更敬业的人了!李导拿着喇叭高喊了一声:"Cut(停止)!一条过!"

他赶紧让宴文嘉去休息,宴文嘉却没有立刻离开,而是坐在场外,拿着手机,敲了几个字,又删除……

宴文嘉看着压根儿没动静的对话框，最后拿起手机自拍了一张照片，发了微博："凌晨三点。"后面还有一张图。

发完微博，他又手动刷新了一下，评论区很快有大量粉丝留言，全是各种心疼、感叹他如何敬业的评论。他满意了，这才收起手机："走。"

经纪人惴惴不安地跟了上去，越来越摸不准原哥的想法了。

宴文柏当晚没有回宴家，在酒店睡了一晚，然后就去了学校。

他到了学校后，有人过来想搂他的脖子，但瞥见他脸上冷冰冰的表情，又识趣地收回了手，不过嘴上倒是没停："我就说嘛，宴四少怎么突然变了样？其实四少还是没变的！"

这帮人都不是循规蹈矩的性子，当然也不希望自己圈子里的人有谁突然转性当乖宝宝去了，否则他们肆意放浪的举动不就显得很傻了吗？

宴文柏没搭理对方，径直走到角落里坐下，将书往桌上一架，开始补觉。

其他人见搭不上话，撇撇嘴，也就不过去了，坐在宴文柏前面两排的位置。

宴文柏刚闭上眼，前面似乎又有几个人坐下了，其中一个人说："我昨天见到宴文柏的大嫂了，真好看，好看到让人根本把持不住。"

"是真的！我之前看过照片，是真的好看。"

"真人比照片还好看一百倍！"

"嘘，别说太大声，别让宴四少听见了。他在后面睡觉呢。"

"哦，那也没什么关系啊，我们这不是夸他大嫂吗？还不准人夸吗？"

宴文柏缓缓睁开了眼。

"你那是夸吗？你那是馋人家长得漂亮。"

"宴文柏听见了没什么，这事儿要传进宴朝的耳朵里，你有几条命？"

"宴朝不是回不来了吗？"那人顿了一下说，"宴文柏的大嫂是真好看，在那儿光看她吃饭，我都觉得赏心悦目。对吧，裴少？"

宴文柏"腾"地站了起来，长腿一迈，跨过面前的桌子，在其他同学的惊呼声中，一把揪住那人的领子，狠狠地将人掼到了桌上，紧跟着一拳揍在了对方的下巴上。

老师刚一走进门，看见的就是他们学校大名鼎鼎的宴四少将人压在桌子上，一拳又一拳地往人下巴上揍。

有人喊了一声："四少这是干什么啊？大家不就说一句玩笑话吗？你这

是要把人往死里打啊！"

话音落下，血溅到了他的脚边。

老师一惊，赶紧喊道："报警！赶紧报警！"

顾雪仪今天看的是《货币战争》。她刚看到第五十七页，就接到了来自警局的电话："宴太太，宴四少在学校和人打了起来。现在涉事的人员已经在警局了。对方愿意和解，但是四少拒不配合做笔录……您看，您是否能到警局来一趟？"小女警的声音从那头传了过来。

面对刚和警方合作过的宴太太，小女警还是比较尊敬的。

"好的，我知道了。"顾雪仪淡淡地说道，放下书，起身去换衣服。

顾雪仪并不意外，宴文柏长到这个年纪了，性格差不多已经定型，不是一时就改变得了的。

花了差不多二十分钟，顾雪仪的车抵达了警局。她下了车，立刻就有小女警领着她往里走。

"我记得你。"顾雪仪说道。

小女警忍不住笑了笑："宴太太记性真好。"

顾雪仪也冲她笑了笑，这才推开面前的玻璃门走了进去。

小女警在原地呆了呆，然后忍不住同情了一把顾雪仪，有钱人家也要头疼孩子的教育问题啊！

顾雪仪刚迈进门，就有人迎了上来，来人惊讶地道："宴太太？没想到在这里遇见了宴太太，有点儿惊喜。"

对方说着，朝顾雪仪伸出了手。

小女警在门外隐约听见了声音，心说宴太太果然很受欢迎。

门内，顾雪仪定睛看了看，那人是裴智康。

坐在角落里的宴文柏突然冷冷地抬起头，盯着裴智康伸出去的那只手。

顾雪仪抬了抬眼，倨傲地问道："嗯？你是谁？"

宴文柏冰冷的目光顿了顿，然后骤然变得柔软。只不过旁边的人都没有注意到他身上这样细微的变化。

裴智康的笑脸又一次僵住了。他本来有点儿生气，但转念一想，美人天生就应该有别人没有的特权，反正这也不是第一次了，他要耐心一点儿嘛。

裴智康脸上的笑容更热烈了："宴太太贵人多忘事，不记得我了。我是裴智康，咱们昨天才见过。"

其他人听见裴智康的声音，这才陆续抬起了头。能让裴智康放下架子，又称呼"宴太太"的人，那还能是谁？这人就是宴文柏的大嫂顾雪仪没错了！他们的目光纷纷落到了顾雪仪的身上。真正见到了顾雪仪，刚才还聊得起劲的人，这会儿反倒将嘴闭得紧紧的。

这位宴太太身上有股无形的气场，连气质也是独特的，独特得让人本能地生不出亵渎之心。

"宴……宴太太。"其他人陆续打了招呼，生怕慢了。

顾雪仪依旧没有去握裴智康的手，目光冷淡地在他们身上扫过，最后落到了宴文柏的身上。她转身握住了玻璃门的把手，说："宴文柏，跟我过来。"

宴文柏盯着她的手看了会儿，发现这次她没有拿皮带，便沉默地站起身，跟上了顾雪仪。

顾雪仪推开门走了出去，对小女警说："麻烦帮我们准备一个地方，我和他沟通一下，然后再做笔录。"

小女警忙不迭地应道："好的。"这件事宴太太能解决的话，那就太好了！

顾雪仪很快带着宴文柏走到了隔壁的房间，转过身问宴文柏："怎么回事？"

宴文柏又垂下目光，瞥了一眼她的手。她的手上空空的。他突然想起来，她如果要揍他的话，好像不用皮带也行……

"为什么不肯做笔录？"顾雪仪又问。

宴文柏这才闷声说道："没什么，不想做。"

顾雪仪也不跟他着急上火，随手拉过一把椅子坐下，不紧不慢地说道："你在宴家生活了这么多年，宴家就教会了你无视社会规则、我行我素吗？"

藐视权威、不尊重他人，那他迟早有一天会将整个家族都推入覆灭的深渊。

宴文柏咬紧了牙，没吭声。上次他和江靖打架进警局，就见识过顾雪仪的口才了。她不带一丝怒意，但句句戳人。

"你昨晚去做什么了？你学到的礼貌就是教你随意发一条短信回来，然后就能夜不归宿了？"顾雪仪淡淡地问道。

宴文柏紧紧抿了抿唇，问道："你又要打我吗？"

顾雪仪顿了顿，淡淡地说道："或许你以为我很严厉。但在我的眼里，你依旧是没有长成的少年。如果在一个动物族群里，你仍旧属于幼崽的范畴。你还不具备强大的自我保护能力，要是某个晚上你在外面出了事，宴家人没有及时赶到，你让身边关心你的人怎么办？"

宴文柏怔了怔。谁会关心他？她吗？在她眼里，他像是个需要被呵护的幼崽？宴文柏心中有点儿别扭，但又像是第一次尝到糖的甜味儿一样，心中跟着冒出了别样的情绪。

"这次不打你。"顾雪仪说，"你和他们打起来，应该不是你的错。"

"你怎么知道？"宴文柏脱口而出。

"裴智康在他们中间。"顾雪仪知道，和裴智康在一块儿的人，又能是什么好人呢？

宴文柏的表情顿时放松了不少，他说："我昨天去青阳山了。"

"嗯？"

"去拜祭我母亲。"宴文柏说完，暴躁地皱起眉，别过了头。他有点儿不太适应在别人面前这样暴露自己的隐私和想法。

"好，我知道了。"顾雪仪没有再追问。她从那本书中知道，宴文柏不是宴朝一母同胞的弟弟。可想而知，宴文柏的母亲要么是宴父的继室，要么是宴父的妾，不，用这个时代的话说，叫情妇，而从宴朝与他们并不亲近、宴家的子弟几乎处于放养的状态来看，宴文柏的母亲应该是后者。

"今天为什么打架？"顾雪仪问。

听她没有再提起青阳山的事，宴文柏也松了一口气。那并不是什么光彩的事，他从小就知道自己在宴家是什么样的身份，所以不愿意提起这些。今天的事……

宴文柏动了动唇，又怎么好把那些话复述给她听？

顾雪仪将他的反应看在眼中，顿时心里有数了。他连偷偷去拜祭母亲的事都说了，还有什么事是不能和她说的？顾雪仪问道："他们议论我了？"

宴文柏没说话，依旧死死地抿着唇。

顾雪仪站起身："去做笔录吧，那些话没什么不能说的，对我没有任何影响。"

宴文柏没动。

顾雪仪看着他，语气温柔了一点儿："我很感谢你维护我。宴四少又长大了一点儿，变得更有担当了一点儿。"

宴文柏心中猝不及防地燃起了一团火，把他的五脏六腑都烤得热乎起来。他转身走了出去做笔录，顾雪仪则先走出了警局。

顾雪仪走进了警局附近的一家小店，问："有糖吗？"

"有，有。你要什么牌子的？"

现代的食品五花八门，顾雪仪挑花了眼，于是说道："小孩儿爱吃的。"

对方给了她一包彩虹糖。

宴文柏很快做完笔录出来了，对面那个被他打了的人也刚出来。对方头上裹了纱布，看着有些惨。见宴文柏神色冷冷的，他这会儿倒是不敢说什么了，一是怕再挨打，二是怕宴家。

这时候裴智康也推开玻璃门走了出来，问："四少，宴太太呢？"

宴文柏冷冷地盯着他："关你什么事？"

裴智康被噎了一下，笑着说："四少，我和你不一样。我是很有礼貌的。事情了结了，我总要和宴太太打声招呼再走的。"

裴智康话音刚落下，顾雪仪走了进来。

"宴太——"

顾雪仪走到宴文柏面前，问道："好了吗？"

一旁的警察笑着说："都处理好了。"

顾雪仪点了点头："辛苦。"

"应该的，应该的。"

顾雪仪把手里的彩虹糖放在宴文柏的手中："那就走吧。"

宴文柏条件反射地将糖接了过去，随即愣了愣，问道："这是……什么？"

"奖励。"顾雪仪说。

宴文柏攥着包装袋的手指紧了紧，塑料包装袋发出了"噼啪"的声音。

宴文柏从来不吃这种东西。他回了一下头，瞥见裴智康望着顾雪仪，一副遗憾的模样。他低下头，伸出修长的手指抓住塑料袋一扯，飞快地拿出一颗彩色的糖扔进了嘴里，然后含着糖，走在顾雪仪的身后，挡住了裴智康的目光，嘴里含含糊糊地说："嗯……好吃。走了……"

裴智康在后面捏了捏拳头。

顾雪仪和宴文柏很快走出了警局，上了车。

警局内，裴智康突然回头问道："漂亮吧？"

大家一时间没敢答话。

裴智康轻笑了一声，也不再问他们，而是问起那个被打的人："还疼不疼？不疼的话，走吧，今天所有消费我买单。好歹我也是宴家的亲戚，宴少不给你赔罪，我来给你赔罪。"

那人立马露出了笑容："裴少大气。"旁边的人马上跟着又恭维了几句。少数几个头脑还算清醒的人心中却忍不住犯嘀咕：他们之前嘴上说得痛快，但真见了人，就不敢生出什么心思了。而且人家是谁啊？人家是宴总的妻子啊。怎么刚才裴少还问那样的话？这样会出事的吧？

上了车，顾雪仪问道："手伤到了吗？"

"没。"宴文柏把手往后面缩了缩。

"拿出来，看看。"

宴文柏犹豫了一下，把手伸到了顾雪仪面前。他的指骨那里蹭掉了皮，露出了一点儿粉红色的肉，上面带着星星点点的血迹。

顾雪仪弯腰取了个医药箱给他，顿了一下，说："上次你和江靖打架的时候我就想说了，你为什么打不过江靖？"

宴文柏僵了僵，有点儿羞耻。他下次不和人打架了还不行吗？

"没有想过请个老师吗？"顾雪仪问道。

宴文柏怔住了。她并不是瞧不起他，而是在认真地和他讨论这个问题？

宴文柏喉头动了动，那颗糖的甜意还在嘴里打转："嗯……请过。但是……不一样。请过跆拳道和散打的老师。江靖他……他是跟他叔叔学的。他叔叔在军队里待过，手上功夫很厉害……"

顾雪仪明白了。顾家军出来的兵士也往往比那些请了名师教导的公子哥儿要厉害。因为军队里比较严苛，那学的都是保命的本事。

"那你想学吗？"顾雪仪问道，"学会了，下次再有人挑衅你，你能做到一招制敌，而不是靠反复击打才能威慑对方……这样还容易闹出人命。"

宴文柏坐在那里，一时有点儿震撼。他没少打架，但没想到有一天会是顾雪仪来教他怎么打架。

没等宴文柏再出声，顾雪仪就拍板了："就先学伏虎拳吧。"

宴文柏满脸疑惑的表情。他没听错吧？这个名字一听就很像武侠小说里瞎编的东西。

顾雪仪却已经在心中给他制订好了一套完整的训练计划，免得他再跟着别人漫无目的地混日子。

"你底子不错,要不了太久就能练成。"顾雪仪想了想,说,"半个月吧,半个月后江靖就得被动挨打了。"

真的?如果真的可以这样,那他就拥有她口中的自我保护的能力了吗?他也能保护她?

回到宴家后,顾雪仪很快就写下了顾家军中常用的拳法及训练方式,把这些东西都给了宴文柏。她给完东西往房间走去,一抬头,却发现宴文姝站在楼梯口看着她,于是问道:"怎么了?"

"你给了宴文柏什么东西?"宴文姝眼巴巴地问道。

她头上的小脏辫早就拆了,微微卷曲的长发贴着脸颊,这样的她看上去乖巧了很多。

"书。"

"我也要。"宴文姝脱口而出,然后才意识到顾雪仪说了什么。

书?顾雪仪说她给了宴文柏书?

宴文姝高中时就去国外念书了。她很聪明,只是上了大学之后反倒没了兴趣,已经很久没碰过书了。

"你想要什么书?"顾雪仪问道。

"都……都好。"反正一想到顾雪仪只给了宴文柏没给她,她就忍不住怀疑顾雪仪不喜欢她。

顾雪仪转身上了楼。她的大书架里全是书,这是她为了了解这个世界买回来的。

顾雪仪随手抽出一本还没有翻过的书,给了宴文姝。

宴文姝接过书一看——《高等数学》。她两眼一翻,差点儿当场昏过去,但顾雪仪就在面前,她牢牢地抠着书的边缘,结结巴巴地说:"嗯……我一定会……好好看的。"

"嗯。"顾雪仪这才露出浅淡的笑容。

我可以,我一定可以……宴文姝抓着书,深吸了一口气。不就是从今天开始好好学习天天向上吗?我肯定比宴文柏强!

裴智康去了一趟江市,回来的时候,他的拉杆箱里放着好几个礼盒。他径直去了宝鑫。

裴丽馨打开办公室的门,让他进来:"拍下来了?"

"嗯,拍了。"

裴丽馨伸出手:"好,那张卡先给我。你这个月的零花钱姐姐另外打给你。"

裴智康诧异地道："那张卡里面都没有钱了，你要回去干什么？"

裴丽馨感觉脑子里"嗡嗡"作响，一时愣在了原地，随即又连忙去翻他的兜："你说什么？你花完了？"

"嗯。这次拍卖会上有不少好东西。"

"你拍了多少？"裴丽馨急切地问道。

"不多啊，就一条绿松石的项链，一只玉镯，一个黄金项圈和一颗23克拉的钻石。还剩了七万多块钱，我去江市住酒店的时候刷了。"

裴丽馨眼前一黑："你买那么多东西干什么？"

裴智康笑了笑："如果她不喜欢，才好换别的啊。咱们又不是没钱，应该大方一点儿，不是吗？"

裴丽馨用力吸了两口气，才稳住了。她没想到自己为了哄顾雪仪竟然付出了这么大的代价，但也顾不上肉疼了："你给她送过去……让她想办法弄到宴朝的章。"

裴智康也没歇着，拖着拉杆箱直接去了宴家。

简芮刚好上门道歉。裴智康在宴家大门外等了好久，不禁心中有气。这帮宴家的下人，狗眼看人低，竟然认不出他是裴丽馨的弟弟！算起来，他是宴家的亲戚，当然也算他们的主子！

等女佣领着他进了门，裴智康看见坐在沙发上的简芮，他的怨气才消了。那是简家人，难怪宴家的人让他等着。

简芮转头看了一眼裴智康，惊讶地问道："宴太太这里还有客人？"

"不是什么重要的事。"顾雪仪低头抿了一口茶，说道。

简芮站起身道："那也不好再打扰了，前些天谢谢太太了。您先收下这些东西，如果有什么不喜欢的或有什么格外喜欢的都请您及时告诉我。我先回去了。"

顾雪仪应了一声。

裴智康听见简芮的话，本能地往顾雪仪面前的茶几上看去，只见那里有一排盒子。盒子里都是宝石，第一个盒子里的钻石，就是他曾经见过的大名鼎鼎的艾克沙修钻石……简家当然不会送假货。

裴智康眼皮一跳，心中有点儿后悔，还有点儿埋怨裴丽馨。裴丽馨给的钱太少了，他拍不了更贵重的东西。现在他手里的礼盒，在这些东西面前实在拿不出手了。裴智康觉得，自己想看到她的笑脸，好像更难了。

"裴少有什么事吗？"顾雪仪抬眸看向他。

裴智康平时在外面也是相当有派头的，背靠宝鑫这座大山，又仗着和宴家有关系，外面大部分人捧着他。但这会儿站在顾雪仪面前，裴智康竟然有点儿张不开口了，把箱子里面的东西拿出来，也不让顾雪仪挑了，全部堆在了那里，更张不开口提裴丽馨的要求了："没……没什么，就带了一点儿小东西给太太。"

简芮送了这么多东西都没对顾雪仪提要求，他们再提要求，岂不是显得他们裴家小家子气？

裴智康想了想，说："太太如果能赏光的话，7号有个慈善晚宴……"

"我想想。"顾雪仪说道。

裴智康也不生气，反而觉得是自己的东西太拿不出手，于是点点头赶紧走了，免得再看见简芮送的那堆东西，越看越难受。

送走了裴智康，女佣走过来，小声问："太太，这些东西……？"

"嗯，都收起来，放我房间里吧。"顾雪仪对这些东西并不怎么感兴趣，又翻开了那本没看完的《货币战争》，刚看到第九十一页，就听到电话响了。她皱了皱眉，是有人存心让她看不完这本书吗？

她接起电话，那头传来了保镖的声音。保镖的语气有点儿怪异："太太，四少进了一家娱乐场所……"

这个保镖负责盯着宴文柏，免得他乱来，也怕这时候有人用他威胁宴家。顾雪仪告诉保镖，如果宴文柏遇到什么麻烦，他要及时上报。

顾雪仪听出了他的语气有些怪异，问道："嗯，那里是做什么的？"

"这个地方是封家开的，就是一个有钱人聚集的地方。"保镖尴尬地道，"就是……就是一个高级点儿的玩得开的地方，经常举办一些活动……"

顾雪仪差不多明白了："你确定宴文柏进去了？"

保镖愣了一下，不太确定地答道："我只看到他进了门。"

这个地方今天举办了主题为"不许说不"的新活动。一帮人小心翼翼地边走边看："我听说这里时不时还有一些大佬出没……宴文柏不肯进来……不过有他那张脸也够了。咱们进来了就行。"

"您尾号××××的卡10月28日11时11分快捷支付支出（天天乐小卖部）2.00元。"

年轻男人把那条短信来回看了两遍。现在她连路边的小店都去了？他记得宴家没破产。

这时候，门"吱呀"一声开了。

年轻男人抬头看了一眼，一个大学生模样的女孩儿怯怯地走了进来："我……我是塔塔先生派来给您处理伤口的。"

宴文柏走进了大门，但最后还是停下了脚步。

他之前也荒唐过，开着游艇出海办派对，看过同行的人左拥右抱，年纪轻轻就没有节制，但这个地方跟之前的派对不一样，这里玩的东西更高级，也更见不得光。如果是过去，宴文柏已经无所谓地进去了，但现在，他还是停下来了。

万一顾雪仪知道他进这里的话，他大概率得挨揍。

宴文柏扭头问："你们这儿有台球吗？"

侍应生愣了一下，还没见过人来这里纯玩台球的。但能进这里的人都不是一般人，侍应生当然不敢得罪他，于是连忙领着宴文柏去了另一层楼："您跟我来……这里不仅有台球，还有射箭、飞镖、保龄球……您挑着玩。"

这层楼还真没什么人。宴文柏在楼下看见一个活动的牌子，估计其他人都去参加新活动了。宴文柏点点头，随手拿起了台球杆："你陪我打。"

侍应生当然不会拒绝，就在一边陪着。

顾雪仪坐在沙发上，始终和保镖通着电话，慢悠悠地翻着书，一边缓慢地消化书上的内容，一边问："还没有出来吗？"

"太太，没有。"

电话那头又安静了好一会儿。等顾雪仪翻过了二十来页书，保镖突然说道："太太……我看见了……"

"嗯？你说。"

保镖似乎是迟疑了一下，最后还是开了口："我看见了封总。"

封总？谁？

"裴总的弟弟从封总的车里下来了。"保镖在那头接着说道。

"裴智康？"顾雪仪问道。

"是。"

裴智康不是才从宴家离开不久吗？

顾雪仪此时想起来封总是什么人了。当初简昌明提到和宴家不对付的家族时就提到了封家。也许这个封总就是那个封家的人，否则保镖不会特意提起。

"好，辛苦你了。"顾雪仪说着，收起书往楼上走去，把书放好后又换了一身衣服，叫了司机和保镖，开车去了那个地方。

裴丽馨一边来哄她，一边又去勾搭宴朝的对头？还是说，裴家早就和宴朝的对头有来往了？裴丽馨并不出面，而是让自己的弟弟去接洽，可惜裴智康是个蠢货，如果裴丽馨真是这样打算的话，那就注定要失算了。

"太太，您说的是这里吗？"司机问道。

这个地方叫"无名"，像是起名字的人实在不知道叫什么，一拍脑袋，就选了这个。

顾雪仪降下车窗，朝外面瞥了一眼，走了下去。

门口的保安立刻拦住了她。保安看她穿着打扮不俗，也有些脸熟，忽然反应过来，这不是宴朝的太太吗？保安立刻躬身道："宴太太您能进去，但您身后的保镖不能进去。"似乎是怕顾雪仪误会，他又补充了一句，"来这里的客人都是这样的，大家都不带保镖。咱们这里是很安全的，您放心。"

顾雪仪还有点儿惊讶。保镖在电话里说，这里就是封家开的。封家和宴家是对头，那封家的人就这么放她进去？

顾雪仪身后的保镖当然不同意，立刻冷声说道："别人怎么做那是别人的事。宴家和别人当然不同。"

保安搓了搓手。

顾雪仪抬手示意保镖别乱动："到一个地方，就入乡随俗。你们在外面等着吧。"

她与其担心自己，倒不如担心宴文柏在这里吃亏。但她觉得，宴文柏多半是进来就后悔了，这会儿还说不好在哪里呢。

这几个保镖在蒋梦家见识过顾雪仪的厉害，虽然还是不怎么放心，但顾雪仪都发话了，他们只能在外面等着。

"带路吧。"顾雪仪抬了抬下巴。

保安按了铃，侍应生出来领着顾雪仪往里走，径直上了三楼的宴会大厅。

两扇豪华的大门上面雕着两只兽头，让每一个站在门下的人都感受到一种无形的压力。

顾雪仪抬头扫了一眼，然后就收回了目光。

"您等等。"侍应生说着，从兜里拿出钥匙，弯腰打开了一旁的柜子，然后从里面取出一个面具。那个面具很大，画着图案，可以将脸遮得严严实实，只露出眼睛和嘴，保密性做得相当好。

顾雪仪的头很小，戴上面具后，她看着就有点儿像不太协调的大头娃娃。她对着镜子照了一下，倒也不挑剔，就是面具上的图案有些丑，仿佛是古代祭天时巫者跳舞时戴的面具。

侍应生又往她的手腕上挂了一个手牌，手牌编号是399。侍应生说："这就是您今晚的名字，大家都用这个来称呼您。"

顾雪仪点了点头，这才推开了大门。

门内相当热闹，昏暗的灯光从天花板上投射下来。酒气与香水气混在一块儿，有种暧昧的氛围。

顾雪仪走了进去。她穿了一条白裙子，前面的裙摆及膝，后面的裙摆却长及脚踝，随着她的走动，裙摆轻轻拍着她的脚后跟，仿佛是一条巨大且洁白的尾巴缀在后面。

离她最近的人刚一转身正好看见了她。对方猛地顿了一下，本能地朝顾雪仪伸出了手。

顾雪仪冷冷地看了他一眼。

"哦，原来也是这里的客人。"男人立刻明白过来，往前走了一步，问，"你叫什么？"

尽管知道不可能，但他还是抱着一点儿希望。有的客人第一次来这里，总是会忘记规矩，这时候就难免会暴露自己的真实信息。

顾雪仪晃了晃手腕。

男人定睛一看，遗憾地说道："哦，399啊。"

顾雪仪环视了一圈儿，觉得有点儿麻烦。大家的脸都被遮得很严实，很难分辨谁是谁。不……顾雪仪猛地顿了顿，倒也不是很难分出谁是谁，比如这个和她搭话的男人，身材矮胖，不超过一米七五。

他们挡得住脸，却挡不住身材，高矮胖瘦一眼就能看清楚。

顾雪仪甚至可以从他们的身形，加上走路的姿势，大致推算出他们的年龄。

她从侍者的手中拿了杯酒。她戴着的黑色皮手套，与装着金色酒液的玻璃杯以及她身上的白色裙子，形成了鲜明的对比。

顾雪仪径直穿过人群，往比较居中的沙发走了过去。

本来大家都沉浸在各自的快乐中，这时候却多多少少被吸引了，朝顾雪仪多看了几眼……

这时候，有个戴着青面兽面具的男人上了台。本来有些喧闹的环境一下就安静了不少。

男人拍了拍手里的麦克风,等确认有声音之后,才开口说:"今天这里的活动主题是不允许说 No(不)。这里的熟客已经很多了,相信大家也明白,这个规则定死了,就不允许更改了。活动截止到 12 点,规矩才作废。"

这时候,有几个模特抱着抽奖箱下来了。

男人说:"里面放着在场所有人的编号。现在,你们任意抽选,抽的人可以要求被抽中的人做任何事,而被抽中的人不能拒绝。"

这个规则荒唐又大胆。

顾雪仪转头扫了扫身边的人,有兴奋的,有担心的。顾雪仪这个时候再走也来不及了,既来之则安之,不如看看这里还能玩什么花样。

"现在……开始!"男人喊了一声。

顾雪仪坐在位子上没有动。其余人蜂拥而上,飞快地抽走了编号。

抽奖箱很快就被递到了顾雪仪面前。捧着抽奖箱的女人有些紧张:"您请。"

顾雪仪伸出手,随意抓了抓。结果因为戴着皮手套,她的指尖并不太灵敏,她一下抓了两张,随手弹走了一张:"好了。"

女人诧异地看了她一眼,然后才走开了。

顾雪仪将纸翻了过来,上面写着"79"。

接下来是从中间开始,每个抽卡的人站起来念出自己抽到的编号。

有个没戴面具的女人站起来,小声念了编号:"112。"

一个戴面具的男人无奈地站了起来。

女人的脸上紧跟着涌现出狂喜之色,她立刻开口道:"我已经想好我的要求了,我要你给我 100 万元!"

男人点了点头:"你把卡号写到纸上。"

女人开心地答应了。

顾雪仪惊奇地看着这一幕。这样也行?难怪刚才有的人很兴奋,有的人担心。

"下一个!"台上的男人喊道。

麦克风被递到了顾雪仪面前:"请问您抽到的是什么?"

顾雪仪将字条对准了所有人。

拿麦克风的女人俯下身,念了出来:"79。"

同样坐在大厅中间位置,被人簇拥着的一个男人缓缓地站了起来。男人穿着黑色西装,身形高大,脸上也戴着面具。

周围一下诡异地安静下来。

女人紧张地把麦克风又往顾雪仪面前递了递，结结巴巴地问："您……您有什么要求现在可以说了……"

周围更安静了。

顾雪仪攥着那张字条，缓缓站起身，朝那边走近了一点儿。那边很多人围着男人，顾雪仪一一扫过，然后目光顿了顿，中间有个人是裴智康，他连衣服都没有换。

顾雪仪挑了一下眉，问："活动到 12 点结束是吗？"

"是……"

顾雪仪语气轻松地说道："那让他给我当几个小时的仆人，一直到 12 点为止。"

拿着麦克风的男人从台上跳下来，轻笑着说道："这位 399 女士，你的要求不就等同于对着阿拉丁神灯说，我的第一个愿望就是，我想再拥有三个愿望吗？"

男人缓缓朝顾雪仪走近，其余人连忙让出了路。

男人在顾雪仪跟前站定。

顾雪仪抬起头，问道："不行吗？"

"行。"男人失笑，环视了一圈儿后说道："这里的每一个人都得守规矩。"

捧着箱子的女人惊了一下，然后才将麦克风又递到 79 面前，问："您抽到了什么？"

大厅再一次安静了，周围所有人的注意力一下又集中了过来。

79 翻转了一下手中的卡片。女人念出了上面的数字："93。"

93 站了起来，离 79 刚才坐的位置不远。

顾雪仪目光一闪，他们应该是一起的。

93 笑着说："您有什么要求？尽管提。"

79 动了动唇，指了一下顾雪仪，淡淡地说道："就和她一样吧。你给我当几个小时的仆人，直到 12 点为止。"

93 也答应得痛快，点头说了声："好。"

倒是那个拿着麦克风的女人愣了愣，要是这么玩的话，那最后岂不是这些人都是 399 的仆人了？

正如女人猜想的那样，每一个人都重复着 399 的要求。大厅里的气氛变得越来越奇怪。女人都快哭了。要早知道是这样的话，她就不会突然把麦克风递到399面前了。她回头看了一眼负责主持活动的男人。

男人笑了笑,及时出声制止了这个荒唐的行为,随手点了个"地中海"发型的男子,说:"把话筒给他。"

女人松了一口气,赶紧把麦克风递过去了。眼看着快要进行不下去的活动这才继续玩下去。

现场气氛很快又恢复到最初的状态,但众人的目光忍不住频频往顾雪仪身上投去。

谁会抽到她的编号呢?如果有人抽到她的编号,那个人敢对她提出要求吗?如果……如果谁可以获得对她的支配权,那应该能从她的身上获得很多东西吧……他们同时还在好奇她的身份。她怎么这么稳得住?她就不感觉惶恐吗?她真的不怕在这里得罪人吗?

这里严格说起来并没有其他的规矩,但大家在狂热的同时又都很识趣,懂得把握分寸。要是谁真踩到了底线,没准儿下个月出国做生意的时候就横死街头了。

顾雪仪对周围投来的目光视若无睹,依旧稳稳当当地坐在那里,抬头看了一眼79。

79倒也很上道,立刻问道:"你需要我做什么?"

顾雪仪将那杯酒放在他的手中:"给我换一杯果汁。"

周围的人突然齐齐看着他们。

79点了点头,转身去拿果汁。场内的侍应生动作更快,连忙给他递了杯果汁。79给顾雪仪端了回来。

就在顾雪仪伸手去接果汁的时候,场内突然静了下来,然后紧跟着那个女人失声大喊道:"399!"

那是顾雪仪的编号。

这下所有人都朝那个抽到399的人看了过去。那是个没有戴面具的青年,年纪二十出头,他的编号是147。青年紧张地抓着那张卡片,没一会儿就满头大汗了:"我……我的要求……"

顾雪仪转头看了一眼自己身旁的人,从79到后面的93等人,全部盯着青年,目光看不出恶意,但也看不出善意。顾雪仪忍不住轻叹了一口气。她的运气实在太好了,她一来就抽中了王牌,搞得所有人蠢蠢欲动,想对她下手,又不敢对她下手。如果换成别的客人,或许还敢向顾雪仪提些过分的要求,可面前的青年没有戴面具——他不是这里的客人,而是陪客人来的,他又哪儿来的胆子提过分的要求呢?

青年深吸一口气,正要张嘴,旁边突然响起了一个男声:"哎呀,想不出来那就待会儿再提要求嘛,反正12点以前都作数的嘛。对吧?先下一个吧。"

开口的人拍了拍自己圆滚滚的肚皮,像是个站出来替青年解围的老好人。

青年好不容易鼓起勇气,听那人这么一说又泄气了,于是说:"下……下一个吧。"

麦克风很快又移到了下一个人面前。

"你不担心吗?"79问,似乎是有意想让顾雪仪担心,"你知道那个胖子为什么要打断青年的话吗?一会儿就会有人主动接触那个青年,用利益和他交换,让他来向你提出要求。到时候,那就是更过分的要求了。"

顾雪仪微微笑了一下,还低头抿了一口果汁,淡淡地说道:"哦。"

79忍不住端详起面前的女人。这是个完全陌生的女人,以前没有来过这里,但表现得丝毫不惊讶、不畏惧……她是无知者无畏吗?

很快所有编号都已经公布完了,就剩下那个编号为147的青年还没有提要求了。

青年重新走到顾雪仪面前,这一次似乎有了底气,脸上再没有了惊慌之色。青年冲着顾雪仪露出了一个恶意的笑容,指了指79,说:"我要求,无论我对你提出什么要求,你都对他再提一遍。你不能拒绝。"

在场的众人倒吸了一口气。你可真不怕被拧头啊!

顾雪仪收起了那点儿怜悯之心,这人真是又蠢又毒。她应了声:"好啊。"

青年一下激动起来,说:"先给我1000万元!快,你也对他说一遍。"

顾雪仪说道:"不行。"

"你不想遵守规则?"青年一下愤怒了,顿了顿又露出带着恶意的笑容,"那你陪我睡一个小时。"

顾雪仪扭头看了一眼79,紧跟着所有人都看向79。顾雪仪挑眉:"你想让他也陪你睡一个小时?"

79捏了捏指骨:"行。"

青年尴尬地往后退了半步:"他不用了,就你——"

"他行,我不行。"顾雪仪说,"每个人只能提一个要求,你刚才已经提了要求。你现在已经没有资格再提要求了。"

"不可能!"青年指着79,"那你凭什么支使他?"

"因为他是我的仆人,我让他去端茶倒水,那是他应该做的,而不是我提了新的要求。"顾雪仪淡淡地说道,"你的逻辑思维能力好像不太好。"

青年已经被这个逻辑绕晕了,但其他人是清醒的。负责主持的男人说道:"她说得没错。你已经没有机会提要求了。"

青年没想到自己浪费了一个机会,早知道……早知道他就直接要求399给他钱了!或者他也应该学她,让她做他的仆人,那他就可以尽情地提要求了!

他回头往人群里望去,露出恨恨的目光。他大声说:"我现在要改主意!你给我500万元,500万元就行了!"

"你再破坏规则,我们就只有把你扔出去了。"负责主持活动的男人冷冷地说道。

青年露出了无措的表情,飞扑到顾雪仪的身边,跪下来就要去摸顾雪仪的裙摆。

顾雪仪抽走了自己的腿,对79说:"揍他。"

青年没想到自己这招不管用,竟然遇上了个"铁石心肠"的女客人。他仓皇地爬起来想往后退。

面具下,79勾了勾唇,长腿一迈,一把抓住了青年的领子,把他扔到一旁的酒桌上。玻璃杯碎了,扎进了青年的皮肤里,青年痛得大喊大叫,冲一个胖子喊"救我"。

胖子往旁边躲了躲。

顾雪仪指了指胖子的方向:"79,揍他。"胖子也好,青年也好,要打79的主意,不关她的事,但想拿她当垫脚石,那不行。

79也支使自己的仆人93按着那个青年继续揍,自己则转向了那个胖子。

胖子连连后退:"您听我说,这事儿和我没有关系,是他乱指认的。"

眼看退无可退,胖子拔腿想跑。79一把揪住他的领子,拿起一旁的玻璃杯砸在了他的脸上。玻璃碎裂,胖子"啊"了一声,然后大声喊道:"不,不,封——"

79一只手卡住了他的脖子,看着胖子翻着白眼,挣扎着摆手,才轻轻松开了手。

胖子喘着气,这才想起今天做主的人是谁。今天站在这个场内食物链顶端的其实是那个女人。胖子看向顾雪仪:"那个要求真是他自己提的,不是我怂恿的。真不是……我就想要一份合同的章,真的。你……您让这

153

位……这位 79 先生停停手……"

顾雪仪不为所动:"每个人只能提一个要求啊,这位先生。"

胖子哀号一声,倒了下去。

79 随即站起身:"把他带走,别弄脏了这里。"

保镖立刻过来把人带走了。胖子和青年的哀号声渐渐从大厅中消失。

所有人都吸了一口气,再看向顾雪仪的时候,果然不再将她单纯当成一个走了大运的新人了,眼中满是敬畏之色。他们开始变着法地来接触顾雪仪,小心翼翼地试探着她的身份,又同她大谈京市的企业、金融、房地产……俨然将她当成一个有地位、背景深厚的女企业家。

在这里,只要谁拿到主牌,谁就站在食物链的顶端,不分男女。

他们说的东西,其实对顾雪仪来说大部分是陌生的,她听他们说这些的时候,能不开口就不开口,而其他人也丝毫没觉得哪里不对。

她手里还捏着 79,人家高傲一点儿,又怎么了?

很快,顾雪仪从他们的口中听到了有用的信息——之前裴智康和她提起过的 7 号的慈善晚宴。虽然他们的话里夹杂着很多陌生词语,但顾雪仪还是抓住了关键信息——这个慈善晚宴上有人造假。

这些人聊了很久,见顾雪仪始终不为所动,这才遗憾地退开了。

顾雪仪扭过头,继续使唤起了 79,拿喝的、吃的,甚至拿副牌过来给她玩……她毫不客气地支使着 79。而她越是支使 79,别人越畏惧她。

几个跟着宴文柏来的人站在角落里,都不敢随意乱动。他们睁大了眼睛,惊诧地看着这一切。

对他们来说,这一切就仿佛是另一个世界。还有那个 399,好像也是第一次来吧?她怎么完全不怕?她实在太厉害了……

可惜,这里的主题经常变动,下次他们再来不一定是这样的主题了,不然他们可以依葫芦画瓢学一下 399 的办法。

裴智康又跑了一次腿。从 79 把 93 变成自己的仆人后,后面有一堆主仆关系,裴智康就是其中一人的仆人。当 399 开口使唤 79 时,他们就会一个使唤一个,最后他们这帮人满场跑,全是给 399 跑腿。

裴智康吐了一口气出来,早知道他就不来了。他回家以后,和裴丽馨说起简芮登门的事,又说了简芮送的礼物多么贵重。裴丽馨竟然不肯再加钱,还责怪他没把事办好。如果不是这样,他也不会主动揽下和封总打交道的工作,和封总打交道,真不是人干的事……

顾雪仪没有等到 12 点,当大厅里的灯光更昏暗时,空气中弥漫着香水味,她起身朝大门的方向走去。

79问:"还需要我做什么吗?"

顾雪仪随意指了个地方:"坐那儿,别动了。"说完,顾雪仪推开大门,毫不留恋地走了出去,一直走出门,才摘下面具,坐进了车里。

"怎么样,您找到四少了吗?"

"没有。"顾雪仪拿出手机,拨了宴文柏的电话。

响了两声后,那头的人飞快地接了起来:"我……我提前告诉你了,我和同学在外面。"

"嗯,我知道,出来吧,我在楼下。"

宴文柏飞快地扔了手里的飞镖,大步跑下了楼。

侍应生在后面出了一头冷汗。大少爷您差点儿扎着我!

宴文柏跑出去一看,宴家的车果然就停在那里。他有些心虚,拉开车门,飞快地坐了进去:"我就去打了台球……真的,别的什么都没做。是之前答应过朋友,要和他们一起来这里,所以这次我是履行约定。"

"嗯,我知道。"

"你知道?"

"我去三楼了,没有见到你。"

三秒钟后,宴文柏猛地从座位上蹿了起来,然后脑袋撞在了车顶上。宴文柏捂住头,艰难地坐了回去,咬着牙说:"我不能去,你也不能去。"

那是什么鬼地方?!她怎么能去?

"嗯。"顾雪仪应了一声,"开车吧。"

保镖还有些迷惑。太太来这里不是为了找四少吗?太太早就知道四少没进去?

79在沙发上坐了半小时,看了看那扇紧闭着的门,又抬头看了一眼墙上的挂钟,十点零三分。399没有回来。时间还很早,她这就走了?79轻嗤一声,这才挪动了位置,大步向门外走去:"不玩了。"

93立刻跟了上去,裴智康也连忙跟了过去,进了三楼的小包间。79摘下面具,面具在他的脸上留下了轻微的压痕,压痕之下,是一张英俊却阴沉沉的脸。

"今天那个女人是谁?"93疑惑地问道。

"谁知道?您给一个突然蹿出来的客人当了几个小时的仆人,这要说出去,真能惊掉别人的眼球了。"旁边又有人无奈地笑道。

裴智康愣愣地说道:"大家都不说出去不就没人知道了吗?而且都戴着面具,谁知道您是谁?"

93 看了他一眼,收起眼中的轻蔑之色,说道:"站在这个场子里的人,哪个不认识封总?"

"所以今天所有人都知道封总是 79?"裴智康惊讶地问道。

"不然呢?"

"只有新来的人不知道,比如那个 399。让她这么一搞,以后这个主题咱们也不能再玩了。"93"啧"了一声。399 把封俞使唤得满场跑,连带他们也跟着受累。

"监控视频呢?"封俞问道。

"您等等,我去给您调。"

没一会儿,封俞就看到了监控视频。

从大门到三楼的路上是没有监控的,这是为了保护客人的隐私。监控录像全部是从推开宴会大厅的门以后开始的。

封俞挪动鼠标把那个戴着面具的身影剪了下来。93 找到了负责接客人的侍应生。侍应生努力回忆了一下。他每天给出去的号码实在太多了,而且都是随机的,只有客人才清楚自己拿到的编号是多少。他干巴巴地说:"我……我也记不起来了。"

"都有哪些女客上门?"93 换了个方式问道。

"凌小姐、汪女士……"侍应生说了一串,最后说了一个,"啊,对了!还有宴太太!"

"宴太太?宴朝的太太?"93 愣了愣,讽刺地笑了笑,"你小子看错了吧?宴朝的老婆会来这儿?"

"没看错……是宴四少先来的,不过没上楼。宴太太上了楼。"

93 扭头看向封俞:"她冲什么来的?"

"接孩子来的。"封俞随口应付了一句,脸色还是阴沉沉的,嘴角勾出了一点儿冷锐的弧度,"敢让我做仆人,哪儿有这么容易就能完的?"

要是这个 399 恰好就是宴朝的太太,那这件事就更没那么容易完了。

宴文嘉已经连着发了三天的微博了,几乎每天都是半夜收工的图片。第一天是自拍,第二天是孤零零地挂在天边的月亮,第三天是李导面前的监视器,监视器正定格在宴文嘉拍的片段上。

这让网友们纷纷猜测,连经纪人也在问宴文嘉:"您是缺钱了吗?"

宴文嘉怏怏地踢了一脚石子："没。"他也意识到了发微博这个行为挺没意思的，又一次停止了更新微博，留下一群喜欢他的人原地痛哭。

宴文嘉又消极怠工了，坐在跑车里，望着公路两旁的大海。顾雪仪不是让宴文柏出门报备，还不得晚归吗？她怎么没叫他回宴家？

李导在旁边睨了两眼，怕宴文嘉又去跳海，连忙悄悄地给顾雪仪发了短信。

顾雪仪收到短信的时候刚刚准备睡下。她抬手打开小夜灯，低头扫了手机一眼，觉得时间也差不多了。小孩儿需要得到鼓励和肯定，才能走得更远。

顾雪仪编辑了一条短信：最近很辛苦？切忌劳累过度。明日我让家里人送些食物给你，记得分一些给你身边的工作人员。晚安。

短信发出去后，顾雪仪就放下手机没有再看了。

宴文嘉的手机"叮"的一声响了，他低下头看了看。她要给他送食物？

宴文嘉抿了抿唇，顿时有种扬眉吐气的感觉。这终于不是宴文柏那傻弟弟的特供了。

他把"晚安"两个字翻来覆去地看了好几遍。有人和他说晚安，这和其他人说的晚安完全不一样！

宴文嘉把短信截了图，但还是觉得有劲儿没地方使，于是又发了朋友圈，截掉了顾雪仪的名字，只放了短信内容，配的照片是夜色笼罩下的大海，然后又开始频繁刷新、看评论。

经纪人发现宴文嘉刷手机的时间变长了。过去这位大少爷是天天往外跑，谁也拦不住……行吧，这样想想，现在他宅着刷手机也挺好的。

李导也松了一口气。宴太太可真有办法！上天保佑让剧组拍摄顺利吧！李导的脑海中甚至生出了一个要在剧组里摆上一张宴太太的照片的想法。

顾雪仪让厨师给宴文嘉准备了点心、水果拼盘、熟食，还有一些海鲜，全部用保温盒装好，放入后备厢，由宴家的保镖送过去。

宴文嘉在拍完又一场戏之后，目光扫向片场外。两辆车先后停了下来。一个并不常出现在大众面前、宴文嘉却相当眼熟的保镖推开车门走了下来，紧跟着是其余几个人，相继打开后备厢，往外面拿东西："这是原哥请大家吃的，自家厨师做的，大家别见笑。"

东西很快被分下去了。

工作人员震惊地看着那两辆豪车和豪车上下来的保镖。原哥果然不缺钱！

剧组里的大小演员围在一块儿，等盒盖一打开，他们又震惊了，一边吃，一边感叹。

"这算什么自家厨师啊？这是米其林三星水准吧？"

"原哥家里请的专业厨师？"

"哭了，我正好想吃这个！"

这些恐怕不单单是有钱就能办到的，原哥不会很有来头吧？

经纪人也忍不住感叹：在原哥的字典里，从来没有要和剧组的人打好关系这回事，他匆匆来匆匆走，不像别人多少还会做点儿表面功夫，树立一个平易近人的好形象。这都不知道过去多久了，隔壁的演员都不知道请他们剧组的工作人员喝多少回奶茶了，原哥才想起请大家吃东西。

"准备得好细心啊！"女演员主动过来和宴文嘉搭话。

"嗯。"宴文嘉淡淡地答道。

"是原哥的家里人准备的吗？"

宴文嘉这才看了她一眼："嗯……"

女演员："哦。"

宴文嘉等了会儿，却没等到女演员往下说了，皱了一下眉。

女演员这才感叹道："原哥的家里人对原哥真好啊，特地送这么多吃的，还分给了我们。这些东西很贵吧？"

宴文嘉："嗯。"

女演员有点儿尴尬，只好拼命找话题："是原哥的妈妈准备的吗？"

"不是。"宴文嘉顿了一下，这才头一回正视女演员，说，"我大嫂准备的。"

女演员惊讶得顿住了。原哥还有哥哥，还有大嫂？

谁也没有往上次来剧组的顾雪仪身上想，毕竟谁也想不到演艺圈里的原文嘉是宴朝的弟弟。

宴文嘉转过身，也不再去看女演员的脸色。他舒服了。

宴文嘉在剧组分发食物的消息很快被分享到了各个八卦论坛上，一时间有不少人开始猜测他的家世，还有人一边哭一边感动，觉得宴文嘉不知道受了什么刺激，这都知道和同行一起玩、与剧组的工作人员搞好关系了。

裴智康还在发愁没得到顾雪仪准确的回复。

"她不肯去慈善晚宴？"裴丽馨惊诧地问道。

"她没说去还是不去。"

"那她就是不打算去了。"裴丽馨脸色一沉，"她不是一直很想融入那些人的圈子吗？这个慈善晚宴会去很多她想结交的人。"

裴智康有点儿烦躁地说道："姐，你忘了思丽卡晚宴吗？那场晚宴上，她就已经认识那些人了。她根本不需要这东西！"

裴丽馨咬了咬牙："我叫你跟她说，让她去偷宴朝的章，现在章没有着落，东西赔了不少，邀请她去慈善晚宴也讨好不了她。这个顾雪仪真是——"

裴智康打断了裴丽馨的话："姐，你不觉得是你给的东西太少了打动不了她吗？"

他紧皱着眉接着说道："她可是宴朝的太太。"

裴丽馨一口气差点儿没缓上来，过了半晌她才说道："晚宴她不去也好。你拿我的卡陪她去买东西。宴朝的章一定得拿到。就算拿不到……那也得让她装出宴朝死了，悲痛欲绝的样子。"

裴智康心中高兴，面上却没露出来，说道："哦。"

保镖和顾雪仪汇报剧组情况的时候，宴文姝突然从楼梯上探了个头。

顾雪仪让保镖暂时停下，抬头看向宴文姝："书看完了？"

宴文姝一听这话，顿时心虚了，顿了一下，说："没……还没，但是有别的事。"

"什么事？你直接说。"

宴文姝抿了抿唇："我想暂时出去住两天。"

"嗯？"顾雪仪讶异地看了她一眼。

宴文姝不自觉地站直了身体，低声说："宴文宏要回来了。"

顾雪仪想了想。在那本书里几乎没有提到宴文宏，但在原主的记忆里，这个人似乎一直在封闭学校就读，今年是高一还是高二？

顾雪仪没有再回忆，而是说道："嗯，然后呢？"

"我不太喜欢他，不想见到他。"宴文姝说，"真的。我就出去住两天。他两个月回来一次，待两天就走。等他走了我就回家。"

宴文姝的脾气已经改了太多。她都这么说了，顾雪仪也不想为难她。顾雪仪想纠正的只是他们身上不好的地方，而不是硬要将他们的性子都变成一样的。

"好，去吧。"顾雪仪同意道。

宴文姝抿唇笑了起来，终于体会到她的那些小姐妹跟父母软磨硬泡一通后得到首肯的那种快乐了，"噔噔噔"地跑下来，抱了一下顾雪仪，然后才掉头上楼去收拾行李，还没忘记带上那本《高等数学》，半小时后就离开了宴家别墅。

又是半小时过去后，顾雪仪从楼上下来，就听见楼下的女佣喊了声："小少爷回来了！"

顾雪仪放缓了脚步，慢慢走到一楼。

一个背着黑色书包的少年慢慢走进了客厅。少年身上穿着黑白两色的校服，宽大的袖子，宽大的裤腿，但穿在他的身上并不显肥大，反而衬得他清瘦挺拔。他的长相和宴朝有点儿像，但眉眼间更多的是柔和与腼腆气息。

他小心地取下书包，交给一旁的女佣，然后抬起头，骤然看见了顾雪仪，茫然了一瞬，看上去仿佛是迷了路的幼鸟一般乖巧。

"大嫂？"他疑惑地喊道。他是宴家人里第一个这么讲礼貌的孩子。

非洲。

他已经有三天没睡好觉了，为了保存体力，干脆坐上了轮椅。几个皮肤黝黑的大汉推着轮椅，嘴里不停地说着话，思路很清奇，话题跨度也很大。

"老大这样好像有点儿奇怪。"

"省力就行。"

"这里的饭菜真难吃。老子想吃火锅！"

"今天太太刷卡了吗？"

"得问老大。"

"太太挺能刷的，我看咱们不如把塔塔抢了吧。"

"那是谁？"

"哦哦，小护士来了。"几个人说着，赶紧让出了路。

这破地儿的医疗条件实在太差，就这么个小护士还是塔塔抢过来的。他们看在都是华国人的分上，当然多照顾几分。

那个小护士盼着他们走的时候能把她一块儿带走，于是给老大处理伤口的时候也就格外上心。小护士看见年轻男人坐上了轮椅，吓了一跳。她连忙颤声问道："您是不是病情更严重了？还是得去医院拍片子才行。"

年轻男人迎着阳光，微微眯着眼，没有出声。

"您看见墙上的绿叶了吗?"小护士以为他被痛苦折磨,心情低落,于是对他的沉默不以为意,给他打气,"这边是沙漠,很难见到绿叶,但它们顽强地顺着墙往上爬……"

几个大汉忍不住嘀咕:"她说什么呢?没看出来老大睡着了吗?"

年轻男人突然睁开了眼睛,说道:"吵。"

准备了满肚子鸡汤的小护士沉默了。

第六章
宴太太的风采

"宴文宏？"

"嗯。"

顾雪仪点了一下头，问："吃过饭了吗？"

宴文宏愣了愣，然后摇了摇头："还没有。"

顾雪仪这才加快了步子，一转眼就走到了宴文宏跟前，问道："喜欢吃什么？"

宴文宏又愣了愣，大概没想到会有人问他这样的问题，犹豫了一会儿，才低低地说道："鸡蛋面吧。"

他的要求就这么简单吗？顾雪仪的目光闪了闪，也不多问，她转头叫住了女佣："让厨房做碗鸡蛋面送过来，再拿一杯牛奶，热的。"

女佣连忙去了。

宴文宏的目光从顾雪仪的身上又挪到了女佣的身上，最后他看着女佣走远。

"没有别的行李了吗？"顾雪仪又问道。

宴文宏收回视线，转过头看着顾雪仪，倒是很有礼貌地答道："没有了。"

"嗯，那先坐一会儿。"顾雪仪指了指客厅的沙发。说完，顾雪仪先走过去坐下了，然后宴文宏才跟着走过来坐下。

"宴文嘉在剧组里，宴文柏在学校里，宴文姝过几天才回来。嗯，还有你大哥……他也暂时回不来。"顾雪仪淡淡地说着，然后从女佣那里接过一杯茶，先放在了宴文宏面前，"先喝一点儿水。"

宴文宏似乎有点儿受宠若惊，双手合拢将茶杯端了起来，低头抿了一口茶："好，谢谢。我知道了。"他似乎对宴家的其他成员在什么地方并不太感兴趣。

顾雪仪的目光动了动。

宴文宏的心中疑惑不已，宴文嘉老老实实地待在剧组里，宴文柏好好在上学有点儿奇怪，连面前的顾雪仪都很奇怪。

"这次回家要待多少天？"顾雪仪又问。她的语气并不冷淡，却也并不过分热络，让人感觉很舒服，没有被强制回答的不适感。

宴文宏顿了顿，说："半个月。"

顾雪仪刚从女佣手里接过另一杯茶，动作顿了顿："嗯？半个月？"

宴文姝不是说他每次回来只待两天就要返校吗？

宴文宏小心地点了点头，低声说："我们学校出了点儿事，所以要推迟返校。"

"什么事？"是欺凌事件，还是有体罚事件？顾雪仪对这类封闭式学校了解不多，要上网再查一查。

宴文宏放下手中的茶杯，茶杯碰到大理石茶几，发出了清脆的声音。他说道："有学生遇害了。"

"啊？"顾雪仪顿了一下。她没记错的话，这个社会的法律比古代已经更为完善了，大多数人安居乐业，社会稳定，学校里怎么会发生这样的事？

宴文宏抬起眼眸，看了看她，不好意思地说："不说这个，会吓着你。"

"没有什么不能说的，也不会吓着我。"顾雪仪淡淡地说道，"凶手被抓到了吗？"

宴文宏摇了摇头："还没有。"

顾雪仪皱了一下眉："警方介入了吗？"

"嗯，介入了。因为人心惶惶，大家没办法正常上课，所以都回家了，半个月后再等待通知。"

这时候女佣把鸡蛋面端过来了。

顾雪仪站起身说："先去餐厅吃点儿东西。"

"嗯。"宴文宏乖巧地应了一声，往餐厅走去。

宴文宏吃完鸡蛋面从餐厅出来，就看见顾雪仪正坐在沙发上缓缓翻动着膝上的书。他扫了一眼封面——《现行工商行政管理法规大全》。宴文宏

· 163 ·

的目光一瞬间有些怪异。

"吃完了吗?"顾雪仪按住了书页,抬头问道。

"嗯。"宴文宏乖巧地点了点头。

顾雪仪看向后面的女佣,问:"牛奶喝了吗?"

女佣说:"太太,没呢。"

宴文宏的表情僵了一秒,他慢吞吞地眨了眨眼,看着顾雪仪,像是有点儿无措。

"端过来。"

"是。"女佣马上把重新热好的牛奶端过来递到了宴文宏的手边。

"喝完早点儿休息,剩下的事明天再说。"顾雪仪轻抬了一下下巴,示意他先喝牛奶。

宴文宏震撼地看了她一眼。他个头不矮,有一米八,额前耷拉着碎发,让人一看就知道他年纪不大。宴文宏没怎么喝过牛奶,默默地接过了杯子,仰起头,眯了一下眼,飞快地一口气将牛奶喝光了,打了个奶嗝,乖巧的脸僵了一秒:"好了。"

看着女佣收走牛奶杯,顾雪仪突然问了一句:"你今年多大了?"

她问得理直气壮,丝毫没有不了解宴家人的愧疚感。

"下个月满十八岁。"宴文宏说道。

顾雪仪点了点头:"好,你去吧。"

宴文宏这才往楼上走去。走到了拐角处,他顿住脚步,转身探头朝楼下看了看。顾雪仪坐在那里,又低下头继续看书了。

一个个人都很奇怪。

宴文宏收回目光,这才继续往二楼走去。他很久没回来了,但用人并不敢怠慢他,把房间收拾得一尘不染。他推门走进去,屋子里一点儿人气儿都没有,不过他也并不在意。他扫了一眼,径直走到衣柜前,先取了衣物准备洗澡。走到浴室门口,他才突然想起来自己今天吃了晚餐。

宴文宏绕了一圈儿,去书架上取了一本天体书,一边给手机开了机,一边坐下来慢慢翻起了书。就这么翻了半个多小时,宴文宏才起身去洗澡。

他关上浴室门,打开花洒,水声"哗啦啦"地响起。

浴室外,那部被随意放在沙发上的手机疯狂地响了起来。

宴文宏对声音很敏感,哪怕是花洒的声音也挡不住外面传来的铃声。宴文宏丝毫没有理会的意思,按着洗漱台,弯腰想吐,但下一刻这种呕吐感又止住了。他眨了一下眼,抬头望着头顶暖黄色的灯光,又一次想起来:

· 164 ·

啊对，我吃了晚餐的。胃里不是空的，有点儿暖，有点儿胀。

宴文宏随手抓起一张纸擦了擦嘴，这才走到了花洒下，直到从浴室出来，躺上床，也没有接起电话。

"太太，已经九点半了。"女佣走到顾雪仪身旁低声提醒。

顾雪仪看书时总是会忘记时间，所以特地嘱咐女佣，到了固定的时间就来叫她。她放下手里的书，抬头看了一眼挂钟。

"嗯。"顾雪仪转身往楼上走，走到一半，突然顿了顿，转头说，"明天让人过来在三楼收拾一个房间出来，摆一些家具，我要当书房。"她总是在沙发上看书，脖颈和腰背太难受了。

女佣连忙应了一声。

顾雪仪走过二楼的时候，朝宴文宏的房间看了一眼。她的脑海中飞快地闪过在客厅时她询问宴文宏的画面。

"我们学校出了点儿事……有学生遇害了……会吓着你。"少年在说这些话的时候，模样乖巧，语气小心，没有恐惧，没有焦虑、愤怒。少年老成也说得通，但这和他表现出来的样子有点儿不符。

顾雪仪压下了心中的猜测，先去洗漱休息了。

第二天，裴智康又上门了。他知道宴家人这时候大多不在家。

"我是来请太太去逛凤兴银楼的。"裴智康笑着说，"凤兴银楼最近来了点儿新货。"

女佣用惊异的目光看了看他，但还是礼貌地说："裴少等一等，太太马上下来了。"

裴智康立刻笑了笑："好，没关系，我多等一会儿也没关系。"

裴智康话音刚落，听见了一阵脚步声，立刻满面笑容地迎了上去，看见是谁后愣了愣："你……宴……宴文宏？"

宴文宏轻点了一下头："裴少。"

女佣马上说："小少爷，太太让厨房给您准备了早餐。您先吃一点儿？"

宴文宏愣了愣，随即说道："好。"

裴智康神色复杂地看着宴文宏进了餐厅。宴文宏对他，不，应该说，宴文宏对大半个这个圈子里的人来说就是童年阴影。哪怕裴智康年纪比宴文宏大，但也没少听人提起宴文宏是什么样的天才，一个仅次于宴朝的天才。如果不是后来他去了封闭学校，常年不见人影，还不知道要给多少人

165

带来心理阴影呢。宴文宏怎么回来了？

"裴少有事？"顾雪仪拢了拢身上的针织外套，缓缓从楼上走了下来。

裴智康收住思绪，转头看过去，立马重新扬起了笑容，把刚才对女佣说的话又跟顾雪仪说了一遍。

顾雪仪挑了挑眉："你有钱吗？"

裴智康本来想说"我姐给了我一张卡，当然有钱"，但话到嘴边，他又咽了下去。他已经成年了，再说这样的话，岂不是显得他没出息，这么大了还花姐姐的钱？于是他笑着说："有钱。"

顾雪仪点了点头："好，那你等半个小时，我还有几页书没有看完。"

她要看书？裴智康不相信顾雪仪的话，觉得顾雪仪故意让他等着，笑了笑："好，没关系，等一个小时都行。"

裴智康真等了一个小时，等到后来，脸都绿了。顾雪仪再次从楼上下来时，裴智康勉强露出笑容："我们现在能走了吗？"

宴文宏突然问道："去哪里？"

裴智康有点儿不耐烦，但还是答道："宴少，我陪太太出去逛逛街、买买东西啊。"

宴文宏问道："那我能去吗？"他笑了一下，笑容有点儿柔软，一双黑白分明的眼盯着裴智康，裴智康后背没来由地凉了凉。

"我已经很久没有逛街了。"宴文宏转头对顾雪仪说。

"走吧。"顾雪仪答应了。

宴文宏正准备走，顾雪仪突然说道："给五少拿件外套。"

女佣愣了一下，扭头看了看，这才发现宴文宏还穿着半袖。上个月他这样穿是肯定没有问题的，但这个月温度变化大，这样穿恐怕会感冒。

宴文宏愣了一下，然后低低地说了一声："谢谢大嫂。"

女佣很快就把外套拿了下来。宴文宏也乖乖地穿上了。

顾雪仪盯着他，又问道："早上喝牛奶了吗？"

宴文宏喝完了牛奶，又紧紧抿着唇，把奶嗝咽了回去，然后才说道："喝了。"

顾雪仪递了张纸给他："擦擦嘴。"

宴文宏顿了顿，然后才拿走了那张纸，仔仔细细地擦干净了嘴，再将纸团扔进垃圾桶。

"走吧。"顾雪仪说道。

一行人上了车，直接去了商场。裴智康口中的凤兴银楼就在这里面。

在裴智康的预想中，他故意没说手里的银行卡究竟是他的还是裴丽馨的，顾雪仪在前面挑选金银首饰，他就在后面给钱，几次以后，顾雪仪自然会感受到裴家的诚意，也会对他另眼相看。可事实上，顾雪仪随心所欲地挑着，时不时扭头和宴文宏说话，却完全没有看裴智康。

"这个包起来。"顾雪仪随手指着一个金镯子说道。

柜姐都没见过这样挑东西的，这位客人也就走过的时候随便瞥了一眼吧？

顾雪仪转过头问宴文宏："学校除了让你们回家还有做别的事吗？"

"没有。"

"你今年是几年级？"

"高三。"

顾雪仪知道，高三就等同于古代举行会试前的最后那段时间，十分重要。

这时候柜姐已经将镯子用礼品袋装好，拿到了顾雪仪面前。顾雪仪顺手就递给了裴智康。裴智康本能地接住了。

顾雪仪转回去继续和宴文宏说话："那你的课业怎么办？需要为你另请老师吗？"她是真的不太了解他啊。

宴文宏微微笑了笑："不用了，我没问题的。"

裴智康拎着袋子，张了张嘴，却根本没人理他，而顾雪仪很快又挑中了下一样东西："这个我也要了。"

宴文宏站在旁边，面容乖巧，目光却是冰冷的。他冷冷地注视着这一切。是因为宴朝回不来了，她才这样大肆挥霍吗？

"有什么需要的东西及时告诉我。"顾雪仪突然回头说道。

"嗯。"宴文宏的眼眸一刹那变得清澈了。他是宴家最小的孩子，心思倒是比宴文嘉等人深沉得多。

眼看着顾雪仪继续大步往前走去，裴智康连忙跟上去问道："宴太太，您不在这里看了吗？"

"这个没什么意思。"顾雪仪轻蔑地说道。

"那您觉得什么有意思？"

"这里是112号。"顾雪仪顿住脚步，看了一眼旁边门店的编号，顿了一下，说，"你随便说一个编号。"

裴智康迟疑着报了个数字："126。"

顾雪仪勾唇笑了笑："好，那就去126。"接着她转头看向宴文宏："你说一个数字。"

宴文宏隐约明白了她想做什么，轻轻启唇，说："2。"

裴智康还有点儿没弄明白，顾雪仪却已经带着宴文宏先往前走了。裴智康只能匆匆跟上去。

他们很快到了126号，那是一家高定店。里面的柜姐一眼就认出了顾雪仪，知道她最近很火，再不能将她当过去的宴太太来对待了。柜姐立刻微笑着迎了上来。

顾雪仪抬手轻轻滑过，然后说道："这一排都要了吧。"

裴智康愣在了原地，没想到顾雪仪会这么玩！

柜姐很快给顾雪仪把东西包了起来，有的款缺货，就留了地址，之后再送上门。柜姐捧着POS机到了顾雪仪面前。

顾雪仪说："刷卡吧。"

裴智康愣了一下，然后才走上前。他倒没生气，在刚开始震惊后，就觉得顾雪仪和他是一类人。他平时在外面玩的时候不也爱这样吗？裴智康刷了卡，就是最后拿到账单，瞥了一眼余额后，脸色才有了微妙的变化。

顾雪仪问道："还玩吗？"

裴智康心中焦灼，往后看了看，什么也没看见。他露出笑容："玩，当然玩！"

他当然不像裴丽馨那样舍不得钱！

宴文宏始终默默地注视着这一切，一句话也没有说。

接下来，顾雪仪就用这样的方式又玩了几把。裴智康最后签单的时候，余额只剩下3003块了。他刚有点儿不快，但转念又将情绪压了下去。这不是说明，顾雪仪平时过的就是养尊处优的日子吗？她越是难讨好，他越要拿下她。她可比那些随便买条黑天鹅项链、小裙子就能追到手的女孩子有意思多了。

"好了，我累了。"顾雪仪说完问宴文宏，"你累吗？"

宴文宏乖巧地说道："还好。"

顾雪仪走到附近一家甜品店，店员看了看她，有点儿不确定她是不是之前新闻里的宴太太，但一看顾雪仪身后大包小包上都印着的logo（商标），这才确定来人就是顾雪仪。

顾雪仪抬头看了看菜单："一份红豆牛奶冰，一份杧果绵绵冰。"

"好的。"店员答道，随即压低了声音问，"您是……宴太太吗？"

"嗯，是我。"

"可以……可以合个影吗？"店员激动地问道。

顾雪仪有点儿惊讶，随即说道："好。"

顾雪仪点的东西做好了，店员才走出来，和顾雪仪自拍了一张照片，甚至还让顾雪仪给她签了名："虽然您不是演员，但是网上很多人喜欢您！您知道最近有个节目吗？叫《改造计划》。您大概不知道，总之这个节目拍得特别烂。里面的嘉宾、主持人没一个讨人喜欢的。然后就有好多人剪了宴太太您的影像，拼了进去。大家就特别希望节目组能邀请您进组，觉得您肯定能碾压他们……"店员说着说着，有点儿不好意思，"我话太多了……反正就是，有很多人喜欢您。"

顾雪仪的确没太听明白，但还是微笑着说道："谢谢喜欢。"

裴智康看着顾雪仪的动作，目光闪了闪。

顾雪仪取走了两份甜品，问宴文宏："吃哪个？"

宴文宏隐去眼中的复杂之色。顾雪仪变了很多。哪怕他曾经只见过她一面，也感觉到她仿佛变了一个人。她变得平静如水，让人一眼望不到底，可又会吃路边小店的甜品。

宴文宏垂下眼眸，随意选了一碗甜品。他的这碗甜品带着一点儿水果香味，不是糖精味，他还能接受。

裴智康："宴太太，我——"

顾雪仪这次刷了宴朝的副卡，对裴智康说："裴少要吃？那裴少自己买吧。"

裴智康十分郁闷，顾雪仪也太难搞了。

顾雪仪准备回去时，裴智康又跟着上了车，直到把人送回了宴家他才离开。中间他还接了一次小弟的电话："裴少，你最近旷课好像有点儿严重，系主任查了好几次都查到你了。刘教授也不太高兴。"

裴智康满不在乎，甚至还有点儿不耐烦，沉下脸说："好了，知道了。以后这种小事不用通知我了。"

裴家有钱。只要他们能搞定宴朝，再也不会有人来追究宝鑫的事……他们说不定还能分到宴家的遗产。只要他有钱，别说是拿一纸文凭了，还有什么事办不成呢？

回到宴家，宴文宏没有问顾雪仪今天为什么要这么做，径直上楼休息了。

顾雪仪还是看都没看那些买回来的东西，直接让女佣拿到了楼上。

女佣告诉她书房收拾好了，顾雪仪就先去参观了一下新书房。新书房是完全按照她的要求布置的，有桌椅、书架、沙发，还有电脑、打印机等，像一个家庭化的办公场所。顾雪仪让人把自己买的那些种类繁杂的书搬了过来,然后就随手抽了一本出来,继续看书。

时间很快就到了下午。顾雪仪起身活动了一下,顺便还循着记忆耍了一套曾经跟父兄学的拳法。

"太太,该吃晚餐了。"女佣来敲门。

顾雪仪应了一声,穿上外套,一边慢条斯理地扣纽扣,一边往楼下走。她到了餐厅,却发现只有她一个人。

"宴文宏呢?"

"小少爷没下来。"

"他下来吃午餐了吗?"

她的午餐是在新书房里吃的,她连门都没有出。

女佣说:"也没有,但是我把午餐送到小少爷的房间里了。"

顾雪仪皱了一下眉,转身往楼上走去。

女佣有些怕顾雪仪,连忙跟上去解释道:"小少爷经常这样,不太喜欢别人去打扰他。"小少爷那么乖巧,从来不需要别人操心哪。

顾雪仪站在宴文宏的卧室门外,这才发现,这个房间正好在她的新书房下面。

顾雪仪抬手敲了敲门。门内没有动静。顾雪仪脸色不变,继续敲门。

过了足足半分钟,才有人走到门边问:"谁?"

"是我。"顾雪仪说。

门"吱呀"一声开了。

顾雪仪的眼睛一瞥,她就看到了进门左手边的柜子上的食物一点儿都没有被动过,于是问:"不舒服吗?"

宴文宏抬了抬眼皮,做出乖巧的模样,甚至还露出了点儿笑容:"还好啊。大嫂,我想睡一会儿。"

顾雪仪一只手抵住了门,轻轻一用力,门就开了。宴文宏的模样映入了顾雪仪的眼中。他穿着白色的棉质睡衣,碎发因为被汗水濡湿而贴在了额头上,面色苍白。

顾雪仪立刻转头吩咐:"让司机备车。"她又对宴文宏说:"你自己走下去,还是我让保镖抬你下去?"

宴文宏沉默半响,低声说道:"我自己走吧。"

顾雪仪掉头走在了前面。

宴文宏握着门把手,用了点儿力,想把门关上。

顾雪仪突然回头说："如果你想把门关上，一会儿我会让保镖用切割机把门切开。"

宴文宏笑得更柔软了，目光闪了闪："大嫂，我怎么会呢？我这就下来了。"

她不仅变得平静如水、喜好甜食，还变得强硬了。

宴文宏被塞进了车里。顾雪仪紧跟着坐了进去，还往他身上扔了件外套。宴文宏抓着外套，指尖微凉，然后顾雪仪又往他的掌心里塞了个暖宝宝。他实在忍不住抬头看了一眼顾雪仪，她好像处处都能想得格外周到。

车开到医院的时候，宴文宏的脸色已经煞白了。

检查、拍片、拿到结果，一系列流程下来花了半个多小时。

"病人一直有胃溃疡的病史，在食用牛奶以及寒性食物后，就会呕吐、腹泻……"医生让宴文宏输液，又给他开了口服的药物。

护士不知道从哪儿给宴文宏找了辆轮椅。他乖乖地坐在上面，屈着大长腿，苍白的脸看着有点儿可怜，但顾雪仪扫了他一眼，发现他的脸上没有一点儿多余的情绪，仿佛医生说的病人并不是他。

顾雪仪走过去坐下，伸出腿，用高跟鞋的鞋尖将轮椅往这边钩了钩，问道："有胃病为什么不拒绝？"

宴文宏低声说："我不知道我有胃病。"

"疼你感觉不到吗？"顾雪仪的声音冷了冷。他应该时常感觉胃不舒服、消化不好，甚至常常想吐才对。

宴文宏抿了抿唇，似乎不太适应别人这样问他。过了几秒，他才慢吞吞地说："那是大嫂对我的好意。"

"如果对你的好意最终是害你的东西，不要也罢。你应该学会拒绝。"

宴文宏没有说话。

宴家前面那三个孩子是别人说什么都不听，宴文宏则是别人说什么都听。

"你先输液。"顾雪仪说着，起身出去给陈于瑾打电话。

陈于瑾的手机铃声响起来的时候，他一瞬间还有些恍惚："喂，太太？"

"陈秘书，下午好。"顾雪仪顿了顿，才说出自己打这通电话的目的，"你知道宴文宏就读的学校叫什么名字吗？"

陈于瑾挪动鼠标，看了一眼电脑日历，抱歉地说道："这个我不太清楚。他的学业并不是由宴家安排的，而是由他的母亲那边安排的。"

顾雪仪抿了抿唇。

宴文柏说他去祭拜自己的母亲，她就以为宴父曾经的女人都不在了，原来还有在世的人。她想，不如直接问宴文宏，于是说道："好，我知道了。打扰了。"

"不……不算打扰。"陈于瑾还准备再说点儿什么，但那边的人已经挂断了电话，他只好放下手机。

顾雪仪走回病房，接了杯热水，递给了宴文宏，正准备问他，宴文宏抓着那个杯子，却突然问道："大嫂对二哥他们也这样好吗？"

此时，顾雪仪又上了话题榜——顾雪仪与宝鑫裴总的弟弟。

今日八卦："今天下午有记者看见宴太太顾雪仪与宝鑫裴总的弟弟疯狂购物的场景。"后面附了照片。

裴丽馨让助手把笔记本放在自己面前，点开了话题榜，然后扭头冷声说："顾雪仪收了我的东西，却迟迟没有行动，那就不能怪我们了。她上了话题榜，至少在别人眼中，她已经和宝鑫站在一起了。如果她再不动手，等宴朝活着回来了，他第一个要收拾的就是她……一纸离婚协议书就能逼她去死了。"

裴智康在那里待了很久，就是希望让他们找来的记者多拍几张可用的照片，让人知道顾雪仪和宝鑫的人走得很近。大众多半是看不出什么东西的，于是他们又特地做了手脚，到时候这新闻落在有心人眼里，他们就可以从中得到一些信息了。

裴丽馨说着扫了一眼电脑屏幕，但上面的字又小又密，裴丽馨实在懒得看了，就对助手说："你念给我和裴少听听。"

助手愣了一下："念什么？"

"念评论区的内容。"

助手盯着评论看了一会儿，磕磕巴巴地念道："羡慕哭了，这就是有钱人的生活方式吗？"

裴丽馨皱眉道："下一个。"

"啊，顾雪仪真美啊！"

裴丽馨的眉头皱得更紧了："都什么乱七八糟的东西？"

助手只好赶紧又往下跳着念："牛，宝鑫的裴少给宴太太拎袋子，真的很狗腿子了。"

"等等！你念的什么？别念了！给我！"裴丽馨面色一变，猛地将笔记本转了回来。

裴智康的脸色也一下变得奇怪了。姐弟两个都凑到了电脑屏幕前。

助手连忙尴尬地说道:"裴总,刚才那话真不是我说的,我就是念的评论,评论这么写的。"

裴丽馨气得什么话都堵在了喉咙里。

只见网络上放出来的照片里,顾雪仪穿着高跟鞋,身段婀娜,气质出众,仿佛天生高贵的大小姐。裴智康跟在后面,左右手上都拎满了东西,又因为宴文宏和顾雪仪并肩站着,裴智康走在了后头,这一看,裴智康可不就是追着大小姐跑,给大小姐拎东西的人吗?

裴丽馨再看评论区。

"谁能科普一下宝鑫?"

"很牛的一家企业,很少有人知道它是宴氏集团的子公司吧?"

"我好像听过裴家的大名,听业内人说挺凶的。结果裴少在宴太太面前跟小猫似的?"

"裴丽馨的弟弟?裴智康?高中学生。这人人品不好,没想到在宴太太面前这么低三下四。"

"给宴太太拎东西,是他裴智康的荣幸吧!"

…………

裴丽馨姐弟出身农村家庭,家境贫寒,最穷的时候,裴丽馨去垃圾堆里捡过人家不要的零食。后来裴丽馨得了宴勋华的资助,念了大学,嫁进了宴家,姐弟俩才过上好日子。他们这辈子最讨厌的就是别人说他们没有钱,说他们低人一等。裴丽馨气得砸了手边的烟灰缸:"顾雪仪到底是什么意思?她是不是早就知道我们安排了记者在拍照片?所以她才故意羞辱你,好让所有人都看见你给她当仆人?"

裴智康动了动唇:"她可能……就是天生傲慢。"

裴丽馨想到之前顾雪仪的种种表现,也不得不承认,的确,顾雪仪就是天生傲慢。她把话吞进了肚子里,缓了好一会儿才缓过劲儿:"宝鑫的事遮不住,咱们的荣华富贵都得没。宴朝的事如果不解决,咱们说不好还得丢命。宴朝这人太狠,太阴损。要是他活着回来,谁都别想好过……"裴丽馨吸了一口气,似乎是在努力克制心中的恐惧情绪,"还是请她去慈善晚宴吧。那天封总会出席。封总愿意替我们教训她,把她教训得服服帖帖的。敬酒不吃吃罚酒,她也不能怪我们。"

裴智康回想起封俞的模样,说:"姐,真能行吗?我觉得也许封总不愿意干这种下三烂的事……"他怎么觉得和封俞打交道就是在与虎谋皮呢?

裴丽馨冷冷地说道:"封俞为了达到目的,就没有当过君子。他巴不得宴朝死得透透的呢！"

"阿嚏——"年轻男人愣了足足十来秒，大概是没想到自己会有这样的反应。半晌，他才缓缓皱起了眉。

身后的门被推开，很快，他的眉头就舒展开了。他转动着身下的轮椅，缓缓转过了身。

来的是个皮肤黝黑的外国男人。他冲年轻男人一顿挤眉弄眼，然后问道："怎么样？你们华国的那个女学生照顾得还好吗？"

年轻男人抬了抬眼皮，眉眼疏朗，透着漠然之意："不好。她话太多，还不戴口罩，我怀疑她把流感传染给我了。"

塔塔满脸问号。

一层薄薄的门板外，年轻又脸皮薄的女大学生脸色先是红，再是白，最后是青、红、白交替，然后她猛地一转头，正对上年轻男人几个手下疑惑的目光。她落了两滴泪，拔腿就跑了。

参加这个所谓的慈善晚宴前，顾雪仪特地给陈于瑾打了个电话。

"我和简先生都没有收到这个晚宴的邀请函。"陈于瑾在那头顿了顿说，"太太如果去了晚宴，也许就会见到封家和宋家的人了。"

顾雪仪应了一声："嗯。"只邀请了特定的一些人物，这个晚宴应当是有问题的。

"我没办法跟太太去了。"陈于瑾说，"太太注意安全。"

"好。"顾雪仪说完，在挂断电话前又说了一句，"这些天辛苦陈秘书了。"

宴朝不在，要让这样一个庞大的商业帝国正常运转，哪怕有再多的人才，也没办法完全解决领导缺失带来的麻烦。陈于瑾这些天的确很累，但是在别人的眼中，陈秘书近乎无敌。陈于瑾也不允许自己露出疲态，好像只有顾雪仪总是将"陈秘书辛苦了"挂在嘴上。嗯，连熬姜汤也是她提醒的。

陈于瑾一下子如释重负，笑了笑："不辛苦。"顾雪仪一个从来没接触过这些东西的人，试图将宝鑫扳回正道上，那才是辛苦。

顾雪仪很快挂断了电话。

陈于瑾听着电话那头的挂断声，怔了几秒，还是不太放心。尽管所有人都知道宴总并不喜欢这个妻子，但如果她出了意外，宴总会不会伤心他不知道，但在宴总回来前，他必须保证顾雪仪的安全。他打了几通电话，才转身去开会了。

顾雪仪挂了电话,去了二楼,敲响了宴文宏的卧室门。门很快被打开了,露出宴文宏那张清秀的脸,他的脸色已经比昨天好了太多。

"该去医院了。"顾雪仪说道。

"我觉得自己好多了……"宴文宏低声说道。

"这个要听医生的,不是你说了算。"顾雪仪一只手抵住了他的卧室门,干脆利落地说道,"上车。"

三分钟后,两个人先后上了车。顾雪仪抬手调了调车窗,将它调到合适的位置,确保空气畅通,又确保外面吹进来的风不会太大。

宴文宏突然问道:"大嫂对二哥他们也是这样好吗?"他又重复了一遍昨天的问题。昨天他的问题正好被一通电话打断了。

小孩儿对这事儿还挺执着。顾雪仪顿了顿,说道:"他们没像你一样进医院,等下次进了医院就知道了。"

宴文宏露出不好意思的笑容:"麻烦大嫂了。"

"不麻烦。"顾雪仪淡淡地说道,"我享受宴家给的一切,当然也应该照顾好宴家的每一个人。"

宴文宏怔了怔,喃喃:"大嫂是个很有责任心的人。"

顾雪仪没对他的这句话做出任何评价。

很快他们到了医院,在医生的建议下,宴文宏又输了液。医生将顾雪仪请到了门外,低声说:"宴少的身体不太好,他的饮食不规律,长期下去,会比同龄人的身体虚弱不说,还容易得大病。"

"我知道了。我会好好盯着他吃饭的。"他正好在家半个月,她可以盯着他。

医生见状也松了一口气。幸好宴家还有人能管住这位小少爷。

顾雪仪谢过医生,然后才转身回到病房里。这时候手机铃声响了起来。顾雪仪仔细听了会儿,才分辨出那不是她的手机铃声,像是从宴文宏那边发出来的。

顾雪仪扫了一眼宴文宏的手背,他行动不便。她走过去拿起放在小桌子上的手机,接通电话,将手机放在了宴文宏的耳边。手机里隐隐传出什么声音,顾雪仪听不见。

宴文宏面色不变,也没有开口。

顾雪仪有点儿奇怪,低头看了看宴文宏的神色,一刹那就明白了:宴文宏并不想接这通电话。

谁按的接听键谁负责。顾雪仪拿起手机,放到自己的耳边:"不好意思,您找谁?"

电话那头滔滔不绝的人一下就顿住了:"你……你是谁?宴文宏呢?"

"什么宴文宏?你打错了。"顾雪仪的语气冷淡,又在无形中有着一股压人的气势。

那头的人被噎了噎,声音不自觉地低了下去:"不可能,这个号码不会错的,一直都是他在用……哦,我知道了,你是小偷,你偷了他的手机。"

"你知道诽谤是什么罪吗?"顾雪仪说完,就挂断了电话。

那头的人呆住了,半晌都没有再打电话过来。

顾雪仪收起手机,放回去:"不好意思,我不知道这通电话你不想接。"她说完,在宴文宏的对面坐下。

宴文宏正定定地看着她。他的眼眸黑白分明,漂亮得像宝石。他看着她,模样乖巧,又带着一点儿好奇之色。他说:"没关系。你接了电话,她会怕你的。"他说着,抿起嘴角,露出了少年纯真的笑容,"省了我好几天的麻烦。"

"嗯?她会怕我?"

"是啊,你刚才说话的样子有点儿像大哥。她很怕大哥的。"宴文宏顿了一下,说,"哦,对了,她是我妈妈。"

顾雪仪想起昨天陈于瑾在电话里说的话,于是问道:"是你妈妈安排你进现在的学校的吗?"

宴文宏点点头,又摇了摇头:"不是她一个人做的决定,是我外公他们一起做的决定。"

"那所学校叫什么?"顾雪仪直截了当地问道。她需要更多地了解宴文宏。

"叫淮宁中学。"宴文宏说着微微笑了一下,"听说比较出名。"

顾雪仪将名字记在了心里,又问:"宴文柏高中是在哪里上的?"

"京市一中吧。"

"你为什么不去那里?"

宴文宏脸上还是带着乖巧的笑容,不紧不慢地说:"因为四哥比较蠢。"宴文宏顿了顿,小心翼翼地问,"我说得太直接了吗?"

"诚实是一种美德,但说话需要技巧。"顾雪仪说着,接了杯温水给他。

宴文宏点了点头:"好,听大嫂的,我记住了。"

顾雪仪也给自己倒了杯水,一边喝水,一边漫不经心地想:他比宴文嘉几个人要麻烦。那几个人或冲动或执拗,但都有一个共同点——一根筋,而宴文宏大概有十根筋吧。

因为宴文宏的身体比同龄人要弱,也更容易感觉冷,所以护士特地调慢了输液速度。他大概要输三个小时的液才能结束。

顾雪仪当然不会在一边干等,从包里取出一本书,慢慢看了起来。

"我也想看。"宴文宏低声说道。

顾雪仪对待生病的小孩儿都比较宽容,说道:"好,那我念给你听。"

宴文宏乖乖地坐正了:"嗯。"

"在银河系西旋臂少人问津的末端、未经勘测的荒僻区域深处……"她轻轻启唇,缓缓念道。

枯燥的东西通过她好听的声音传递过来,似乎都有了乐趣。

宴文宏听得认真。他微微仰着头,看了一眼天花板上悬挂的白炽灯,室内温暖,放在小几上的纸杯散发着热气,这一切好像一场梦。

时间很快就到了7号。

顾雪仪换了一套裙子,给宴文姝打了电话,然后准备出门。

宴文宏不知道什么时候出现在了楼梯上,看着顾雪仪,低声问:"大嫂要去做什么?"

"去买一幅画。"

"买画做什么?"宴文宏露出迷茫的表情,"大嫂喜欢画吗?"

"不是,是别人喜欢。"顾雪仪并没有说得太明白。这些事还不需要宴家未长大的小孩儿知道。

宴文宏握住了栏杆,上半身往顾雪仪的方向倾了倾,问:"大嫂今天不陪我去医院了吗?"他的表情看着有点儿可怜。

"医生说你不用去医院了,你好好在家休息吧。"他不是不想去医院吗,现在怎么又想去了?

宴文宏将栏杆抓得更紧:"啊,是吗?"

"午餐、晚餐我都不会在家吃,但你要按时吃饭。"顾雪仪从女佣手中接过了包。

宴文宏点了点头:"好,听大嫂的。"

顾雪仪很快上了车。

宴文宏盯着空荡荡的门口看了一会儿。

女佣忍不住说道:"小少爷先回卧室休息吧,我一会儿给您送点儿热水过来。"

177

宴文宏脸上的可怜与乖巧表情一刹那消失干净，他冷淡地应了一声，转身走了。

女佣愣愣地看着他，一时间被宴文宏冷淡的模样吓得一动不敢动。好半天，她才回过神，背后却已经被汗湿透了。一直礼貌乖巧的小少爷怎么突然变了？

过了十多分钟，女佣才敢端着水果和热水去敲宴文宏的门。

"进。"

女佣走进去，发现地上散落着几张画纸。她抬头看了一眼，把手里的东西放好了。

宴文宏盯着她，问："你在看什么？"

女佣摇了摇头："没……没什么。"说完，女佣实在忍不住了，低声问道，"小少爷，您是不是哪里不太舒服？您看上去好像不太高兴？"

宴文宏抬手摸了摸脸，说："这才是我高兴的样子啊。"

女佣被吓了一跳，赶紧跑出去了。小少爷是不是中邪了？这么说起来，太太突然性情大变，也特别像中邪了！

宴文宏看了看被女佣关上的那扇门，脸上还是没什么表情。他轻声说："你懂什么？"装乖是为了得到别人的喜爱啊，现在他已经得到了。

这段时间以来顾雪仪虽然已经看了不少书，但对眼前这座城市实在了解不多，让宴文姝来当向导就成了她不错的选择。宴文姝提供了地点，顾雪仪告诉司机后，司机直接载着顾雪仪到了画廊门口。

"这里！"宴文姝连忙挥了挥手。

顾雪仪走上前，抬头看了一眼画廊的名字——卿卿。名字起得倒是挺文艺的。

"这里是我一个朋友的哥哥开的，专门卖一些小众画家的画，很符合你的要求……"宴文姝一边陪着她往里走，一边说。

顾雪仪倒没有急着先去看画，而是问："你这两天住在哪里？"

"酒店。"宴文姝说完，又反应过来自己说得不够详细，连忙又补充了一下，"在爱丽丝酒店，离你上次去的那家商场比较近。"

"嗯？你怎么知道我去了哪家商场？"

"看了新闻。"宴文姝小声说完，撇了撇嘴，声音一下又提高了不少，"那个装智康是不是骚扰你了？我都看见微博的消息了。他真像一条狗，也就只配给你拎拎东西。"

顾雪仪抬头看向楼梯的方向："人来了。"

宴文姝立马闭了嘴，恢复了淑女的模样。

来人是个三十来岁的男人，穿着卡其色休闲装。他先和宴文姝打了招呼，然后是顾雪仪，笑着把人往里领："宴太太，早有耳闻。听说您要来买画，您喜欢什么样的画？"

顾雪仪开门见山地问道："画廊里哪幅画最便宜？"

"啊？"男人愣了愣，脸上的笑容僵了一秒，"最便宜？"

"嗯。"

宴文姝也傻眼了。几秒钟过去后，宴文姝回过神，连忙小心地抓了抓顾雪仪的袖子，低声问："你是不是……是不是没钱了？"她犹豫了一下，还是说道，"我还有一点儿零花钱，100万元够吗？"现在的顾雪仪和以前不一样了，听了自己的话应该不会生气吧？

顾雪仪忍不住轻笑了一声。

宴文姝看着她的笑容呆了一秒。一时间，画廊里其他的人都忍不住往这边多看了两眼。

"谢谢，我不需要。"顾雪仪说道。

宴文姝："不然你用宴文嘉的钱？他比我们都有钱。你让他拿500万元给你，他肯定给。"

顾雪仪抬手轻拍了一下她的脑袋："好，知道了，但是真的不用。"

宴文姝摸了摸自己的脑袋，不说话了。

男人笑了笑："好吧，那我让助手去把这里最便宜的画找出来给您。"

没一会儿，就有个女助手抱着一幅画出来了。男人说："这是我之前看一个青年画家挺可怜的，他急需用钱，我就让他在我这儿寄卖画。跟其他画完全不是一个价位的，这幅3000块就行了。"

顾雪仪低头看了一眼，这幅画的标题是《病床上的女人》，画中的女人伏在床上，身体如同蜡烛一样慢慢熔化，落款是"冬夜"。顾雪仪利落地刷了宴朝的副卡："好，就这幅吧。"

宴文姝这才看清顾雪仪掏出来的是什么，说："这个卡……和我们的不太一样。"

顾雪仪点头："嗯，是你大哥的副卡。"

宴文姝："哦。"她脸上的表情很尴尬。原来大嫂不是没钱！大嫂拿着大哥的副卡，怎么会没钱呢？！宴文姝挺了挺胸膛，咳了咳，清了一下嗓子说："嗯，不过副卡好像都是有限额的。如果哪天花完了，你就告诉我，我还是有一点儿钱的。"

顾雪仪应了一声："好。"

宴文姝开心地眯了一下眼，有种被需要的感觉，仿佛证明了自己的价值。

顾雪仪拿了画，直接去了造型工作室。工作室是陈于瑾提前打电话约好的，还是上次那家。这家工作室和顾雪仪打过交道了，这次也算熟门熟路了。这边工作人员刚把顾雪仪迎进去，顾雪仪的手机就响了。她低头扫了一眼，是宴文嘉打来的电话。

这倒是有点儿稀奇了，宴文嘉主动给她发过短信，却没有主动给她打过电话。

顾雪仪接起了电话："喂。"

那头传出的却是宴文嘉的经纪人的声音，经纪人有点儿紧张，还结巴了一下："宴……宴太太。"

"嗯，是我。他出什么事了吗？"

"不，不，不，不是。"那头的经纪人又咽了咽口水，然后才接着往下说，"您今天是要去参加什么活动吗？刚刚我们从安云路走过，看见您进了一家造型工作室。"

"嗯，是，怎么了？"顾雪仪一边应着，一边抬头接过工作人员递来的水。

电话那头的经纪人顿了一下，手机好像被谁拿走了。

紧跟着那头传出了宴文嘉的声音："你找的 The moon？谁给你找的？陈于瑾安排的？这家太垃圾。"

旁边正弯腰收拾桌面的 The moon 的工作人员无语，他明目张胆地说坏话真的好吗？不过电话那头好像是原文嘉的声音？

宴文嘉用力抿了抿唇，语速缓慢，但字字戳人心："陈于瑾懂什么？他或许懂公司的事，但他懂什么时尚？让我的经纪人去找，会帮你约到更好的造型师。"

顾雪仪捂了捂手机，侧过脸对工作人员低低说了句："不好意思，回去我教训他。"

工作人员心中震撼，我吃到了什么"瓜"？

顾雪仪这才又松了手："好，我知道了。"

宴文嘉："你不出来？"

顾雪仪直接跳开了这个话题："你离开剧组过来参加什么活动？"

宴文嘉一下就被带跑偏了，本能地答道："当一期友情嘉宾。"

"嗯。"顾雪仪说,"好好当。"

"嗯。"

顾雪仪挂断了电话。

宴文嘉攥着手机,顿了好几秒,才发现刚才那个问题被敷衍过去了。

顾雪仪做完造型后就接到了裴智康的电话:"宴太太现在在哪里?我过去接您。"

"好啊。"顾雪仪报了个地址。

裴丽馨已经提早到了慈善晚宴的现场,先将自己的慈善拍品交给拍卖会主办方,然后才去见了封俞。

"封总现在在会客,不方便见裴总。"封俞的助手冷冰冰地拦住了她。

裴丽馨脸上的表情僵了僵。宝鑫这些年虽然渐渐从大众的视线中消失了,可随着宴氏集团壮大,宝鑫承接的业务只有多没有少。外头的人但凡知道宝鑫究竟是干吗的,都会对她另眼相看。她很久没尝过这种滋味儿了,哦不,顾雪仪最近让她尝过。裴丽馨想到这里,表情狰狞了一瞬,但封俞不是顾雪仪,她可以想办法收拾顾雪仪,却没办法收拾封俞,只能老老实实地等着,但这一等就足足等了半个多小时。

面前的那扇门终于被打开了,一个秃头胖子从里面走了出来。裴丽馨看了一眼,那并不是熟面孔,可见是个无足轻重的人物。封俞是故意的。裴丽馨勉强扬起笑容,看向房间里的男人:"封总。"

封俞勾唇笑了笑:"哦,这不是宴家养的狗吗?"

裴丽馨的表情一下就僵住了,心里被气得都快炸了,但脸上还得拼命保持平静:"封总……这是什么意思?"

"就是这个意思,当狗当久了,你连人话都听不懂了吗?"封俞丝毫不给她面子。

"封总是不是听说了什么谣言?这中间一定有误会……"裴丽馨竭力保持着冷静解释道。

封俞慢慢从沙发上起身,抬腿朝她走近:"如果不是知道你们和宴朝有仇,我才懒得帮宴勋华那个老东西。"封俞身高一米八六,站在裴丽馨面前,一下就带给人极强的压迫感,还有种说不出的高高在上的气势。

"封俞!你别欺人太甚!咱们之间难道不是互惠互利?"裴丽馨说出这句话就后悔了。

封俞冷冰冰地看着她:"你信不信我现在让人把你扔出去,以后你就再也混不进这个地方了?"

裴丽馨咽了一下口水，说："不，刚才是我太激动了。封总，您听我说，您是不是看了网上的新闻？是，我是让我弟弟去接触了顾雪仪，就是宴朝的太太，但那是为了拿到宴朝的章，为了把宴朝彻底弄死在国外……"

封俞转过身，随手拿起一旁的盘子里的飞镖，扔向墙的另一面。他根本没有认真听她说话，但裴丽馨不得不继续解释。等裴丽馨讲得口干舌燥，已经一个小时过去了。她站在那里，累得近乎脱力，连后面说了些什么都不太记得了。

封俞之所以和宴朝成为对头，当然是因为他本身也很强大。裴丽馨在他面前的压力不可谓不大。

封俞嗤笑了一声："好，那就让我看看，你们裴家是真的喜欢给人当狗，还是真的能弄死宴朝。"

裴丽馨从封俞的房间里退出来，走进电梯。

电梯门合上，一阵风吹过，裴丽馨一摸，一身汗。比起封俞，裴丽馨现在不得不说，顾雪仪好对付多了。如果早知道请记者拍的那几张照片会搬起石头砸了自己的脚，她打死也不会那么做，但现在已经做了，封俞已经对她有怀疑了，根本不听她的解释。如果她现在立刻和顾雪仪撇清关系，只会让封俞觉得她心虚又像墙头草。那她就只有一条道走到头了！她一定得搞定顾雪仪！

没一会儿，裴智康就到了造型工作室。他见到了顾雪仪，惊艳了几秒，然后才反应过来，上前和顾雪仪说话。

顾雪仪刷卡付了钱，并没有理会裴智康。

两个人下楼上了车，已经是下午六点了。

"太太准备拍品了吗？"裴智康问，"我之前忘记提醒宴太太了。"

"准备了。"

裴智康遗憾地说："可惜迟了，拍品要提早送过去，让拍卖会先鉴定的。"

顾雪仪看了他一眼："你们裴家参加过几次慈善晚宴了？"

"六次。怎么了？"

"那连这点儿事都办不了吗？"

裴智康吸了一口气："办……办得了。"他又笑着说，"宴太太的东西他们也不敢拖延。"只是他心里明白，这个慈善晚宴看上去裴家参与度高，但实际上都是封俞说了算。也不知道他姐和封俞说过了没有？封俞那么讨厌宴朝……没准儿一看见"宴太太"三个字就立马炸了。一路上裴智康都很焦灼、烦闷，也就没空再和顾雪仪搭话了。

顾雪仪懒得应付这么蠢的人，转过了头，看向窗外的风景。

车很快到了举办慈善晚宴的酒店的门口。这次晚宴是在华悦酒店举办的，华悦酒店和思丽卡酒店同为京市奢华的酒店。晚宴门口已经铺起了长长的红毯，记者也已经蹲守在了两旁。

前面的车陆续打开车门，穿着西装的男人和穿着长裙的女人相继走上了红毯，其中不乏眼熟的一线演员。

裴智康看着那些演员，不屑地说道："这些只是来热热场子的。"

见顾雪仪没理会他，裴智康也只好闭了嘴。

顾雪仪从前就对戏子没什么偏见，更何况这个时代，戏子已经不像过去那样归入下九流了，更别说宴文嘉就是演员。

裴智康自告奋勇，先拿着顾雪仪的画去找主办方，没让顾雪仪跟着，怕万一不行，出了丑，让顾雪仪看见。裴智康一边拿着画往里走，一边给裴丽馨打电话。幸好裴丽馨就在附近，立刻来接他。看见他的样子，裴丽馨不免又想起那些网友和封俞的话，没好气地骂了两句顾雪仪："她拿你当用人使唤呢？你怎么不知道交给别人？"

"我怕一会儿过不了，那丢脸的不还是我们吗？"裴智康也挺生气的。要是裴丽馨再厉害点儿，他也不用这样哪！每到这种时候，裴智康都会陡然意识到，自己虽然有钱，但还算不上有地位。遇见那些厉害的人，他一样得低头。

裴丽馨也不好再说什么，连忙把画交到了主办方那里。主办方倒也没说什么。裴丽馨和裴智康松了一口气。裴智康说："我去接顾雪仪。"

裴丽馨差不多已经想到了一会儿的尴尬状况，但这时候要撇开关系只会更尴尬，于是深吸一口气，确保自己一会儿不会因为太生气而憋死："去吧。"

前面的镁光灯照亮了红毯铺成的路。各路演员在镜头前搔首弄姿，但又在看见大佬们出场后纷纷识趣地避让。

这时候，顾雪仪才从车上下来。下来之前，她又上网了解了一下关于各种慈善晚宴的知识。

"宴太太，等等。"裴智康想和顾雪仪并肩走，这样不会显得他像个拎包小弟。

顾雪仪顿了顿脚步，转头睨了他一眼："这里是宴朝站的位置。"

裴智康咬了咬牙，只能退后。他当然没法和宴朝比。总有一天，总有一天……裴智康目光变幻，盯着顾雪仪的背影露出阴鸷的神情。

顾雪仪很快进入了媒体的镜头中。记者们怔了怔，然后突然集体疯狂起来，拼命地按快门。宴朝的太太居然出现在这个慈善晚宴上！这不就等同于之前江二出现在思丽卡酒店的大门前一样令人震惊吗？

倒是那些演员愣了愣，回头看了几眼，却被灯光晃得有点儿眼花，一时间没认出顾雪仪。

很快，顾雪仪走到了门口。她刚刚走进门内，正和其余人攀谈的各路商界人士骤然一回头就看见了她。得益于最近的新闻，他们差不多也都认识这位宴太太了。可问题是，宴太太怎么会出现在这里？她后面还跟着裴智康？果然跟之前新闻上写的一样，裴家又滚回去给宴家当狗了？一时间人人脸色复杂。

这时候，有人高喊了一声："江总！"

镁光灯闪个不停。

江越长腿一迈，快步走过了红毯，很快就追上了顾雪仪。江越忍不住笑出了声，像是发现了什么好笑的事："你也在这里。"

顾雪仪淡淡地说道："是的。"

江越笑得更起劲了："就没有你不敢去的地儿对吧？"江越说着，回头扫了一眼后面的裴智康，"这人就是个傻子，你怎么让他跟着？"

顾雪仪连目光都没分给裴智康，随口说道："你猜。"

江越被气笑了："行，我知道了。一样的招数对吧？"

顾雪仪轻点了一下头，仪态端庄："江先生真聪明。"

江越自嘲地说道："是比后面那个傻子聪明。"他神色正了正，说道，"或许我还得谢谢宴太太手下留情，没把我也变成宴家的走狗。"

顾雪仪这才转过头，微微一笑："那得江先生自愿才行。"

江越顿了一秒。

记者陡然见到这一幕，又疯狂抓拍起来。

后面跟着的裴智康差点儿被甩开。偏偏因为周围太吵，他还听不太清顾雪仪和江越说了什么，就看见江越大步跟上了顾雪仪，差点儿被气死。她不是说旁边是宴朝的位置吗？就因为江越有地位，所以够资格站在那里？

顾雪仪和江越很快进门，来到了大厅中央。裴智康连忙追了上去。

大厅中的宾客一时间内心震惊不已。上次江二去参加思丽卡晚宴，他们就已经很震惊了。这次江二又和宴太太同时出现在这里，二人还一副相谈甚欢的模样，还有裴家人……他们有很多话题想聊。

拍卖会主持人走出来之后，场面才得到了暂时控制。

封俞已经在第一排位子坐下了，后面是宋家、江家、裴家……

裴丽馨远远地看见江越和顾雪仪在说话，心中不由得警惕起来。顾雪仪现在对宴朝没了感情，不会和江二有一腿了吧？裴丽馨连忙笑着迎上去："太太，这边请。"她将顾雪仪迎到了自己身边，请顾雪仪坐在自己和裴智康中间。

江越转头看了一眼，嗤笑一声，落了座。

封俞坐在前面听见了一声"太太"。

太太？裴丽馨口中的太太那只能是宴朝的太太了。封俞心中冷笑一声，想到那天那个侍应生的话，回头看了一眼。

顾雪仪也正在打量前面的封总。他独自坐在第一排位子上，不觉得空荡荡的吗？

封俞的目光猝不及防地和顾雪仪的相撞了。顾雪仪就那样看着他。封俞脑中飞快地掠过什么，却没能抓住。

裴丽馨也在这时候悄悄地转过头去打量顾雪仪。裴丽馨愣了愣，顾雪仪不怕封俞？不过很快她就找到安慰自己的借口了：顾雪仪应该不认识封俞吧，不认识也就不知道他有多厉害，当然也就谈不上多害怕了。裴丽馨立刻说："这位……是封总。"

顾雪仪轻点了一下头，还是带着点儿倨傲神色，说道："我知道。封总，79，我的仆人。"

裴丽馨满脸问号，裴智康和江二也是满脸问号。

封俞的眼皮跳了跳，他狠狠地咬住了牙。

非洲。

大汉抓着手机念："……支出 53500 元……The moon 工作室，什么东西？"

"一个造型工作室。"年轻男人头也不抬地说道。

"哦，老大我明白了，就是那种弄头发、化妆的呗。"大汉接着念，"……支出 3000 元……卿卿画廊，这名字还挺难念。"

年轻男人这次没评价。

大汉盯着手机半天，突然拍了拍大腿："老大，不好啊！这又做头发又化妆的，又去买画的，那不是——"大汉的声音突然堵在了喉咙里。

年轻男人抬了抬眼，问道："什么？"

大汉摸了摸自己的脖子，确认了一下脉搏，才壮着胆子说完了下面的话:"那太太不是要和人约会吗?"大汉说着看了看年轻男人的头顶。

封俞的嘴角抽动了一下,他露出了阴冷的笑容:"原来那天是宴太太。"

那天?哪天?裴丽馨和江越更迷惑了。

倒是裴智康慢慢从 79 这个编号上品出了点儿什么,"无名"搞活动那天她在?

顾雪仪神色淡淡的,微一领首:"是。"

封俞脸上的表情更加冰冷:"如果宴总知道宴太太去过封家的地盘,那他应该会——"

"他应该会很高兴吧。"顾雪仪截断了封俞的话,"毕竟不是什么人都能做封总的主人的。"

眼前的女人根本就不怕他,和那天的 399 一样。封俞狠狠地咬住了后槽牙。

裴丽馨惊奇地看了顾雪仪一眼,这个女人都知道封俞是谁了,怎么还是一副倨傲的口吻?难道她真以为自己顶着宴太太的名头就谁也不怕了?

主持人并没有注意到台下的暗潮涌动,按照本来的节奏说了开场白:"下面拍卖会即将开始……"

周围有太多的商界人士,有与封家、宋家、江家交好的,也有在中间摇摆不定……封俞不想在别人面前丢了面子,压了压脸上的冷色,朝裴丽馨看了一眼。

裴丽馨吓得魂儿都飞了一半。封俞这是在警告她?他等着看她的成效?裴丽馨动了动唇,无声地叫了一声:封总。

封俞转过头,不再往后看。他沉着脸,面上再看不出一点儿喜色。不过大家一想,封总好像也没多少面带笑容的时候,也就觉得没毛病了。

顾雪仪也没有再出声。

周围只剩下主持人慷慨激昂的声音:"下面,让我们先展示一下苏芙小姐的藏品……"主持人说着,很快有礼仪小姐抬上来一幅画。

"这是苏芙小姐亲手画的,画的是自己家中的庭院……技巧娴熟,色彩搭配和谐。苏芙小姐将它捐给咱们今天的慈善拍卖会,希望能为贫困山区的儿童带去一点儿温暖。它的起拍价是 10 万元!"

苏芙……顾雪仪记得这个名字好像在哪里听过。她抬头望去,就见一个年轻女人走上了台。

身边的裴智康已经盯着对方,连眼珠子都转不动了。

裴丽馨倒是压根儿不关注什么苏芙不苏芙的，压低了声音问顾雪仪："太太准备的藏品是什么？"

"也是画。"顾雪仪顿了顿，说，"她的起拍价都是10万元，那我的也不能低。你让主办方改价。"

裴丽馨的表情僵了一下，她心想这顾雪仪脑子有问题："太太想……改成多少？"

"100万元起拍吧。"

裴丽馨被噎了噎，委婉地说道："如果价格太高的话，可能会出现冷场。到时候您会很尴尬的。"

顾雪仪嗤笑了一声："做慈善还讲究价格高低？"她面上一冷，露出高高在上的神色，"这么抠门做什么慈善？抱着自己那点儿钱苟活余生不行吗？倒也有脸跑到这里来？"

裴丽馨的表情又僵了一下，她总觉得顾雪仪仿佛拐弯抹角地在骂自己，但又一想，顾雪仪一直这么嚣张，从来不知道收敛……还会懂得拐弯抹角？顾雪仪还有必要去拐弯抹角？裴丽馨压下神色，还准备再劝，顾雪仪已经不高兴地踹了一下前面封俞的椅子："还不快去改！"

封俞转过头，目光阴冷地看了一眼顾雪仪。她敢踹他的椅子？

顾雪仪的脾气实在太差，她连封俞都敢下手。

裴丽馨不想在这时候和顾雪仪杠上，只好起身去找拍卖会负责人。裴丽馨心中甚至忍不住冷冷地想：一会儿冷场了，顾雪仪就会得到教训了，自己可不是没提醒过她。这么一想，裴丽馨还有点儿期待那个场面了。

最后苏芙的这幅《我的庭院》，被拍出了178万元的高价。她当场将那张拍卖单放入了捐款箱，现场立刻响起了雷鸣般的掌声。现场媒体很快就将这一幕转播到了网上，"苏芙的画"这一话题很快就上了话题榜。

这时候裴丽馨也回来了。

拍卖方倒是没有为难她，毕竟提出这种要求的人多了去了，有没有人买账，那不归他们管。

接下来主持人又拿出了一些书法作品、古董藏品、宝石……有些拍品的起拍价高到令人匪夷所思。

裴丽馨悄悄转头看了一眼顾雪仪的表情。顾雪仪似乎对这些一点儿也不敏感，没有半点儿不对劲儿的地方。

终于，主持人拿着手卡愣了一秒，然后才接着说道："下面让我们请出顾雪仪女士的藏品，一幅名为《病床上的女人》的画。"

当主持人话音落下的时候，大家根本就没注意到那幅画的名字，注意力全在"顾雪仪"三个字上。

顾雪仪不仅来了，竟然还参加拍卖了？封总准了？

顾雪仪这时候缓缓起身："让让。"

封俞被气笑了："我还挡着你了？"

"嗯。"

封俞转过身，踹了一脚裴智康的椅子，沉声道："让开点儿。"

裴智康差点儿从椅子上滚下来。他目光一闪，心中倍感屈辱，但也只能站起来，往旁边挪得远一点儿，侧过身子，语气阴沉沉的："宴太太，请。"

顾雪仪大步向台上走去，到了台上，台下顿时一片哗然。

江越看了看顾雪仪的背影，忍不住勾了勾唇角。宴朝知道了这事会被气死吗？哦不，他或许已经死了。

顾雪仪抬了抬下巴："你还没有说起拍价。"

主持人咽了咽口水，说："这幅画……的起拍价是……100万元。"

现场又安静了一瞬。就这幅画起拍价100万元？

"这画是宴太太自己画的吗？"有人问道。

顾雪仪都没看那个人，直接说道："自己看，上面有署名。"

那人气势顿时弱了下去，小心地往那幅画看去。同时，其他人也因为这句话一下子将注意力都转移到了那幅画上。画上的署名是冬夜，一个丝毫没有文艺气息，他们也从来没听过的名字。

"这幅画设计巧妙，笔触令人震撼……拍下的人，还可以听到这幅画背后的故事。100万元都低了。"顾雪仪淡淡地说道，"做慈善嘛，既要捐钱给需要钱的人，也要为大家考虑。"顾雪仪说完就将麦克风还给了主持人。

她是什么意思？这是怕他们掏不起钱？

封俞定定地看着她。女人的身影渐渐和那天的399重叠，一样傲慢、高姿态。她和他像是一类人。

顾雪仪走回自己的位置，直接扭头对裴丽馨说："你第一个出价。"

裴丽馨对顾雪仪这种颐指气使的口吻有点儿愤怒，但她的愤怒实在不值一提。

顾雪仪冷声说："裴总想让我丢脸吗？"

裴丽馨就是这么想的，但这个想法被顾雪仪戳破之后，她就不能这么干了。裴丽馨忍了忍怒火，笑着说："怎么会呢？"

台上的主持人开口道："好，现在开始竞价，100万元起拍！每10万元加一次价！"

大家都在蠢蠢欲动。他们还真想让顾雪仪看看，他们究竟掏不掏得起这个钱。区区100万元算什么，他们做不起慈善吗？只是他们多少都得看封俞的脸色。如果这时候他们出价了，封总会怎么样？

裴丽馨一看，周围果然没人出价。她心里又忍不住嘲讽顾雪仪，但又觉得生气，毕竟现在第一个出价的冤大头是她自己！裴丽馨举牌喊道："110万元！"

她的声音打破了沉寂气氛，周围的人开始忍不住交头接耳起来。

顾雪仪转头扫了一眼江越。江越冲她轻笑了一下，举牌："200万元！"

场下哗然。裴丽馨刚要松一口气，顾雪仪又出声道："再举。"

裴丽馨："什么？"

"再举，200万元太低了，而且我不想将画卖给江先生。"顾雪仪扫了一眼江越。

江越笑了笑："我倒是很想买到宴太太的这幅画。"

顾雪仪轻嗤了一声，催促裴丽馨："快点儿。我要卖个高价。"

裴丽馨都快吐血了。顾雪仪是真贪哪！就这幅名不见经传的画，她还想卖高价？裴丽馨只能再次举牌喊道："210万元。"

江越哈哈一笑，嘲讽道："宴太太请的这个人似乎不太行哪，连加价都只敢一次只加10万元。"说完江越再次举牌说道："300万元！"

场下再度哗然。裴丽馨气极。江越不是想要吗？行，他想当冤大头就让他当！反正她只是举个牌而已！谁不敢喊价呢？

裴丽馨又一次举牌喊道："400万元！"

主持人的脸色微微变了。

江越轻蔑地看了一眼裴丽馨，然后说道："500万元！"

眼看着价格都抬到这么高了，其他人也有点儿坐不住了。这幅画是不是真有什么独到之处？不然江越怎么会一次次举牌呢？他们再看封总也没什么别的表示……谁也不想落个"误把珍珠当鱼目"的笑话，于是渐渐地，其他人也加入了进来。

"550万元！"

"600万元！"

裴丽馨目瞪口呆地看着这一幕，心里直呼：疯了，这群人疯了！就这幅画值这么多钱？顾雪仪难道还真能把这幅画高价卖出去？

同一时刻，江越又举牌了："700万元！"

顾雪仪冷冷地看着江越:"江先生钱太多了吗?"

江越笑了一下:"是啊,江某不才,别的不多,就是钱多。我今天还就想要宴太太的这幅画。"

顾雪仪面上涌现出怒意,转头看向裴丽馨:"再加!"

裴丽馨忍不住问道:"太太,现在这个价格不好吗?"

顾雪仪冷冷地说道:"江越不是钱多吗?那就抬到1000万元卖给他。"

裴丽馨倒吸了一口气:您可真敢想。

江越隐约听见了声音,笑着说:"宴太太别生气,您刚才说的,做慈善嘛,江某又怎么会小气呢?"

裴丽馨夹在两个人中间,有点儿左右不是人,但一想到刚才封俞警告的眼神,能不能拿下顾雪仪就看今天了!反正她也只是喊价……江二可不缺钱,说不定价格越高才越符合江氏家主的身份呢。

裴丽馨举了牌:"990万元!"

场内突然安静了。

其余的人疑惑地看了看裴丽馨,那是宝鑫的裴总吧?她刚才就一直在出价?她这是想讨好顾雪仪啊!那他们就让给裴总吧。宝鑫哪怕又回头做了宴家的狗,但人家封总还没表态呢,他们也无权过问哪。前段时间,宝鑫的裴总可是封总身边的红人哪。众人都默契地不举牌了,还向裴丽馨投去了一个"我明白,让你先"的眼神。裴丽馨突然有种不好的预感。

主持人擦了擦额上的汗,觉得今天有点儿刺激。他清了清嗓子,喊道:"990万元一次……还有人出价吗?"

裴丽馨连忙看向江越:"江总不举牌了吗?"

江越叹了一口气:"宴太太不肯将画卖给我,我有什么办法?"

"江总不是一定要买吗?"

"该放弃时放弃,才是聪明人。"

裴丽馨在心中骂了三千条和谐词。

"990万元两次……"

裴丽馨有点儿慌了:"太太,您看这个——"

顾雪仪微微一笑:"这个价格不错,我很满意。"

"990万元三次!成交!这幅画归宝鑫的裴总!"

裴丽馨一口血堵在了喉咙里。她想看顾雪仪的笑话,结果没想到最后看了自己的笑话。

很快有礼仪小姐捧着拍卖单子到了裴丽馨面前,请她填写。裴丽馨强忍着呕血的冲动，签下了自己的名字。她就当……就当最后一次大出血了，而且如果顾雪仪肯当场捐款的话，说不定她还能把这笔钱捞回来。

主持人问："宴太太您不当场捐款吗？"

顾雪仪挑眉："宴氏集团有自己的慈善基金，我捐给你们干什么？"

裴丽馨眼前一黑。

顾雪仪的手机振动了一下，她低头去看，是一条新短信。

江越："宴太太这次怎么谢我？"

与此同时，"宴太太的画"也出现在了话题榜上，一路冲上了前三名。

苏芙是五年前进入演艺圈的，参加了一档节目后出道。她演技一般，却也有不少粉丝。后来媒体又爆出她父亲是房地产公司的老总，她本人其实家境很好，她的受关注度就更高了。她在慈善晚宴上拍卖了自己的画，以高价傲视在场的其他演员。粉丝正兴高采烈地吹捧她，下面还有不少路人被圈粉了，但"宴太太的画"这个话题强势冲上前三名后，"苏芙的画"这个话题就显得不那么起眼了。

娱乐扒一扒："在华悦酒店每年举行一次的慈善晚宴上，宴太太的画以990万元的高价拍出……现场气氛热烈，众人纷纷出价，想要拍得这幅画……截至目前，这幅画是全场拍卖价格最高的单品。宴太太真是太厉害了。宴总他知道您这么厉害吗？"

宴文嘉这边刚停止录制，所有人原地休息，经纪人捧着手机悄悄地递到了他面前。

"什么？"宴文嘉懒洋洋地问。

"宴太太，话题榜上——"

宴文嘉拿过了手机。

"第一名了。"经纪人这才把后半句话说完。

"原哥怎么手机不离手啊？"对面有个小演员突然笑着问道，说着，还伸长了脖子，一副口吻亲近的样子，问道，"女朋友啊？"

宴文嘉冷淡地抬眸，气势格外压人。

对方勉强笑了笑，闭了嘴。

宴文嘉飞快地翻着手机，发现相关微博的评论区吵起来了，比上次蒋梦事件吵得还厉害。

宴文嘉飞快地皱了一下眉，动了动手指想回点儿什么内容。

经纪人手疾眼快，一把按住了他，压低了声音问道："您这是要干什么?"

"回评论。"

经纪人都快急秃了:"那是别人的评论区啊!您去评论什么啊?"难不成他还打算和这帮人吵一架?

宴文嘉:"你说得有道理。"

经纪人松了一口气。真好,现在原哥变得越来越通情达理了。

宴文嘉挣了两下。经纪人收回了手,然后下一刻,就眼睁睁地看着宴文嘉点了转发,并配文:"这幅画挺值的,我喜欢。"

经纪人抓了抓头:"您这又是搞什么?"

宴文嘉抬了抬下巴,姿态倨傲:"我在我的评论区和他们'理论'。"

经纪人脑袋一晕——您可真是个逻辑鬼才!

此刻的华悦酒店里,裴丽馨已经撑不住了,交代了裴智康几句,不得不先匆匆退场下去休息。裴智康还没察觉到不对,倒是真心疼这个姐姐,连忙说道:"好,你去休息吧,我留在这里就行了。"

"嗯。"裴丽馨应了一声,想说"你提防着点儿",但想了半天,又想不起来该提醒裴智康提防什么。裴丽馨吐出一口气:"剩下的事待会儿再说。"

等转过身,裴丽馨立刻给裴智康发了条短信:"一会儿别管顾雪仪说什么,都别给她拍东西了!"

裴丽馨一想到裴智康的大方就想吐血,不当家不知柴米贵。他们是从宝鑫捞了不少钱,可手里的现金并不多。

等收到裴智康回复的短信,裴丽馨才放心地走了。

封俞离他们太近,中间的对话自然全听到了。裴丽馨这个蠢货,被人耍了还不知道,还以为自己能和顾雪仪合作,给顾雪仪洗脑,让顾雪仪去偷宴朝的东西?

顾雪仪抬起手招呼礼仪小姐,守在座位两旁的礼仪小姐立刻走了过来:"宴太太,您有什么吩咐吗?"

顾雪仪说道:"一会儿不用请裴总写支票了,请裴总直接转账吧。"

礼仪小姐愣了一下:"是。"然后礼仪小姐就去提醒裴丽馨了,并且带了一张字条,上面写的是卡号。

裴丽馨只能打了个电话,让公司财务立刻去办此事。要是单独面对顾雪仪,她还能想办法赖账,但现在被无数双眼睛盯着,再赖账就是她输不起了。

"好了。"礼仪小姐正准备回去，裴丽馨目光一冷，脸上却挂起了笑容，"对了，刚刚宴太太没有捐款，那就请你们代我将那幅画捐出去吧。"她特地踩了一下顾雪仪，就等明天看媒体抓不抓得住这个点了。

礼仪小姐愣了愣，随即露出大方美丽的笑容，说："裴总大气！我为山区的孩子感谢您的慷慨。"

裴丽馨听了恭维的话，这才觉得舒服点儿。

裴智康转过身，立刻就享受起了周围投来的敬佩目光。宝鑫这次砸了900多万元出去！这些人自然见识到了宝鑫的实力！要知道，裴智康从小到大的梦想就是希望自己能在众目睽睽之下一掷千金，引得无数人敬佩。

拍卖会转眼就进入了后半程。

封俞突然回头："江总今天不拍一件东西吗？"

江越漫不经心地笑着说："我想要的东西都让人拍走了，还拍什么？心灰意冷，不拍了。"

顾雪仪这时候突然转过头问："江总今天带来的藏品是什么？"

江越看向台上："这不马上就来了吗？"

台上很快有礼仪小姐托着一个盒子出来，盒子中摆放的东西经过仪器一放大，立刻就进入了众人的视线中，那是一枚乌黑圆润得仿佛被人盘过无数遍的纽扣。

江越说："从我的衬衫上掉下来的扣子。"

封俞心想：江二还是那么流氓哪。

主持人拿着那个盒子，神色平静地宣布："起拍价，10万元。"

那些富商已经麻木了。另一些想讨好江越的人正犹豫着想举起牌子，倒不是在想这个东西值不值，他们是在思考出什么价合适。

"20万元。"顾雪仪举起了牌子。

江越回头惊讶地看了她一眼，很快反应过来："宴太太不用这样感谢我。就那盒子里的玩意儿我有一大把，您要是喜欢，我明天给您送一盒。"

顾雪仪淡淡地说道："一码归一码。"

江越轻叹了一口气："宴太太这么不想欠我人情？"

"人情应该用在大事上，而不是用在这样的小事上。"顾雪仪毫不掩饰地说道。

江越感叹："太太聪慧。"

封俞也忍不住勾了勾嘴角。如果是他,他也会这样做,越是强悍的人物,越不愿意欠下人情。

裴智康在一边听得云里雾里,只是看着江越和顾雪仪相谈甚欢的模样,心里有点儿不大舒坦。

顾雪仪看着傲,但离开了宴朝,还不是在逢迎江二吗?

台上的主持人呆了一下,然后继续喊:"20万元一次,20万元两次。"

"50万元!"有个想讨好江越的人还是忍不住开了口。宴家家大业大,宴太太不需要讨好江家,可他得靠江家吃饭哪!

顾雪仪眼睛不眨地说道:"60万元。"

江越无奈地说道:"宴太太何必呢?用别的方式一样能还。"

那头又有人喊了一声:"70万元!"

这下顾雪仪不开口了。最终对方以70万元拿下了这件奇葩藏品。

江越忍不住开口:"你不拍了?"

她拍吧,他有点儿舍不得看她吃亏;她不拍吧,他又有点儿诡异的失落感,感觉自己跟抹布似的,人家用完转头就丢进垃圾桶了。

"嗯,不拍了。"顾雪仪点了点头。

江越也聪明,马上就回过味儿了:"宴太太还真是一点儿亏也不吃啊,用同样的招数给我还回来了。"

他给她抬价,她就扭头给他抬价,谁也没想真买东西,但江越想想还是又好气又好笑:"宴太太那件藏品拍了900多万元,我这件就拍了70万元,宴太太觉得公平?"

"相当公平。那幅画是真的值,江先生的纽扣却不太值。"

江越被气笑了,封俞却听得有点儿爽。说起来,封家、江家、宋家都和宴朝不对付,外人也常常将他们三家乃至其他一些与宴朝不对付的家族视为一体,但他们又怎么可能真的是一体呢?

江二终于栽了。

拍卖会终于到了尾声。最后一件藏品是封俞的,是一件古董,最后拍出了1600万元的高价。这么一比较,那幅画的价格还真有点儿扎眼了。

"拍卖会结束后还有晚宴,晚宴上会分发慈善徽章。"江越说,"宴太太一会儿应该要参加吧?"

"不了。"顾雪仪拎着手包,缓缓起身。

封俞这才回过头:"宴太太现在知道怕了?"

拍卖会上,大家都是规规矩矩地坐在自己的位子上,可晚宴开始,她作为宴家人,那跟羊入虎口没什么两样。他还很想看她怎么挣扎、怎么无措呢。

顾雪仪淡淡地说道:"我仔细想了想,刚才封总说的话也有几分道理。我在封总的地盘上待久了,被宴朝知道的话总是不太好的。"

你现在知道不好了?你刚才干吗去了?你要完裴丽馨就走了?

偏偏顾雪仪是拿的他刚才的话来堵他,难道他要说"啊,我说的话没有道理"吗?封俞勾起唇角,笑容冰冷、阴沉:"宴太太真懂事。"

"不敢,不比封总懂事。"顾雪仪顿了一下,"那天晚上封总更懂事。"

封俞的表情僵了一瞬。

江越倒是抓心挠肺地想知道,到底哪天晚上?怎么回事?什么仆人不仆人的?

裴智康在旁边听得眼皮直跳。

顾雪仪说走就走,其他人当然也拦不住她。

裴丽馨回来以后才知道顾雪仪已经走了,当下又是一口血堵在了喉咙里。

拍卖会结束后,负责人也来到了封俞面前:"封总,宝鑫的裴总把那幅画又捐了,您看这个怎么处置?咱们再进行二次拍卖吗?"

封俞的脑中闪过顾雪仪的模样,又闪过399戴着面具的模样。他说道:"留着,放我的办公室里。"

顾雪仪……封俞在心中将这个名字来来回回念了几遍,然后才和399联系上。他的助手,也就是那天的93,以为他生气了,正想说点儿什么,封俞突然伏在桌上笑了起来:"哈哈哈,真有意思!比宝鑫有意思多了!"

他被气出毛病了?

顾雪仪刚一出门就接到了电话,看到来电人后惊讶地说道:"宴文嘉?"他给她打电话的频率突然一下变高了。

宴文嘉打通电话又挂了,一声没吭,攥了攥手机,然后将其扔给了一旁的经纪人:"好了,可以继续录制了。"

其余人终于松了一口气:"继续,继续!"

对面的人却忍不住露出忌妒的目光。宴文嘉想怎么样就怎么样,就凭他长得好吗?

宴文嘉重新坐回了位子上,心想:她应该会明白吧?接到电话,她就会去看短信了吧?她都跑去卖画了,肯定是没钱了。

手机发出"嗡嗡"的振动声。

这次大汉正准备念短信,年轻男人突然把手机抢了过去。他垂下眼去看手机屏幕,漫不经心地想:再让这群脑袋缺根筋的人念下去,他头上的绿帽子都得撅七八顶了。

"您尾号××××的卡10月28日11时11分收入(宝鑫股份有限公司)9900000.00元。"

年轻男人一下怔在了那里。宝鑫?宝鑫往他的副卡里打钱?因为她?

他将手机放回去,面上神色平静,却陷入了沉思之中。

很快,他的手机又振动了一下,这次他的手下又将手机拿了起来。

年轻男人没有再拿过手机,淡淡地说道:"念。"

手下连忙清了清嗓子,念道:"收入银行卡转账……200000元……"手下念完也愣了愣,还翻了翻上面那条,"收入990万元,收入20万元……太太还往家里赚钱的啊!这么厉害!"

手下说完,连忙抬头去看老大的脸色,却见老大的脸上依旧平静无波:"您不觉得厉害吗?"

宴朝淡淡地说道:"是挺厉害的。"

又艰难地熬过几个小时的青年推开门,走了出去,抖着手在兜里掏了掏,掏出来一个盒子。他从中取出一根烟,然后拿着盒子看了看,盒子已经空了,就像他的钱包一样空了。青年正茫然地盯着过道,思考哪里能赚到钱的时候,他的手机突然疯狂地响了起来。他摸出手机,看了看上面的号码。

这个号码陌生又熟悉,好像是高中同学的电话号码。

他接起电话,吸了一口气,想着如果是同学聚会或者婚宴邀请,他该怎么推掉?

"冬子啊,你厉害啊!你出名了!你的画都卖到990万元了!"

顾雪仪回到了宴家,女佣接过了她手中的包。

紧跟着,顾雪仪一抬头就看见了沙发上的宴文宏。他乖巧地坐在那里,脚边放着一幅巨大的画框。他笑了一下,像是有点儿腼腆,问道:"大嫂,你喜欢画吗?"

第七章
宴文宏的向日葵

那幅画足有半人高,画上是一团凌乱的色彩,中间簇拥着一朵向日葵,用色大胆,画面明亮。

顾雪仪缓缓走了过去,问:"你会画画?"

"嗯,请老师教过半年。"宴文宏问,"大嫂喜欢吗?"

顾雪仪目光一闪:"挂在我的床头吧。"

宴文宏的眼睛一下就亮了,他将画框往女佣的方向推了推:"去挂。"

女佣立刻叫了一个保镖进来,将画框搬上了三楼。

宴文宏目送他们远去,然后才心满意足地转过头:"如果大嫂喜欢的话,我下次给大嫂画一幅蔷薇吧。"

"嗯。"顾雪仪走向他,在他身边的一组沙发上坐下。

宴文宏又开口说道:"我今天吃了午餐,也吃了晚餐。"

女佣在一旁听得有点儿迷惑,小少爷这话听上去怎么有点儿像小学生呢?她小心地转了转眼睛,目光落在宴文宏的脸上,他的神情依旧乖巧,还是那个眼眸干净、好脾气的少年。果然,之前只是她的错觉吧?

"很乖。"顾雪仪夸奖道。

随即她先让女佣去泡了一杯红茶,然后才转过头,打量了宴文宏几眼,问:"胃里舒服一些了吗?"

宴文宏连忙笑着说:"舒服多了。"

"那医生开的药呢?要随餐服用。"顾雪仪极有耐心地接着说道。

宴文宏轻轻"啊"了一声，然后抬手拍了拍自己的额头："我忘了！"

顾雪仪吩咐一边的女佣："去把小少爷的房里的小药箱拿出来。"

女佣立刻去了。

宴文宏的五官却皱成了一团："药是苦的，很难咽，咽下去还会恶心，睡不好觉……"

"苦就吃糖。"

宴文宏没说话，只悄悄抬眸盯着顾雪仪。

这时候女佣把药箱拿来了，里面的药片是分类放置好的，医嘱也贴在了上面。顾雪仪接过药箱，扫了一眼医嘱，然后取出药，问："那你想怎么样？不吃药，下次接着疼？"

宴文宏抿了抿唇，唇瓣都抿白了，小心翼翼地问："那我要是睡不着的话，你能像那天在医院里一样给我读书听吗？"

小孩儿事儿还挺多。

顾雪仪抬了抬眼："可以。先洗手，把药吃了。"

宴文宏抿起唇角，笑了起来。

宴家人没有吃糖的习惯，更没有小孩儿，当然没有储备糖。顾雪仪顿了一下，让人去厨房取了一袋冰糖过来。她倒了一颗冰糖，等宴文宏闭眼艰难地咽完药后，就将冰糖递了过去："吃了糖就不苦了。"下次，她得去超市买一袋小孩儿爱吃的糖回来。

宴文宏嘴里还残留着苦味儿，应了一声："哦……"然后他突然弯腰，轻轻衔走了顾雪仪的掌心里的糖。

顾雪仪皱了皱眉："下次用手。"

"哦哦……"宴文宏把糖含在舌尖上，一副更加不好开口的模样，舔了舔唇，"吃掉了。"

冰糖的味道有点儿过分甜腻，但是真的好甜哪，直直地甜到了心中，把那股苦味儿彻底压了下去。

"那就上楼休息吧。"

"你呢？"

顾雪仪转头吩咐道："让厨房做点儿夜宵，洗点儿水果。"

"大嫂没有吃饭吗？"

"嗯，没顾上。"顾雪仪催促道，"你该上楼了。"

宴文宏却一动不动："大嫂陪我挂水，我也应该陪大嫂吃饭。"

顾雪仪扫了他一眼："如果你感觉舒服的话，那就随你吧。"

"嗯。"宴文宏笑了笑，然后跟着顾雪仪去了餐厅。女佣很快把夜宵、水果端了上来。

顾雪仪刚拿起筷子，手机就响了。她接通了电话，那头传来"呼呼"的风声，宴文柏扯着嗓子吼："我到了！听得见吗？"

岂止顾雪仪听得见，连宴文宏都听见了。

"听见了。"

"哦，我这里风大，信号也不好……宴文宏……回来了？"

"嗯。"顾雪仪顿了一下，问，"你要和他说话吗？"

"不了！"宴文柏一口拒绝。

顾雪仪像个合格的家长一样，问了宴文柏周围的环境，还要了一个更准确的定位，然后才挂断电话。

她抬起头的时候，就听宴文宏突然幽幽地说道："夜宵都凉了。"

顾雪仪倒是并不在意："热一热就好了。"

宴文宏坐在顾雪仪对面，餐厅的灯光从他的头顶落下，他微微低着头，让人看不清面容："是四哥的电话吗？"

"嗯。"

"他为什么给大嫂打电话？"

顾雪仪拿葡萄的手顿了一下，她说："这两天他们学校组织登山野营活动，人在外面，当然应该每天向家里报一下行踪，毕竟现在是敏感时期。"

"每天吗？"宴文宏问，"昨天他也打电话了吗？"

"嗯。"顾雪仪这才看向他，"怎么了？"

宴文宏摇了摇头，然后才笑了笑，说："只是觉得有点儿惊讶，以四哥的脾气他也会做这样的事。"

女佣将热好的夜宵又端上来了，顾雪仪不紧不慢地吃完了。宴文宏就坐在对面，看着她吃东西。

顾雪仪擦了嘴，准备起身往楼上走的时候，宴文宏突然发出了干呕的声音。

顾雪仪立刻顿住脚步，回过神，一把扶住了他："怎么了？"

宴文宏露出了虚弱的笑容："吃药，真的会……想吐的。"话音落下，他疾步奔到了一楼的卫生间，扶着面盆呕了半天，却什么也没吐出来。这几天他的饮食规律了不少，再加上治疗，比起过去已经有了很大的改善，但他还是拼命地呕着，脖颈上的青筋都突了起来，脸色很快涨得一片绯红。等他重新站直身体，已经是一副脱力的模样，看上去脆弱又可怜。

他这是有心理阴影了？

顾雪仪没有问他，而是走到他的身旁，拧开了水龙头："洗把脸，我们再上楼。"

出了卫生间，顾雪仪立刻让女佣将书房的笔记本、书，连同自己用的茶杯，一起放到了宴文宏的房间里。她和宴文宏一起去了他的房间，对宴文宏说："你先试着将每次想吐的欲望压下去，尝试缩短整个过程的时间，如果坚持不下去，我们去医院。"

宴文宏乖乖地应了，躺在了床上。

顾雪仪抬手给他掖了一下被角，然后才去沙发边坐下。她将笔记本放在腿上，试着搜索了一下宴文宏说的淮宁中学。消息并不多，只有五页。排在前面的，大多是"淮宁中学，精英教育""淮宁中学再获奖""封闭式管理，精英式教育，让您的孩子成为人上人"。

顾雪仪一眼扫过去，没看到什么有用的信息。她一条一条慢慢地翻着，所有信息都印在了她的脑海中。终于，她看见了一条信息，链接的标题是"我在淮宁中学，我想……"，她点进去却显示"帖子已删除"的字样。她继续往下翻，面上没有丝毫情绪变化。

宴文宏悄悄抬眸朝她望去。她已经卸了妆，白天盘起来的长发此时也随意地披散了下来，身上的礼服裙换成了柔软的家居服。沙发旁的落地灯发出柔和的光芒，她看上去比光还要亮，透着温柔和强大的气息。

没有等到顾雪仪读书给他听，宴文宏就迷迷糊糊地闭上了眼，在微醺的氛围中睡了过去。

顾雪仪又等了半个小时，确认他没有再醒，才回去。

女佣一直等在门外，见她出来，连忙问："太太，您的东西要搬回去吗？"

"不用了，就放这儿吧。重新给我洗个杯子上来。"

"是。"

顾雪仪没有去书房，而是回了卧室。那幅画已经被挂起来了，向日葵开得灿烂。顾雪仪却盯着那幅画，目光冷了冷，轻叹了一声。宴文宏有城府，他的画却阳光明媚……这种强烈的反差更让他像个割裂开的人……她要把他扳回正道上有点儿麻烦。

当指针指向凌晨三点的时候，宴文宏突然满头大汗地坐了起来。

落地灯还开着，但沙发上已经空了。宴文宏的心脏猛地缩了缩，他紧紧攥住了床单，面色冰冷，光着脚跳下床，走到沙发边，看见了放在一旁的书，书倒扣在沙发上，好像书的主人只是临时离开，还会回来一样。

宴文宏呼出一口气，抱着被子躺在了沙发上。

第二天，宴文宏的气色更好了一些。顾雪仪陪着他用完了早餐，然后才去了宴氏集团大楼。

这时候，宴文嘉的话题强势地爬到了第一名，和"顾雪仪的画"的话题一前一后紧紧挨着。热度上去了，其他人也跟着来凑热闹，纷纷转发微博，表示那幅画的确很好看，原哥很有眼光。媒体抓住这个机会，就去采访了那天拍卖会上想买画的人，比如江越："江总那天没能拍到宴太太手中的那幅画，觉得遗憾吗？"问话的记者缩了缩脖子，想着如果待会儿有触怒江越的地方，他好找地方躲。

其他人也纷纷盯着江越，不知道他会不会回答这样无聊但大众都爱看的八卦问题。

江越停住了脚步，回答道："遗憾，很遗憾。"他展露出这辈子前所未有的强悍演技，痛心地说，"这幅画的确很出色……"

裴丽馨从手机上看见了这一幕，咬了咬牙："我找人问过了，顾雪仪那幅画就花了几千块钱！什么名画？它值吗？"

裴丽馨现在忍不住怀疑，是不是顾雪仪和江二联手给她下了套？可江二凭什么和顾雪仪联手？靠她那张脸吗？

裴智康却突然跳了起来，问："姐，那幅画呢？"

"当场捐了。"说到这个，裴丽馨又来气了，那些记者怎么就没抓这个点呢？顾雪仪可没捐钱，是她捐了画！拍卖手续费都是她去交的！

裴智康反应过来，把手机拿给了裴丽馨："你看……这个，原文嘉夸了这幅画，然后几乎大半个演艺圈的人在夸。再有江二开了口，那些商界人士也纷纷表示这幅画很难得……"

裴丽馨一下子也明白了，脸色大变。藏品的价格除了它本身的价值，更多的是附加价值。比如说，一盆兰花本身只受到爱花之人喜欢，但如果想要它的人多了，就会有人企图从中牟利，然后一炒再炒，当所有人都认为它是有价值的花时，它最初的价格已经没人在意了。只过了一夜，她捐出去的那幅画的价格恐怕就已经涨到990万元了。

裴丽馨立刻打了几个电话，果然，她一询问，现在不少自诩有品位的商界人士纷纷开始想收藏那幅画了。流行风向一旦形成，又有各界大佬、演艺圈的人为其站台，就很难再被扳回去了。裴丽馨目瞪口呆地看着这个荒唐的结果，终于忍不住怒道："顾雪仪从头到尾都在耍我们！"

顾雪仪这时候已经坐在了宴氏集团大楼里，转着手中的茶杯，漫不经心地说道："裴丽馨夫妇贪了宝鑫的内部款项，又贪了人家下单的定金，转手从慈善基金过一遍，假意捐款，实际是洗钱，共计20多亿元。我从裴丽馨手里抠走的这点儿钱实在不起眼。"

"是。"陈于瑾点了点头，面上倒是没有太多的怒意。

顾雪仪轻叹了一口气："可惜，这个时代不一样了……"

如果是古代，从她弄清楚宝鑫是怎么贪钱、怎么销赃，同谁有合作，谁是他们的后台开始，她就可以先上门抄家了。

"如果……"

"如果什么？"

如果宴朝死在外面的话……

"宴朝手里的股份加上我嫁进宴家得到的股份就比裴丽馨在宝鑫的持股数多了，我能直接顶替她。"

"不行，宴勋华手里的股份比宴总的多。"陈于瑾顿了一下，突然想到了一件事，"不过在宴父死后，宴家的少爷、小姐就持有了宝鑫的股份。"但是他们又怎么可能会把股份给顾雪仪呢？这也正是宝鑫麻烦的原因，它在宴氏集团眼中不值一提，但问题又是真实存在的。宴勋华仗着持股数，跟打不死的小强一样，连裴丽馨都跟着沾了光。

"他们的股份加起来比宴勋华的多？"

"是，他们的加上您的股份，宴总只需要出1%，就可以比宴勋华的多。"陈于瑾说道。

顾雪仪应了一声："嗯。"那宴朝不用死了。

"而且得其他多数股东通过才行……"陈于瑾说。他倒是没有讥讽顾雪仪的想法异想天开，她已经和过去大不相同了。

"这样啊。"顾雪仪点了点头。看来她了解得还不够多。

就在这时候，顾雪仪的手机突然响了。她低头接起电话，那头立刻传出了宴文宏的声音："我刚刚按时吃了药，还吃了一颗糖。想吐，但是我忍住了。"

顾雪仪夸了句："真乖。"然后她挂断了电话。

陈于瑾问了句："是谁打的电话？"

"宴文宏。"

陈于瑾惊讶了一瞬。很快，陈于瑾的吃惊情绪就停不住了。

十来分钟后，宴文宏又一次打来了电话："我在看你留下的书。"

"嗯。"

接下来的一个多小时里，宴文宏隔一会儿就会打来电话："我喝了一点儿热水。"

"我在画蔷薇了，蔷薇很美。"

"这个颜料不太好用。"

"我画得有点儿糟糕，如果你不喜欢的话，怎么办？"

陈于瑾不解，宴文宏终于疯了吗？

顾雪仪又接起他的电话，轻声说道："我在谈事。"

"哦……好吧，那你忙。我过得久一点儿再给你打电话。"宴文宏的语气难掩失落之意。

顾雪仪轻挑了挑眉，他在学宴文柏？

宴文姝早就看见了微博消息，对着宴文嘉的微博翻了个白眼，然后才忍不住给顾雪仪打了电话。

顾雪仪真厉害！那么便宜的一幅画，在她的手里居然一下子身价倍增！

宴文姝都已经想好自己要和顾雪仪说什么了，但当她拨出号码的那一刻，那头响起的是："您拨打的用户正在通话中。"

啊，哪个傻子总给顾雪仪打电话？

冬夜的画一夜之间火了，除了老同学和一些同行，还有一些昔日高高在上，将他的画贬得一文不值的老师、鉴定人纷纷打来了电话，有些是恭贺，有些是表达了合作意向，还有些则是想来买画的。

冬夜原名鲁冬，是科班出身的画家，当年曾是班上最优秀的学生，但那也只是当年了。后来他的同学基本转行了，要么做游戏画师，要么给人画插图，要么从事广告行业……只有他还在这个大坑里挣扎，挣扎到了二十八岁，靠爹妈留下的房子也娶了妻子。他是个碌碌无为的人。但世间大部分人是这样，鲁冬并不觉得多沮丧。直到他的母亲病倒了，急需做手术，妻子怀孕被检查出了子痫，说不清未来会是什么样。

鲁冬的世界一夜崩溃了，然后又突然间一夜明亮了。鲁冬抓着手机，来来回回地看了很多遍，记住了"顾雪仪"三个字。他得去谢谢她！他得谢谢她救了他们一家!

办公室内,顾雪仪缓缓站起身,问:"宴氏集团的慈善基金在什么地方?"

陈于瑾看了前一天慈善晚宴的相关新闻,当然也知道顾雪仪在拍卖会上说的话,惊讶地问道:"您真的要将钱捐出去?"

"嗯,当然。"

她果然不是当初的顾雪仪了。她虽然享受当下的富贵生活,但对金钱并不那么看重,金钱在她的眼里好像真的成了一个数字。陈于瑾笑了笑,说:"慈善基金的分公司并不在这边,但是您可以跟我来。"

顾雪仪点了点头,跟着他走了出去。等顾雪仪再出来的时候,陈于瑾交给了她一枚徽章和一张证书:"每个在宴氏集团捐赠的人都会得到这样的东西。"

顾雪仪接过东西,倒并不在意这些东西的分量,想了想,说道:"希望这些钱真的用到了该用的地方。"

陈于瑾笑了:"当然,您放心。"

顾雪仪点了点头,转身离开。

没一会儿工夫,宴太太来了宴氏集团大楼,把从拍卖会上赚得的钱全部捐到宴家的基金会的消息立刻传遍了集团。

宴氏集团大楼的员工一边偷偷聊着,一边还将消息发到了网上。

裴丽馨还指望网民来斥责顾雪仪去慈善晚宴骗钱,自己却一毛不拔呢,结果顾雪仪大手笔将钱全部捐掉的消息就出来了。

对宴家来说,这笔钱当然不算什么,但对广大网民来说,这笔钱可真是太多了。

裴丽馨看着网上的夸赞评论,差点儿被气死。顾雪仪捐出去的钱都是她的啊!

顾雪仪如非必要,很少会关注微博上的消息,并不知道网上又在议论自己。顾雪仪从宴氏集团大楼出来后,手机又响了。她开始以为又是宴文宏,结果低头一看,打电话的是宴文姝。

"终于打通了……"宴文姝的声音有点儿哀怨,还有点儿娇气。她甚至在电话那头靠着沙发倒了下去,又拽着自己的头发丝扯了扯。

顾雪仪当然知道刚才为什么打不通,轻笑了一下,语气中带着点儿安慰之意:"嗯,刚才一直占线。你有什么事要和我说的?"

宴文姝挠了挠耳朵，酝酿了半天的情绪又有点儿跑远了，她叹了一口气，只好收起了那些吹捧的话，老老实实地说更重要的事："那天那个画廊你还记得吗？"

"嗯，怎么了？"

"我朋友她哥，就那个画廊老板，给我打电话了，说那个画家冬夜想对你道谢。"

顾雪仪失笑："我用3000块钱买了他的画，转手拍卖出900多万元，他想对我道谢？"

宴文姝连忙说："他肯定得向你道谢的，他不道谢还算个人吗？这幅画成就了他今天的名气啊！他的画现在都不知道涨到多少钱了。"

"把他的联系方式给我。"顾雪仪说。

"哦，好，我马上弄到发给你。"宴文姝这才住了嘴，忍不住又笑了笑，"那天我真像个傻子。"

她还以为是顾雪仪没钱买更贵的画了，原来顾雪仪就是特地用便宜的画去套裴丽馨的钱呢。

"比以前聪明多了。"

"是吗？"虽然顾雪仪的口吻平静，但宴文姝一下激动起来，仔细想了想，又说，"我知道了，一定是因为我最近看书了。"

她只是想模仿顾雪仪的行为举止，不想落在宴文柏的身后，但是这会儿，宴文姝感觉自己从中尝到了甜头，原来读书真的有用！

顾雪仪忍不住轻笑一声："是啊。"读书哪里有那么快就见效的？但宴文姝需要被肯定。

宴文姝得了顾雪仪的这两个字，一下翻身爬了起来："嗯，那我继续去看书了。"

"好。"

"对了，刚才一直给你打电话的人是谁？"

"宴文宏。"

宴文姝僵了一秒，咬了咬唇，想说点儿什么，但又觉得以自己目前的智商，她说了多半顾雪仪也不会信。

她挂断了电话，同时产生了更浓重的危机感。不行，她得看书，她得学习！

顾雪仪拿下手机看了一眼，通话页面已经消失了。

宴文姝怕宴文宏也是正常的，她那点儿手段在宴文宏面前实在不值一提。

　　正在这时，宴文宏的电话又打来了，他在电话那头小心翼翼地问："这次等了一个小时……够久了吗？"

　　顾雪仪："这次够久了。下一次不够。"

　　"嗯？"宴文宏在那头怔了怔。

　　顾雪仪的语气平缓，显得很温柔，但又有点儿强势："我们来做个约定吧。你每打一次电话给我，下一次再打电话给我就要多间隔半小时。"

　　宴文宏："好。"

　　"我现在回家。"顾雪仪的口吻更温柔了一点儿，"要吃糖吗？"

　　宴文宏的声音里这才又带上了笑意，他仿佛小孩子一样展露出雀跃的一面："要！"

　　顾雪仪一边往超市的方向走，一边说："除了糖，还想吃什么？"

　　"我也不知道，大嫂看着买吧，大嫂买的东西我都喜欢。"宴文宏忙不迭地说道。

　　顾雪仪进入超市，看了一眼别人的购物车，然后将那些花花绿绿的图案记在心里，也就照着都拿了一些。

　　她回到家时，宴文宏已经乖乖地坐在沙发上等着了。顾雪仪让保镖将大包小包的零食拎了过去，给宴文宏看了一眼。

　　宴文宏从来没吃过这些五花八门的零食，黑白分明的眸子里透露着惊奇之色。

　　"看完了吗？"顾雪仪问。

　　"看完了。"宴文宏抬起头望着她，仿佛一只小奶狗。

　　"看完了那就先放到我的房间里，之后如果你按时吃药，我就会奖励你一点儿零食，口味你自己选。"

　　宴文宏过去对这些东西一点儿也不好奇，因为他清楚地知道，这些东西没有营养，但现在他的心中生出浓浓的期待之情。他用力地点了点头："我一定会听话的。"

　　他们一起用了午餐，又一起用了晚餐。

　　顾雪仪去了书房，继续准备查资料、看书，消化白天陈于瑾告诉她的东西时，她的手机又响了，是宴文宏打来的。顾雪仪无奈地说道："我们都在家里。"

　　"可是……隔着很多堵墙……"

　　顾雪仪弯腰掀起地毯，踩到地上去，轻轻跺了一下脚："没有很多堵，只有一堵，我的书房在你的卧室的楼上。你早点儿休息，别打电话了。"

宴文宏这才低低地应声："哦。"

他收起手机，忍不住咬了咬指甲，发出低低的声音："不能打电话，不能发短信。"不然他会被讨厌的。

宴文宏吸了一口气，抬头盯着天花板，就这么一直盯着，一直到又在沙发上睡着了。

得到零食的宴文宏开心得像个孩子，但顾雪仪第二天起床下楼时，在餐厅里见到他神色冰冷，手里捏着一柄餐刀，无意识地将餐盘中的荷包蛋切割成了碎末……

"宴文宏。"顾雪仪叫了一声。

宴文宏放下餐刀，脸上立刻扬起笑容："我刚才想到学校的事，想入神了。"他摸了摸自己的脸，"我刚才的样子看起来很奇怪吗？"

"不奇怪。"

宴文宏松了一口气，然后皱起眉，不大高兴地抱怨道："学校来电话了，说让我们提前返校。"

"凶手被抓到了？"顾雪仪拉开椅子坐下。

宴文宏盯着她的一举一动，摇了摇头："没有。"

顾雪仪嗓音微冷："那学校怎么敢重新上课？"

"说是不能耽误学习进度。"

顾雪仪冲女佣点了点头，示意她将餐盘放下，然后才说道："你非常聪明，怎么会被耽误？"

宴文宏眨了眨眼，问道："大嫂也觉得我聪明吗？"

顾雪仪扫了他一眼。

宴文宏抿了抿唇，立马换了句话，笑着说："我们学校是统一管理的，不分谁更聪明、谁更笨，大家进去了都一样受到管制。"

"什么时候返校？"顾雪仪直接问道。

"明天。"

顾雪仪喝了一口豆浆："好，明天我送你去。"

宴文宏舔了舔牙尖："嗯！"

第二天，顾雪仪带了四个保镖送宴文宏去学校，她和宴文宏坐前面的车，保镖坐后面的车。等他们到了私立淮宁中学的大门前，门外已经停了不少车。顾雪仪推开车门走下去，粗略扫了一眼，却感觉有些诧异。

在淮宁中学最常出现的关联词条里，有"精英教育""封闭管理"这样的标签，门外的这些人，有穿着光鲜的家长，可也有穿着普通，甚至看上去有些灰头土脸的家长。他们的孩子看上去也不一样，前者的孩子打理得很精细，后者的孩子跟家长一样灰头土脸。顾雪仪倒并非瞧不上那些家境不好的人，只是觉得有些奇怪，将两种截然不同的人集中在一起，学校是怎么施行精英教育的呢？

顾雪仪轻拍了一下宴文宏的肩："走吧。"

宴文宏看了看自己的肩头，然后才低着头跟了上去。

周围的人很快注意到了他，都朝他看过来，但很快又挪开了视线。

"说没说不许带手机？没收！"学校门口有五大三粗的保安，正在挨个儿检查，"好了，你进去，家长不许进！"

顾雪仪很快就带着宴文宏到了最前面。

保安愣了一秒，但很快就沉下脸，凶道："书包放下来，检查！"说着他不仅去拿宴文宏背后的书包，还伸手去拉扯宴文宏身上的校服。

这算什么学校？保安这么凶？

顾雪仪拽住了宴文宏的书包带，抬起眼眸，眉眼沉静，连攥住带子的手都是白皙修长的，漂亮得惊人。她不急不缓地问："这是干什么？"

保安刹那间竟然有一丝心慌。他很快定了定心神，回头问道："她在学校登过记吗？"

"没有。"

保安顿时如同得了命令，抽出腰间的保安棍："那你留在外面，不许往里走了。"

"这算什么规矩？"顾雪仪轻笑了一声，"我是他大嫂，没有资格送他进学校吗？"

"我说不许就不许。"

顾雪仪轻叹了一口气："那如果我非要进呢？"

四个保镖悄无声息地挤开人流，站在了顾雪仪的身后。

"你……你带了保镖？"保安愣愣地问道。

"是啊。"顾雪仪轻点了一下头。

宴文宏的头又往下埋了埋，他看上去有些恐惧。

周围的人都看了过来，而在他们看不见的地方，宴文宏的嘴角慢慢往上挑起了一点儿弧度。他好开心哪。

顾雪仪的目光垂下，落在保安的那只手上："松开。"

保安条件反射般松开了手。

顾雪仪将宴文宏的书包拽了回来，然后慢慢给宴文宏重新整理好。

保安这才反应过来。他怕什么？他松什么手？他故意大声说："现在校门口这么多家长，没有一个像这位家长这样不遵守学校的规定，我行我素！你是想害了你的孩子吗？"

其他家长一听这话，当下胸膛挺得更高了，也纷纷说道："是啊，这个家长怎么回事啊？"

"旁边那个学生不是学校的第一名吗？这样的家长只会害了他啊！"

"她好像上过新闻，是什么宴太太。"

"宴氏集团的老板娘？这么有钱，还一点儿规矩都不讲。"

"哪儿像我们，我们从来都是尊师重道的，一心为了孩子好。"

宴文宏的嘴角翘起的弧度又被他压了下去，他缓缓抬起头，转动目光，朝周围的人看去。

周围的人被吓了一跳。

"我记得我上次来的时候这个第一名很乖巧的啊，现在怎么这样了？"

"就这个宴太太害的呗。"

"上次来学校参加家长会的人好像也不是她啊。"

"对，对，是另一个女的。"

"哦，我知道了，大家族，争斗多，她没准儿憋着什么坏心思呢。"

宴文宏攥紧了拳头。他不应该带她来这里。这群人是什么货色，没有人比他更了解。

宴文宏的胸口发闷，如同有器械将他的五脏六腑都翻出来一般。他的面容渐渐趋于乖巧，目光却越发冷厉。

顾雪仪回了一下头，神色不变："宴家随便一家分公司都比你们有钱，诸位又哪里来的底气指指点点？"顾雪仪的语气淡淡的。

家长们一下子呆住了，万万没想到最后顾雪仪说的这段话重重地戳在了他们的心窝子上。

宴文宏差点儿笑出声。是啊，为什么有些人总是无法接受自己的平庸，硬要将自己的梦想嫁接给别人，指望别人来化龙成凤呢？

顾雪仪指了一下宴文宏："他是宴氏集团的小少爷，生来含着金汤匙，被宴家捧在掌心上。我怎么管他，等你们什么时候进得了拍卖会、买得起这样的蓝宝石再来和我说话吧。"

宴文宏的嘴角紧紧抿了一下。不是的，他不是生来含着金汤匙，也没有人将他捧在掌心上。只有对她来说，他才是那个小少爷。

一时间，周围鸦雀无声。他们被气得面红耳赤，但又找不出更有力的话来反驳面前举止优雅的女人。

顾雪仪转过身，问保安："我现在能进去了吗？"

保安还愣愣地站在那里。

"问你话呢？"顾雪仪身边的保镖冷着脸说道。

保安骤然回过了神，咽了咽口水，知道今天来了个硬茬子。这里不是没人来找过碴儿，保安却头一次碰上这样的人。保安立刻拿出对讲机："王主任，你快来，校门口这里，有个人装成学生家长，想要强闯我们学校。"

保安的对讲机里很快传出了中年男声，还伴随着"刺啦啦"的电流声："报学生编号。"

"187622。"

"好了，知道了……我马上联系他的家长。"

其他家长顿时更有底气了，连忙催促道："行了，你们不想入校，我们的孩子还等着进去呢，赶紧让开！挡着门干什么？"

顾雪仪站在那里一动不动，只转动了一下目光，扫过那些准备入校的学生。周围的喧闹、争吵声仿佛都和他们无关，他们大多低着头或者望着某个方向，不怎么动，脸上也没有多余的表情。

"谁排在你们前头，就该谁先进，只要我不让，你们就得等着。"顾雪仪淡淡地说道。

从听见他们的议论声开始，顾雪仪就没打算和他们讲道理。顾雪仪轻抬了抬下巴："你们站这儿，全给我拦着，回去给你们加工资。"

保镖们齐齐说道："好的，太太！"他们个个人高马大，齐声一喊，声音震天响。

其他家长和学校保安被气了个半死，但他们谁也拿那几个保镖没办法。

那位王主任在接到保安的汇报后，立刻找到了学生的资料。

王主任立刻给资料里登记的人打了电话："胡女士，请您现在立刻到学校一趟，您的孩子出了点儿问题。"

打完电话，王主任低头看了一眼，然后雄赳赳气昂昂地就往楼下走去。凡是那些来找碴儿的人，他都得给他们点儿教训，这样才能震慑住其他人。

眼看着学校外面的人越来越多，顾雪仪有点儿惊讶。就这样的破地方，它是得了皇家的钦点，还是出过状元，竟然有这么多人将孩子送来？

外面的家长越等越焦灼，看着顾雪仪的目光都透着憎恨之意。她就是自己孩子得了好,就不想让他们的孩子好,怕他们的孩子去抢占资源,多恶毒的心啊……

又一辆车驶进了巷子,车门一开,一个女人踩着高跟鞋走了下来,身后还跟着一个老头儿、一个老太太,还有一对中年夫妇。

"宴文宏!"女人高声叫道。

人群立刻分开了。

"是她,对,对,就是她,她才是这孩子的妈妈。"

女人转眼就挤进了人群。她穿着一套套裙,戴着一串珍珠项链,面容温婉,眉眼秀丽,看得出来年轻的时候是个美人。女人气愤地往台阶上看去,便见一个裙摆长及脚踝、个子高挑、美丽得有些过分的年轻女人站在那里,一旁的保镖还给她撑了把伞。女人心下焦灼,出了一身汗,可对方高高在上,仿佛大小姐。女人微微变了脸色,盯着顾雪仪,冷声问道:"我是宴文宏的妈妈胡雨欣,你是谁?"

"我叫顾雪仪。"顾雪仪淡淡地说道,"是他大嫂。"

胡雨欣这才想起来,最近好像是在新闻里看见过她,脸上的表情有一瞬间有些僵硬:"原来是宴太太。"胡雨欣努力了一辈子,也没能坐上宴太太的位置,如今叫别人为宴太太,她心情难免复杂,"但就算是宴太太,也不能来管我们宏宏上学的事吧?"

"长嫂如母,我为何不能管?"

胡雨欣脸色一变:"这是当初说好的,谁的孩子谁自己教养,这是老宴总亲自发的话。宴太太非要横插一脚的话,我只好给现任宴总打电话了。"

顾雪仪点了点头:"好,你打啊。你要是能打通电话,我也好和他说几句话。"

胡雨欣面色铁青,这才想起来,宴朝失踪了,她打得通电话才怪了!

"宴朝好狠的心,他人不在,还要派你来毁我们宏宏吗?"后面那对中年夫妻上前斥责道。

胡雨欣听见这句话,立马不怕顾雪仪了,还是自己儿子的教育更重要!胡雨欣马上伸出手:"宏宏,过来!"

宴文宏没有动。

胡雨欣这下就如同被踩了尾巴的猫,立刻激动地想去抓宴文宏的手。

王主任此时才来,身后还跟了好几个人,都没穿保安制服。他问:"是谁来闹事啊?"

保安连忙指了指顾雪仪。

王主任从门内绕出来，走到了顾雪仪面前，用手指向顾雪仪："把人扣下！"

顾雪仪轻轻皱了下眉："我不太喜欢别人这样指着我。"

王主任心说：谁管你喜不喜欢。

顾雪仪拽住他的手腕，一掰、一拉，一声脆响过后，王主任随着那股力道整个人跪倒在地："手手手！"

"如果贵校的人能好好同我说话，我也不用这样。"顾雪仪淡淡地说道。

王主任的手腕和胳膊关节都疼得要命，仿佛脱臼了一样，他一张嘴，还吹了个鼻涕泡，顿时觉得丢脸至极。他大喊了一声："不能让这颗老鼠屎坏了我们学校的良好学习环境！抓人！"

顾雪仪抓住宽大的裙摆，微微往前走了一步，随即一个后踢，宽大的裙摆在半空中舞出了一朵花。王主任只感觉背后一股劲风袭来，下一刻，就被结结实实地踩到了地上。

非洲。

"你们……你们要走了？"年轻小护士怯怯地问道。

"是啊。"大汉扫了她一眼，"行了，我们已经和塔塔说过了，你能跟着我们的车队走，等到了下一个地方，会把你交给当地的大使馆。咱们的大使馆会带你回国的。"

小护士有些高兴，但很快又失落地问："我不能跟你们一起回国吗？我和你们比较熟悉……我不太想和陌生人一起……我有点儿怕再被骗。"

大汉纳闷地挠了挠头："怎么会呢？咱们华国的大使馆怎么会骗你呢？"

小护士叹了一口气："好吧。"

"哦，对了，我们老大说，你上车的时候记得戴口罩。"大汉看了看她的脸色，补了一句，"还有，少说点儿话吧，你不觉得费口水吗？"

小护士："费……费吧。"

大汉正说着，突然掌心里的手机振动了一下，大汉飞快地跳下车往前面跑去，一边跑一边喊："太太怎么支出了1000万元啊？咦，还是支出给咱们的慈善基金？"

小护士惊骇地站在那里。太太？他有妻子？1000万元……慈善基金……他这么有钱？小护士咽了咽口水，朝前方看去，看见男人从皮卡车里懒洋洋地伸出一只手，手腕还是白的，哪怕是身处这样的地方，他俊美的容貌也丝毫无损,声音也是好听的。

"嗯。"男人接过了手机,低低地应了一声,"那她可真棒啊……"

他说这句话的时候声音更好听了,好像还带着一点儿笑意。

年轻男人确实在笑。顾雪仪还会做慈善了?

校门内外一刹那鸦雀无声。王主任带来的那几个人都愣在了那里。他们还是头一次看见动作比他们还快的人!

这帮家长也终于清楚地认识到了一件事——这个女人连王主任都不怕!她有地位,还有几个帮着她的保镖!这怎么对付?

那些跟在家长身旁的学生倒是一个个终于有了点儿反应,他们微微瞪大眼,看向王主任。

王主任一边拼命挣扎,一边大叫:"你们还愣着干什么?冲哪!这么多学生和家长看着呢!我们可是学校,怎么能保护不了我们的学生呢?"

几个保安和那几个他带来的人一下子被惊醒了,他们赶紧越过大门,朝顾雪仪这边飞扑过来,高喊着:"放开我们王主任!"

顾雪仪轻轻推开了宴文宏:"站远点儿。"

宴文宏动了动唇,想说他并不是她想象中那样脆弱,但她以为他脆弱,又有什么不好呢?他乖乖地退后了几步。

胡雨欣看见刚才自己怎么叫都没动的宴文宏听了顾雪仪的一句话就动了,一口气堵在了喉咙里,怒道:"这孩子……怎么是个白眼狼?"

旁边的中年夫妻,也就是胡雨欣的大哥大嫂,一边心惊肉跳地往后退,一边说:"所以才得教啊!"

那对老夫妻,正是胡雨欣的父母,气得直哆嗦:"这个宴太太是怎么回事?她想干什么?"

话音落下,有两个人被保镖直接按在了大门上。那扇大门也挺奇怪,好好的大铁门,上面缠着一些细丝,他们一挨上去就抽搐了两下。

保镖赶紧松了手:"还有电呢!这是什么鬼地方?一所中学,搞得跟私刑基地一样!"

顾雪仪也惊讶地回了一下头,很快做出了决断:"全部按门上!"这是最快的让他们失去行动能力的办法。

保镖得了令,将人挨个儿揪住,拿木棍把胳膊一别,就把人往门上按去。保安当然知道那铁门上绕的是什么东西,惊得从脖子到脸全白了,惨叫连连。余下的人急急忙忙地转身去关设备。

顾雪仪抬了抬下巴："把人拦住。"

王主任终于停止了挣扎,冷笑一声,艰难地扭过头,往顾雪仪的方向看去："这位太太,这里可不是法外之地,我劝你最好及时收手,否则你会后悔的……"

顾雪仪仿佛听见了笑话："不是法外之地？"她忍不住笑出了声。

蒋梦是又蠢又恶,裴丽馨是贪,这些人是又贪又恶,还要扯块遮羞布给自己做大旗。

顾雪仪屈起腿,一脚踢在了他的头上："我倒是很好奇,为什么你们连大门上都装了电网？"

"当然是防小偷啊！"王主任痛得"啊"了一声,理直气壮地说道。

"防小偷,还是防门内的人出来？"顾雪仪的语气始终不急不缓。

"封闭式管理,难道不应该严格一点儿吗？"

顾雪仪："那如果他们翻门的时候卡在上面了呢？就被电成一具焦尸吗？"

"电不死的！"王主任据理力争。

家长们的意见隐隐有了分歧。

"是啊,人家学校不比你清楚吗？学校还会害人吗？"

"也不能这样说……这还是有安全隐患的。"

顾雪仪轻叹了一口气："你现在后悔,让我进门去转一圈儿还来得及。"

王主任知道来者不善,又怎么可能放她进去？他大吼了一声："我是不会让的,你现在后悔还来得及。"

顾雪仪扭头说："那咱们也报警吧。"

保镖愣了愣："啊？"保镖心说:这有什么区别吗？

顾雪仪摸出手机,扔给了保镖："打,里面有署名。"

保镖接过已经解锁的手机一看,通讯录里还真有个"警察"的备注,他愣愣地拨了电话过去。

胡雨欣见状,忍无可忍地吼道："你这是想把事情闹大？你还要不要宴家的脸面了？"

顾雪仪："丢脸先丢宴朝的脸,丢不到我头上。"她不再看胡雨欣。

顾雪仪终于挪了挪,松了脚。

王主任连忙爬起来："知道怕了？"他拍了拍自己身上的灰,如果不是有这么多家长在这里,他早已面目狰狞。

顾雪仪挥舞了一下从他们的手中缴获的棍子。

王主任被吓了一跳，没站稳，自个儿又摔电网上了，立马抽搐起来："你……你……你疯了？你……松……"

　　家长群也一下骚动起来。

　　"你干什么？你这是杀人你知道吗？"王主任的叫声都变得断断续续的，惊恐和疼痛，还有那种仿佛濒临死亡、两眼发黑、看不见希望的感觉，牢牢笼罩着他，他双腿一软，差点儿失禁。

　　顾雪仪看清他的模样，淡淡地说道："王主任这不是在帮你们的孩子试一试，真的挨上这道门，会不会真的如王主任所说的不会被电死吗？"

　　顾雪仪指着他，对家长们说："他现在什么样，你们的孩子碰到这扇门时就是什么样。"

　　几个家长露出惊惶的神情，抓着孩子往后退了退。他们有点儿怕她，但又忍不住仔细去看王主任的样子。

　　顾雪仪用棍子将王主任往外推了推，王主任浑身无力，甚至还有点儿神志不清，"砰"的一声摔了下去，才算和电网分开，可他看着哪里还像个人？他们的孩子若是碰到这扇门会是这样？就在家长们也跟着恍惚的时候，远处传来一阵尖锐的警笛声。

　　警察很快推开车门，走了下来："谁报的警？"

　　"我——"王主任刚张嘴。

　　"我举报这里有聚众诈骗、非法融资开办学校、虐待学生的嫌疑。"顾雪仪答道。她缓缓回过头，看向了王主任，轻声说："我说了，现在让我进门，还来得及。"

　　王主任触碰到她的目光，浑身一颤，本能地有点儿怕她。

　　保镖走到门边，捡起了刚才掉落的电棍，笑了笑说："这玩意儿，警察同志应该也不陌生吧？这不就是保安棍改的吗？刚才这个王主任带着这个东西下来，拿它指着我们太太呢。"

　　"怎么回事，进学校看看不就清楚了？"顾雪仪轻声提醒。

　　"那得有搜查令吧？"王主任慌忙说道，"得有这个东西你们才能进去吧？"

　　顾雪仪歪了歪头："不需要了。你自己也报了警，你忘了？"

　　王主任一口气差点儿没上来。

　　前面的警察抬手就要去推门。

　　顾雪仪连忙说道："等等，有电。"她说着，拿手里的手包垫着推开大门，然后指挥一旁的保镖："带个保安去把电关了。"

"好！"

"咱们得请人做个向导吧，学校这么大，怎么走呢？"顾雪仪说。

"是这个道理，就这个王主任……"

顾雪仪转过身，随意点了几个学生："你们来做向导。"

"学生？"

"嗯，他们在这里学习，很了解这里。"

警察一想也是，就点了头："咱们得听取多人的意见嘛。"

那些家长当然不肯。

顾雪仪扫过他们："你们也跟着进来啊，刚才不是很想进门吗？"

家长们被她一激，纷纷跟了上去，要看看这个女人究竟玩什么花样。

那些学生目光闪烁，看了看顾雪仪，又看了看身后的家长，再看了看王主任等人……

顾雪仪问："你们不敢吗？"

有几个学生对上她的目光。她的眼神平静，没有怒意，没有悲伤，只有平静。

"我敢。"有个个子高、长得有点儿憨的男生站了出来。

他的父母看上去并不怎么有钱，拼命去抓他的胳膊，嘴里还说着带口音的普通话："你干什么去？"

他想逃离，他拼命地呼救，他跪地哭求……最后都没有任何意义。他的父母成了帮凶，父母每次接到学校的电话都会一次又一次重新将他送进封闭的世界……正因为这样的他年轻，不甘被驯服，所以当光又一次照进这个封闭的世界的时候，他还是会忍不住拼命去抓住它。男生说："我来带路。"

王主任没想到这时候还有学生敢说话，气得鼻子都歪了："警察同志，你们不知道啊，这些学生平时很不服管教的，爱撒谎，爱逃课，所以才被送来这里。他们的话怎么能信呢？"

顾雪仪淡淡地说道："所以我们多选几个学生，他们在这里被你们教了这么久，难不成都是谎话精吗？那你们这里高昂的学费有什么意义呢？"

王主任所有的话一下子全被堵在了喉咙里。

那个男生指着不远处的那面墙，墙下面是一排水龙头。这样的设施并不常见。男生说："如果有人上课露出困意，就会有专门的老师把人带出来，把他们的脑袋按在水龙头底下，打开水冲，一直冲……每隔半个小时问一句，醒了吗？京市的冬天，最冷的时候有零下十三摄氏度，你会觉得整个头都被冻掉了……"

"胡说八道。"王主任颤声说道。

顾雪仪又找了个女孩子，说道："你说。"

女孩子小声说道："如果我们还是不服，就有人拿衣架抽我们的大腿。"

有人骂了句脏话，警察黑着脸扭头看向王主任："到底真的假的？"

王主任磕磕巴巴地说道："当然……当然是假的……我们怎么敢呢，对不对？"

"封闭式管理，大门一关，你们有什么不敢的？"顾雪仪轻笑一声，说，"今天十八摄氏度。我再帮你们的孩子试一试，这个水能冲死人吗？"

话音落下，没等其他人反应过来，她揪着王主任的领子，将他往水池子里一按，打开了水龙头。

水龙头被开到最大，水对着王主任的脑袋"哗啦啦"就浇了下来。

因为水压大，王主任大声喊叫，很快从头湿到了脚……他变成了落汤鸡，想哭都哭不出声了。

"好了，好了，宴太太……"小女警连忙劝道，"别着急，我们处理，我们处理！"

顾雪仪倒也十分给女警面子，轻轻撒了手。

王主任"扑通"一声向后倒了下去，身体抽搐了两下，他的脸因为呼吸不畅涨成了紫红色，耳朵被冻得通红，脖子却是白的。

顾雪仪转过身，语气还是轻柔的，问道："你们也要来替你们的孩子试试吗？"

所有家长站在那里，浑身发冷，一动不敢动。

宴文宏抿起唇，轻轻笑了一下。世间一切都是混浊黑暗的，她站在那里，便像是混浊黑暗里唯一盛开的花，光芒耀眼。宴文宏往前走了一步，伸出手碰了碰顾雪仪的手腕。她的手也好冷啊。他掏出了一块帕子，一点点给顾雪仪擦起了手，轻声说："脏了……擦一擦。"

胡雨欣匆匆挤进人群，看见这一幕，差点儿气晕过去。她这个当妈的，还比不上他大嫂吗？但周围一片寂静，胡雨欣也说不出指责的话。

那些学生却纷纷动了。他们抬起头重新看向那个美丽优雅的年轻女人，仿佛向日葵终于等来了太阳。

淮宁中学内的装修很简陋。

保安哆哆嗦嗦地说："这是校长说的，要给学生们一个朴素的学习环境，这样他们才可以更专心地学习，为自己博一个好未来！"

校长办公室却不一样了，那里装修奢华，有七十多平方米。

"可真够朴素的。"有个警察忍不住讽刺了一句，踩了踩脚下的地板，地板好像是进口橡木，警察再抬头，屋顶悬挂的是意大利水晶吊灯。

门外的家长也怒目而视，如果不是因为警察守在那里，他们恨不得冲进来砸东西。这校长办公室明显是用他们家长的钱修的啊，再加上刚才的冲击，他们现在脑子里还是"嗡嗡"的。一时间，气愤、后悔、不愿面对等种种复杂的情绪塞满了家长们的胸腔，他们急需发泄。

警察先将家长疏散到楼下等待，转头问保安："电话打了吗？"

"打……打了，但我就是个小保安，校长接到电话，不一定会重视这事。"

警察皱了皱眉。

"他一定会来的。"顾雪仪说，"他舍不得这宗来钱快的生意就这么砸在一个突然闹事的家长手上。"

周围本来心浮气躁的人看见她的模样，一下也平静了不少。

中途顾雪仪还接了两个电话：一个是宴文柏打来的，说自己已经从景点返校了；另一个是宴文姝打来的，她在那头小心翼翼地问，宴文宏是不是走了。

顾雪仪扫了一眼宴文宏，宴文宏立刻抬头冲顾雪仪笑了笑。顾雪仪说："嗯，我在他的学校。"

宴文姝松了一口气，结果就听见顾雪仪说："不过，他不会再来这里上学了。"

宴文姝："什……什么？"

"按时吃午餐。"顾雪仪嘱咐了一句，就挂断了电话。

她收起手机，同时也听见一阵脚步声近了。

校长办公室的大门敞开着。校长皱了皱眉，加快脚步："你们——"他顿了顿，一眼就看见了坐在皮椅上的顾雪仪，女人身形挺拔，仿佛是女王。

那是他的椅子！校长心头一怒，本能地转头去看保安："你们搞什么呢？怎么把人放到校长办公室里来了？哪儿来的这么没规矩的家长？"

结果等转过头，他看见的不是保安，而是一排警察。校长心中"咯噔"一下，倒也没慌，笑着说："大家是来帮学校处理麻烦的？"说着，校长叹了一口气，"唉，说起来，那个凶手现在还没被找到呢。今天恢复上课也是没办法的事，总不能耽搁孩子们上学嘛，是不是？"

顾雪仪不冷不热地说道："原来还有命案啊。"

校长皱眉："你是谁？"

顾雪仪指了一下宴文宏："他大嫂。"

校长马上顺着她的目光看了过去，在看见宴文宏的刹那，他的瞳孔猛地缩了缩。

"这……这样，你……你是……"校长一下想起来了，"你是宴太太！"

闹事的人是宴太太！保安怎么也不在电话里说清楚？！

"这中间是不是有什么误会？"校长擦了擦头上的汗，"宴少在我们学校那是重点培养对象……我们的教学资源几乎都倾斜到宴少身上了。"

"重点培养？"顾雪仪缓慢地吐出这四个字。

"是啊，是啊……"

顾雪仪站起身，走进了校长办公室配备的洗手间，然后屈起手指冲校长勾了勾："你过来。"

校长有点儿不明所以。他左右环视一圈儿，没人出声。只有几个保安在瑟瑟发抖。他们怕谁，怕警察吗？

校长吸了一口气，故意避开宴文宏的目光，然后才微笑着走到顾雪仪身边："太太有什么吩咐？"

顾雪仪一脚踹在了他的腿骨上。

校长感觉腿骨骤然传来一阵撕裂般的剧痛，整个人扑向面前的小便池。他被踩了进去。他的大脑血液回流，他感到窒息又感到颜面尽碎……拼命挣扎起来。

"你们学校重点关照的手法都这么独特是吗？"顾雪仪不紧不慢地问道。

卫生间外的人面面相觑，就听见里面传来"哗啦啦"的水声。

校长一边呛咳，一边痛呼："不……不……"校长从卫生间爬了出来，等见到周围的人才松了一口气，狼狈地说，"没有……你不信问宴少！我们真没有对宴少干过什么事！是……是，我们是想过，来到这里的每一个人，不管什么身份都应该服从学校的管理，我们也试过……但不行，是真的不行，这些方法在宴少身上根本行不通，所以后来我们……"

宴文宏站起身，紧紧咬着下唇，唇瓣上很快就浮现出了牙印，怒道："你撒谎！"

"我……"校长回头看他，正对上宴文宏冷冰冰的目光。

顾雪仪打断了校长的话："肖校长刚才的话应该已经侧面证实了，这所学校里的确存在体罚、监禁学生的情况，接下来——"

警察特别有经验,立马拍了拍胸脯:"接下来就交给我们了!该依法拘捕的人立即拘捕……"

校长激动地吼道:"不行,不行,你们没有权力——"

警察忍不住冷笑道:"怎么,我们都没权力,谁有?"

顾雪仪借了副手套戴上,然后拎着校长的领口,将人拽到了楼道里。她回头微微笑了一下:"我带他最后看一眼这个学校。"

警察冲她点了点头。

顾雪仪把人按在栏杆上,指着下面的人群说道:"你看见那些人了吗?那些是家长,是学生……他们现在恨不得吃了你的肉。"

校长趴在栏杆上摇摇欲坠,丝丝恐惧情绪笼上心头,他艰难地从喉咙中挤出声音:"不……不可能。"为了给这些家长洗脑,他花了大力气,切实从他们的需求出发,他们才将他当作最厉害的老师。

"他们中间或许有那么一些人,无法对他们的孩子感同身受,但只要他们知道自己交的大笔钱什么用处都没有,他们就会愤怒了。"

校长惊叫一声,跌坐在地上。

顾雪仪松了手,摘掉手套,扔在了他的身上:"王主任已经在等你了。"

顾雪仪说完,扭头走进办公室,朝宴文宏伸出了手:"走了。"

宴文宏立刻迈动步子走上前,将手放在了顾雪仪的掌心里。

他们很快下了楼。

楼下的家长再看向顾雪仪时,目光里依旧有愤恨,但更多的还是羞愧。

顾雪仪没指望他们立刻清醒,毕竟世间有独立思考能力的人实在太少。她带着宴文宏走了出去。

宴文宏问:"我们就这样走了吗?"

顾雪仪应声:"嗯,回家。"

"还来吗?"

"再也不来了。"

宴文宏轻轻笑了一下。

胡雨欣的声音却突然插了进来:"回家也该是回我们家。宏宏,走,跟妈妈回家。妈妈会重新给你选个好学校。"

宴文宏低低地笑出了声,这才分给胡雨欣一点儿目光:"啊,不是你说的,宴家才是我的家吗?"

"都是你的家。难道你不认我了吗?"胡雨欣说着,眼泪落了下来,"宏宏,妈妈以前也不知道你在学校过的是这样的日子啊,你没有告诉过妈妈……难道就因为……就因为她带着你来，给你出了头，你就要跟她走了？你忘了妈妈是怎么冒着生命危险生下你的吗？"

顾雪仪动了动唇，毫不留情地说道："从你选择给别人当情妇那一刻开始，你受的一切苦都是你应得的，而不是你用来捆绑别人的筹码。"

胡雨欣的表情扭曲了一瞬。她身后跟着的大哥大嫂忍不住说道："你说什么？你是宴太太，你有地位，你当然不会懂！"

顾雪仪冷淡地说道："是啊，我是宴太太，是宴朝明媒正娶的妻子，我为什么要去了解一个弃妇的心情？"

"宏宏！你难道就这样看着你妈妈受侮辱吗？"胡雨欣压下了心中的忌妒与愤恨情绪，露出了受伤的表情。

宴文宏转过身，乖巧地说道："麻烦大嫂在车上等我。"

"嗯。"顾雪仪没有多说，转身先上了车。

保镖忍不住问："太太，您不怕一会儿小少爷不回去吗？"

"他是人，不是物品。我只能引导他走上正确的道路，而不是强制改造他的思维。他有自己的选择。"顾雪仪倒并不在意这些事，今天到这所学校，她所做的一切，并不仅仅是为了宴家人。哪怕是在古代，人也并非可以滥用刑罚的。比如庆元十一年，朝廷便规定不得随意杖下人，无缘无故杖杀下人者是要入刑的。越是如盛家、顾家这样的高门，越懂得人是极珍贵的一种资源，尤其是幼子、少年，他们是国家将来的支柱。若是有人对他们下手，那与叛国又有何异？可笑现在怎会有人不明白这个道理？

想到这里，顾雪仪立刻给陈于瑾打了个电话："陈秘书，中午好，打扰你了。"顾雪仪顿了一下，随即将淮宁中学发生的事都告诉了陈于瑾。

陈于瑾听得吸了一口气，没想到宴太太现在变得这样有正义感。爬到这个位置的人，还有几个会去留意这样的事呢？陈于瑾在恍惚中忍不住感叹："那小少爷还好吗？"

顾雪仪降下车窗往外看了一眼："还好。"

"那就好。太太接下来需要我做什么？"陈于瑾很聪明，立刻主动问道。

"接下来，需要劳烦陈秘书去做两件事：第一，查清楚淮宁中学到底是怎么回事；第二，我前几天捐到基金的那笔钱，如果还没有用的话，那就……"顾雪仪突然想不起那个词了，顿了一下，说，"心理……"

没等她说完，陈于瑾立刻明白了。他只当她心软，不忍心多说，倒也没怀疑这是因为顾雪仪对某些词不太熟悉。陈于瑾应道："好的，我知道了，我会很快给太太回复的。那笔基金我会让人用来给那些孩子做免费的心理治疗。从国外请心理医生怎么样？"

顾雪仪对心理疾病其实并不太了解。因为在她的年代，很少有人会去留意这些东西，更不会有心理健康与否一说，但不了解，并不代表不尊重。她沉思了几秒，说道："不限于这些孩子吧，可以推向全国……"

陈于瑾顿了顿，提了一个建议："您考虑过由您亲自来推广这个计划吗？"

这也是陈于瑾最近发现的，顾雪仪最近的风头相当盛。她的讨论热度也侧面推动了宴氏集团的股价稳步上升。

"好。"

"那您开个微博？"

"嗯，我试一试。"

其实这样的慈善计划对宴氏集团来说实在不值一提，还不如资助山区宣传效果好，因为国人对心理问题并不太在意。这样的计划赚不了钱，也未必能赚来多少名声，但陈于瑾有个习惯，那就是一定要辅助对方做到最好。过去宴朝在的时候是这样，现在他对顾雪仪依旧是这样。

两个人就这个话题聊了好一会儿。

陈于瑾的秘书不明所以，站在门外等了好久，还想着，不知道陈总又在谈多少亿元的大生意呢。

这头顾雪仪在打电话，那头宴文宏也在偷偷打量顾雪仪，但胡雨欣打断了这一切。她急切地去抓宴文宏的胳膊："宏宏，妈妈知道你受苦了，你也要给妈妈一个补偿的机会啊，你跟妈妈回去吧。"

宴文宏突然反扣住她的手腕，抬起眼眸，再不掩饰眼中的阴沉、冰冷之色，说："你错了，我在这里并没有受多少苦。你以为我很弱是吗？哦，我知道。我十岁那年，吞安眠药，吐得昏天黑地，你骂我懦弱。所以，到现在你还以为我懦弱吗？其实刚进去的那一周，他们试图教会我服从。有个人把我按在水池里，然后第二天，我就把他的脖子卡在了铁门里，吓得他再也不敢那样对我。后来还有人想把我关在禁闭室里，第二天，那个人就自己从楼上跳下来摔断了腿……他们很怕我……这里很恶心，但我在这里并不痛苦。所以，收起你假惺惺的怜悯与愧疚之心。"

胡雨欣身体不自觉地颤抖着，不敢对上他的目光："那……那她呢？你既然没受苦，你凭什么感激她？我才是你妈妈。"

"你怎么能和她比呢？"宴文宏笑了笑，抬起手，看上去依旧分外乖巧，但目光是冰冷的，随后松了手，冲着胡雨欣摆了摆手，"我该走了，她已经等了一会儿了。"

"宴文宏！你……你怎么能……？"胡雨欣的大哥有点儿怕他，但又忍不住大声喊道，"你怎么能不顾亲情？你忘了谁才是你真正的家人了吗？"

一个孩子怎么能不听他们大人的话呢？

宴文宏歪了歪头："你们是不是花宴家的钱花傻了？你忘了吗？妈妈，是你教我的，不做冷血薄情的人，怎么能和我大哥争呢？"

胡雨欣既羞愤又慌乱，她的手胡乱抓了几下，却没能抓住宴文宏。

宴文宏长腿一迈，大步走向了车子，打开车门，低声说："对不起……说得久了点儿。"

"没关系。"顾雪仪淡淡地说道。虽然他装得很好，但她还是察觉到了他身上没来得及藏起来的戾气。顾雪仪没有点破。

宴文宏笑了笑："你饿不饿？"

"嗯，有点儿。"

"我好久没有逛街了，我们在外面吃饭吧。"宴文宏笑得眼睛都亮了，"今天很开心！我请大嫂吃饭吧！我有钱的！我有好多好多钱！"

顾雪仪刚注册完微博账号，收起手机，"嗯"了一声。

因为有顾雪仪强势插手，淮宁中学的事以最快的速度被曝光在大众面前，一下惊爆了所有人的眼球。

顾雪仪又一次登上了话题榜，还引爆了几大论坛，甚至一些门户网站上也遍地都是相关的帖子。

陈于瑾在电话里说："其实也并不是多大的事，不过这个肖俊确实有所倚仗，宋家有个私生子得叫他舅舅。"

他的气息有点儿不稳，他大概是一边走一边在说话。

"一个私生子也算倚仗？"顾雪仪有点儿惊讶。

"宋家家主还在世，他亲口许诺，说是私生子个个都有权继承家业。也就是说，私生子和嫡生子没差别了。"

顾雪仪心下冷冷地想：那倒还不如像老宴总一样死了好，活着还添麻烦。这现代大家族怎么连妾生子越不过嫡子的道理都不懂？

"阎王易躲，小鬼难缠。事情越拖，中间越会生出事端。对付小人，便要趁他还未反应过来时就将事情一口气办成。他就算暴跳如雷，也没办法了。"顾雪仪说着，抬手为自己斟了一杯茶。

"不错，是这个道理。"这时谁若是要做君子，那就得被小人恶心了。

"只是……"顾雪仪顿了顿，这才从记忆中找到那位宴先生。

"只是什么？"

"我原本想着恐怕这样对宴朝的名声有碍，但他原本就与宋家不和，倒也不差背这个锅了。"

陈于瑾哭笑不得："太太说得是。"

顾雪仪这头放下茶杯，一抬眸，就看见宴文宏走下了楼，他正定定地看着她。顾雪仪想了想，也不好在宴朝的弟弟妹妹跟前露出冷酷无情的一面，便出于"宴太太"的身份，多问了一句："上次请陈总去查探的有关宴朝、宴勋华的消息可有结果了？"

大概是顾雪仪太久没提起宴朝了，今天突然频繁提起，陈于瑾一时间还有点儿不太适应。他沉默了几秒，才回答道："暂时还没什么消息。"

"是吗？"

"嗯。"陈于瑾总有一种顾雪仪再轻轻问上一声"是吗"他就扛不住了的感觉。

"好，那我知道了。陈秘书好好休息。"顾雪仪说着挂断了电话。她没有追问，因为她本来也不是真的关心宴朝。

陈于瑾愣了愣。她挂得还挺快？

她挂完电话，宴文宏就跟着坐了过来，问："在等大哥吗？"

"嗯。"

宴文宏一下安静了。

顾雪仪不由得多看了他一眼。

宴文宏立刻又恢复了往常的神情，笑着说："我们今天也在外面吃饭吧。"

"可以。"

宴文宏待在家里还是和之前一样乖巧，至少表面是这样的。他的要求大多不过分，顾雪仪也就不会拒绝。

网络上，因为警方已经出了警情通告，淮宁中学被大骂的同时，顾雪仪的名字也频频被提起。"顾雪仪"三个字一下成了微博上搜索量最高的词条。

最近刚刚有了些人气的金函学就忍不住对着手机感叹："同人不同命，有些人真是天生就能拥有别人拥有不了的东西。"

宴文嘉同样在刷手机。他最近仿佛成了刷手机狂魔，连媒体都这样报道他。不少粉丝还对此欣慰落泪：我们原哥终于不到处"浪"了！

宴文嘉听见声音，立刻抬起了头："那是因为你本来就很糟糕，当然不能和她比。少买点儿话题度。"

宴文嘉起身往后台走去，面色阴沉。他们这群庸俗又愚蠢的人，怎么有资格评判她？

金函学眼睁睁地看着宴文嘉走远，想发怒又不敢。直到宴文嘉的身影彻底消失了，金函学才敢转头问经纪人："我哪里得罪他了？"

经纪人叹了一口气："早就说你不要去招惹他了。上次一起录节目，你老和他搭话，他就说你烦了。"

上次？上次他说了什么？哦，他不就问了句"是女朋友吗？"？难不成还被他说中了？

金函学低头又看了看手机，上面是一张宴太太的照片。他隐约记起来，那天录制间隙，原文嘉好像还转发了某条和这位宴太太相关的微博。

"走了，发什么呆？"经纪人拍了他一下。

"哦，就来。"

私立淮宁中学相关涉案人员很快就被处置了，并且已经被提起了公诉，只等待法庭宣判那一天。但顾雪仪从来秉持的原则是，要么不做，要做就不要拖泥带水，于是这次她给江越打了个电话。

江越接电话倒是很快，并且刚一接起，就感叹了一句："稀客啊！"

顾雪仪权当没听见他的调侃，微微一笑："想请江先生帮个忙。"

"什么忙？你说。"江越说着，自个儿都忍不住笑了，"反正也不是第一回和宴太太狼狈为奸了。"

"哪里是狼狈为奸？次次都是光明正大，做的也都是善事。"顾雪仪面不改色。

"好，那宴太太说，这次又是什么善事？"

顾雪仪报了个地址："那块地皮是你们的吧？"

"是……怎么了？"

"江氏的建筑公司在附近有工地，配备了铲车、挖掘机对吧？"

"是……"

"我买下那个地方，请江总受累把那儿给推平吧。"

那头接电话的江越一下坐直了身体，飞快地查了一下那个地方。地址对应的是淮宁中学。她铲学校干什么？江越说道："要动工得有批文。"

225

"已经办好了。"

"敢情宴太太是来真的？这都准备好了？"江越吸了一口气，不得不感叹她的速度，"宴太太要是真的讨厌这所学校，其实要教训那些学校的人很容易。"

"但要教育那些家长并不容易。"

江越怔了怔，半响才说道："没想到宴太太在教育方面还颇有心得。"

"不敢当。淮宁中学太出名，总有家长会把孩子送来这里。没了肖校长，还有李校长。推平了，人人就都知道，他们得罪了宴家。有些人听不进去大道理，却欺软怕硬，畏惧钱权。"

"有道理，宴太太想得周全，但是这笔钱——？"

"反正是宴朝出。"顾雪仪刷别人的卡，又怎么会有压力呢？

江越的心中莫名其妙有点儿不痛快，他寻思顾雪仪和宴朝之间的关系也没亲密到这份儿上，于是说："算了，推就推了吧，也不用提钱不钱、买不买了。我今儿也看了新闻，就这么个地方推了也行。当我江越沾您宴太太的光，一块儿做善事了。"

顾雪仪勾唇一笑："那就谢谢江总了。"

江越挂了电话就让人找挖掘机去了。那所前几天还在囚禁学生的学校一转眼就在一片烟尘中轰然倒塌……

江越刚推完学校，宋家人的电话就打来了："江总是不是看我不顺眼？"

江越事务繁忙，平时如果来的不是想接的电话，他对谁都没好脸色。他看了一眼来电显示，说："你是谁啊？"

那头的人被噎了噎，才从喉咙里挤出了一句："我是宋武。"

江越这才从记忆的犄角旮旯里找出这么个人，反问："哦，怎么了？"

宋武被他的语气激怒，转念一想，江家跟宋家是盟友，他还这么对自己。宋武抓紧了手机，激动地说道："你铲平的那块地是我的地方！"

"那是我的地皮，我想挖几个窟窿挖几个。你要找我算账，你算老几？让宋景来找我！"

宋武被气得够呛，还没等他多说什么，江越就把电话挂了。

江越挂完电话，有些生气，又忍不住想笑。自己怎么又上顾雪仪的套了？江越连忙又拨了顾雪仪的号码，结果顾雪仪的电话占线。

简昌明正在和顾雪仪通电话。他在那头问："简家欠你的人情你可以保留，等到真正需要的时候再用，在这个时候用不觉得不划算吗？"

顾雪仪正在翻书,头也不抬地应道:"这个人情听上去太大了,我担心简先生总惦记着,怕我挟恩求报,哪天实在忍不住了便将我杀了以绝后患。"

简昌明忍不住笑出了声:"怎么会?简家又不是土匪。"

顾雪仪依旧语气平淡:"那便当我以小人之心度君子之腹了。"

简昌明敛了敛笑容,轻叹了一口气,说道:"宴太太才是君子。"

二人又寒暄了几句,然后才挂断了电话。

简昌明攥紧了手机,坐在椅子上,膝上的财经报半天都没有被翻动。

简芮进来看见他的模样,忍不住问:"小叔怎么了?你……不高兴?"

简昌明这才低下头,重新翻动报纸:"第一个看透我的人是宴朝,第二个是顾雪仪……"

简芮静静地听着,简昌明却没有再说话。

虽然顾雪仪的用词有些夸张,夸张到带着一丝调侃的味道,但事实的确是这样。任何一个大家族都不愿意欠人情,一旦欠下,他们恨不得立刻还掉,否则总会寝食难安。他不是君子,她才是。她看得明白,所以主动退让,用掉那个人情,而他顺水推舟,皆大欢喜。

等和简昌明通完了电话,顾雪仪才发现江越的未接来电。她差不多已经猜到是怎么回事了,抬头叫住女佣:"给我端一份水果过来。"

女佣应声,连忙去了。

等女佣把水果拿到了手边,顾雪仪也洗净了手,这才一边吃着提子、车厘子,一边给江越拨了电话回去。

"宋家给我打电话了。"刚才江越还有点儿怒气,这会儿都消得差不多了。江越都差点儿怀疑顾雪仪的电话是不是故意占线。

"嗯,他们指责江先生了?"

江越没顺着她的话往下说,故意怒道:"你又拖我下水?"

"我那天无意间听陈秘书和简先生说起,今年年初在国外竞标的时候,宋氏对江氏的车动了点儿手脚,以致江氏错过了招标,还差点儿车毁人亡。你们三家彼此关联又重叠的产业太多了,以后的冲突只会越来越多。我还听说年中的时候,江氏、宋氏、封氏共同修建的大楼也出了不少事故……"顾雪仪继续说道,"这不正是提醒江先生应该适时抽身了吗?"

"陈于瑾连这些事都跟你说?"江越敛住了怒意。当然那怒意本来也是装的。

"三家产业联系太密切,本来就不是好事。这也正是一个让你们彼此远离的契机。"顾雪仪顿了一下,"我们再来聊聊宝鑫的事吧。"

江越沉默了几秒,顾雪仪也极有耐心地等着。

半响,江越轻笑一声,说:"请宴太太以后多教教我该怎么调教我那个顽劣的弟弟!"

一辆皮卡轻轻摇晃着来到了一座建筑前,刚一停稳,一枚子弹就打在了轮胎上,紧跟着是一连串子弹。枪声不绝于耳。

他们刚刚从远远闻名的拐卖村过来,于是车里又多了几个女人,她们多是在国外旅游、留学的华国人,被人拐骗到了这里。

小护士也在其中。她这才意识到,自己和她们好像没什么区别。原来一切真的像他们说的那样,他们看在同为华国人的分儿上捎她们一程而已。

女人们在枪林弹雨中抱紧了头。

很快,几声震耳欲聋的"轰隆"声响起。

她们明明置身车内,却有种火焰扑面而来将她们炙烤得浑身滚烫的感觉。

不知道又过去了多久,声音终于停了。

大汉踹了一脚地上的辫子男:"我就知道他没安好心!"

车门打开,年轻男人走了下来。他穿着雪白的衬衣、黑色的长裤,站在中间,完全不像这个世界的人,更像一个误入这里的贵公子。他没有出声,而是径直走进了那栋建筑。

建筑上布满了密密麻麻的孔洞,那些都是火器留下的痕迹。

男人推开了门,里面躲着几个面目黝黑的女人,她们一边惊慌地喊着当地方言,一边往里躲。

他径直走上前,嘴角似乎带着一丝淡淡的笑容,看上去越发像贵公子。他按住了其中一个女人,拽下对方的头巾。旁边紧挨着的一个女人飞快地掏出枪,但还没扣下扳机,"砰"的一声,女人倒了下去。其他人彻底不敢动了。那个被抓落头巾的人也终于转过头,头巾下面并不是女人的脸,而是一张布满皱纹的男人的脸:"你怎么知道我在这里?"

"计划进行到最后一步了,你不亲眼看着我死,怎么甘心?"年轻男人淡淡地说道。

"宴朝……"他咬着牙,"你故意骗我!"

"你往非洲一躲就是十几年。躲着也就罢了,还跟苍蝇一样时不时出来找存在感,你太烦了。"年轻男人还是用平静的口吻说道。

228

"我……"老人露出畏惧的神情。

一行人和白衣黑裤的年轻男人握了握手。
"宴先生，谢谢你协助我们破获了一起走私大案！"
另一行人也过来和他握手："谢谢宴先生配合，共同找回了咱们在外失踪的留学生和旅客。"

第八章
宴　朝

男人微微一笑，随后慢条斯理地编辑完短信，点击发送，再将手机放回宴勋华的身上，然后抽出一张纸巾，细致地擦了擦手："走吧。"

手下看了一眼，刚想说，老大不是不乱丢垃圾吗？但手下转念一想，宴勋华不就是垃圾吗？垃圾扔进垃圾堆，那也没毛病。

他们和其余人说了再见，而后返回了车里。

"你……你没事吧？"后排车里突然伸出一个脑袋，是小护士。

话音落下，年轻男人已经坐进了车里。

一刹那，她只闻到了淡淡的血腥味儿。她打了个哆嗦，愣在那里，一时间再也不敢开口了。这帮人真的是国内的企业家？他们还干这种协助破案的事？她心生忧虑，但她身后的其他女人狠狠松了一口气。她们被拐到这个地方，已经见识了太多的黑暗与残忍事件，现在她们终于放心了！她们能回国了。

裴丽馨刚给裴智康打完电话，等放下电话听筒，就看见了亮起的手机屏幕，上面只有一句话：宴勋华死了。

她的瞳孔猛地变大了，随即她颤抖着手将手机拿起来，反反复复盯着那条短信。老宴……死了。裴丽馨的目光闪了闪，最后落在了发件人的名字上——老宴。那么又是谁拿着他的手机发的这条短信？裴丽馨的大脑里已经浮现出宴朝坐在那里，屈起手指，不紧不慢地编辑短信再发出的模样。

裴丽馨的背后陡然生出一股凉意，她哆嗦着把手机扔进了抽屉，锁起来，好像这样就感受不到来自宴朝的威胁了。

裴丽馨拿出另一部备用手机，慌乱地开始拨号，电话无人接听。她又拨了一个电话，依旧是无人接听。就在这时，裴丽馨听见抽屉里的手机又响了，是一条新短信。裴丽馨咽了咽口水，她的一切倚仗都来自宴勋华。如果这时候有人看见她的表情，一定会惊诧不已，干练、狠辣的裴总，这一刻怎么会这样胆小？连额前的头发都被汗水浸湿了。裴丽馨颤抖着手拿出手机，屏幕上是一个陌生号码发来的短信："裴总，陈总已经查到我的头上了。我会把事情揽下来，一切到此为止，请裴总好好照顾我的家人。"

短信没有落款，但她知道那是谁。他跳楼了。

裴丽馨如同吃了一大坨冰，又冷又沉，压得她浑身的血液都仿佛流失了大半。她立刻打开新闻网站，没有一条是在议论这件事的……

消息被压下去了。

宴朝悄无声息地挥起了手里的刀，斩断了那些和宝鑫有所往来的人的一切联系。

裴智康很快又接到了裴丽馨的电话："怎么了姐？我现在还在找人呢。"

裴丽馨咬着牙说道："不绑顾雪仪了。"

裴智康松了一口气，心说，她也的确不好绑，他正犯愁呢。

裴丽馨冷冷地说道："你去绑宴文柏。"

宴文姝现在身边总带着保镖，宴文宏又在宴家，几乎和顾雪仪形影不离，那就只有宴文柏了。这是他们最后的机会了！

裴智康稍微迟疑了一下，就答应了。他和宴文柏在同一所学校，宴文柏是学校的风云人物，而他除了能借一借宝鑫的名头，什么都不是。哦，别人还只知道宝鑫是宴氏集团的子公司，连宝鑫具体是做什么的都不清楚。裴智康憋屈极了，平时脸上不显，但心里极其忌妒宴文柏。这次可让他抓住机会了。裴智康并没有大难临头的意识。他很快去雇了人，雇的都是不怕死的人，对他们说："他就是一个豪门小公子，平时做过最多的运动也就是打球，要抓住他很容易的。你们能从他身上换到不少钱。"

那头的人也立马拍着胸脯保证："您放心，这件事一定给您办妥了！"

裴智康挂了电话，忍不住哼起歌。其实他还是想抓顾雪仪，就是太难了。裴智康在心中痒痒地想：等把宴文柏绑过来了，他得先让宴文柏给他舔鞋！

宴氏集团运转起来当然不是普通小公司能比的。关于成立专属基金，仅用于提供免费心理治疗的项目计划很快就做好了，相关人手也迅速到位。也就是说，接下来顾雪仪只需要发一条微博，成为这个专属基金的代言人就可以了。

"辛苦陈秘书了。"顾雪仪翻动着面前的项目书，低声说。

陈于瑾面上笑容不减："不辛苦，只是一件小事。"

对他来说，这的确是件小事。

顾雪仪合上文件夹，站起身："那我先走了。"

"好。"

顾雪仪刚走出去，陈于瑾就听见她的手机响了。

打电话的人不会又是宴文宏吧？陈于瑾皱了一下眉。不过很快，陈于瑾的私人手机也响了起来。陈于瑾立刻回神，接起了电话："宴总。"

顾雪仪到了一楼。她刚挂断电话，就听见一楼有人议论："金融楼那边有个高管跳楼了。"

"怎么回事？"

"可能是被陈总抓着了，好像说他挪用了不少公款。"

"这种人真是……"

顾雪仪眨了眨眼。宴氏集团还是很厉害的。顾雪仪大步走出去，转而给宴文柏打了个电话，嘱咐他今晚要回家吃饭。

宴文柏倒是不在意宴文宏是否在家，一口应下了，刚收起手机，就感觉背后一道劲风袭来。

很奇怪，就像突然间拥有了武侠片里的大侠那种敏锐的感应一般，他本能地弯腰扭头，一刹那，心中还有点儿担心躲不过去，可他躲过去了！

顾雪仪教他的功夫有用。

宴文柏立刻转过身去看，只见几个穿着汗衫、头发凌乱、身上散发着烟味儿的男人正盯着他。其中一个离他最近的人手里拿着一根棒球棍。

"让他躲过去了，下次准点儿。"

宴文柏倒也没多想，学校里和他不对付的人并不少，这些人不知道是谁雇来揍他的。宴文柏挽了挽袖子，做了个起手式，看上去有点儿像要打太极。

对面的男人忍不住哈哈大笑起来："果然是豪门小公子，没见过世面，觉得做个样子就能吓住我们……啊！"

那人话音未落，宴文柏一拳揍了过去。

男人惨叫连连，仿佛听见了自己的下巴骨裂的声音："啊——"

半个小时后，陆陆续续有其他学生从校门里出来，刚一转进旁边的奶茶巷子就撞见了这样一幕，惊讶地问道："那是宴文柏？"

宴文柏缓缓走出来，有种自己变成武学宗师的恍惚感。

"你……你没事吧？是不是有人找你麻烦？"

"那些人肯定是想绑架他啊！"

"那不得报警？"

"对对对，报警！"

"你没事吧？"旁边还有人追问。

宴文柏及时回神，低头看向对方，问："有镜子吗？"

"有。"女孩子赶紧从兜里掏出了一面小圆镜。

宴文柏对着镜子慢吞吞地擦去了脸上的血，一会儿要回家吃饭的。

这一次，他不想再让她担心了。

裴智康连续打了几个电话都联系不上那几个绑架宴文柏的人，而顾雪仪这时候正在给宴文嘉打电话。

宴文嘉已经比之前好了太多，但顾雪仪认为，适当奖励与安抚环节是必要的，人都是需要尝到甜头的。顾雪仪问："你现在在剧组吗？"

宴文嘉那边有点儿吵，一阵"窸窸窣窣"的声音过后，那头终于响起了宴文嘉的声音："没在剧组，在外面录节目。"

宴文嘉的嘴唇抿了抿，但又有点儿不受控制，嘴角往上翘了翘。

她今天肯定只主动给他打了电话！她肯定是看见他在微博上帮她说话了！

"在哪里录？"顾雪仪一边说着，一边抬眸扫过路边的店铺，最后目光定格在一块烤猪蹄的招牌上。

宴文嘉报了个地址。

"吃东西吗？"顾雪仪又问。

宴文嘉的心跳顿了一秒："你……您给我送吃的？"他岂不是又有素材发朋友圈了？

"嗯。一会儿就过去。"顾雪仪说着，挂断了电话，带着保镖下了车，去买猪蹄。

宴文嘉收起了手机。

录制棚里，所有机器都停了，所有人也都噤了声，只看着他。过了几秒,主持人问:"原哥,能继续了吗?"

"能,继续吧。"宴文嘉本来满腹不快,觉得这节目真垃圾,说好的录一期,结果一期又一期,办得烂,还硬要让他来救场,但这会儿再看向台上的人,他突然觉得没那么讨厌了。

顾雪仪也没吃过这个东西。等走得近了,她闻到一股香气扑面而来,微麻、微辣,还有一丝甜意。她一口气打包了很多份,又加了一些热饮。她提早给经纪人打了电话,经纪人带着助理早就等在门口了,见她过来,立马将人迎了进去。

"原哥在里面录节目。"

"嗯。"顾雪仪问,"我能站在一边看吗?"

"能,当然能。"经纪人恭敬地推开门,带着顾雪仪走进了录制棚。

里面并没有太多人注意这边的动静,但他们闻到了香味。

过了三分钟,因为设备出了问题,录制突然中断了,大家中场休息。保镖也将食物交给宴文嘉的助理,让助理分发下去。

节目组的人头一次见到猪蹄和奶茶搭配在一起的。他们看见这些东西有点儿惊讶,有人忍不住问:"谁送的?"

"原哥身边的人发的啊。"

"原哥这么抠?"有人压低了声音说道。

"这叫抠吗?原哥以前压根儿不送东西。他录节目也好,拍戏也好,都很随性……都是录完就走。"

那人不说话了。

私底下,却有不少人悄悄感叹,就这些东西还真上不了台面。

金函学却不这样觉得。他一眼就瞥见了经纪人身边跟着的年轻女人,女人身形高挑,美丽动人。那不是……那不是宴太太吗?不就是原文嘉转发的那条微博的核心人物吗?

对方出入思丽卡晚宴,出入封家的慈善晚宴,随随便便捧红一个画家,又随随便便捐了近千万出去……

金函学轻蔑地看了一圈儿周围的人。你们懂什么?他们这样的人才不需要大肆铺张以体现自己的身份,他们往往更亲民。

金函学的目光闪了闪,他干脆悄悄溜了出去,朝宴太太追了上去。

顾雪仪刚走进休息室,一扭头,就看见了一个染着金发、戴着耳钉的男生。顾雪仪淡淡地扫了对方一眼:"你是不是走错了?"

金函学摇了摇头:"不,我没有,我很仰慕您。"

顾雪仪疑惑地看了他一眼。

恰好这时候顾雪仪的手机响了起来。顾雪仪低头看了一眼,手机上是一个从来没见过的陌生号码,但她还是接了起来:"喂。"

金函学看她不理会自己,一下急了,连忙说:"原文嘉可以,我也可以的。我不想努力了宴太太,不,姐姐。你看看我,我比原文嘉贴心,比他会讨好人啊。"

手机那头迟迟没传出声音。

顾雪仪听见金函学的话,还有点儿没回过神:"什么?"

这时候电话那头终于传出了声音,嗓音好听:"我是宴朝。"

顾雪仪顿了顿。

金函学此时更激动了,大声说:"宴太太!你收留我吧!"

电话那头的人不说话了。

顾雪仪这才将目光又落回到金函学的身上。金函学见她看向自己,双眼登时亮了亮。

顾雪仪抬手捂住了手机听筒,礼貌又冷淡地说道:"我没有这样的意向。"

金函学当然不肯相信:"您要不先试试?"金函学是真没见过比顾雪仪还有钱的女人,更没见过比她还漂亮的女人,于是诚恳地发问,"为什么不呢?是因为我没有原文嘉长得好看吗?"

"你的确没我长得好看。"宴文嘉冷冷地说着,三步并作两步跨进了门,一把揪住了金函学的领子,把人拖了出去。

顾雪仪顿了顿,然后说道:"下手轻点儿。"

宴文嘉:"知道。"

金函学打了一个激灵,顿时慌得双腿都软了。他只是不想努力了,想搭上快艇而已!怎么正好让原文嘉撞上了呢?原文嘉看见他这么抢资源,那还不得劈了他?

顾雪仪这时候松开捂住听筒的手,语气平缓地说道:"宴总。"

宴文嘉的动作猛地一顿,连金函学也傻了。金函学吓得一动不敢动,一刹那仿佛被谁卡住了脖子,都呼吸不畅了。宴总不是失踪了吗?他怎么会给宴太太打电话?我完了!我不仅抢资源被原文嘉撞见了!我还当着人家正牌老公的面求人家老婆"照顾"自己!

顾雪仪这时候抬眸朝他们这边扫了一眼,宴文嘉这才飞快地将金函学拖出去，然后关上了休息室的门。

宴文嘉神色复杂地在那里站了几秒钟。

"怎么了？怎么了这是？刚才一转身的工夫人就不见了！"经纪人迎面大步走来。

宴文嘉眼眸一冷，拎着金函学进了隔壁的化妆间，里面传来"砰"的一声巨响。

经纪人被吓坏了，连忙扑上去，结果却被门板撞了一下脸，只好在外面大喊："原哥！原哥你别乱来啊！杀人犯法啊，原哥！"

顾雪仪所在的休息室顷刻间安静了下来。顾雪仪化被动为主动，先问道："宴总安全了？"

宴朝却避而不谈这个问题，问："刚才那是谁？"他的嗓音平静中透着一丝淡漠之意。

"一个小演员。"顾雪仪自然没有什么可心虚的，紧跟着又问，"宴总打算什么时候回国呢？"

"不想努力了？"

顾雪仪沉默。

"他叫什么？"

顾雪仪摩挲了一下手机壳。

宴先生的性情果然就如同他那张照片上展现出来的一样，外表清俊矜贵，内里强势。恰巧，她也同样是外表温柔，内里强势。顾雪仪不紧不慢地说道："我不知道他叫什么，但我知道，宴总再不说句有用的话，我就要挂电话了。"

她的烤猪蹄都快凉了。

那头的人沉默了几秒钟，然后才重新说道："请转告顾先生，他如果和克莱文这个人走得再近一些，宴太太的面子就有些不够用了。"

顾雪仪惊讶地挑了挑眉。他打电话是特地告诉她让顾学民和张昕别再踩着宴家的底线寻死？原身的父母究竟是什么样的人，她已经见识过了，倒是没有一点儿恼怒感觉，说道："好，我知道了。宴总还有什么想说的话吗？"

顾雪仪抬头盯着桌上的烤猪蹄和奶茶。节目组有微波炉吗？

那头的人又沉默了几秒，似乎有点儿摸不清楚顾雪仪的套路："宴太太是希望我关心你一下吗？"

"你不关心你的弟弟妹妹吗?"

"他们不需要我关心,只有宴太太是我的合法妻子,这的确需要我来关心。"宴朝说着看似温柔的话,但语气听不出一丝温柔之意,"如果有什么事的话,你可以随时求助陈于瑾。"

顾雪仪轻叹了一口气:"宴总的废话有点儿多。"

她说着挂断了电话。她还是先吃猪蹄吧,实在有点儿好奇它是什么味道。

宴朝听着那头传出来的"嘟嘟"声愣住了。

大概是宴朝坐在椅子上的时间实在有点儿长,手下都忍不住问:"老大,太太接电话了吗?"

"接了。"

"那……那是不是说好了?"

宴朝没出声,心情有点儿复杂。倒好像也不能怪别人,他在国外失踪,疑似身亡的消息在国内大概已经尽人皆知。顾雪仪的反应也有些奇怪。她称呼他"宴总",他反称她"宴太太",她好像也没有别的反应,客气得仿佛刚认识。当他提到顾学民的时候,她也没有一点即炸,大声抱怨。她好像在某个时间点突然得到了他的真传,变得有分寸了。他在她的身上再感受不到一丝狂热之情,就连他的电话,她都挂得毫不留情。

宴朝抬眸,看向手下:"我的废话多吗?"

手下一脸茫然的表情。

宴文嘉从化妆间里走了出来,这时候已经有好几个工作人员赶过来了,还有两三个闻讯赶来的小演员,害怕但又忍不住八卦的欲望,伸长了脖子去看。

金函学的经纪人更是被吓傻了:"原……原哥?他怎么得罪您了?您看,这有啥事您直接跟我说吧,手下留情……"

宴文嘉面色阴郁,什么也没说。他能说什么,说金函学胆子大,想当他大哥吗?他直接走到旁边的休息室,敲响了门。

"进来。"

宴文嘉这才推门走进去。

所有人都震惊地看着他,仿佛头一回知道原哥还能这么有礼貌。金函学呢?

他们赶紧冲进化妆间。

有小女演员忍不住感叹道："原来原哥这么厉害啊，还挺帅。"

"是啊，从来没见原哥发这么大的火……"

宴文嘉进了门，脸色还有点儿冷，低声问："刚才是我大哥？"

顾雪仪刚吃完烤猪蹄，一边慢慢擦着手，一边点头道："嗯。"

"说什么了？"

"没什么，只是交代点儿事。"

"他……有没有听见金函学说的话？"

"听见了。"

宴文嘉眼皮一跳，转身就往外走。

顾雪仪叫住了他："你干什么去？"

宴文嘉："我再打他一顿。"

顾雪仪抬眸看了他一眼，优雅俊美的宴二少这会儿衬衣扣子都掉了一颗，发丝也微微凌乱，额上覆着一层细密的汗。

"好了，不用了。"顾雪仪问，"我带来的食物你吃了吗？"

宴文嘉犹豫了一下，这才答道："没。"

顾雪仪指了指旁边的座位："那先吃吧。"

宴文嘉拽过椅子，坐下了。这会儿烤猪蹄都已经凉透了。宴二少也从没吃过这样的东西，但还是慢吞吞地一口一口咬了下去。

"你们这里有微波炉吗？需不需要加热？"

"不……用。"宴文嘉将东西咽下去，"你还没有告诉我生命真正的意义在哪里。"

"嗯？"顾雪仪惊讶地看着他。他怎么吃猪蹄还吃出人生感悟了？

宴文嘉这才说出自己的真实目的："如果我大哥误会，回来之后要和你离婚的话，你怎么办？"

"那就离婚。"顾雪仪倒是没有一点儿留恋的样子。经过这么长时间的缓冲，她已经逐渐适应了这个社会，她想自己应该可以活下去了。

宴文嘉连忙说："那不行！"

顾雪仪："嗯？"

宴文嘉仔细想了想："你看宴家有钱对吧？好吧……钱好像也没什么用。但是，你再看，宴家还有地位啊……算了，地位都是宴朝的。"宴文嘉的余光一瞥，扫到手里的烤猪蹄，他立刻被激发了灵感，"宴家的厨师做饭挺不错的……"宴文嘉说完，又忍不住自己喃喃道，"但是那又怎么样呢？宴家还有……宴文柏、宴文姝……我……"宴文嘉用力咬了咬牙，声音渐渐小了下去。

宴文嘉在心中说：我们都挺烦人的。要一个郁郁的人编出这个世界美好的一面去留住另一个人，太难了。但宴文嘉一想到顾雪仪要换个人给他当大哥，不，准确来说，应该是顾雪仪要离开宴家，他就有一种跳伞的时候拽着他的降落伞要断的感觉。

顾雪仪扯过两张纸巾，按住了他手里的食物："好了，别吃了，凉了。等会儿还录制吗？"

宴文嘉动了动唇："不录了。"等想到顾雪仪的性格，他马上又改了口，"还要录三个小时……但是机器出故障了。"

顾雪仪站起身："嗯，那你去问问，如果还要录，那我就先走了。"

宴文嘉擦了擦手，起身走出去。没一会儿他就给顾雪仪发来消息："还要录。"

原来他做演员这么不容易。顾雪仪低头，回了消息："嗯，注意休息。"她这才带着保镖离开了节目组。

金函学提心吊胆半天，才发现原文嘉压根儿没把他刚才做的事说出去。他刚松了一口气，但很快又陷入了恐慌情绪中，宴总那里怎么办？

顾雪仪回到宴家的时候，宴文柏已经到家了。他和宴文宏正对坐在客厅的沙发上，彼此间的距离都快有三米远了。

女佣喊了一声："太太。"

他们立刻起了身。

"大嫂。"宴文宏飞快地喊道。

宴文柏用力抿了抿唇，没想到宴文宏这么快就叫大嫂了……他早该想到的，以宴文宏的性格有什么不可能的？

宴文柏攥紧了手指，因为过分用力，指骨隐隐作痛。

"大嫂。"宴文柏的声音低低的，几不可闻。

"四哥怎么回来了？"宴文宏小声问。

宴文柏冷冷地扯了扯嘴角。宴文宏装什么呢？宴文宏刚才一句话都不想和他说，现在又来主动问他。

顾雪仪往楼上走的脚步顿了一下："我让他回来的。"说着，她盯着宴文柏多打量了一眼，然后缓缓走下来，走到了宴文柏的身边："你的手呢？"

宴文柏尴尬地举起了手。

239

"你和人打架了？"

宴文宏说道："四哥又和人打架了？"

"不是打架，是有一群人过来……好像是想绑架我。"宴文柏尴尬地说。

顾雪仪面色一沉："怎么不早说？"

"当时就已经报警了，那些人让警察带走了。"

"那也应该告诉我。"顾雪仪立刻让女佣取来电话，直接打电话到了警局，那头的人很快就接通了，彼此迅速交流了一下，随后她抬起头，说道，"被你打倒的那些人在警局都有案底。三年前他们犯下了最后一桩案子，之后不知道为什么就销声匿迹了，直到今天才出现。"她顿了一下，夸奖道，"你很厉害。"

宴文柏的呼吸滞了滞，然后急促了一些。他又……被夸了？

"先吃饭吧，吃完再说其他的事。"顾雪仪说完，立刻吩咐一边的女佣去上菜了。

突然蹿出一伙人企图绑架宴文柏，这事儿显然和宴朝重新现身有关。

宴文柏顿时安心了许多，点点头，先去餐厅坐着了。

宴文宏却呆坐在那里，没有动。

"怎么了？胃疼了？"顾雪仪看向宴文宏。

宴文宏露出难过的笑容："没有，只是觉得自己没有四哥厉害。"

顾雪仪："你很聪明。"

宴文宏抿唇笑了一下，挪动步子，等转过身，目光却沉了下去。他还得接着去上学，要时时刻刻都让她看见他的优秀才行。

吃完饭后，顾雪仪立刻联系了警局，并且将事情转述给了陈于瑾。

裴智康已经陷入了焦灼状态。他联系不上那些人了！那些人连绑架宴文柏都搞不定！

这时候，裴丽馨的电话也打来了，她第一次对自己这个弟弟说了重话："你搞什么？这点儿小事都办不了？人呢？"

裴智康不想告诉她实情，但事情是瞒不住的。他艰难地说道："人联系不上了……"他急切地为自己辩解，"宴文柏应该很好处理的！"

"很好处理？你处理到哪里去了？你到底知不知道，我们就要大祸临头了！宴朝没死！你姐夫死了！下面死的人是谁？就是我，就是你……宴朝这人睚眦必报，谁也别想好！"裴丽馨气得风度全失。

裴智康被她一骂，心中又慌又怨。怎么会呢？之前不都好好的吗？之前宴朝在国内的时候，宝鑫也没出事啊，他们依旧风光啊。

"你赶紧想办法，不行就把顾雪仪给我绑了……"如果不是姐弟俩相依为命，最信得过的人只有他，裴丽馨也不会把这件事交给他办。

裴智康应了一声，就挂了电话。

就在这时，他的手机响了一声。那是客户端推送消息的声音。

裴智康有些烦躁地低头扫了一眼，差点儿被气吐血——"京市大学附近疑似抓获三年前入室杀人大案人犯，宴文柏一人制服多人，警察赶到现场时，都感到震惊……"

裴智康猛地把手机砸向了墙。他该怎么办？

宴文柏第二天如常到学校上课，只不过这次身边带了几个保镖。

有不少记者闻讯而来，在校园里堵住了他。

宴文柏有些不耐烦地压了压眉尾，看着有点儿凶。

记者本来有点儿怕他，但一想到人家刚见义勇为，于是又大着胆子把麦克风往前递了递："请问宴四少，是怎么做出见义勇为、擒获杀人犯的举动的？"

宴文柏想说"关你什么事"，但一想到这段采访可能会被顾雪仪看见，又把到嘴边的话吞了回去。他是怎么做出来的？是因为顾……

话到了嘴边，宴文柏又往下咽了咽，并且耳朵迅速红了。宴文柏咬了咬牙，说："我大嫂教的。"

陈于瑾将宴文柏遇袭的事告诉了宴朝。

宴朝攥着手机："嗯，我知道了。"

他的目光看向面前的笔记本屏幕，里面正在播放一段采访。那个总是不耐烦、不服气、随时随地都会炸毛的宴文柏，从耳朵红到了脖子根，说："我大嫂教的。"

宴朝的心情一刹那更复杂了。

过去是没几个媒体敢报道宴氏集团的，但自从宴朝在国外失踪，他们尝试着报道了几则新闻，却并没有被宴氏集团干涉后，他们的胆子就渐渐大了，于是宴文柏的这段采访就这么被放到了网上。

宴文柏从来没有这样认真仔细地翻看过微博。那些夸张的吹捧的话，对他来说，有点儿陌生、有点儿尴尬，但又格外熨帖。

宴文柏的目光闪了闪。

顾雪仪打完一通电话后，就敲响了宴文柏的门。

宴文柏不用问也知道门外是谁，收起手机，起身快步过去打开了门：
"大嫂。"

大概是有了前面的几次铺垫，这次他叫得顺口多了。

顾雪仪"嗯"了一声，走进了门，说："刚刚和警局通过电话了，暂时还没有审出是谁指使他们的。一帮亡命徒，自以为还有救，难免会扛几天。"

宴文柏的心情有些说不清，他这怎么算见义勇为呢？他不过是打倒了一群试图绑架他的匪徒而已。宴文柏闷声说道："嗯，我不急。"

顾雪仪在沙发上坐下："不过我和陈秘书都怀疑是裴丽馨指使人干的。"顾雪仪顿了顿，问，"昨天裴智康去学校了吗？"

宴文柏摇了摇头："我们的课程安排是相对自由的，他不出现很正常。"

"嗯。"顾雪仪神色轻松地说道，"不过也没关系，如果是裴家狗急跳墙，他们下一个选定的对象……"她屈起手指指了指自己，"就该是我了。"

宴文柏脸色骤变："他们盯上你了？"

"只是可能。"

宴文柏浑身的血液还是骤然奔腾起来，整个人立刻处在警觉、暴躁的状态中。

顾雪仪换了个话题，问："你看网上相关的新闻了吗？"

宴文柏一下想到了自己在采访中说的话。她会不会看见了？宴文柏目光一闪，紧绷的身体顿时放松下来，应了一声："嗯。"

"那看见网络上的评价了吗？"

"评价？"

"夸你的。"

宴文柏抿了抿唇，没出声。

顾雪仪伸手想去拿小茶几上的水杯，宴文柏立刻弯腰先一步给她倒好了水。

顾雪仪微微翘了翘嘴角，说："夸你的话，你看了会觉得开心吗？"

"有那么一点儿。"宴文柏轻声说道。

"你觉得自己厉害吗？"

"我……不厉害。"宴文柏的声音低了下去。

"不，你很厉害。我把之前默写下来的东西交给你，你这么快就交出了一份答卷。你比以前厉害了，这说明你的学习能力很强。"

顾雪仪的语气平缓又自然，但越是这样，她说出来的夸奖的话反倒具有更强大的力量，深深植入了人的心中，比那些吹捧的话还让宴文柏高兴。宴文柏的呼吸滞了滞，耳根又有点儿红，他低低地应了一声："嗯。"

"一个人拥有多大的力量就去做多大的事。"顾雪仪轻声说道，"你现在可以去做更大的事了。"

更大的事？那是什么样的事？宴文柏一瞬间有些茫然。在他二十年的人生中，从来没有人引导他思考这样的问题。

顾雪仪点到即止，低头喝了一口水，才起身离开。她希望他能选择适合自己的路，好好走下去，而不是倚仗宴家子弟的身份浑噩度日，当一辈子的宴四少，连独立的人格都没有。

顾雪仪走后，宴文柏重新拿出了手机。他是有微博的，只是从来不打理，四年前开通的，粉丝三百多，全是狐朋狗友，但这会儿，他的粉丝已经涨到了8万，并且还在持续上涨中。

他点开自己两年前发的一条微博。那张照片上是光线昏暗的酒吧里一杯五彩缤纷的酒。

他点进去，评论区却是一堆和照片不相符的吹捧的话。他们还在夸他，用词浮夸，但又比那些朋友捧着他的时候要更真实。

这就是做一个优秀的人的滋味儿？一个人拥有多大的力量就去做多大的事。现在他想做更大的事！

顾雪仪从宴文柏的房间里出来就撞见了宴文宏。顾雪仪的目光闪了闪。这是她第几次碰见他了？

"大嫂。"宴文宏指了指楼下，"我正巧要下楼拿吃的。"

顾雪仪点了点头。

"大嫂是不是准备出门？"宴文宏问。

"嗯。"顾雪仪顿了一下，有些不自然地说，"我要回一趟家。"

宴文宏怔住了："家？"他喃喃地道，"这里不就是大嫂的家吗？"

"我指顾家。"

宴文宏的目光突然黯淡了一下，他低下头，眼中飞快地掠过阴沉的光。他也是这时候才想起来，她姓顾，不姓宴。宴文宏很快抬起了头，眼中的冷色已经飞快地消失了，问道："那我能去吗？"

"不能。"顾雪仪直截了当地拒绝，"不合适。"

宴文宏胸口如同压了一块大石头，他顿时格外在意起来。他不合适，那宴朝就合适吗？只有宴朝配和她回顾家吗？

顾雪仪突然问道:"今天小雏菊画得怎么样?"

宴文宏的眉眼立刻往下耷了耷,他回道:"我画得不太好。"

"那我给你请个老师吧。"顾雪仪说。

宴文宏欢喜地说道:"好。谢谢大嫂。"

顾雪仪又交代了一些事给他:"我书房里的书替我整理一下。按时吃饭,糖别吃太多。"

宴文宏越听脸上的笑容越多,一一答应下来。

顾雪仪这才离开宴家别墅。

宴家的用人在一旁看得目瞪口呆。自打小少爷转了性子以后,他们每天都战战兢兢的,特别怕得罪这位小少爷,总觉得小少爷如果发起火来,恐怕比其他几位还要可怕。他们又很容易从他身上联想到宴先生……那就更害怕了,但是太太怎么三言两语就把小少爷安抚下来了呢?而且太太明明是在给小少爷安排活儿啊!小少爷高兴什么?小少爷你清醒一点儿!

宴文宏高高兴兴地上了楼,先去替顾雪仪整理书架。中途他还掀起地毯,用力踩了踩地板,想到下面就是他的房间,越来越高兴,转头继续收拾起书架,还贴心地给一些外文书做了标注,仿佛勤劳的小蜜蜂。宴文宏分外享受这样的生活,低低地说道:"要是宴朝永远不回来就好了……"

顾雪仪上了车,直接吩咐司机去顾家。她已经提早给顾学民打过电话了。

这是思丽卡晚宴后他们第一次见面。顾家的用人看见她的时候,一时间还有点儿不敢认,连忙高声说:"小姐回来了。"

小姐,多新鲜的词,她已经很久没听见这个称呼了。

顾雪仪迈步进门,张昕迎了出来,后面才是沉着脸的顾学民。顾雪仪微微颔首,礼貌地和他们打了招呼。

张昕本来还满脸笑容,但见了顾雪仪端庄大方的模样,反倒有点儿发怵,一时间表情都僵了。

顾学民却全然不觉,有几分炫耀地说道:"那天在晚宴上,简先生留了一张名片给我,之后将克莱文先生介绍给我了。你爸我现在的生意可比过去好多了!这全仰仗克莱文先生!过来,爸爸给你介绍。"他说着就将顾雪仪往餐厅那边引。

顾学民心中冷哼:要早知道宴朝是这么冷血无情的人,一点儿不帮扶岳家,当初还不如把你嫁给简昌明呢!顾学民高声感慨着:"还是简先生厚道啊!"

顾雪仪没想到,今天正要来同顾学民说一说克莱文的事,顾学民却已经先将人介绍给她了。她就说最近顾学民夫妇怎么消停多了,不到宴家去了,原来认识了别人。顾雪仪抬眸朝餐厅上座看去,那是个三十来岁的外国男人,金发碧眼,是她在网络上见过的典型外国人长相。

当然,或许是她对外国人有些脸盲罢了。

"这就是宴太太?"克莱文坐在位子上,盯着顾雪仪,说着一口标准的中文,语气有些轻视。

"对对,这就是小女,就是嫁给宴朝的那个!"顾学民说道。

张昕已经在后头为顾雪仪拉开了椅子,但顾雪仪没坐,只是站在那里。她扫了一眼克莱文,比他方才的模样还要高傲。顾雪仪问:"克莱文先生和我父亲做的什么生意?"

张昕在一旁尴尬地说道:"你问这个干什么?男人的事,你爸说了你也不懂。"

顾学民急着炫耀,想告诉将自己拒之门外的女儿,自己不靠宴朝现在也发达了,以后顾雪仪要是被宴朝欺负了,没准儿还得回头来求他这个爸爸做主呢!顾学民沉浸在这种快意中,也没隐瞒,当即说道:"外贸生意!克莱文先生在国外的渠道很广,和海关的人也熟识……这一个月下来,就赚了这个数。"

顾学民说着,比了个"9"。

"900万元?"

"9000万元。"

顾雪仪转头看向克莱文:"克莱文先生觉得这笔钱多吗?"

克莱文听她这么问,一下怔住了。那是多,还是不多?他觉得是多的,但这话从宴朝太太的口中说出来……

克莱文笑了笑,说:"自然是不多的,以后嘛,还会更多的。"

顾雪仪淡淡地说道:"多了。"

顾学民一听这话,不仅不觉得生气,还很高兴。他强忍着炫耀的冲动,说道:"你看看你,嫁进宴家之后就少交际了。除了那个晚宴,你还弄了别的什么?宴家就这么对你的?9000万元你都觉得多?"

"你和简先生是什么关系?"顾雪仪转头看向克莱文。

"我和简先生的关系……哈哈,比较复杂……简先生将我引见给你爸爸,你放心吧,我不会亏待你爸爸的。"克莱文笑了笑。

顾雪仪近来跟陈于瑾学了些知识，虽说还远远不够，但此时够用了。顾家是开服装厂的，一个服装厂，第一个月开始做外贸，纯利润就达到了9000万元，哪儿有那样顺利的？

"拿他当傻子哄，就是不亏待吗？"顾雪仪淡淡地问道。

克莱文脸色一沉："宴太太这是什么意思？"他又看向顾学民："顾总，你这个女儿实在太不尊重人！"

原主本来就跋扈、刁蛮，顾学民倒也没觉得哪里不对，只是心里暗恨这个女儿一点儿忙帮不上就算了，还总拖后腿。顾学民生气地说："我还当你是来看望我和你妈的，结果你是来拆台的。你就是不想看见你爸爸发财是吧？"

顾雪仪根本不理他，而是径直看向克莱文："你是自己从位子上滚下来，还是我让人把你扔出去？"

克莱文被气得面色涨红。面前的女人气质婉约，应该是典型的华国女人，但克莱文发现，自己竟然有点儿不敢对上她的目光。克莱文说："你知道赶走我你们会损失什么吗？"

顾雪仪拿出手机，拨了简昌明的号码。

那头的人接得很快："喂。"

克莱文狐疑地看着她："你这是干什么？"

顾学民也愣住了。

顾雪仪将手机按了免提，淡淡地问道："思丽卡晚宴上，简先生给我父亲送过名片吗？"

简昌明失笑："就是为了这样的事给我打电话？"他顿了一下回道，"没有。"

顾学民大声说道："不可能！"

简昌明听见顾学民的声音，敛了敛笑意，冷淡地说道："顾总是被谁诓骗了吗？我确实没有送过名片。"

"那简先生认识克莱文吗？这个人说，他与简先生的关系着实有些复杂。"

简昌明那头骤然传来了咳嗽声，缓了缓，他才出声："不认识。"而这次，他的声音已经趋于冰冷。

顾学民当然接受不了这样的结果，一把抢过手机："你真的是在给简先生打电话吗？简先生会这么容易接你的电话？顾雪仪！你不要太过分了！连你爸妈都坑！"

简昌明："我是简昌明。"

"你是宋家的人还是封家的人？"顾雪仪重新看向克莱文，而这一次，他站了起来，面上还带着怒容，但目光已经开始闪躲了。

"哦，那就是封家的了。"

"什么封家？"克莱文愤怒地说，"顾总，你还不把这个女人赶走？我们的生意还做吗？"

顾学民准备开口。

顾雪仪重新将手机拿回来，对电话那头的简昌明低声说道："不好意思，打扰简先生了。"说完，她先礼貌地挂断了电话。

还没说上几句话的简昌明恍惚之间甚至有种自己是工具人的错觉。

顾学民被气得胸膛起伏，指着门口说："既然你不盼着你爸妈好，那你就给我滚！"

顾雪仪走上前，按住了克莱文的肩。

克莱文愣了愣。这是什么意思？华国人服输示弱的意思，还是什么？

没等克莱文想明白，他的整个上半身就被死死地按在了餐桌上，脸正好埋进那碗蘑菇浓汤里……

"你主子我都不怕，你算什么东西，也敢这样同我说话？"

客厅里安静极了，用人躲在一边，不敢发出一点儿声音。

克莱文卷曲的金发泡在蘑菇汤里，黏糊糊地贴着他的头皮，他却顾不上管。

他跪在地板上，身后站着两个大汉。

"打……打完了。"克莱文颤声说道，同时伸长了手，将掌心里的手机递了过去。

没等他将手机递到顾雪仪面前，保镖已经弯腰拿走了手机。

顾学民看到这一幕还有些恍惚，张昕更是被吓坏了。他们谁也没想到顾雪仪回家还会带保镖。宴氏集团的保镖又怎么会是吃素的？就连他们俩都被吓住了。

"那便等着吧。"顾雪仪这才坐下。

顾学民脑子里一片混乱，不想承认自己被骗，又觉得在简昌明面前丢了脸，还有些害怕。这些日子以来，克莱文究竟编了多少谎言来骗他？他吃亏了吗？不，他拿到的是真金白银，怎么会是他吃亏呢？

顾学民半天才找回自己的声音："你刚才说封……封家？哪个封家？"

"封俞。"顾雪仪补充道。

克莱文听到这里,不由得抬头看了顾雪仪两眼。她真的认识封总,所以这样大胆地称呼封总的名字!

顾学民呆了:"那个……那个封俞?"很显然,他虽然蠢,但也知道封俞与宴朝不和,更知道封俞不是良善的人……

"所以现在你知道自己有多蠢了吗?"顾雪仪冷冷地问道。

她对待族中幼童、少年向来更有耐心些,而如顾学民夫妇这样一把年纪,却还做着飞黄腾达的美梦,指望着卖女儿就能一步登天,还在背后频频拖后腿的人……无论是在过去还是现在,都是最令人厌恶的。

张昕尴尬地说道:"那……那也不能怪你爸爸。"

顾学民这会儿有点儿后怕——他怕宴朝。他抹了一把头上的汗,但还想维持住自己最后那点儿颜面:"上个月的钱,我都已经拿到手了……中间会不会有什么误会?"顾学民压根儿没注意到,自己在女儿面前竟然不自觉地放低了音量,再没了刚才气急败坏的模样。

"那就要问他了。"

顾雪仪曾经处理过这样的麻烦事。她初到盛家时,盛家有一个绸缎庄子,不知为何连年亏损,那一年恰好换了个新掌柜,绸缎庄突然从连年亏损一跃成为盛家名下进项最多的铺子。那掌柜来盛老夫人面前讨赏,顾雪仪便觉得他不大对劲儿。后来那人被拆穿了,果真干的是些下三烂的勾当……掌柜以盛家之名,从杭州运绸缎入京,却做着贩卖私盐的勾当,岂能不盈利?他若是被抓住了,莫说他要被砍头,盛家的名声也要被连累。

她只是不知道克莱文干的是什么勾当。

顾学民愣愣地问道:"你这是什么意思?"

顾雪仪心里叹了一口气,随便找个孩子都比他聪明。顾雪仪看向克莱文:"你自己说。"

克莱文的脸上还有汤汁,看着狼狈极了。他的舌头哆嗦了一下:"我……"

"不会说话了吗?"保镖厉喝一声,踹了他一脚。

克莱文拼命摇头:"不不,你没有权力审问我。等封总……等封总到了再说……"

顾雪仪摇头叹道:"又是个蠢的。"

克莱文面色涨红,却无法反驳顾雪仪的话。他怕,怕挨打,也怕面前这个优雅美丽的华国女人。

顾雪仪不急不缓地说道："等封俞到了你再把话说清楚，你觉得封俞会扒你的皮，还是会拆你的骨？"

克莱文陡然间被勾起了什么记忆，跪在那里，颤抖得更厉害了。

装修豪华的酒店房间里，年轻男人穿着白色浴袍，坐在桌前，缓缓翻动着面前的旅游宣传手册，似乎饶有兴致一般，看得很是认真。

门被推开，几个手下走了进来。

"这才感觉自己活过来了。"

"老大，楼下就是免税商场，您不去逛逛吗？"

"对，得给太太带点儿什么东西吧。女人不都喜欢这些东西吗？"

年轻男人这才停下手上的动作，似是回忆了一下对方是否真的喜欢这些东西。过去的顾雪仪是喜欢的，但是现在买糖、买冰激凌、买烤猪蹄、买奶茶的顾雪仪好像对此并不是很感兴趣。他说："你们去吧。"

手下面面相觑，心说那天打电话老大和太太不会是吵架了吧？

"哦，好，那……那我们走了。"

门很快又合上了。

年轻男人顿了一下，拨了个号码出去。

"不好意思，中断一下。"陈于瑾礼貌地笑了笑。

对面的高管立马表示没关系。陈秘书的电话总是很多，尤其最近，他们也都习惯了。

陈于瑾走出去之后，却径直去了小会议室，又反手关上门："宴总。"

"顾雪仪现在应该回顾家了。"

陈于瑾愣了愣，他们这是吵架了还是准备离婚了？

"我让她转告顾学民，不要和克莱文走得太近，否则会很麻烦。"

陈于瑾点头，心道：这是应该的，不然顾学民夫妇被人家拿住了把柄，外头的人可不管顾家和宴家是两家人，他们只知道顾学民是宴总的岳父。

"顾学民性格难缠，她或许劝不住。"宴朝顿了一下，这才淡淡地说道，"你去替她出个面吧。"

陈于瑾怔了一下，本能地拿下手机看了看未接来电。她没有给他打过电话，也就是说，她或许还没有去顾家，又或许她早就已经处理好了这事。陈于瑾骤然间想起来，宴总对现在的宴太太好像一点儿也不了解。

"很为难？"宴朝淡淡地问道。

"不，不为难。"到了喉头的话，在陈于瑾的舌尖上滚了一遭，最后他还是没有说出来。实际上，他也不知道该怎么跟宴朝描述顾雪仪的变化，也许当宴总亲自看见的时候，宴总自然就会明白了。陈于瑾说："我处理完手头的事就过去。"

"嗯。"宴朝也并不多说，很快挂断了电话，又翻动起面前的旅游手册。

这就是礼物，她眼下正需要的礼物。

宴朝就当谢她这些天里没有给宴氏集团添一点儿乱子。当她以一个正常人的行为面对他时，他也是乐得跟她客气一下的。

顾家别墅外，突然停下了几辆黑色轿车。

顾家的女佣一早就等在门口了，等看见了那几辆车，连大门也忘了打开，匆忙往客厅里跑去，一边跑一边说："来……来了……"

"封俞，不，封总来了？"顾学民话说到一半又临时改了口。他是怕宴朝，但现在来的是封俞啊！

顾雪仪一看女佣的模样，就知道她忘记将门打开了。顾雪仪示意保镖："去开门。"

保镖应声，立刻去了。

封俞面色沉沉地坐在车上，没想到自己头一次被人拦在了门外。他亲自来这个破地方，都已经是破天荒头一回了！

"吱呀"一声，门被打开了。

封俞推开车门走下去，一眼就看见了站在那里的保镖。

对陈于瑾身边的保镖，封俞的印象还是比较深刻的。封俞笑了一下，只是笑容极冷："原来陈总也在这里。"

保镖面不改色地说："陈总不在，只有太太在。"

封俞脸上的笑容顿时更大了，他大步朝里走去。

"宴太太！别来无恙。"他的声音拔高，语气却带着点儿咬牙切齿的味道。换个人，乍然听见这句话，恐怕已经被吓住了。

克莱文就被吓住了，整个人本能地往地面伏下去，却被保镖一把揪住："趴什么呢？有脸跑到顾家来耍威风，没脸见人吗？"

克莱文有些怕了。封总竟然真的亲自来了！如果封总为了给外面一个交代，亲自审问他，那他就完了。克莱文连声说道："我……我承认，宴太太别告诉封总！我在那些东西里装了货……"

顾雪仪的脸色一变，转头冷冷地看了一眼顾学民："看看你干的好事！"

顾学民也被吓傻了。他是想挣钱，甚至还想借着宴家和简家的名头打打擦边球，但没想过卖这种东西啊，那是违法要命的东西啊！

张昕更是吓得一屁股坐在了地上。

顾雪仪径直起身，走到克莱文面前，揪住克莱文的头发，将对方的脸抬起来。

克莱文的头皮疼得要命，他却不敢出声。

这个女人下手又狠又快，他打死也没想到，那么好糊弄的顾学民却有这么凶悍的女儿啊！

"像你这样的人，若是在古时候，是要被判以绞刑、诛三族的。"顾雪仪面带寒霜，冷声说道。

克莱文不大懂古文，完全没听懂，但女人的模样已经镇住他了。

这明明是个纤瘦的女人，身上却陡然间迸发出肃杀之气，就好像从战场上归来一样……

克莱文心中的恐惧感在一刹那升到了顶端。他颤声唤道："封……封总！"

顾雪仪轻轻松开了手。

克莱文浑身发软，不受控制地倒了下去，"咚"的一声额头磕在了地板上，险些把他磕晕，但额头上传来的剧痛以及身边传来的封俞的声音，又让他一下清醒了。

封俞眉尾往下压了压，模样有些阴狠，问："宴太太这是干什么？我一来，宴太太就给我看杀鸡儆猴的好戏呢？"

顾雪仪走回去，抽了一张纸，先擦了擦被弄脏的手指。若非她时刻提醒自己，这已经不是过去她所处的社会了，她怕是要拧断克莱文的脖子。顾雪仪头也不抬地说道："封总的意思，就是他的确是封总的人了。"

这女人的嘴是什么做的，这么厉害？在那天的活动上她是这样，在拍卖会上她也是这样，现在和他面对面站在一块儿，她还是这样。

封俞知道这时候否认也没意思，他都过来了，于是点了点头："是。"

"我倒是想问，封总想干什么？以为往顾家埋一颗雷，就能炸了宴家？"顾雪仪这才抬起头，"封总头一天出来做生意吗？这样天真？"

封俞的胸口堵了堵，他盯着顾雪仪的目光越发阴沉，偏偏顾雪仪毫无所觉一般。

这时候顾家门外又来了一辆车。

251

女佣不敢进去，就一直守在门口，一抬头就见着了这辆车。女佣愣愣地望过去，便见一位和先前的封总完全不同的男人走了出来，男人西装革履、风度翩翩、面带笑容。

他说："我是陈于瑾。我来见宴太太，也就是你们家顾小姐。"

女佣对这个名字极其熟悉，知道是顾学民常挂在嘴边的不能得罪的人物，于是连忙把人迎了进去。

陈于瑾一边往前走，一边给宴朝拨了个电话，低声说道："太太已经在顾家了。"

"嗯。"宴朝淡淡地应了一声，似是嘱咐过后就已经兴致缺缺，对这件事不再上心了。

陈于瑾汇报完毕，就准备挂断电话往里走，却听见别墅大厅里传来一阵声音。

封俞阴沉沉地笑了笑，说："哪里是来顾家埋雷呢？我是那日一别，对宴太太倾慕不已，这才特地派了个人过来盯着顾家。"

陈于瑾赶紧按下了挂断键，宴太太好像不太需要自己帮忙了。

"您怎么不进去？"女佣在后面小声问。

客厅里的人这才注意到这边的动静，齐齐朝陈于瑾看了过来。

陈于瑾将手机放好，微笑道："太太、封总。"

顾学民和张昕直接被忽视了，但这会儿他们也顾不上计较这些了，还沉浸在克莱文哄骗他们，拉着顾家下水的慌乱和惊恐状态中，倒是封俞阴沉沉地多看了陈于瑾一眼。

他怎么来了？

顾雪仪慢慢敛起目光，丝毫没有被封俞刚才的话触怒，不紧不慢地说道："那日啊……原来封总喜欢给我做仆人。若是这样的话，倒也不必派个人到顾家来盯着，封总去宴家毛遂自荐，给我跑跑腿儿，打打下手，想必宴朝也是会同意的。"

陈于瑾听完这话，顿时了然。

封俞刚才那句话是故意刺顾雪仪的，只不过顾雪仪压根儿不接他的招。

封俞的脸色顿时更加难看了，他阴沉沉地说道："那宴总倒是大方。"

顾学民和张昕包括地上的克莱文都被吓呆了。她怎么敢这么和封俞说话？

"哪里有封总大方？"顾雪仪指了指地上的克莱文，"封总还惦记着顾家过得好不好，派人上赶着来送钱。"

封俞的面上涌现一丝疑惑之色："送钱？"

顾雪仪早就猜到了，克莱文多半是私底下行动的。

封俞如果真想用这种阴招，那也应该找个聪明的人。克莱文几乎把贪婪和傲慢都写在了脸上，封俞找他来办这样的事，疯了吗？

克莱文不愿意让封俞知道自己干的事，也很好地说明了这一点。

"这位克莱文先生上个月接触了我父亲，之后说要介绍一笔生意给他。"

封俞面色不变。这的确是他让克莱文去办的事。他在顾雪仪的手里吃了亏，心里总像扎了根刺一样，当然想将整个顾家放在眼皮子底下监视起来。

"这位克莱文先生有些神通，第一个月就赚了9000万元。"顾雪仪说完，反问封俞，"不知封总年少时做的第一笔生意有没有克莱文先生厉害呢？"

"不，假的，那都是假的。"克莱文声嘶力竭地喊道。

这位宴太太不仅不怕封总，还一字一句往封总的雷点上踩。完了，他完了。

封俞阴沉沉地看了克莱文一眼。

克莱文身上起了一层鸡皮疙瘩，控制不住地颤抖着，颤声说："我没有……"

"刚才你可不是这么说的。"顾雪仪淡淡地说道。

封俞骤然出声："我做的第一笔生意比他厉害。"

在场的人都愣了一下。

"我赚了13亿元。"

顾雪仪顿了顿："那封总倒是比他厉害一些。"

封俞这才弯下腰，将克莱文从地上揪起来："你这个蠢货又怎么配和我相提并论？"

克莱文惊恐地望着他："是，我……我不配……"

"9000万元你也配？"封俞冷笑一声，"说吧，打着封家的旗号，拉着顾学民下水，你走私什么东西了？"

克莱文闭了闭眼，面如死灰，全交代了。

封俞的面色倒是没什么变化，他只是骤然冷笑了一声："胆子大了，踩着封家发家致富啊！当面一套，背后一套啊，这事传出去，我封家还要不要脸了？"这简直就是踩着他的底线，在上面跳舞！封俞攥紧了手指，这才忍下怒意，不然立刻就能抽刀把人的手剁了。

"封总，我错了，是我被钱迷了眼……"

他敢做这档子生意，不是死到临头，又怎么会跪地求饶呢？

顾雪仪打断了克莱文毫无意义的悔悟话语："先说清楚，这件事还有多少人知道？货物分别经了谁的手？怎么过的海关？国外的卖家是谁？国内的买家又是谁？从哪条线经销？"

她语速依旧不紧不慢，这会儿听上去，话里甚至没多少怒意了，迫人气压却牢牢压在了克莱文的头上。

封俞挑了挑眉，回头看了一眼顾雪仪。他对这些并不感兴趣，比起克莱文走私了什么东西，借他之便走私的行为更让他震怒。

"宴太太问，那就仔仔细细地说清楚。"封俞沉声命令道。

顾雪仪转头看向顾学民："你和他应该签合同了，把合同拿过来。"

顾学民刚想反驳：当着这么多人的面，你怎么能支使你爸爸呢？但话到了嘴边，顾学民还是及时咽了回去，赶紧上楼去拿合同。

张昕早已经说不出话来。她恍惚地抬起头，看向站在不远处的女儿，那仿佛已经不是她的女儿了。

顾家别墅坐落在鄱阳别墅区，这并不是一个多厉害的地方。这里的管理较为松散，有许多拆迁户、小工作室都选择落户这里。简而言之，住在这里的人，并不代表拥有了地位。

此时别墅区里就悄悄躲着几个人。他们藏在附近一座空置的别墅内，焦灼地等待着。

"怎么还没出来？这得等到什么时候？"

"是啊，眼看着进去的人越来越多，这女人到底是什么来头啊？"

"你不看新闻吗？那是宴朝的太太、宴氏集团的老板娘，有钱得很！"

"还是有钱人会玩，这一会儿的工夫，都进去多少个男的了？"

…………

静音的手机一次又一次地亮起来，他们都没接。

"催有什么办法？人家不出来，我们也不能冲进去抢啊。警察刚抓了几个人，我们想要钱，那也得有命花啊。"

"一会儿还得想办法先把这个女人身边的保镖打倒了再说。"

"我看不然先抓她爸妈再威胁她得了，宴氏集团的保镖能是吃素的吗？"

几个人讨论了半天都没有结果。

裴智康更是焦灼不已,开始手脚发软、眼前发黑,连呼吸都不顺畅了。他长到这么大,从来没遇到过这样的危机。裴智康多次催促无果,一气之下,干脆把电话打到了封俞那里。

封家是他们的盟友,都到这个时候了,封家总不能还独善其身吧!

顾家别墅里。克莱文磕磕巴巴地讲述着整个过程。顾学民越听腿越软。客厅里一时安静得只有克莱文的声音以及顾学民牙齿打战的声音。

就在这个时候,不知谁的手机铃声突然响了起来。

封俞身后的助手连忙把手机递给了他,压低了声音说:"裴。"

封俞瞥了手机一眼,挂断了电话。

那头的人又打了过来,封俞按下了接听键,将手机放在了耳边。

他们又想说什么蠢话?

"封总,宴朝没死,他快回来了,他马上就要回来了!封总,你不能就这么看着吧?塔塔还是你引见我们认识的……"裴智康一边快速地说着,一边拼命咽口水,既怕封俞,又不得不求助封俞,"封总,这个时候得你来出出力了。"

这帮废物,他把食物都喂到他们嘴边了,他们还不会自己吃下去。

封俞听了都觉得新鲜,讥讽地笑了一下:"哦,你希望怎么样?"

"我要顾雪仪。"裴智康说,"我知道封总手里有人!封总还记得慈善晚宴吧?那天顾雪仪可没给封总留面子,连钱都没有捐。封总应该也希望抓住她吧?"

封俞扫了一眼顾雪仪。

顾雪仪立刻有所察觉,回望过去。

封俞收回目光,冷笑了一声:"你当我是人贩子呢?别什么破事儿都来找我。"

裴智康被噎了噎,听出他要挂电话了,连忙大喊一声:"别!封总!别挂!宴朝要回来了——"

封俞捂住了手机听筒。

裴智康还在那头说道:"宴朝回来了,如果知道你和我们合作,你一样也跑不掉不是吗?封总,我们应该通力合作——"

封俞忍不住笑了:"你们怎么这么蠢?全世界都知道我和宴朝不和,宴朝知不知道又有什么影响?"

裴智康傻了。

顾雪仪又一次抬眸看向封俞，因为他提到了宴朝。

裴智康当然不愿面对这样的结果："不，不，我们是盟友，封总，你不能过河拆桥。"

封俞对上顾雪仪的目光，还冲她笑了一下，接下来的话也就说得越发顺畅了："我过河了吗？那是我给你们搭的桥，你们还傻到自己往水里跳，真蠢。知道什么叫盟友吗？盟友是指封家、宋家、江家，你算什么东西？你姐姐算什么东西？她靠着嫁给宴勋华才混进了宝鑫，套上一身奢侈品，就以为自己高攀不起了？"

封俞知道顾雪仪还在看他。这大概还是从那件事过后她头一次拿正眼看他，还看了这么久。封俞看了一眼顾雪仪，然后缓缓地朝她走近，按下了免提，冷声说道："我就没见过像你们这样蠢的东西，当枪都当不好。想抓顾雪仪？我可抓不了她。你说是吧，宴太太？"

裴智康蒙了。封俞……封俞现在就和顾雪仪在一起！

顾雪仪看了一眼封俞。

封俞这会儿不怎么生气了，反倒又冲她露出阴冷的笑容。他翻脸无情，对裴家说丢就丢，不过他倒也没说错，像裴家这样连枪都当不好的人确实不能留着。

顾雪仪这才微微颔首，淡淡地说道："封总难得说了句人话。"

封俞心说，这是夸他呢，还是骂他呢？

裴智康彻底愣住了，事情怎么会这样？封俞掉头把他们卖给顾雪仪了？裴智康被自己读出来的信息吓住了。为什么？封家和宴家不可能和好啊！

裴智康回想了一下，自己刚才在电话里都说了些什么？那些话是不是都被顾雪仪听见了？

她听见了裴家的窘迫现状，听见了他低声下气地求封俞！

裴智康的脸因为愤怒而扭曲，他从小到大，还没丢过这么大的脸。

"封俞！你好样的！"裴智康吼道，"等宴朝回来，谁也别想好过！你把我们卖给顾雪仪，你就能置身事外了吗？"

封俞面色一冷："看来你姐姐没有教过你，什么人是不能得罪的。也是，她自己都只会玩一些上不了台面的小手段，又有什么智商来教你？"

"封俞！"

顾雪仪这才缓缓地说道："你姐姐如果聪明的话，早在把你接进大城市的时候，就应当为你请好的老师，让你凭借自己的本事考入好的学校。她将你纵容成了一个不学无术的大少爷，却又将最重要的事交给你，指望姐弟齐心，打下一片属于你们的天地。"

从裴智康主动接近她开始，裴家姐弟的智商就已经彻底暴露了。

那时她就知道，裴家不足为惧，背后的宴勖华或许才是真正的狠角色。

"心比天高，命比纸薄。"顾雪仪说道。

"封俞，你是不是一早就骗了我和我姐？你们……你们一早就狼狈为奸了？"裴智康失去理智，大声骂道，"就算死，我也会把这件事告诉宴朝！"

顾雪仪大抵知道了刚才封俞的心情。

"说你蠢，你还不以为耻。"顾雪仪淡淡地睨了一眼封俞，说道，"封总哪里是要将你们卖给我？封总是玩够了，要把没用的棋子从棋盘里清出去了。你倒是正合了封总的心意，自己送上来卖蠢……今天这通电话要是你姐姐打过来的，说不准你们裴家还有一线生机。"

封俞在一边忍不住低低地笑出了声，笑声低沉、讽刺。

"你这是什么意思？"裴智康抓了抓头发，用力地咬住了牙。如果真能抓住顾雪仪，他一定要让她在他的床上哭！

"哈哈哈……"封俞忍不住笑得更大声了。

顾学民在一旁看得胆战心惊，总觉得封总一会儿面色阴沉，一会儿又哈哈大笑，跟精神分裂似的，难怪人家说封总翻脸无情、难以捉摸。

封俞说："她说得对。"然后他就挂断了电话。

他早就不想和裴家玩了，裴智康竟然还以为他怕宴朝，还不如顾雪仪看得明白。封俞嗤笑了一声："裴智康这样的货色，给人当狗都不配。"

顾雪仪已经转头重新看向克莱文："你接着说。"

自以为逃过一劫的克莱文打了个哆嗦，只好继续往下说。

没过去多久，封俞的手机又响了。

"裴丽馨。"封俞挑了挑眉，还特地看了一下陈于瑾。

陈于瑾面带微笑。

裴家跟着封俞混，大家又不是第一天知道这件事，又怎么会因为裴丽馨的电话动怒？

封俞接通了电话："裴总又打电话干什么？"

又？裴丽馨很快反应过来，裴智康给他打电话了！她问道："我弟弟和您说什么了？"

"是啊，我在顾家，对面站着宴太太，身后站着陈总。你弟弟打电话给我，要我把顾雪仪抓住送给他，好大的威风。"封俞讥讽地说道。

裴丽馨冷汗涔涔，艰难地动了动唇："不，那并不是我的意思。"

她是要抓顾雪仪，但不可能去找封俞。

封俞最讨厌别人指挥他做事，更别提是这样芝麻点儿大又上不得台面的事，裴智康的电话犯了大忌。不过没关系，裴丽馨很快冷静下来，问道："您看新闻了吗？或者您直接问问一旁的顾雪仪！没有人比她更清楚这件事了！宝鑫的工程要重新招标！江二要分一杯羹！您一定清楚这意味着什么。"

封俞挂断了电话，面色一沉，先是看了看顾雪仪，然后看向陈于瑾："你们怎么说服江二的？"

陈于瑾微微一笑："封总猜猜。"

封俞指了指克莱文："他，我先留给宴太太，宴太太问完话再还给我。"

"宴太太不喜欢顾家有监视的人，那我下次就不再这么干了。"封俞笑了笑，大步转身往外走去，"这次的事我也会处理好，绝对不给宴太太带来麻烦。"

他走出客厅后，脸色才沉了下来。

裴丽馨打完电话，就立刻拨电话给了裴智康："你告诉封俞宴朝还活着并且要回来了？"

"是……"

裴丽馨骂道："你是不是傻？宴朝还活着，你知道那意味着什么吗？"

裴智康心里也憋着火。别人都说他蠢，连裴丽馨也这样说他。

"那意味着我们对他没有作用了！你还让他帮你抓顾雪仪？只有封俞把别人扒皮吸髓的，你见过谁从他身上讨到好处了吗？我哪次和他沟通不是付出代价的？你这话一出，封俞只会抽身更快……"裴丽馨快被气疯了。

她终于意识到，自己的弟弟不是天才，甚至连优秀都算不上，让他砸钱去交朋友还行，让他去对接封俞这样的人物就是搬起石头砸自己的脚。

"我和封俞通过电话了，他刚刚和顾雪仪在一起——"

"我知道。"裴智康按捺不住愤怒地说，"他和顾雪仪一定有一腿……"

裴丽馨难掩怒意地骂道："你动动脑子行不行？陈于瑾也在场！封俞接了我的电话，肯定会立刻离开，你现在只能等陈于瑾走了再动手，我们没有退路了，封俞那里不一定还能指望上……"

裴丽馨越说越觉得乱糟糟的。她想不明白，明明一开始势头大好的事，宴朝失踪，被老宴追得如同丧家之犬，连塔塔都被自己这边收买了，国内又有封家助力，宴家只剩下和宴朝关系冷漠的弟弟妹妹，他们对宴氏集团的事又都插不上手，现在怎么会变成这样？

封俞走后，陈于瑾才说道："麻烦顾总和顾夫人回避一下。"

这一天，顾学民早已经被吓傻了，这会儿也不反驳，和张昕赶紧上楼了。

克莱文狼狈至极，也不知道自己说了多久，说得头晕眼花。

"差不多就这些了。"克莱文咽了咽口水。

顾雪仪抬了抬下巴："弄车上去。"

保镖应声，把人先弄走了。

陈于瑾这才说道："宴总让我过来的。"

顾雪仪有点儿惊讶："嗯？"

"宴总对您的印象……嗯……还停留在过去，认为您或许处理不了这样的事。克莱文是个相当有经验的骗子，也许会骗得顾总跟被灌了迷魂汤一样，不管您说什么都不好使。"

顾雪仪点了点头："这样啊。"

宴朝对她有这样的印象也可以理解。

"但是……"陈于瑾迟疑片刻，又说道，"我进门的时候正在和宴总通电话。封俞的那句话，我也不太确定宴总是否听见了。"

"没事。"

"您不担心吗？"

"宴朝是个什么样的人？"顾雪仪突然问道。

陈于瑾一下被问住了。他该怎么描述宴总呢？

"他聪明，就不会有所怀疑。"顾雪仪说。

陈于瑾应了一声："嗯。"他的目光闪了闪。她这么相信宴总吗？

"走吧。"顾雪仪淡淡地说道。

陈于瑾立刻起身。

"是陈秘书先走。"

"太太不走吗？"

"裴智康都准备好人手要抓我了，人还没钓出来。"顾雪仪淡淡地说道。

陈于瑾皱了皱眉："其实您没必要这样。"

顾雪仪："每个人的性格不同。我恰好喜欢把主动权掌握在自己的手中。"

陈于瑾怔了一下，总觉得在曾经的某一天他也听宴总说过类似的话。陈于瑾转身走了出去："太太有需要的话给我打电话。"

顾雪仪低低应了一声："嗯。"和陈于瑾这样的人交流就省力多了。

顾雪仪又给警局打了个电话："你好，我有一些跨国毒品交易案的线索，想交给你们……好的，方便的话，请您几位在傍晚七点左右到鄱阳别墅群附近……"

顾雪仪打完电话，又过了足足半个小时，顾学民和张昕才相互搀扶着下了楼。

"都……走了？"顾学民还有些恍惚，不能接受自己差点儿被牵扯进违法犯罪行为中，也不能接受大名鼎鼎的封总登了门，更不能接受这个女儿好像变得凶悍又强势，自己竟然会怕她？

"嗯。"顾雪仪应道。

宴朝很快就会回来，她也许很快就会离开宴家，又或许不会离开，但不管是哪一种情况，她都不希望顾家拖后腿。

顾雪仪看向顾学民夫妇："这次虽然只是你们被骗了，并没有造成什么后果，但是——"

"但是什么？"

"我希望您二位也能聪明一些，别再做蠢事。"

顾学民的脸上一阵红一阵白。张昕更是接受不了地说道："你这是什么话？我们是你爸妈！"

如果万事都被亲情牵绊，她当然也做不了盛家主母。顾雪仪面不改色，接着说："大义灭亲听过吗？不需要谁动手，你们将来就有可能因为这件事被送进监狱。但如果大家都聪明些，不给对方带来麻烦，那么这样的结果就永远不会发生。"

张昕颤声说道："你太陌生了……你不是雪仪，你不是我们的女儿！"

顾雪仪无奈地叹了一口气。难怪原主被养得那么愚蠢，实在是她生命中最重要的两个角色没能起到半点儿积极作用。

"你们干出这样的事，被人哄骗，我对你们稍加约束，就不是你们的女儿了？"顾雪仪倒也不介意将话说得更直白些，"那就当我不是你们的女儿。再有下次，被人骗了钱，再犯了法，你们自己去坐牢就是。"

张昕被噎住了。

顾学民这才意识到，他们现在不仅从顾雪仪身上讨不到好，反而还得听她的。他张嘴刚想说"凭什么"，但又蓦地想起来顾雪仪是怎么把那个克莱文按进蘑菇汤里的，还有她连封俞都不怕。顾学民说道："一家人何必说两家话。这个教训爸爸记住了。"

顾雪仪低头看了一眼时间,六点五十,也不再多留,起身往外走去。

顾学民这时候反倒热情了点儿,连忙说:"回去的路上小心啊……宴家现在就你一个人撑着,你也别太累啊,我看那个陈秘书还是挺帮着你的嘛。哈哈,再见。"

她刚才还说封俞是什么仆人,顾学民是听不懂的,但他明白,那就是这个女儿和过去不一样了,这些大佬都要给她面子。

顾学民这下不仅不觉得难过,反而很快说服了自己,并且高高兴兴地转头上楼了。倒是张昕堵得不行,她觉得女儿跟她一点儿都不亲近了。过去女儿还总会说要给她几百万,还要给她买首饰,现在都不提了。张昕难过地上了楼。

陈于瑾上车后就立刻给宴朝拨了电话:"宴总。"

"嗯。"

"我到的时候事情就已经被解决好了……"

宴朝沉默了一会儿,似乎是在思考什么:"封俞在顾家?"

"是。"陈于瑾顿了顿,问,"您听见了?"

"不分场合地笑得那么大声,吵到我了。"宴朝顿了一下,问,"克莱文只是个小角色,封俞怎么会来?"

陈于瑾答道:"因为太太。"说完,陈于瑾又觉得有点儿歧义,连忙又补充道,"太太抓住了一点儿把柄。"

"嗯。"宴朝淡淡地应了一声。

陈于瑾一时也听不出宴朝的情绪,更不知道那句关键的话宴朝是否听见了。

"那就这样吧。"

"是。"

豪华酒店里,年轻男人挂了电话,缓缓地说道:"封俞的废话比我多。"总有一天他得把封俞种在胶水里,让封俞永远闭嘴。

顾雪仪出了顾家。

夜色之下,立刻有几道身影动了起来。有了前面几个人被抓的事,他们就有经验了,这次没有直接敲闷棍,而是先砸坏了路灯,瞬间顾家别墅外的整条路都黑了。

保镖立刻警觉起来："太太。"

顾雪仪屈起手指："嘘。"

躲在黑暗中的人心下冷笑了一声。他们还以为多难绑呢，有钱人的保镖难道不知道，一旦发出声音，他们就能迅速锁定人了吗？

黑暗中的人立刻扑了上去。

"刺啦——"那是刀划破布料的声音。

"砰——"那是人倒下的声音。

"咔嚓——"那是骨头折断的声音。

迎接他们的并不是待宰的羔羊，而是猎人手中的利刃。

"中埋伏了！快跑！老三？大虎？"

回应他的只有一片寂静。

他干过很多勾当，跟着别人入室抢劫、诈骗……他每次都足够机敏，溜得足够快。他觉得自己运气好，胆子大，又聪明，没有他不能干的事……直到这会儿，男人才感到一丝惊恐。

路灯是他们砸坏的。黑暗之中，他得不到同伴的回应，这让他有一种仿佛四面都是敌人的错觉。男人咽了咽口水，一边拼命挥舞着手中的刀，一边准备跑。

这时候一束光照了过来，一辆车近了。

男人难以适应这样强烈的光线，本能地眯了一下眼。

车很快停下了，从车里走下来几个人，他们拿着手电筒，一下看见了男人，也看见了他手中的刀。

"不许动！"他们厉喝了一声。

男人对这句话实在太熟悉了，本能地躬身抱头。

车大灯亮起，手电筒的光也变得密集起来。

男人终于看清那是一辆警车。

他隐约听见背后传来低笑声，说："太太算得恰到好处。"

男人扭头去看。几个保镖站在那里，簇拥着一个年轻女人。年轻女人正低头缓缓地擦着手上的血。周围是他的那些兄弟，个个都被打晕了，有的还把刀插在了自己的身上……

"别动！"有人用力按了一下他的头。

警察飞快地跑上前，问："宴太太没事吧？"

顾雪仪摇了摇头："没事。"

"没想到正好碰上了。"小女警生气地说道，"这些人想干什么？想绑架你吗?"

顾雪仪点了点头。

小女警连忙说:"你放心啊,这属于正当防卫!"

男人终于明白过来。女人身边的保镖叫的那声"太太"和女人轻轻的那声"嘘",并不是给他们提供了方位,而是为了更好地抓住他们!

女人是在锁定他们的位置,可惜这一点他们明白得太晚了。他们怎么也想不到,一个豪门小少爷下手狠辣就算了,为什么一个豪门太太却比前头那个下手还狠?

男人被警察押着站了起来,终于清晰地看见了那位宴太太此刻的模样。她的目光平静冷淡,不带一点儿戾气,但男人狠狠地哆嗦了一下。

警察很快就打电话回警局叫了支援。没多久,他们就被全部带走了。

"幸亏我们来得及时。"小女警松了一口气。

其他人倒是看得明白,知道就算他们来晚一点儿,宴家的保镖也能搞定这些人。

他们笑了笑说:"没想到今天还有意外收获。"

顾雪仪也淡淡地笑了一下:"嗯,这下前面的人会招供了。"

"啊?为什么?"旁边有个实习小警察疑惑地问道。

"先是宴四少,再是宴太太……这帮人就是冲着宴氏集团来的!"小女警咬了咬牙,说,"这些人被抓了,前面的人肯定就会知道,他们拿宴氏集团是没办法的,他们的主子保不住他们了。"

其他人继续说道:"自然就会招供了。"

他们对视一眼,笑了笑说:"咱们今晚得熬个通宵了。"他们虽然这么说,但脸上满是兴奋之色,终于能破获这桩案子了!

"至于宴太太白天提到的那些线索……"

"这样吧,我回去再整理一下,明天送到你们那里。"

"那多不好意思。"

"没关系的,这是应该的。"

几个警察又忍不住暗暗感叹:这才是有素质的有钱人嘛,明儿他们再给人家送面锦旗!他们怕路上再出事,特地把顾雪仪送回了宴家,然后才离开。

正如顾雪仪说的那样,前面那些人眼看着不仅没人来救他们,还又有人被抓了,立马就招了。

裴智康又熬过了一个艰难的夜晚,第二天在他租住的公寓里被抓了。

他租的公寓就在大学附近。之前他特地租在这里，就是想向同学炫耀自己多有钱，然而，这一刻让他在周围同学惊诧的目光中丢了大脸。

裴丽馨接到电话的时候气得砸了手中的东西。顾雪仪从一开始就不是愚蠢的人，相反，或许在她的眼中他们才是蠢货！她将他们利用完了，反手就把他们送入了地狱。

裴丽馨终于崩溃了。

罪犯被抓的消息再次上了新闻。

网友们一边痛骂裴家，一边到顾雪仪的微博底下留言。

顾雪仪这时候刚好发了最新的微博："新基金，官网是……"

下面配了两张图，一张是项目企划书的封面，一张是一幅向日葵的画，向日葵从旋涡中挣扎出来，头顶太阳。

"新基金？用于免费心理治疗？有什么特殊意义吗？"

"我惊住了，竟然真的有人关注心理健康啊！国内好像没有基金做这个的……大家都觉得先满足温饱就够了，但其实随着物质水平提高得过快，社会发展日新月异，人的心理问题越来越多了。"

"这样一看我更生气了！一边是一帮歹徒袭击宴太太，一边却是宴太太在做慈善。我好生气啊。"

"宴太太也许不知道我是谁，但我记得您。我曾经是淮宁中学的学生，我算幸运的，入学还不算久。但有太多人在那里被困了很久很久。真的很感谢您拯救了我们，还考虑得这么周全，看见这个新基金的那一刻，我就知道您是为了什么。祝您安康幸福。"

"楼上是淮宁中学的受害者？这样一看，宴太太真的做了很多好事。"

"............"

那条微博底下多出了很多祝福评论。

有论坛很快就把评论截图，开了一个帖子：来聊一聊顾雪仪做的这些事有多厉害。

"为什么不叫宴太太，是因为我突然觉得，顾雪仪女士应该以自己的名字存在于大家的口中，而不单单是宴太太。顾雪仪女士真的很厉害。自从淮宁中学的新闻出来以后，楼主就一直跟踪后续事情。学校被铲平了，江氏铲的，无数孩子心中的恶魔就这么倒了下去。可能有的人不太能理解，这能带来什么？……看看评论吧。"

"很多是祝安康幸福的，啊，最平凡又最真挚的祝福，这种看了更感动人。"

"顾雪仪女士真的做了好多事！"

"就只有我好奇吗？为什么还有很多留'谢谢太阳'的？"

"可能是对那些脱离学校的孩子来说她就像太阳。"

"这是突然和向日葵联动了！"

"新基金是顾雪仪女士的温柔啊。"

……………

顾雪仪的微博当然不止广大网民看见了，还有无数圈里人也看见了。

封俞关掉了页面，嗤笑了一声："怎么什么坏事到了她的手里都变成好事了？"

宴文嘉第一个转发了微博，其他演员虽然不明所以，但还是跟着纷纷转发了，心想：夸一夸顾太太，那肯定没坏处啊！

顾雪仪那条微博火速上了话题榜，还掀起了新一轮的探讨心理问题的热潮。

宴文宏同样看见了微博，盯着那幅向日葵的图案，笑得两眼都眯了起来。那是他画的，他画的！她发了他的画！

宴文宏也登录了自己很久没有登录的微博，悄悄转发了这条微博。宴文宏再盯着那幅画，不再是刻意伪装的快乐，而是真心感到快乐。他好像终于尝到了幸福的滋味儿。

"大嫂……"宴文宏走出了房间，准备上楼去敲顾雪仪的门。

这时候，楼下却响起了一阵"噔噔噔"的脚步声，来人身影如风一般掠过，飞快地奔上了楼。

宴文宏跟上去，就看见宴文姝敲开了门。

顾雪仪刚在门口顿住脚步，宴文姝就猛地扑了上去，"哇"的一声哭了出来："吓死我了……我……我看见新闻了……有人想杀你……是不是想像杀我大哥一样杀了你？……"

宴文姝惶恐极了。她想到了那天顾雪仪来救她的样子，自己却没有去救顾雪仪。

宴文宏呆呆地盯着这一幕，眼中飞快地掠过羡慕和忌妒之色。

顾雪仪被抱了个措手不及，刚和陈于瑾通完电话，一只手举着手机，另一只手拍了拍宴文姝的头："嗯，好了，我没事。"

宴文姝"嗡嗡"响的脑子这才慢慢平静下来，她慢慢地松开手，好好站住了。

顾雪仪转身往里走,宴文姝本能地跟了进去。

宴文姝还有点儿抽噎:"嗯……我……我有点儿怕,怕以后没人来救我了……"宴文姝说到这里,眼泪流了下来。人就是这样,没得到过就不会害怕失去,可是得到了,就会像怀揣宝藏的人一样,变得小心翼翼。

顾雪仪忍不住笑道:"你以后也不会再出事了。"

"说不准啊……我大哥死在外面了,也许以后还有人来欺负我们……"宴文姝越说,越觉得她和顾雪仪就是彼此唯一的依靠了。她突然很难想象,要是顾雪仪死了的话她怎么办?

宴文姝在沙发上坐下,擦了擦脸,又觉得自己这样设想特别傻。她打了个嗝,小声说:"我把那本书看一半了。"

"这么厉害?"顾雪仪轻笑了一下。

宴文姝很少看见她这样,呆了一下。她是在夸我吗?

宴文姝愣愣地点着头,心想:我也很苦的,知道宴文宏在家,不敢回来,就只能憋在酒店里,不停地读书、读书、读书……我又不是那么笨,看着看着,就看很多了。不对,宴文宏在家。

宴文姝猛地抬头朝门外看去,看到宴文宏就站在走廊上盯着她,喉头一紧,心下慌乱,有种见了天敌的恐惧感。

她站起身,脑子又"嗡嗡"响起来。

宴文姝想说她先回酒店了,但突然间又不大舍得说出口,刚刚只抱了顾雪仪一下,也许可以留得更久一点儿,和顾雪仪说说她在酒店的生活,没准儿顾雪仪还会再夸她呢?可是宴文宏……宴文姝又一次对上了他的目光。

少年面容乖巧,目光却是冷冷的。

宴文姝脑中灵光一闪,大喊了一声:"大嫂!宴文宏欺负我!"

酒店里,年轻男人已经换上了一身崭新的西装,手下等在门外。

他们很快上了电梯,迅速下到了一楼。

几辆黑色越野车就停在那里。一个西装大汉立刻上前拉开了车门:"您请。"

他们准备离开这里了。

年轻男人却突然顿住了脚步,说道:"你去商场买一样东西。"

陈于瑾没有帮上忙,那他就重新补上。

"买什么？"手下愣了愣。
"女人喜欢的东西。"年轻男人淡淡地说道。
手下不解——您前一天不是还说不用吗？
老大的心真是海底的针。

第九章
归　来

　　宴文宏心一沉，脸上却本能地扬起了笑容。他磨磨蹭蹭地进了门，低声说："我没有，我就在外面站了一会儿……"
　　顾雪仪指了指沙发："站着做什么？一起坐吧。"
　　宴文宏悬着的心落了地，他点了点头，这才走到沙发边坐下。
　　宴文姝的心倒是一下又提了起来，她火烧屁股似的起身，跑到了顾雪仪的身旁。
　　顾雪仪伸手去拿茶杯，宴文姝连忙提起壶："喝水是吗？"然后她倒好了水。
　　顾雪仪去拿书，宴文姝又马上把书翻开，问："大嫂你要看第几页？我给你翻。"
　　宴文宏沉默着。
　　顾雪仪忍不住抬头看了看宴文姝。
　　宴文姝站在那里，干巴巴地叫了一声："大嫂……"
　　说来也很奇怪，宴文姝以前一点儿都不想叫顾雪仪大嫂，经历了上次的事后，才磕磕巴巴地叫了一声大嫂，然后慢慢叫得多了，好像就能从里面得到一种无形的力量。
　　"你要顶替女佣的工作吗？"顾雪仪淡淡地问道。
　　宴文姝想也不想地说："不行吗？我也就给大嫂倒个水、翻个书。"宴文姝越叫越有种莫名其妙的满足感。

宴文宏抿了一下唇，有些无措地站了起来。

顾雪仪忍不住轻笑了一声，一转头，又看见了宴文宏的动作。

"你又怎么了？"顾雪仪问道。

宴文宏没想到有一天宴文姝会比他还乖巧，说道："我给大嫂读书吧。"

"不用了。"顾雪仪拒绝了，看向宴文姝："你在外面玩够了就早点儿回来。"

顾雪仪说着，又看向宴文宏："陈秘书重新选了些学校，资料已经在我这里了，你拿回去挑选一下。"

"还有你，你也一样得继续上学。你怎么想？回国外继续念，还是在国内重新选择学校？"

她要回国外？

宴文姝茫然了一瞬，听见那个"回"字，竟然有点儿别扭。不过她的确在国外生活的时间更长，宴文姝沉默了，怔怔地望着顾雪仪，不说话了。

宴文宏在那头应了一声："嗯，我现在就选。"

宴文姝急了："我也……我也在国内选选吧。我……我重新考国内的大学……"

宴文宏迟疑地说道："三姐的年纪……好像该上大一了。"

宴文宏从小就是天才，而宴文姝在国外上了大学后，就没正经上过几节课。

宴文姝仔细一回忆，甚至连自己的专业具体学的什么东西都有点儿记不清了。她心中一"咯噔"，连忙看了看顾雪仪："我……我没有，我也才二十岁啊，我重新考，不……不迟吧？"

"分人。"宴文宏说。

他说得简短，但宴文姝还是听出来了，他在说她笨。

宴文姝干巴巴地又开了口："我高中的时候其实也是好好学过的……就是进了大学才……"

"嗯，你自己先想清楚，一时冲动不能支撑你走得更远。"顾雪仪淡淡地说道。

她不相信我吗？

宴文姝咬了咬唇。也对，自己之前表现得太不靠谱了。

宴文姝抬起头，大声说道："我会想清楚的！"

宴文宏看了她一眼。

宴文姝的性子经不起激，她一被激就会上头。她要憋着一口气，还真没她不敢干的事。

宴文宏立即上前几步,走到顾雪仪面前:"大嫂,你把学校的资料给我吧。"

宴文姝急了:"我回去看书了,大嫂。"

顾雪仪应了一声,让宴文宏自己去电脑上把资料拷贝下来。

没一会儿,书房就安静了。

顾雪仪轻挑了挑眉,嘴角也忍不住勾了勾,然后才翻开了书。他们还是年纪小,好打发,但顾雪仪的书还是没能看下去。

江越的电话突然打了进来,她侧过头扫了一眼,想到近来宴氏集团和江越的合作项目,就接起了电话:"江先生。"

江越开门见山地说道:"宴太太怎么知道宋家会这么干?宋家也递标书了。"江越说到后半句的时候语气有些不太好。

顾雪仪淡淡地说道:"宋家不是一直都热衷于和江家争吗?"

江越冷笑了一声:"是啊。也就外人还以为宋家和江家关系有多好呢。宋家那些老东西使的都是下三烂的手段,明面上看不出端倪,外头还夸着呢。我也想不明白,宋家怎么就只可着我下手,是因为我没封俞那么心理扭曲吗?我看起来很好惹吗?"

顾雪仪没评价封俞。她可以当着封俞的面骂他,不给他留面子,但不会在他背后议论他,这样做的话容易留把柄。

江越倒也没打算听她回答,紧跟着问:"宴太太又怎么看出来的?"

顾雪仪不出门的那些天,资料当然不是白看的。

陈于瑾以为东西大多她没记住,实际上恰恰相反,每一条她都记得很清楚。顾雪仪自然不会告诉江越这些细节。

别人将你看得太清楚,连你的心理都揣摩得一清二楚,就不会再敬畏你。

顾雪仪反问道:"宋家在外的名声为什么这么好,江先生想过吗?"

江越顿了顿,说道:"做慈善?网络风向从来都夸他们是慈善家。"

"他们在全国一共捐了16所小学,分别在不同的大学捐了三座图书馆,他们每年用在慈善上的费用是600万元。"

江越纳闷地说道:"不多啊。"

顾雪仪淡淡地说:"他们每年花在营销上的费用可不止这些。"

营销,这个词她还是从宴文嘉那里学来的。据说他们演艺圈最爱用这样的手段来提高一个人的知名度,提升这个人的商业价值。

270

江越："行，我知道了。也就是说，他们没事儿就买广告呗。真新鲜。"

"但就算是这样，他们也仍旧敲不开门。"顾雪仪说。

"什么门？"

"江先生这么聪明的人，应该很清楚，华国的企业与国外的企业根本的区别在哪里。"

"他们敲不开国家的门。"江越说。

江家一样敲不开。

国外的资本猖狂到只手遮天，而国内不行，这就是最根本的区别。不管宋家、江家在国外如何富可敌国，回了国就得遵守法律。

"那是因为他们祖上有一位姓宋的表舅公，曾经在战场上叛逃到了国外。后人在国外发达了，又重新回了国。"顾雪仪合上了面前的书，接着说道。

江越沉下了脸："宴太太连这些事都知道？"

江越攥着手机的手骤然紧了紧。如果说，原先他只是觉得顾雪仪和传言大不相同，行事大胆，那么现在，他对她的评价又高了不少。

"这次的标，在宋家眼里就是一块敲门砖，他们当然会和江先生抢了。"顾雪仪说。

江越大笑了一声："那可真是不好意思了，江家已经和他们撕破脸了，这次可不吃这种亏了。"

顾雪仪微微笑了一下："祝江先生得偿所愿。"

明明她说的是再普通不过的一句话，但这回他还是忍不住有种说不出的熨帖感。

江越低声说："好，借宴太太吉言。"然后他才挂断了电话。

宝鑫的项目是个烂摊子。如果谁都不去动，这个烂摊子就会给宴氏集团留下一块不算大但也不算小的阴影。可现在只要装丽馨倒台，再有江越主动加入，这个烂摊子就变成了宋家也想要的香饽饽。有人抢，它就会越来越香。

江越抓着手机，坐在椅子上，半响都没有动作。他摩挲着手机，又想起思丽卡晚宴的时候，顾雪仪说，他会主动去分担宝鑫风险的……

他是主动去做了。

江越勾了勾嘴角，很快放下手机，转而拿起了一旁的电话，拨了个号码。

不就是营销吗？他又不是什么老古板，这招他也能学啊！

江越很快打完了电话,突然想起顾雪仪最近频繁出现在大众的视野里,这又算什么?这不会也是宴氏集团的营销手段吧?

人家还是免费做营销!地都是老子去铲的!

"顾雪仪新基金"的话题讨论还挂在前三名位置上。网民们吃起"大瓜"丝毫不手软,频频点进去看新八卦消息,再留下自己的评论。顾雪仪的微博粉丝又一次飞涨了,但她仅有两条微博:第一条是微博自动发布的"我加入微博啦",第二条就是与基金有关的那条微博。

顾雪仪在入睡前接到了宴文嘉的经纪人的电话。

经纪人在那头磕磕巴巴地说:"宴太太,您的微博……有人打理吗?"

顾雪仪有点儿惊讶:"没有,怎么了?"

经纪人马上把她的微博看上去太冷清、太单调的危害讲给她听,并且表示,他们有专门的经营团队,如果顾雪仪需要的话,他们愿意提供帮助。

顾雪仪第一次接触这样的东西,深知自己在这个世界要学的东西还有太多,沉思几秒后就答应了:"让你们团队的负责人亲自来和我谈。"

经纪人高高兴兴地答应了。他是希望加深彼此之间的关系的,毕竟管得住宴文嘉这棵摇钱树的人就只有顾雪仪了。如果他能巴结上宴家,那不就更好了吗?

双方愉快地达成了一致意见。

就在经纪人准备挂电话的时候,宴文嘉突然抢过了手机。

"喂。"宴文嘉沉声说道。

"嗯。"

宴文嘉吸了一口气:"我晚上回家。"

"嗯,好。"

宴文嘉又紧紧抿了抿唇:"裴智康找的人想绑架你是不是?"

"是。"

"你想要宝鑫的股份吗?"宴文嘉突然问道。

"你想给我吗?"顾雪仪顿了一下,才又说道,"不用了,那是一笔不小的财富,你自己留着吧。"

宴朝还活着,就省了一大半的事。

宴文嘉不屑地说道:"不小的财富?宝鑫账面上的流动资金还没我的身家多!你知道我拍一个广告能拿多少钱吗?"

经纪人在身后一阵猛咳。

宴文嘉连忙反应过来自己刚才的语气有些过于跋扈了,语气缓了缓,继续说道："我的意思是……我……我有钱。"宴文嘉干巴巴地说完就沉默了。

顾雪仪淡淡地笑了一下："那你拍一个广告多少钱？"

"倒也不算多，税后600多万元吧。"他除了经常不合作，无论是演技，还是拍广告时的表现力，都是业内相当出众的水平。

宴文嘉说完又沉默了。他隐隐约约记得顾雪仪所在的顾家好像并不太有钱。那他这样说岂不是有点儿炫耀的嫌疑？

为了洗掉嫌疑，宴文嘉又说道："我分你一点儿？"

"不用了。"

"哦。"

顾雪仪忍不住笑了笑，宴文嘉的钱给不出去，他还会失落？

"不如做点儿别的事。"顾雪仪说。

"别的事？"

"嗯，如果你想捐钱的话，可以捐给一些慈善基金。"

宴文嘉想说"不是，我就只想分给你"，但他抿了抿唇，最后还是应了一声："哦。"

"几点回来吃饭？"顾雪仪问道。

宴文嘉这才来了点儿精神："八……七点吧。"他看了一眼腕表。

"好。工作加油。"顾雪仪说完挂断了电话。

宴文嘉摸了摸耳朵，低低地"哦"了一声。

"好了吗，原哥？"经纪人在一边探头问道。

"好了。"

"那……那我们走？"

"嗯。"宴文嘉应了一声，慢慢往外走去。

宴文嘉入行以来拍过的戏并不多，主要原因在于他演的角色大多带有一定的艺术色彩，比如刺客、画家、皇子、杀人医生等，那些稍微生活化的角色他就完全没办法演了。不是他学不会，是他身上天生就缺乏生活气息。所以总有一些影评人高高在上地评价他"像个不接地气的人，这样的人是永远演不了小角色、拿不了奥斯卡奖的"，但刚才有那么一刹那，宴文嘉感觉自己好像触到了一点儿生活气息。

什么是生活气息呢？宴文嘉茫然了一瞬，但这个问题很快就被他丢到了脑后。比起这些，现在更重要的问题是他怎么把接下来的活动时间缩短。

宴文嘉大步走了出去。

宴文嘉回到宴家的时候，除了宴朝其他人都在。

大家对视了一眼，谁也没说话，但都清楚他们为什么坐在这里。

顾雪仪很快从楼上下来了，看了一眼宴文嘉，招呼道："回来了？"

宴文嘉低低地应了一声："嗯。"

其他三个姓宴的人都忍不住多看了他一眼。毕竟宴文嘉的性格太古怪，说他像神经病也不为过。

顾雪仪转头问女佣："菜都备好了吗？"

"备好了，太太。"

"嗯，那就先上菜吧。"顾雪仪说着，转头问他们："喝酒吗？"

一时间没人敢回答。这是该说喝好呢，还是该说不喝好呢？

就在他们集体沉默、脑子里一团糨糊的时候，顾雪仪紧跟着说道："红酒吧，白酒你们好像喝不习惯。"

她一眼就看出了他们的为难神色。她用规矩约束他们，是希望他们不要走偏，不要浪费光阴，但并不希望他们变成木头人。

宴文柏第一个答道："好。"

其他人才反应过来，陆续有了回应。

女佣很快就去取了酒，并且给他们挨个儿倒上。

轮到宴文宏的时候，顾雪仪说道："给他换成果汁。"

女佣连忙点了点头。

宴文宏多少有点儿不甘心，他的年纪不小了，但这点儿不甘心很快又被他压了下去，化为一点儿幸福感。这也是大嫂在关心他不是吗？想着想着，宴文宏就忍不住笑了笑。

"不太知道你们的口味，不过厨房的人应该记得。"顾雪仪说，"动筷吧。"

其他人抓着筷子，头顶的灯光洒下来，他们还有一丝恍惚。他们从来没有安安静静地这样坐在一起过。宴家一共五个兄弟姐妹，却都有各自的母亲。宴家太庞大，每个人手里都有一定的股份和钱，在各自母亲的眼中，对方的孩子是和自己争抢资源的。他们彼此之间都没有好感，也从来没有刻意培养过感情，谈不上有多讨厌对方，但彼此关系都很冷淡。

大哥宴朝从小就忙，他们每个人都深刻地意识到宴朝和他们是不同的，所以这一刻，气氛就格外奇妙。

大家很安静，宴文姝最先忍不住开口道："大嫂，你还记得那个冬夜吗？他的画都卖疯了，卿卿画廊也赚了好多钱。"

宴文嘉也紧跟着说道："《间谍》快拍完了，蒋梦的角色换成别的演员了，等补拍完，过段时间我要出国参加活动。"

宴文宏也跟着说道："资料我看完了。"

一时间，所有人全开了口，各说各的，跟一群八哥聚一堆了似的。

女佣震惊地站在原地，感觉眼前的场景有点儿魔幻。她扭头再去看顾雪仪的时候，发现顾雪仪的表情依旧平和。

就在这时候，宴文柏突然说："我想跨考军校的研究生。"他这句话一下让其他人都不说话了。

宴文姝有那么一刹那以为宴文柏的脑袋被驴踢了。

顾雪仪这时候才说："怎么突然想考军校？"

宴文柏犹豫了一下。他该怎么说呢？说他突然发现跟那帮吃喝嫖赌的朋友混着挺没意思的，还是说他突然发现自己仿佛成了武侠小说里的侠客，体内拥有了说不清道不明的力量？

宴文柏张了张嘴，最后只说了一句："你说的，我可以去做更大的事了。"

宴文姝几个人全部竖起了耳朵，听得认认真真。

大嫂和他说什么了？大嫂给他开小课了？

顾雪仪点了点头，说道："嗯，那你想清楚这件大事是什么了吗？"

宴文柏其实还没有明确的概念，只是说道："打那些罪犯好像太容易了点儿。"

顾雪仪笑了一下，举起了手中的酒杯。红酒与暖色的灯光映衬得她的面庞越发温柔美丽，她说："你说得没错。武力终究只能防身，为自己谋夺一定的话语权。你有再厉害的功夫，也只能救一人、十人，但是救不了百人、千人、万人。你可以去试试。因为你年轻，所以可以多尝试。干杯，先祝你成功。"

宴文柏怔了一瞬，然后才举起酒杯。这两个月过得太快，他回头去想，发现她到警局去找他的事仿佛就在昨天。

她祝福他了。

宴文柏低声说："谢谢大嫂。"然后他举起酒杯将酒一饮而尽。

其余人就有点儿坐不住了。大嫂一定给宴文柏开小课了。

宴文嘉忍不住酸溜溜地想，难道他工作不努力吗？他不配得到夸奖吗？宴文姝倒是有几分自知之明。肯定是她书看得还不够多！她要多看几本书！宴文宏倒是沉默着，一声也没有吭。

顾雪仪抿了一下唇，说：“你们也是一样……你们应该有自己的判断能力了，好坏心里都明白。比如酒，喝酒的人不代表就是糟糕的人，但沉溺于酒精的人一定是个糟糕的人。选择做什么样的人，你们自己心里有标准。”

宴文嘉听着听着就觉得不对味儿。她怎么像在交代走后的事呢？

"好了，继续吃饭吧。"顾雪仪说。

宴文姝继续动筷子，又开始说画廊的事，顺便还讲了讲自己在国外怎么样怎么样；宴文柏还沉浸在刚才的感动情绪中，迟迟没有再开口。他胸腔里涌动着热血，也有很多话想说，但又不知道该说什么好；宴文宏还是一声不吭；宴文嘉满心惦记着大哥大嫂要离婚了，饭都觉得挺难吃的，耳边还有个不停说话的宴文姝……

一顿饭几个人就这么吃完了。

顾雪仪到花园里转悠了几圈，然后就上楼休息了。其他人各怀心事，也纷纷回了房间。

顾雪仪洗完澡从浴室出来，一只手拽着大毛巾慢吞吞地擦拭着湿漉漉的头发，放在桌上的手机突然响了起来。顾雪仪走近一看，上面显示的是"未知来电"。顾雪仪猜到了打电话的人是谁，也猜到了对方打电话是为了什么，于是就接了起来。但她对这类电子产品的了解实在不够全面，也不知道她触到了什么键，页面一闪，突然变成了两个小方格，一个小方格里显示出了她的模样，而另一个小方格里显示出了一个年轻男人的模样。男人容貌俊美，眉眼淡漠，不怒自威。

他是宴朝。

年轻男人也愣了一秒。两个人默默地对视了三秒钟，然后才骤然回过了神。

"顾雪仪？"男人低低出声，声音也是好听的。

"嗯，是我。"

宴朝眉间不着痕迹地皱了一下，很快又舒展开来，仿佛刚才那一瞬间只是别人的错觉。

眼前的顾雪仪和宴朝印象中的模样实在大相径庭。

其实宴朝过去并没有仔细地看过他的妻子。顾家想要钱、想傍上宴家；简昌明想将那份恩情债还清；而他要借助简昌明的力量给宝鑫埋雷，方便他彻底铲除宴勋华等人，所以他同意了娶顾雪仪。顾雪仪在这个位置上，只要要求不多,足够过上一段舒坦、富裕,甚至还能捞足下半辈子生活费的快活日子。大家皆大欢喜。

这样一桩纯粹是受恩情裹胁的婚姻,他又怎么会注意这个女人长得怎么样呢?他对她的所有印象就是太闹,唇妆化得太红,还有太刁蛮,太爱砸东西,肆意浪费,对人呼来喝去,很没有礼貌。

这一刻,唇妆太红的印象突然间被打破了。

视频中的年轻女人用白色的毛巾半裹着湿漉漉的头发,毫无保留地露出了美丽的面容。她轻轻眨眼、抬眸都给人秋水剪瞳的错觉,但仔细看的话,就会发现她的眉眼是淡漠且锋利的,有种不怒自威的压迫感。

视频里的女人很快有了动作。她歪了歪头,继续慢吞吞地擦着头发,然后漫不经心地问:"宴总这个时候打来电话是有什么事吗?"

宴朝缓缓地眨了一下眼,收回打量的目光,淡淡地说道:"你让江二主动去申请了宝鑫项目的竞标?"

顾雪仪顿了顿说:"不算吧,这是江先生自己做的最佳选择。"

宴朝的心情又有那么一点儿复杂。陈于瑾口中的顾雪仪完全成了另外一个人。他当然不信,不是他小瞧顾雪仪,而是他不相信有人会在这么短的时间发生翻天覆地的变化,变成另外一个人,除非她不是顾雪仪。

宴朝想,如果在他问起来的时候,顾雪仪承认、卖弄,那么无疑江二的选择的确和她无关,或者她背后有什么人指点。但是这一刻,她满不在乎地说:"不算吧⋯⋯"

她没有居功自傲,仿佛只是顺手做了一件小事。

宴朝目光闪了闪,再一次说道:"克莱文的事处理得怎么样了?"

他从陈于瑾的口中已经知道了事情的结果,但还是会问一次。他需要自己去看。

顾雪仪突然放下毛巾,抬起头,身上的外套因为她的动作而微微敞开了一点儿,露出了一截漂亮白皙的锁骨。

她说:"你等等。"

宴朝愣住。

顾雪仪缓缓起身,一阵"窸窸窣窣"的声音传进了宴朝的耳中。很快,她重新坐了回去,宴朝也看清了她的手里拿的东西——吹风机。

随即,吹风机的声音灌满了宴朝的耳朵。

宴朝张了张嘴,却又不能说"你别吹了,你先和我说完"。因为他发现自己的确挑了个不太合适的时间,国内这个时候也许她该睡觉了,他不能让顾雪仪顶着一头湿漉漉的长发和他聊下去。

宴朝只好将声音调得小一点儿，耐心地等待着。

顾雪仪的头发很长，吹起来当然很慢。

这是宴总头一次知道，原来女性吹完头发还要做护理，整个过程相当漫长。

"好了。"顾雪仪抓了抓头发，头发已经干透了。

宴朝看着她的动作，一刹那竟然有种眼前的女人做起这样的动作有些冷艳的感觉。

这种感觉很快就被他压了下去。

"克莱文供出了一整条产业链……"

宴朝沉默了。

"至于顾家——我的父母，他们也已经被我约束过了，宴总不用担心顾家干出蠢事牵连你。"因为她也不希望被原主的父母牵连。

"顾学民会听？"宴朝问道。

"不听没关系，送他去坐牢。"顾雪仪的语气云淡风轻。

宴朝再次不解。这还是那个大吵大闹，甚至跑到宴氏集团要求他给顾氏注资，帮顾学民拿下800万元的小单子，不帮就要哭诉他根本不爱她的顾雪仪吗？

"宴太太还真是大义灭亲。"他点评道。

"宴总谬赞。"

宴朝出国的时候，从来没有考虑过会给顾雪仪带来什么样的影响，现在，宴朝低声说："我明天上午的飞机。"

"嗯？"顾雪仪疑惑地问道。听上去她好像丝毫不期待他回去。

宴朝又重复了一遍："我明天上午的飞机，回国。"

"好的。"顾雪仪顿了一下，问，"宴总还有别的什么话要说吗？"

那天通话的记忆一下被勾了起来。

宴总的废话有点儿多。宴朝的眼皮跳了跳，他淡淡地说道："晚安。"

"晚安。"顾雪仪按下了挂断键。

屏幕很快就黑了，而宴朝仍旧坐在那里没有动。

"您打完电话了？"几个手下敲门而入，低声问道。

"嗯。"

手下有点儿疑惑地说："今天太太的话好像有点儿多啊。"

"嗯，说了足足半个多小时呢。"另一个手下跟着说道。刚才老大说要打电话，就让他们先出去等着了，他们那时候还特地看了一眼时间。

宴朝愣在了那里，这通电话很长吗？他盯着漆黑的屏幕，这才想起一件事，他到底为什么要盯着顾雪仪吹头发，就这么默不作声地等她呢？

在江越成功拿下竞标的第二天，新闻很快就出现了"江氏与宋氏关系破裂"的标题，不过这则新闻很快就被压下去了。

又一则新闻出现了。这次还是上次的新闻，只不过把标题改为了"江氏为了宴太太与宋氏关系破裂"。

酒店，宴朝清晨起床，什么都还没干，先打了个喷嚏。他皱了皱眉，然后认真思考了一下自己是否真的被那个小护士传染了流感，要不他先去做个检查？

凌晨三点，顾雪仪被一通电话吵醒了。她坐起身，看了一眼来电显示——小方。那是宴文嘉的经纪人。

宴文嘉在宴家，他的经纪人怎么会突然在这个时候打电话过来？顾雪仪目光一闪，接了起来。

"您接电话了就好！"经纪人火急火燎地说道，"虽然我们这边团队的负责人还没有过去和您谈好，但我们的人已经在了解您的微博情况了，以备不时之需。今晚在您的微博底下看见了一条新留言，跟上次淮宁中学的事情有关，我们知道您特别关心这件事，留言看着还挺严重……我们已经把留言发到您的收件箱里了，您先看一看？"

经纪人说完，心里也有点儿没底。这事吧，说大不大，说小不小，但他们既然想给宴太太管理微博，那就得先拿出认真的态度啊。他大半夜打电话过去，也不知道宴太太会不会生气？

顾雪仪拧开了台灯，然后答道："好。"

经纪人愣了一下，心中同时松了一口气，和宴太太这样明事理的人沟通起来就是方便。

顾雪仪挂断电话，打开了自己的邮箱。

wenwen19：看见的时候真的很开心，但是开心过后有点儿茫然吧。没有说您这样做不好的意思。只是客厅的灯光还亮着，我爸还在和亲戚讨论，没了淮宁之后，要把我送到哪里去。他们怪您多管闲事。

不过大概是抱着怕得罪有钱人的想法吧,他们聊到最后不了了之。但就算这样,也让我感到窒息,好像我的人生就这样轻易被别人操控着,我的开心、难过都由他们决定。做个内向胆小的笨人有什么错呢?宴文宏说得对,人生应该由自己掌控。我也觉得是这样。我特别羡慕他的手段,特别羡慕他有您去拯救……我决定不羡慕别人了,缺失的部分看再多医生也弥补不了,我会自己把它填满!最后一次出现在网络上啦!和其他人一样,祝您安康幸福!

填满?她怎么靠自己的力量去填满?

顾雪仪皱了一下眉,自杀,抑或是更极端的选择?人性复杂又多变。

顾雪仪倒没想过淮宁中学没了之后,所有家长都会一夜醒悟,否则她也不会先引出淮宁骗钱的事,再让江越去铲平学校,然后开设基金了,但她没想到,有些人已经等不到医生去治了。

顾雪仪的目光又在"宴文宏"三个字上反复看了两眼。她把电话拨了回去:"给我打电话之前,你们应该已经在搜寻发评人的位置了吧?"

"是的!但是咱们团队里的人技术有限。"经纪人说道,"不过毕竟人多力量大,大家都在查这个号的微博,企图寻找蛛丝马迹。"

"好,你们继续找,我现在打个电话。"

经纪人松了一口气。顾雪仪这样说,就说明他们没白忙。

顾雪仪立刻联系了小女警。小女警则把电话转给了网警。

为了不耽搁时间,顾雪仪给陈于瑾打了电话。

陈于瑾接到电话后坐起身,大致问了一下是什么事。

"宴氏集团有网络技术人员。"陈于瑾微笑着说,"不过侵犯私人信息是犯法的,这个得警局同意。"

顾雪仪当中间人,警局很快和陈于瑾这边联系上了。警局调出来的资料里登记了发评人的住址、主要活动场所。宴氏集团的技术人员锁定了一家酒店。

这时候顾雪仪已经换好了衣服,准备下楼。

女佣听见动静,立刻打开了客厅的灯。整栋别墅一下灯火通明。楼上本来就睡得不太熟的宴文嘉等人也纷纷醒了。

宴文宏最先走出卧室,匆匆走到楼梯口,问:"大嫂,你去哪儿?"

"去一个地方,很快回来。"顾雪仪头也不回地走了出去。

宴文宏眨了一下眼,突然有点儿心神不宁,于是干脆挨着扶手楼梯坐了下来。

女佣见状，连忙劝他："地上凉，您还是先回房间吧。"

宴文宏摇了摇头："不了，我就在这里等。"

女佣心下叹气，心说也不知道怎么回事，突然之间几个少爷和小姐跟太太的关系这么好了。她正想着呢，宴文嘉也下来了。

"怎么回事？"宴文嘉沉着脸问。

"二少，太太刚刚出门了，不知道有什么事。"

宴文嘉的脸色顿时更加阴沉，他看了看宴文宏一副被丢弃的模样，心中冒出一个可怕的猜测：难道是宴朝回来了，顾雪仪去接机？她接完机马上就签离婚协议？

宴文嘉的眼皮跳了跳，他马上抬手按住了眼睛，然后也在楼梯上坐了下来。

女佣惊讶不已。不是，少爷，你们是什么毛病？你们有沙发不坐，坐楼梯？

随着网络发达、智能手机普及，现在熬夜刷微博的人实在太多了。从第一个网民发现那条评论再转到八卦论坛上开始，越来越多的人在关注这件事。论坛的帖子堆起了几千层的"高楼"，不知道有多少人无法入睡。

顾雪仪上了车，立刻接到了陈于瑾的电话："有两个地址……"

顾雪仪听完他的话，立刻说道："请警察同志去登记的住址和主要活动场所，我们去酒店。"

陈于瑾应了一声："好。"他立刻将酒店地址发到了顾雪仪的手机上。

司机看完地址，说："晚上车少，咱们到那里用不了半个小时。"

顾雪仪应了一声，没一会儿赶到了酒店，走下车，陈于瑾已经等在那里了。

顾雪仪惊讶地问道："陈秘书也来了？"

"嗯。"陈于瑾点了点头，跟在顾雪仪的身后，一块儿进了电梯，上了楼。

"房卡已经拿到了。"陈于瑾笑了笑说，"有时候，我的名头会比太太的名头更好用一些。"

顾雪仪点了点头，表示认同。对外界大部分人来说，她或许可以代表宴家，但不能代表宴朝，而陈于瑾常年作为宴朝的代言人在外活动，能代表宴朝。

电梯很快停在了 11 层上。

酒店的隔音效果很好,他们走在走廊上,一点儿声音都没有。

顾雪仪的手机这时候响了起来,她飞快地接起:"喂。"

那头传出警察的声音:"我们已经在家里找过了,没有人。邻居被惊醒了,和我们说,自从淮宁中学的事被处置之后,他们家怕被邻居指责,好像就住到酒店去了……会不会就是宴氏集团之前查的那家酒店?我们现在马上赶过去。"

顾雪仪说道:"好的,我们已经在酒店里了。"

那头的人骤然松了一口气。

顾雪仪挂断电话,抬起头说道:"就是这里。"

1109。

陈于瑾伸出手就要刷卡。

顾雪仪按住了他的手:"先想办法打个电话进去。"

陈于瑾很快领会了她的意思,点了点头,立刻联系了客服部。客服部的人很快就将电话打到了1109:"喂,您好,不好意思,刚刚我们检测到1109号房好像有电路短路的情况,给您带来不便,实在抱歉。您看要是方便的话,为您换个更好的房间,免除您三天的住宿费,我们的工作人员马上上去检修,行吗?"

电话那头一片沉默,很快,"啪"的一声,那头的人挂了电话。

客服部的电话很快就打到了陈于瑾这里。

陈于瑾对顾雪仪说:"客服部的人说,电话接了,没说话,然后就挂了。"

"能接电话,说明人没有站在窗户前准备跳楼。"顾雪仪点了点头,"现在可以直接进去了。"

在她看来,对方跳楼自杀的可能性很小,另一种更极端的做法可能性最大,但顾雪仪没有急着说出来。

话音落下,"嘀"的一声,门被打开了。

门内的人似乎被吓了一跳,陡然尖叫起来:"啊!"紧跟着有人喊:"救命!救命啊!她疯了!"

所有人冲入房内,见到的并不是有人站在窗台上准备跳楼的场景,而是一个短发少女手里抓着一把水果刀,胡乱挥舞着。地上躺着一个中年男人,胸口至少有两处刀伤。刚才的尖叫声是一个中年女人发出的,她发丝散乱，惊恐地瞪着少女。

冲进来的所有人都愣了一秒。

"把刀放下。"顾雪仪说。她的声音很平静，一下唤醒了所有人。

少女紧紧攥着刀，怔怔地看着她："顾……顾雪仪？"

"嗯。"顾雪仪应了一声，"把刀放下，我看见了你的微博。"

少女咬了咬唇，眼泪从脸颊上滑落："我很感谢你，在学校那次感谢你，你看见微博我也很感谢你，你来这里，我也很感谢你，但是没有用了……我也会死，死之前，先让他们知道痛苦是什么滋味儿……"

中年女人听完这话，却反过来对顾雪仪大骂："都怪你！都怪你这个女人！你有钱，就不把别人家的孩子当人看！鼓动他们不上学！如果学校还在，如果囡囡还在上学，她肯定已经改好了，又怎么会这样？……"

顾雪仪懒得理她，倒是一旁的陈于瑾皱了皱眉，身后的保镖表情骤冷。

陈于瑾不太擅长处理这样的事，但还是微笑着试图和对方讲清楚亲者痛仇者快的道理。

少女指了指男人和女人："他们就是我最亲的人啊，是不是很可笑？我死了，不会有人为我难过的。"

陈于瑾张了张嘴还想说点儿什么。顾雪仪一个大步直接跨过了倒地的中年男人。少女惊慌之下本能地挥舞了一下手中的刀。顾雪仪早有准备，掐住了她的手腕。少女只感觉手腕处有根筋陡然一痛，手指骤然失力，刀落了地。

"好了。"顾雪仪说。

陈于瑾和保镖都沉默了。

警察很快赶了过来，该去医院的人去医院，该去警局的人去警局。

坐上了车，顾雪仪才压低声音问："是宴文宏教你的吗？"

少女怔了怔，慢慢抬起头，这才从刚才乱糟糟的思绪中脱离出来。她杀人未遂，没了力气。她的报复、挣扎行为都变成了最后一声虚弱的呐喊。她看着面前的顾雪仪，对方阻止了她。她张了张嘴，却还是先流下了眼泪。

"我理解你的痛苦和绝望心情，但是以命换命没意思。"顾雪仪淡淡地说道，"你恨谁，就让他们看着你越爬越高。等他们拼了命想接近你、攀附你，而你对他们不屑一顾，这才会让他们感觉到痛。你杀了他们，再跟着自杀，他们会感觉到痛吗？不会。"

少女有点儿蒙。她头一次听见这样的话，哪怕淮宁中学被证实是一所糟糕的学校，但她身边的亲戚仍旧对她说，只是她的爸妈被蒙蔽了，他们也是为她好。

不管怎么样,他们都是她的爸妈。他们看不见她的痛苦,用伦理道德将她重重地压在下面,仿佛只要有亲情这条线拴在那里,无论父母做什么事都是可以被原谅的。她不敢直截了当地说出自己的恨意,大部分人认为父母恨孩子、孩子恨父母是不应该存在的情况。少女沉默了半晌,才终于说道:"不是他告诉我的,只是去年有一个月,他拿了全校第一,还给学校拿了很多奖。学校让他上台致辞,他说了一段话……那段话触动了很多人。我只是其中被触动的一个……我觉得他说得对,应该勇敢地斩断一切痛苦的根源。"

顾雪仪轻轻摸了一下她的头:"好,我知道了。宴氏集团会给你请律师,但要不要选择新生活取决于你自己。"

少女抬起头,愣愣地望着她。

少女很快去警局做了笔录,笔录里没有提及宴文宏。

顾雪仪把请律师的事交给了陈于瑾后就坐车回宴家了。

这时候已经是上午十一点了。

"江氏为了宴太太与宋氏关系破裂"的新闻强势霸占了话题榜第一名的位置。

论坛里正在热议此事的时候,顾雪仪已经回到了宴家。她走进门,一抬眸,看见的就是宴文嘉、宴文柏、宴文宏、宴文姝,全部穿着睡衣坐在楼梯台阶上,将楼梯挤得满满当当的。

"大嫂你回来了?"宴文姝"腾"的一下站了起来,"你去干什么了?"

其他人也纷纷起身。

顾雪仪径直走上楼梯,目光落到了宴文宏身上:"你跟我过来。"

宴文宏的一颗心沉了沉,但面上还是丝毫不显,他乖乖地跟着顾雪仪往她的书房走去。

宴文姝在后面气得翻白眼:"凭什么?"凭什么宴文柏有小课上,宴文宏也有,她却没有?

宴文嘉仍旧面色阴沉,一句话也没有说。

顾雪仪先一步进了书房,对宴文宏说:"关门。"

宴文宏紧跟其后,乖乖地关上了门。

顾雪仪知道宴文宏是什么样的人,只是没有急于说破。因为她知道,宴文宏比其他人更麻烦。他已经在日复一日的折磨中变得心理强悍,不畏惧疼痛，有自己的一套逻辑和行事准则。她打他、灌鸡汤教化他都没有用。

顾雪仪目光一闪，说道："去年五月，你在淮宁中学做了一次演讲，将内容讲给我听听。"

宴文宏顿时如被泼了冰水一般，从头凉到脚。

她知道了？

一架飞机刚刚停在京市机场上，年轻男人带着手下走了出去。

"老大？"

年轻男人看向眼前的小轿车。

除此以外，空空荡荡的，一阵寒风吹过，宴朝头一次意识到了自己的人缘有多差，没有一个人来接他。

已经相处了一段时间，宴文宏也知道了顾雪仪的性情。她温柔时很好说话，但温柔底下藏着的是说一不二的性子，她不喜欢别人欺瞒她。

宴文宏这一刻仿佛站在冰窟里，有一把小刀轻轻划开了他的心脏。他怎么选择呢，说还是不说？没有人会喜欢他这样的人，除了胡雨欣希望将他塑造成一个冷酷的怪物，没有人会喜欢这样的他。

"不愿意讲？"顾雪仪问道。她的语气依旧平静，乍一听和平时没什么两样。但她越是这样，宴文宏越强烈地感觉到心虚和害怕。

宴文宏先冲顾雪仪笑了一下，然后才动了动唇，说："大嫂要听的话，我就重新讲给大嫂听吧。我说过的话，还记得的。"他缓缓开了头，"去年我读了一本书，名叫《使女的故事》……"

他一字一句，吐字清晰地说着。他的演讲并不带多少个人情感，但他仿佛是天生的演讲家，他的身上迸发出惊人的魅力，他能够轻易地让别人认同他的观点。

这就是宴文姝害怕他的地方吗？她畏惧他的能力，更畏惧那颗在黑暗中浸泡得慢慢变成乌色的心。

顾雪仪面不改色地继续听着，心中在思考，如果没有人制止他的话，他会怎么样？他最终会形成反社会人格吗？

"我说完了。"宴文宏低声说。他悄悄攥紧了手指，因为用力过度，连指甲陷入了肉里也浑然未觉。他感觉自己被剖成了两半，一半是狂跳不已的心脏，另一半是冰冷又清醒的大脑。他清醒地意识到，顾雪仪会讨厌他的。

顾雪仪没有对他的这段演讲做任何评价,而是又问道:"你什么时候进入学校的?"

"不太记得了,几年前吧,很早,好像是初中。"宴文宏恍惚地说道。

顾雪仪伸手按了按墙上的调温器。

宴文宏清晰地听见耳边传来温度升高的系统提示音,感觉自己好像有点儿暖和了。

"能告诉我,你在里面经历了什么吗?"顾雪仪顿了一下,才说道,"如果你不愿意说,也可以不说。"

宴文宏忍不住抬手按了按"突突"直跳的太阳穴。那种想呕吐的感觉又出现了,自从被顾雪仪照顾后,他已经很久没有这样的感觉了。

"我……我从头讲起吧。"宴文宏说。

他害怕将那些丑恶、黑暗的心思都暴露在她眼前。可是从他被戳破伪装开始,他就恨不得在她面前彻底撕碎面具,让她看见他究竟有多糟糕。

"我妈从小就爱美、爱钱。这是她自己说的。我外公外婆也费尽心思地教导她,希望她将来能嫁给有钱人。她打扮自己,学钢琴、学英语,将自己伪装成一个独立女性。终于她勾搭上了我爸,但装出来的样子终究不能长久。等到她的伪装被戳破后,她还没有金莉香讨我爸喜欢。哦,金莉香就是宴文嘉的母亲。不过这时候我正好出生了,据说那时候她就给我做过智商检测,分数比较高。我是宴家唯一一个智商快赶上宴朝的人,然后她才从那些普通的情人中一跃成了我爸身边的红人。她靠着我分到了一大笔钱,还有许多房产。后来我爸死了,她做不了宴太太了,就想靠我……靠我将宴朝从现在的位置上赶下来,由我来做继承人。他们害怕被宴朝掣肘,又觉得公立学校配不上我,于是就精心挑选了这所学校……"

宴文宏舔了舔干涩的唇,继续说:"我骗了你。我在这所学校其实没吃太多苦。我吃苦最多的时候是在我进入学校之前。那时候我年纪小,还妄想得到她的爱,得到外公外婆的认可。她以前被人讥讽过,说她一辈子也做不了宴太太。她那段时间就像个精神病,还差点儿进医院,后来吃药好了,但情绪不太稳定,生气的时候会用碗砸我的头。不过她后来想起来,她得靠我的大脑为她博得更好的地位、更多的钱财,就改了。有一次,我看见同学发烧,他的父母来学校接他,对他很好,带他去医院。哪怕他第二天的成绩很糟糕,他的父母也没有责怪他。他在班级里大声说,他的父母给他买了什么。我学会了。于是我就偷吃了她的药,吃了很多。后来我被送到医院去洗胃。她骂我懦弱,说我比不上宴朝……但后来我的病好了,回到学校，学校同学开始关照我。然后我就知道，这样的办法是有用的，只是对她没有用，对他们一家人都没有用……"

宴文宏抬眸望着顾雪仪："乖巧、弱小，我以为你会喜欢这样的我……"他小声问，"你有那么一点点喜欢我吗？"

"你知道你鼓动他们杀人属于什么罪行吗？"顾雪仪问道。

宴文宏的表情一刹那就消失了，他一言不发，低着头站在那里，眼中带着黯然之色。

这些天，顾雪仪给过他太多的糖。这个时候，她不会再让他尝到甜头了。

顾雪仪淡淡地说道："那叫唆使杀人。你会进监狱。"

宴文宏仍然一言不发，好像对他来说，这并不算什么。

"你觉得宴家怎么样？"顾雪仪突然问道。

宴文宏愕然地看着她。

"如果你进了监狱，别说少年天才了，你什么都没有了。宴家的一切，包括我在内，你都见不到了。"

宴文宏猛地攥紧了手指。

"现在你告诉我，之前学校的那桩案件和你有关系吗？"顾雪仪问。

宴文宏紧张极了，磕磕巴巴地开口："没……没有关系，不是我动的手。"他沉默了一下，怕顾雪仪不信，又连忙补充道，"如果是我动手的话，我不会让任何人发现的。"说完，宴文宏又沉默了，过了几秒，才低声说，"这好像也不是什么值得称赞的能力……听着还会很可怕。"

就在这时候，女佣突然来敲门了："太太！太太！"

顾雪仪皱了皱眉："什么事？"

女佣的声音都在发颤："先生……先生回来了。"

宴文宏一下愣在了那里。宴朝回来了？他仿佛又被人当头泼下一盆冷水，匆忙看向顾雪仪。她本来就已经不喜欢他这样做了，宴朝回来了，她没有时间管他的，她不会管他了。他怯怯地叫了一声"大嫂"，然后又猛地反应过来，自己又像是在装乖了，她会生气的。他用力咬了咬唇，还想要再开口。

顾雪仪走过去，打开门，淡淡地说道："那就先等着。"

女佣愣了愣："啊？"

顾雪仪耐心地重复了一遍："请先生先等着。"然后她关上了门。

门外的女佣恍惚间以为自己听错了或者做了个梦。

· 287 ·

门内，宴文宏也呆了呆，然后眼中重新有了光芒。哪怕这一刻她要训他，他也感觉到了无边的快乐。他绞尽脑汁地想着惩罚的方法："我……我可以改，那些糟糕的……我通通可以改掉……我们约法三章，好不好？如果我犯了错……如果我犯了错……"

女佣恍惚地下了楼。

宴朝穿着一身灰色风衣，风尘仆仆，身后跟着手下和保镖。

对面是宴文嘉几个人，还穿着睡衣，一个个带着黑眼圈，表情呆滞。

双方对视一眼，都感觉到了惊奇，几乎同时出声。

"大哥回来了？"

"你们都在？"

宴朝听见女佣的脚步声，抬眸看了她一眼："太太呢？"

女佣有些紧张，低声说："太太……太太她说……说让您先等着。"

宴朝："什么？"

女佣鼓起了点儿勇气，顺畅地说道："太太说让您先等着！"

宴朝沉默了。

宴文姝吸了一口气，忍不住开口："大哥就等一等吧，女孩子都是需要等的……"

她怕宴朝，但也怕宴朝对顾雪仪不满。

宴文嘉突然说道："反正回来得也不太凑巧。"

宴文姝惊恐地回头看向他。

宴文嘉疯了？他敢这么对大哥说话？

宴文柏简短地附和道："嗯，对。"

宴朝有那么一瞬间以为自己走错了地方。他扫了他们一眼，然后缓缓走到沙发边坐下，淡淡地说道："好，我等着。"

他想看看她到底在做什么？

宴朝坐在沙发上默默等待的同时也拿出手机，看了看国内的相关新闻。

他打开门户网站，第一条新闻就是"江氏为了宴太太与宋氏关系破裂"。

江氏？宋氏？宴太太？

宴朝面无表情地关掉网站又重新打开一次——他被"绿"了？

宴朝在国外的时候，很少与陈于瑾联系，因为联系就必然会有痕迹，更何况宴朝清楚陈于瑾的能力，相信陈于瑾一定能够让宴氏集团正常运转。宴朝不会每一件小事都去留意，顾雪仪的事就是这样的小事。于是宴朝就看到了一则全然看不懂的新闻，还有上次那个不知道名字的小演员。

宴朝面无表情地翻动着那条新闻。新闻里配了一张图，宴朝一眼就认出了背景，是在京市的思丽卡酒店。但这不重要，重要的是，照片中，顾雪仪和江越并肩而行，陈于瑾落后半步，还替顾雪仪拎了一下裙摆。

陈于瑾什么时候这么狗腿了？

江越还敢和顾雪仪出现在同一个场合？

宴朝有种恍惚之间仿佛世界变了模样的错觉。

"大……大哥，你生气了？"宴文姝怯怯地问道。

他们所有人对宴朝的害怕都已经刻入骨子里了。宴文姝怕得要死，待会儿大嫂出来后，他们不会吵起来吧？不，也许不会吵。两个人都理智得要命，也许从此开始冷战？

宴文姝的脑子里全是对接下来的剧情的预测。

宴朝没出声。

宴文姝只好壮着胆子往宴朝那边挪了挪，说："大哥，你在看什么？"

宴朝这才说道："新闻。"

宴文姝偷偷瞄了一眼，然后就惊住了。江越怎么倒贴她大嫂了？

宴文姝一下就急了，连忙说："哎呀，这些媒体天天瞎写八卦消息！大哥要不你别看了……大哥，你千万别相信啊，大嫂和江二没什么的！"

宴文嘉的注意力一下也被拉了过来。他在心中悄悄骂了宴文姝一句蠢，这话就是此地无银三百两。宴文嘉这才挪动步子，往宴朝的方向靠近了一点儿，说："啊，就没什么事是营销号不能编的。"

客厅里的气氛一下降到了冰点。

所有人都拿不准宴朝是信了还是没信，忍不住频频抬头往楼上望去，心中焦灼。

宴文宏有什么值得开小课的？

这时候手下进来了，问："老大，咱们带回来的东西怎么办？"

宴朝抬了抬眼皮，淡淡地说道："三楼有个空置的房间，放那儿吧。"

害怕又尴尬的女佣急急忙忙地开了口："先生！您说的是那个靠走廊尽头的房间吗？"

"嗯。"

"那个房间太太现在当书房了。"

他没想到自己几个月没回来，连杂物间都被征用了。

"放影音室。"宴朝改口道。

"是。"手下立刻拎着东西上楼了。

宴文姝悄悄瞧了一眼，全是大麻袋和大箱子，也不知道他们怎么带回来的……

"太太平时都在看书？"宴朝问道。

女佣点了点头说："您走之后，太太就爱上看书了。"

手下在一边犯嘀咕，心说这话怎么听着那么不对味儿，跟老大死了似的？

女佣说着，还指了指茶几上的一个小木托盘："这是昨天太太看的书，还没收起来呢。"

宴朝顺着看过去——《农业种植大全》。宴朝忍不住又一次怀疑，也许自己真的走错了地方。他无论如何也无法将那个酷爱买奢侈品，总将自己打扮得奇奇怪怪的顾雪仪同这本书联系起来。

一旁的宴文嘉也看见了那本书，陡然充满怨气地说道："大嫂都准备好离婚后要去种地养活自己了？"

宴文姝和宴文柏一下被惊住了。

宴文姝："大嫂要离婚？"

宴文柏："大嫂要种地？"

宴朝皱眉，以前他就觉得老东西生的几个孩子除了他都不太聪明。

"她有钱。"宴朝说。

他们之间虽然没有感情，但他从来没亏待过她。

宴文嘉怒不可遏、狗胆包天，冷嗤一声，说道："哦，有钱花就算好吗？"

宴文姝惊呆了。

她再也不骂宴文嘉了，他竟然敢顶撞大哥！

"好不好由她说了算。"宴朝抬眸看了宴文嘉一眼，"不是由你说了算。"

宴朝的语气并没有什么变化，脸色还是冷淡平和的，没有一丝凌厉，但宴文嘉满腹的话一下全被噎了回去，他再也开不了口了。

三楼的书房里，宴文宏一口气说完，房间里很安静。

顾雪仪并没有立刻回应他。

宴文宏的一颗心顿时坠了下去，他低声问："你觉得我没救了吗？"

"你还小,没有杀人放火,当然有救。"顾雪仪看了看他的模样,少年额前的碎发被汗水湿透了,"但我希望你想清楚,而不是一时冲动立下誓言。人可能欺骗别人一时,但欺骗不了自己一世。"

"不是冲动。"宴文宏摇了摇头。

顾雪仪抬起手,将调温器温度调低了一点儿。

宴文宏咬了咬唇,说:"我的抚养权归属宴家,并不归属她。我不需要胡家了。我选了更好的学校,会慢慢变得正常……"

他有了更温暖的巢穴,就不需要再竖起浑身的刺了。

"大嫂,你相信我。"宴文宏黑白分明的眼珠仿佛泡在了一汪水里,晶莹剔透。他满头大汗,突然跪了下去,然后抬起头冲顾雪仪笑了笑,笑到一半,又意识到这个时候似乎不该笑,于是露出了哭的表情。

顾雪仪这才走到他面前,伸出手,说道:"好了,起来吧。"

宴文宏问:"你原谅我了吗?"

顾雪仪心下觉得好笑。

他善于将自己伪装得乖巧、弱小,以此为武器,无意识地给别人挖坑。哪怕这一刻,他还是这样。

顾雪仪也明白,他一时间是改不了的,甚至有可能这辈子都改不了了。

"靠扮乖巧、示弱,是能得到别人一定程度上的关心和喜爱,但真正喜欢和关心你的人,并不会因为你独立、强大甚至偶尔出格而厌恶你、放弃你。别再尝试用伤害自己的办法去获得别人的爱了。如果只有这样对方才肯对你垂怜,对方也不值得你去索取爱意。"顾雪仪试图纠正他的行事逻辑。

宴文宏将手指攥得更紧了,掌心刺痛,可是他在这样的疼痛下感觉很快乐。

她的意思就是,从一开始,她让女佣拿牛奶给他,她的关心就不是因为他的乖巧、示弱?哪怕他现在变了,她也不会厌弃他、放弃他对吗?宴文宏眼中泪光闪烁,又咧嘴笑了起来:"大嫂说得对,我知道了,我以后都听大嫂的。"

宴文宏缓缓地站了起来。

"我会继续关注曾经听过我的演讲的那些同学,不会让他们出事的……我以后不会再说那样的话了。我会用别的办法去帮助他们。如果解决不了问题的话——"

"适当的时候,求助于大人。"顾雪仪说。

宴文宏感觉整个人都被裹进了一团棉花里，温暖又柔软。他开心地点了点头："嗯！"

对啊，他也有可以求助的对象了，可以将处理不了的事交给她。宴文宏想着想着，忍不住低下头，甜甜地笑了起来。

顾雪仪抬头看了一眼墙上的挂钟，已经下午一点了，都到吃饭的时候了。

"下楼吧。"

"嗯！"

客厅里尴尬的气氛终于被一阵脚步声打破了。宴文嘉等人齐齐转头朝楼梯的方向看了过去。

顾雪仪走在前面，宴文宏走在后面。

等两个人下了楼，快要接近沙发区域的时候，宴朝才转头看了过去。

她的模样比视频中更加清晰。她穿着一条奶紫色的圆领裙，裙摆及膝，露出一截白皙笔直的小腿，外面罩着一件乳白色的针织外套，温柔大方，更显得她气质干净。她将长发盘起，脖颈上没有多余的装饰，只有耳边坠下两颗紫色宝石，因为耳线太长，随着她迈动步伐，紫色宝石就会轻轻碰到她的脸颊，一下让人将视线挪到她漂亮的下颌线条上。她比视频中还要美丽且气质出众。

那是他见过的其他所有女性都无法复制的美。

她很快在宴朝面前站定，淡淡地说道："宴总。"

她自有一股冷淡的气质，又有着说不出的气场，仿佛有什么是刻在她的骨子里的，一抬眸，一抿唇，就已经压住了别人，那仿佛是另一个他。

宴朝淡淡一笑，站起身来："宴太太。"她不是顾雪仪，一定不是顾雪仪。

宴文姝在旁边听得眼皮直跳。他们好客气啊！大哥、大嫂之间果然没有爱！不对，他们早就知道了。宴文姝愣了愣，好像全世界的人都快知道宴家上下和宴太太不和了。

这时候宴文宏才说道："大哥。"

宴朝扫了他一眼。宴文宏低着头，倒是不如从前的模样乖巧。不过也无所谓，宴朝一直知道，这个弟弟生有反骨。宴朝抬眸看了一眼楼上，问顾雪仪："你用三楼的房间当书房了？"

顾雪仪点头："嗯。"她反问了一句，"不行吗？"

"行。"宴朝点了点头。

手下在一旁笑了笑,说:"就是咱们带回来的东西差点儿没地儿放。"

顾雪仪转头看了过去:"带了东西?"

"对。"手下笑着举起手,和顾雪仪打了个招呼,"太太好。"

宴文嘉等人这才多看了他们几眼。这些手下过去并不跟着宴朝,常年在国外,宴文嘉几个人也是头一回见。

顾雪仪微微颔首,算是打过招呼了。不等宴朝再开口,顾雪仪问女佣:"饭菜准备好了吗?"

女佣尴尬了一瞬,连忙答道:"太太,饭菜已经准备好了。"自从顾雪仪变了个人之后,宴家用餐的时间就比较固定了。女佣说着,小心地看了看宴朝的方向:"但是……但是没有先生的。"

"先一起吃饭吧。"顾雪仪说着还看了看那些手下:"你们也一起吧。"

手下顿了顿,才出声道:"啊?"他们早设想过宴太太是什么样的人,或高傲或娇俏,但没想到会是眼前这样的大美人。他们有点儿局促,干巴巴地说了句:"那……那饭不够吃吧。"

老大都没有呢。

"没关系,厨房会再做,先吃吧,时间不早了。"顾雪仪说。

"那……那……"手下们纷纷扭头去看宴朝。

宴朝有点儿想笑。他还没弄明白自己怎么被"绿"的,顾雪仪倒是先将他连同他的手下安排得明明白白。宴朝点了点头,说道:"好。就按照太太说的做。"

"就委屈你们在客厅里用餐了。"顾雪仪顿了顿,说,"辛苦你们保护宴总归来。"

手下们受宠若惊,连连摆手:"不辛苦,应该的嘛。"

说完,手下们也忍不住嘀咕:太太不知道老大有多厉害吗?太太以为老大在外面逃命吗?太太真关心老大啊!手下们不由得纷纷朝宴朝投去艳羡的目光。

这时,宴朝的弟弟妹妹们才突然想起来,啊,大哥好像是死里逃生啊!

"大哥没受伤?"宴文妹连忙问道。

宴文嘉:"原来大哥还活着。"

行了吧,他们倒也不必装得如此关心他。

宴朝看了一眼顾雪仪。她刚才那番话也未必是真关心他,倒更像是出自礼貌。

"吃饭吧。"宴朝说。

众人这才往餐厅走去,女佣则将饭菜和酒水端上了桌。

宴朝带回来的手下单独在客厅里坐下,反倒松了一口气。宴太太肯留他们吃饭,就说明没拿他们当外人。他们单独坐一块儿,倒也更放松!他们在国外待久了,打交道的对象都是雇佣兵、恐怖组织,那叫一个吃没吃相!

一时间,餐厅外满是愉快的气氛,而餐厅内的气氛有一丝尴尬。他们从来没有这样和宴朝坐在一起过。本来前一天刚一起吃了顿饭,他们慢慢适应了无限接近于家的氛围,觉得和顾雪仪坐在一块儿吃饭也挺好的。第二天餐厅里多了大哥,气氛一下就压抑了。他们只好努力地控制住目光,不往宴朝的方向看,而是看向顾雪仪。

顾雪仪仿佛什么感觉也没有,已经拿起筷子吃了起来。他们这才觉得放松了一点儿,也跟着拿起了筷子。

"这个菜味道不错。"顾雪仪说。

宴文嘉先伸出了筷子。

其他人也跟着伸出了筷子:"我试试。"

宴家吃饭时是很少说话的,宴朝不是多话的人,也并不喜欢和他们说话。他以为顾雪仪也是这样的,但是他好像将她想得太简单了。宴朝淡淡地扫了顾雪仪一眼,觉得这桌子边坐着的宴家人,除了他,全成了跟在顾雪仪身后的小鹰似的,她一开口,他们就跟着跑。

这种感觉有点儿滑稽,不过也多了一点儿奇怪的热闹感。

饭桌成了顾雪仪的地盘,她时不时地开口点评一下,某道菜做得不错,其余人就会跟着尝,甚至还会小心翼翼地说两三句应和的话,一边的女佣则会认真地记下来,太太喜欢吃什么。

一顿饭吃了半个小时。

半小时后,顾雪仪放下了筷子。

宴朝才缓缓地问道:"看新闻了吗?"

"嗯?"顾雪仪低头去看手机,屏幕上没有未接来电。

顾雪仪打开了新闻客户端。

其他人却是一下紧张起来。大哥要开始算账了吗?他们怎么办?他们保护得了大嫂吗?

顾雪仪刚一打开客户端,就看见了弹出来的新闻,惊讶了一瞬:"江二的新闻?"

他倒是有样学样，这次知道先下手为强了。

宴朝抬眸看着她，语气平淡地问："宴太太怎么说？"他倒是没有责问的意思，不过也让一帮小的感觉到压力了。

顾雪仪顿了顿，打开了微博，输入关键词搜索——"蒋梦情人"。页面上很快就出来了一大堆新闻。顾雪仪把手机摆在了宴朝面前，说："宴总请看。"

宴朝有点儿好奇她要怎么解释，新闻都将她扯进江家、宋家、宴家三家的夹缝里了，她竟然还一副气定神闲的模样？

宴朝低下头看去。

"蒋梦的神秘情人原来是他——宴氏集团的宴朝。"

"蒋梦疑有孕，登宴家门无功而返……"

"让我们共同回忆几个月前，蒋梦与宴总一前一后出入酒店的场景……蒋梦即将飞上枝头变凤凰。原配宴太太又将何去何从？"

…………

"宴总不如先解释一下？"顾雪仪撑着下巴，歪头看着他。

她耳边零散的几缕发丝动了一下，落下来，贴着面颊，勾勒出她美丽的面部线条，耳坠也跟着动了一下。她的眉眼在刹那间仿佛添了一分灵气。

宴朝："我不认识她。"

"哦？"顾雪仪发出了一个单音。

宴朝有点儿无奈，又忍不住有点儿想笑。她跟他玩了一招祸水东引。

"我会让陈于瑾去澄清这件事。"宴朝说。他的心里飞快地掠过了一丝怒意。他本以为，自己在国外，如江家一类的大家族忌惮于他昔日的威名，不敢在明面上生事，却偏偏有那些蠢货不怕死，还敢往宴家身上贴，倒真是无知者无畏。

宴朝垂下眼眸，将这个名字记住了。宴家哪里是那么好贴的呢？原本的顾雪仪都是因为简昌明的面子才嫁给他的。

顾雪仪这时候才说："哦，那不用了。我已经让这位蒋小姐自己澄清了。"

宴朝顿了顿。她果然是故意的。他淡淡地说道："单单澄清怎么够？"

"是，所以她最好祈祷她肚子里的孩子再顽强一点，否则就要立即执行刑期。在这种反复的忧虑之中，她应该看不见未来的光亮了。"顾雪仪点头说道。

宴朝忍不住又仔细看了顾雪仪一眼。他的太太竟然还有这样的一面？

宴文姝忍不住抿了抿唇角。大嫂真厉害啊，大哥竟然哑口无言了！

"那现在该宴太太说说江二的事了。"宴朝说道,重新将主动权拿了回来。

"宴总也要送他去坐牢吗?"顾雪仪轻挑了一下眉。

顾雪仪收起撑着下巴的手,淡淡地说道:"其实宴总这样聪明的人一定知道这则新闻是怎么回事,又何必让我来解释呢?"她跟他玩了一招祸水东引,转头又恭维了他两句。

宴朝忍不住轻笑了一声。她很聪明,也比过去的顾雪仪有意思多了。

"我不送他去坐牢。如果将来有机会,我一定会让江二去非洲挖矿。"宴朝顿了一下说,"我知道宴太太和他没关系了。"他要再追问下去,那不就自认不够聪明了吗?

顾雪仪满意地点了点头:"哦。"

话音刚落,顾雪仪的手机就亮了,上面闪烁着两个字——"封俞"。

宴朝扫了手机一眼,心里又郁闷了。

顾雪仪没注意他的表情,很快接起了电话:"喂,封总。"

"宴太太下午好。"封俞打了个招呼,憋着气说道,"克莱文能还给我了吗?宴太太需要的东西我已经发给宴太太了。"他一定要亲自处理克莱文,还没有人敢这么骗他。克莱文当面一套、背后一套,擅自行动,还惊动了宴家人,简直蠢到了极点!

"克莱文啊,我已经交给警局了。"

"宴太太倒是手快!"封俞沉声说道。

顾雪仪微微侧过身子,声音里骤然多了凌厉之意:"封总是不是忘了?是谁让人去接近顾家人的?是封总你。克莱文犯蠢,又犯罪,干出这样的事,源头在哪里?在封总这里。"

从宴朝的这个角度看过去,他恰好看见她柔软的侧脸。谁能想象得到呢?这副躯壳里迸发出的是凌厉的气势。

顾雪仪没有注意到宴朝的打量目光。她接着冷冷地说道:"封总不会以为,那天我让封总离开,就代表我不生气了吧?封总不会以为,配合调查克莱文犯的事,就能将错误一笔勾销了吧?"

封俞喉头一哽。她还有理了?是……是她有理。谁让克莱文这个蠢货被抓住了,还又犯事了呢!封俞面色阴沉,心中将克莱文拆成了八块儿,这才压住了怒火:"所以宴太太的意思是……?"

"封总亲自来处置他,宴家不一定满意,但将人交给警局就不一样了。"顾雪仪的语气骤然和缓了不少,"警局属于中间人,他们自然会按法规处置。

国家律法重于一切，宴家当然也不会有异议。封总有异议吗？"

这就是她的行事风格吗？她先以势相压，再骤然缓和态度，递给对方一个台阶，自然就能达到她的目的了。

宴朝的目光闪了闪。

电话那头的封俞还能说什么？他被气笑了："我没异议。宴太太方方面面都考虑周全了，我当然没异议！"封俞的目光越发阴沉，攥着手机的手紧了紧，他沉声问道，"这周日宴太太还去'无名'吗？"

顾雪仪挂了电话。她刚一挂电话，就听见了宴朝的声音，他不冷不热地问："宴家的名头好用吗？"

宴文姝一听见这句话，心一下就提了起来。

顾雪仪却认真地思考了一会儿，说："还是比较好用的。"

宴朝也没想到她这么坦诚，反倒让他说不出话了，于是顿了一下，才又说道："封俞打电话给你是为了克莱文的事？"

"嗯。"

"你把人交给了警局？"

"嗯，他利用我爸。"

宴朝早就知道此事，自然不会惊讶。他只是没想到，顾雪仪会这样较真，问道："你不怕顾学民去坐牢？"

"给我一杯茶。"顾雪仪先转头吩咐女佣，才接着说道："我爸没少干傻事吧？给宴家带来过麻烦吗？"

"嗯。"宴朝说，"只不过以前和你提起的时候……"

宴朝又想起了以前顾雪仪大吵大闹的情景。当他想理智且客气地和她对话时，顾雪仪就会立刻捂住耳朵，大喊大叫："我不听，我不听！"

"嗯？以前？"

宴朝将顾雪仪的反应看在眼中，淡淡地说道："他比你更会打着宴氏集团的旗号，四处找投资。只不过宴氏集团早就打过招呼，他才没得手，也就糊弄一下几个小企业家。有一次，他亏了300万元，求到陈于瑾那里，被陈于瑾吓回去了。你知道这事之后，怪我冷血无情。"

顾雪仪点了点头，没说什么。原主同宴朝本就不是因为爱结婚的，他倒也谈不上冷血无情。顾雪仪说道："那他去坐牢，说不定还能长长记性。"

"你舍得就好。"

顾雪仪倒是突然想起了另一件事。那本书里记载着宴朝归来后，从非洲带回了郁筱筱。顾雪仪抬眸问道："宴总带了什么回来？"

"你想看？"

顾雪仪点了点头。

宴朝倒是大方："那就看吧。"

两个人同时起身，走了。

其他人也终于松了一口气，陆续离开。客厅里的一干手下这时候也吃完了，听见声音，连忙站了起来。

宴朝问："东西在影音室里？"

手下答道："对，就在影音室里。"手下说着，又连忙看了看顾雪仪，还有点儿不好意思，"老大，您要带太太去看？"

"嗯。"

顾雪仪将他们的反应看在眼中。难不成他还真将那本书中的女主角带回来了？顾雪仪没有给女主角做垫脚石的习惯。她一定要将那本书中的发展方向牢牢地掌控在自己的手中。若那本书当真有什么奇妙的力量，将她变成书中那样又蠢又毒的角色那岂不可笑？

顾雪仪当下走上了楼梯。宴朝不紧不慢地落后了几步。

几个小的大气都不敢出，总觉得有股无形的气压牢牢地压在他们头上。

封俞僵住了——她就这么挂了电话？她挂了他的电话？

"封总？"旁边的人不由得小心翼翼地叫道。

以前他们就听说宴朝的太太刁蛮、跋扈，没想到都刁蛮、跋扈到封俞面前了，胆儿也太大了！

"这宴太太……"旁人一边说，一边斟酌着怎么骂顾雪仪才解气。

封俞咬了咬牙，拿起烟灰缸砸在了墙上。

"啪"的一声，吓得那人抖了抖，想说的话也都被堵在喉咙里了。

封俞砸完烟灰缸，活动了一下手腕，语气沉沉地说："比我还无情啊，把我用完就丢。"

旁边的人又震惊又迷惑地站在那里。宴太太怎么……怎么用封总了？

封俞站起身来，打开门大步往外走去。

一刹那，那人又恍惚觉得自己好像听见了一声轻笑声。他听错了吧？

网络八卦论坛的"高楼"越堆越高。

江越开开心心地翻了一个小时微博、论坛，这是他头一次去看这些东西。他挑眉，看到对顾雪仪表白的网民，咬了咬牙，往下翻了翻，然后就看见了最新的评论。

宴朝回来了？

他头一回搞个大新闻，就给宴朝头上戴了一顶帽子。

江越本来还有点儿心虚，但转念一想，自己当流氓又不是一天两天的事了，这不大家都知道吗？于是他又把二郎腿跷了回去。

宴家的人谁也没有再去管新闻。

顾雪仪推开影音室的门走进去，地上摆着麻袋、箱子。

他把郁筱筱装在麻袋里了？

顾雪仪弯腰解开了一个麻袋，里面是用厚厚的棉花裹着的宝石；她站起身，又打开一个箱子，里面金灿灿的全是黄金；她再解开一个麻袋，钻石滚了一地。

顾雪仪："哪儿来的？"

宴朝："抢的。"

那女主角呢？

第十章
重新认识一下太太

"倒也不算是抢的。"宴朝的手下说,"太太听过塔塔这号人吗?"

顾雪仪这会儿已经坐在楼下的沙发上了,而宴文嘉等人已经纷纷回了各自的房间。

原主是不知道塔塔这个人的,但顾雪仪在那本书里看到过这个名字。塔塔,某地区武装组织首领。他之所以能在其中有姓名,就是因为他拐骗了女主角郁筱筱。他正准备对其下手的时候,宴朝出现了。于是塔塔就将郁筱筱送了过去,名义是为宴朝处理伤口,实际是为了让她勾搭宴朝。

顾雪仪目光微微一动,低声说:"不知道。"

手下立马解释起来:"这个塔塔吧,几年前和我们老大,啊,就是宴先生合作过一次。这次我们去非洲,他主动做东,带了我们老大一程。结果这人吧,没憋好,收了别人的钱,想把我们老大弄死在那儿……"

手下看了看宴朝的脸色,然后开始满嘴跑火车:"我们简直是死里逃生!惊险啊!对方是一群什么人?一群恐怖分子啊!他们两枪打过来,我们老大当场就……"手下扫了一眼宴朝,"呃,没受伤,但是子弹确实擦着我们过去的……反正就是很惊险……"

宴朝抬了抬眼皮,语气微冷:"说重点。"

"然后老大就生气了,抓了塔塔。那是塔塔的赎金,不过交完赎金,他就让流弹打死了。"手下飞快地说道。

顾雪仪有点儿惊讶:"死了?"在那本书里,塔塔可没这么快死去。他是男女主角的牵线人，后面因为又对女主角起了歹念，才被弄死。结果他现在就这么死了？

"嗯，死了。"手下笃定地点头，"但这跟我们可没关系，他真是被流弹打死的。"

顾雪仪扭头问宴朝："这些东西合法吗？"

"合法。"

"除了这些，你没有再带别的东西回来？"顾雪仪又问。

"别的？"宴朝将目光落在她的身上。

手下惊了一秒："太太怎么知道？"

顾雪仪轻笑了一声："我只是问问。"

女主角还是被带回来了吧？

宴朝又看了顾雪仪一眼，这才淡淡地说道："是还有别的。"

他对手下伸出手，说道："东西。"

手下连忙跑出去，从车里取了个袋子回来。

这会儿宴朝又有一丝犹豫。这只是原来的顾雪仪喜欢的东西，但眼前的人就说不准了。

沙发上的顾雪仪难得表现出了一丝困惑神色："东西？"

"嗯。"宴朝应声。他也不明白，她为什么看上去十分期待？她成了另外一个人，却依然期待他的礼物？宴朝只好将手里的袋子递过去："给你的。酒店楼下的商场买的。"

顾雪仪："这就是你带的其他东西？"

"嗯。"宴朝应声，"拆开看看吧。"

顾雪仪打开袋子，拿出里面的包装盒，露出了一双黑色绑带的高跟鞋。顾雪仪没有什么表情，一时间，宴朝竟然分辨不出来她是高兴还是不高兴。

宴朝顿了一下，说道："你还是更喜欢宝石？或者包？高定礼服的话，我并不知道你的尺码。"

顾雪仪："不用了，这个就很好了。谢谢宴总。"

手下在一边听着，心说宴太太可真客气啊，不过这种称呼，没准儿也是人家夫妻间的一种情趣呢。他们老光棍儿懂什么？

"嗯。"宴朝淡淡地应了一声，心中却有点儿莫名其妙的不舒服感。他感觉顾雪仪压根儿对这东西就不感兴趣。

"你如果想要宝石，也可以换成宝石，上面的随便你挑。"宴朝说道。

"不用了。"顾雪仪说，"我的房间里已经有很多了，戴不过来。"

宴朝沉默。

手下们也是暗暗惊叹：还会有女孩子觉得首饰多得戴不过来吗？啊，太太真是勤俭持家啊！

宴朝觉得自己大概有毛病了，忍不住问："谁送的？"

"简芮。"

宴朝没想到是简芮送的，微微讶异。简家可以说最讨厌顾家了。张昕挟恩求报，简芮对此极其不满。

"除了简芮，"顾雪仪顿了顿，说，"剩下的就是裴丽馨送的了。"

"裴丽馨？"宴朝皱了皱眉，但很快眉头又舒展开来，"她想讨好你？"

顾雪仪点了点头："她希望我配合她表现出你已经死了的假象，使宴氏集团混乱，等你被逼无奈只能现身的时候，再乘机杀了你，以绝后患。"顾雪仪语气平静，叙述得不紧不慢，"她甚至还希望我能偷到你的章。不过她多动动脑子的话就会知道，你不会把这样的东西留给任何人。陈于瑾也没资格。"

宴朝定定地看了她一眼，不由得说道："宴太太懂的东西真多。"

顾雪仪指了指茶几："书上看的。"

宴朝："《农业种植大全》还教这个吗？"

顾雪仪弯腰从底下又抽出来一本书："我也不只看《农业种植大全》。"

宴朝低头看去——《母猪的产后护理》

宴朝无语，她一本正经地捉弄着他。

她渐渐脱离了过去刁蛮惹人厌的模样，反而有一个更加神秘、聪明、理智的内里。

宴朝轻笑一声："好。"

顾雪仪看他的面色有一秒的古怪，这才低头看了一眼。她拿错书了。这本书好像还是上个月她放在茶几下面的。

"除了这些，就没别的了？"顾雪仪不死心地又问了一遍。

宴朝的脸色一下更古怪了。她究竟想要什么？难道她想要他的拥抱和亲吻？

顾雪仪有些失望地看了他一眼，起身说道："好，我知道了。宴总好好休息，我先上楼了。"

宴朝："嗯。"他已经被顾雪仪不按常理出牌的招数弄得有些蒙了，实在猜不到她在想什么。

他认为她有想法时，她冷淡至极；他认为她理智冷静时，她又说一些古怪的话，像是对他充满了某种期待感。

"老大！你这都不懂啊？"手下忍不住小声说道，"太太肯定希望您跟她说点儿亲昵的话呗……再那么，亲亲抱抱，我看电视剧都这么演。"

宴朝："闭嘴吧。"

手下立马闭嘴。

宴朝看了手下一秒。刚才她为什么没有说他们废话多？

宴朝真的回来了！

当有人在评论区发过这个消息之后，立马就有人去核实了。而核实之后，不知道私底下有多少人慌。

江氏与宋氏的八卦消息迅速从话题榜上下来，相关新闻被删得干干净净，只有顾雪仪的大名仍旧挂在上面。

封俞也很快知道了这消息，面色沉沉地说："难怪她挂我的电话，原来是宴朝回来了。"

他也对顾雪仪深爱宴朝、死皮赖脸地要嫁给宴朝的事有所耳闻。之前他只是耳闻，等真正认识了顾雪仪之后，心中就怎么想怎么不舒坦了。

凭什么呢？顾雪仪对他不屑一顾，用完就扔，很少给他笑脸，气他倒是有一手！对宴朝她怎么就爱得死去活来呢？就因为宴朝长得像个好人吗？

没两个小时，江越也知道新闻被删了。江越没好气地对着电话大骂："平时造谣不是跑得挺快吗？这会儿扯上宴朝就不敢了？"

那头的人赶紧说道："咱们跟宴总过去就有点儿不愉快嘛，这次宴总归来，多少人还没摸清楚情况呢，不敢乱来。"

江越"啪"的一声挂了电话，心说老子自己来，但转念想想，还是收了手。他倒不是怕宴朝，之前的新闻，顾雪仪看见了肯定也是一笑而过，知道他想玩什么把戏，但他要亲自下场，那脸上还得挨几拳。

裴丽馨和裴智康也知道宴朝回来了。

宝鑫的人听见了裴总的办公室里传来打碎东西的声音，然后隐隐约约传来压抑、崩溃的哭声。

裴智康还满脑子惦记着怎么弄死顾雪仪。她将他们玩弄于股掌之中！他要让她哭着求他。没等裴智康意淫完，警察又来对他进行新一轮的询问了。

"你知道吗？宴朝回来了。"警察漫不经心地说道。

本来还面带狠戾之色、信裴丽馨会来接自己的裴智康突然一下子腿软了，大声吼道："不可能，他应该死了！他死在境外了！"

警察盯着他笑了笑："哦，这么说的话，你肯定知道宴总失踪的内幕了？这事儿不会跟你们也有关系吧？"

裴智康目光一闪，慌了慌，否认道："没有！没关系！"

警察拿出手机，给他看了一眼："认得出来吗？这是谁的私人飞机？"

照片里只有私人飞机的照片，但裴智康心脏狂跳，呼吸滞了滞……

"宴朝。"宴朝真的回来了……

他闭了闭眼，强忍着不适，说："我说。"他供出了裴丽馨。

顾雪仪再从楼上下来的时候，已经是傍晚了。

宴朝还在客厅里和人打电话，听见她下楼的声音，抬头看了一眼，将手机微微拿开一些，说："简昌明请我们赴宴。"

顾雪仪问："你还是我？"

宴朝："你和我。"

顾雪仪稍做思量，问道："什么时候？"

看上去，她对简家丝毫不感兴趣。宴朝不自觉地又想到了那双鞋，她究竟对什么东西感兴趣呢？

"明晚。"

"好。"

这时候，警局里灯火通明，一是因为裴智康招供了，二是因为他们又从宴太太的手里拿到了更多走私案的线索！

宴太太是什么？那简直就是他们年度最佳好线人啊！

宴朝和顾雪仪的房间分别在两头，宴朝要开网络会议，顾雪仪也有自己的事要忙，简短对话过后，他们就回了各自的房间。只是宴朝进门的时候顿了顿。他的卧室旁本来是一间空置的屋子，现在成了顾雪仪的书房。

他们离得有点儿近了，这个念头从宴朝的脑海中飞快地掠过。宴朝并不喜欢有人离自己太近，所以宴家其他人的房间都在二楼。

宴朝收回目光，这才推门进了卧室。

几个小的下了楼，看见的就是空无一人的餐厅，对视一眼后，觉得看对方还是挺不顺眼的。

"我上楼了。"宴文柏说完,转身就走。

"大哥、大嫂一定吵架了。"宴文姝喃喃地道。

"他们会离婚吗?"宴文宏突然问道。

宴文嘉烦躁地皱起了眉头。

宴文宏:"宝鑫的裴智康被抓了。"

上楼的宴文柏突然顿住了脚步:"你想说什么?"

"裴智康之前一直在讨好大嫂,而大嫂又和陈于瑾一起试图处理掉裴家。"宴文宏顿了顿,说,"下个月我就满十八岁了。"

宴文嘉嗤笑道:"哦,我知道了,你想把手里的股权转赠给顾雪仪是吧?"

宴文宏抬眸,说道:"嗯,但我一个人的不够。每年股权转让不得超过手中持股的25%。宝鑫的股权对我来说没有太大意义,我不缺这笔钱,不过你们要想清楚。"

宴文柏不由得多看了他一眼。

宴文宏脸上退去了乖巧的模样,仿佛成了成年人,连目光都多了一点儿冰冷与凌厉感。

这时候宴文姝气呼呼地说道:"你是什么意思?就你舍得为大嫂付出是吧?还用想吗?这笔钱谁缺啊?谁也不缺好吗?"

宴文柏闷声说道:"我也不缺。"

宴文嘉扫了他们一眼:"你们开始赚钱了吗?"

宴文嘉突然有了优越感。

他别的不会,但会赚钱啊!

"省省吧,"宴文嘉说,"她根本不会要。我早就提过了。"

"为什么不要?"宴文宏皱了皱眉。

"不知道,她说钱多不如拿去做慈善……"宴文嘉面色阴冷地说道,"也许是因为大哥回来了,她就不想再和宴家扯上一点儿关系了吧。"

宴文宏怔住了。其他人也多少表现出了茫然之色。

宴家是别人眼中的香饽饽,但在她面前不值一提。他们想给她的东西,她根本看不上。

宴文嘉突然转过身,疾步往楼上走去,等进了房间,立刻给经纪人拨了电话过去:"你上次提的那个剧本……发给我看看。"

经纪人被吓了一跳:"你不是说不看吗?"

宴文嘉却反问:"你觉得我今年再拍四部戏有可能比宴朝更有钱吗?"

经纪人艰难地咽了咽口水,"原哥,您要不先去睡一觉咱们再聊?"

其实宴文嘉也弄不明白宴朝究竟有多少钱,毕竟这些年为了和宴家划清界限,表明不想抢家产的态度,宴文嘉根本不接触宴家的事。宴文嘉有点儿不爽地说道:"我每年接七部戏,拍五年呢?"

"您还是先睡一觉?"

宴文嘉的喉头哽了哽,他从来没想过自己原来这么穷。他沉声说道:"你先把剧本给我。"

"您不怕导演骂您了?"经纪人小声提醒。

这个剧本由知名导演孙俊义执导。孙导和前面那位李导有所不同。李导可能在路边碰上某个人,就突然决定为对方写个剧本,而宴文嘉就是给了他灵感的那个人。不管宴文嘉多么消极怠工,李导都愿意耐心地等着他。

孙导拍戏更讲究稳扎稳打,喜欢捕捉平凡事物中的闪光点,用自己高超的拍摄手法来讲述一个不平凡的故事。宴文嘉那张脸太扎眼。孙导曾经多次讥讽过宴文嘉不适合上大银幕,他的脸光是摆在那里就会夺走观众所有的注意力。

他说过宴文嘉这个人身上没有故事,气得宴文嘉当场翻脸,直接离开了试镜现场。之后宴文嘉更是表示再不会去试孙俊义的戏!

宴文嘉回想起过往的种种恩怨,犹豫了一下,说道:"那算了。"然后他挂了电话。

孙俊义已经连续三部戏票房不好了,前一部在国际上还拿了一些奖项,后两部却因为连续撞上几个国际名导的作品,再加上电影内容特殊,大家认为他没过去敢于批判了,也没揭示什么黑暗面,没劲,于是不仅一个奖项没拿到,连国内小众影评人对他的评价都是"江郎才尽"。

这次的投资是孙俊义好不容易才拿到的。一个不缺钱的大佬愿意投资5亿元,要求却是为了保证票房得请宴文嘉进组。剧组给了宴文嘉很不错的待遇。

宴文嘉郁郁地躺在沙发上,拿起手机,先在转账软件上操作了一通,再登录客户端,熟练地找到顾雪仪发的那条微博,转发,配文:"已捐款。"

他还附了捐款记录的截图。

没一会儿,这个微博又被推上了话题榜。

上次转发过宴文嘉的微博的演员这时候也不甘落后,又纷纷跟着转发微博、捐款。

网民看得目瞪口呆,这下彻底没兴趣吃江氏和宋氏决裂究竟是为了谁的"瓜"了。他们现在更想知道，以这些演员的年收益，各自都做了多少公益。做公益多的演员的粉丝腰杆都挺得更直，立马趁着机会开始宣传自己的偶像。

论坛里的人也蒙了，连忙又开了个新帖："原文嘉最近转的微博……他怎么了？"

"就只有我一个人发现了吗？原文嘉最近除了原创的微博，转发的微博好像全跟顾雪仪有关吧？"

"楼主也太敏锐了！我先去翻翻微博……"

"不用去了！我翻完回来了，真是这样！"

"原文嘉和顾雪仪？迷惑。"

"不是……换个角度看，顾雪仪设立基金，然后带动大家捐款。你们不觉得她厉害吗？你们干吗纠结原文嘉和顾雪仪的关系？"

"原文嘉最近是挺奇怪的。他以前就不是敬业的人，最近突然开始给自己树立敬业的形象。他录节目都没翻车，你敢信？前段时间他去做飞行嘉宾，居然是里面最有趣的人！"

…………

众人在网上热议原文嘉到底怎么了的时候，顾雪仪在翻找原主的银行卡。顾雪仪找出来七张，挨个儿查了查余额，总共加一块儿才13088.35元。原主自己的钱究竟是怎么花到只剩这么一点儿的？顾雪仪将卡收好，没有再动，转而又翻找原主的学历证书。

原主是三流大学本科毕业，学的专业还是美术，但是毕业设计都是花钱找人弄的。原主要将这个当谋生的技能显然不太可行，但顾雪仪可以。

没等顾雪仪做好大致的规划，她的手机突然响了。她扫了一眼，打电话的人是封俞。顾雪仪接起电话："封总。"

封俞似乎怕她挂电话，飞快地说："不是我要找你，是有人想邀请你参加慈善晚宴。这个晚宴是红杏基金发起的……她没有你的联系方式，我又不好拒绝，所以通知你一声。"

"红杏基金？"顾雪仪在沙发上坐下，这才问道。

"嗯。这个基金是由君语社成立的，君语社你不知道吧？"封俞倒是毫不掩饰地说道，"裴丽馨能被引见到我面前，就是君语社出的力。"

他甚至有点儿想听顾雪仪问"那又是什么？"。

"什么时候举行？"顾雪仪问。

封俞的胸口堵了堵："明晚。"

"不好意思，没有时间。"

封俞："你不如先去了解一下？"

"多谢封总的建议，我会去了解一下的。"顾雪仪礼貌地挂断了电话。

封俞在原地站了会儿。他在干什么？哦，对，他是想和顾雪仪交换位置。封俞咬牙，他总得让她也做他的仆人才甘心啊！

封俞推门走了出去。外面的沙发上坐着一个中年女人，中年女人有些怕他，尴尬地挤出一点儿笑容，问："封总，怎么样？"

封俞在沙发上坐下，姿态强势，哪儿有一点儿不好拒绝的意思："要请她，那就换个时间。"

中年女人起身，说道："那……那算了……"

"算了？"封俞的目光阴沉沉地压在她的头上，"你们就这么没诚意？"

中年女人脸上的表情更僵硬了。她是看中了顾雪仪刚成立新基金就拿到了那么多捐款，又有演员带动，不愁没名气，这才想把顾雪仪拉进来，但怎么也没想到，封俞居然管上了这事儿。

"有……有诚意。"中年女人勉强笑了一下，"我回去和宋太太商量一下，看能不能改时间。"

封俞这才点了点头："嗯，你可以走了。"

中年女人赶紧转身走了。

顾雪仪在网上查了一下君语社，君语社相当有名，她搜出来不少相关新闻，多是君语社的成员出席各种晚会、剪彩活动、公益活动的照片……

这就是一个豪门太太组成的组织。

之前顾雪仪举办思丽卡晚宴，虽然引起了不少关注，但和这个排场比起来要小多了。

君语社已经有十几年的历史了，她们有自己的小圈子，一些新贵夫人还不一定挤得进去。红杏基金邀请她前往，才算真正准备将她吸纳进核心圈子里。红杏基金主要做一些针对女性的公益项目，倒是让顾雪仪有了几分兴致。

只是她先答应了简家的邀约，所以只能拒绝红杏基金的慈善晚宴，不过她倒也不觉得多可惜，直接关掉了页面。

第二天，宴朝先去了一趟宴氏集团，一直忙到下午才回来。他带了个顾雪仪没见过的助理，助理怀里抱着两个盒子。

听见顾雪仪下楼的声音，宴朝说道："回来晚了一些，我让助理挑选了一些首饰和礼服，你试一试？"

"不用了。"顾雪仪说道。

宴朝抬头望去，却见顾雪仪早已经做好了造型：头发盘起，发间搭配着珍珠发饰；身穿一条白色裹胸鱼尾裙，裙摆并不长，上面缀满了圆片，款式简单，却很好地勾勒出她窈窕的身形，又露出了修长挺直的脖颈。她一垂眸，一刹那，竟让人生出艳光四射的感觉。

一个造型团队跟在她身后，缓缓走了下来，一边往下走，还一边吹捧："没有比太太更适合这身衣服的人了！"

"还挺可惜，今天太太没有裙摆可拎了！"

"这条裙子真的绝了，上次穿在某个女星身上，美人鱼尾都被穿得平平无奇，还是太太穿着好看！"

宴朝突然有种自己好像用不上了的错觉，问道："谁请的？"他如果没记错的话，顾雪仪似乎请不来这样的造型团队。

"陈秘书。"

宴朝又一次沉默了——陈于瑾什么时候还管这样的事了？

简昌明一早就知道宴朝还活着。

"顾雪仪也能松一口气了。"简芮在一旁说道。

"嗯。"简昌明低低应了一声。

宴朝不喜欢顾雪仪……

简昌明皱了一下眉，甚至有那么一瞬间，怀疑自己打电话去邀请他们二人一同赴宴是做错了。

顾雪仪与宴朝抵达的时候，是傍晚七点钟。

女佣将他们领进了门，简芮先迎了上来："宴先生。"她年纪比宴朝大一点儿，却有些怕宴朝，于是只匆匆叫了一声就连忙看向顾雪仪。

"宴太太。"简芮这一声就要热情得多了，她还朝顾雪仪伸出了手。

顾雪仪低头看了一眼，这才将手搭了上去。简芮便拉着她往里走去。

宴朝将这一幕收入了眼中。

简昌明这时候也从客厅里出来了，先在顾雪仪面前停下，微微颔首打了招呼："宴太太。"然后他才走到宴朝的面前："恭喜宴总平安归来。"

宴朝点了点头。他的心中又浮上来一丝怪异感，仿佛在他看不见的地方，顾雪仪已经悄然和简家亲近起来。

简昌明一边陪着宴朝往里走，一边说："今天没什么外人，这回连曹家烨都不在了。我备了点儿薄酒给宴总接风。"

宴朝点了点头："我听陈于瑾说了。"曹家烨坐牢了。

他实在好奇，顾雪仪是怎么说服简芮的？简芮的事连简家都不管了，只在后头给她收拾烂摊子……

"简芮舍得？"宴朝问。

"没什么舍得不舍得的，她以前没看破，现在多亏宴太太点破了。"简昌明说着，表情有点儿古怪，语气里倒是带着诚恳的谢意。

宴朝却还惦记着他刚才那一瞬的古怪神色。

那天还发生了什么事？顾雪仪如何点破的？

简昌明全然没有再提此事的意思，直接领着他进了餐厅。

宴朝顿时有种仿佛只是离开了一会儿，但等再回来的时候，有那么一件事全世界的人都知道只有他不知道的怪异感。

顾雪仪也在低声和简芮交谈："你听说过君语社吗？"

简芮点头："当然知道。"

"红杏基金呢？"

"宋太太弄的那个基金吗？我参加过一次慈善晚宴。不过我和她们不大合得来，就放弃了。"

这时候，简昌明和宴朝二人也走近了。

简昌明说道："她们内部有个制度，每个会员加入后，会根据参加活动的次数和捐钱多少来分配积分，达不到积分线的人会被踢出去。"

这是什么规矩？

"传销？"顾雪仪问道。

简昌明愣了愣。从来没有人将这当成传销，但被顾雪仪这么一提，还真有点儿那个意思，于是简昌明说道："这么说是有些像。"

简芮忍不住笑了："哈哈，宴太太这样一说，我心里就痛快多了。那帮女人从来看不上我。当然，我也看不上从前的自己。可凭什么要她们来排挤我？如果不是我小叔的名头，她们还不知道多过分呢！不就是个传销窝吗？谁稀罕。"

宴朝有点儿惊讶。简芮在曹家烨身上耗费了太多的青春和心思，往年他见到她的时候，她的眉头都是紧锁的。她也变得这么快？

宴朝将目光重新落在顾雪仪的身上，问："红杏基金的人邀请你去参加

· 310 ·

慈善晚宴？"

顾雪仪这才分了点儿余光给他。因为当着外人的面，顾雪仪不便再叫他"宴总"，便直接问了一句："你怎么知道？"

"猜的。"宴朝顿了顿，"好像是今晚吧。"

顾雪仪点头道："嗯。因为我先答应了简先生的邀约，于是就推掉了。"

简芮更开心了。如果说原先她只是敬佩、感激顾雪仪，现在就更觉得亲近了。简芮亲昵地挨着顾雪仪的胳膊，说："今天特地准备了宴太太爱吃的菜，幸亏宴太太来了这里，是吧？小叔。"她回头去看简昌明。

简昌明低低地应了一声："嗯。"

宴朝眼中飞快地掠过一道光芒，心里感觉有些微妙。他与简昌明君子之交淡如水，因此与整个简家的往来并不多。过去他到简家做客，也从来没融入简家。

宴朝倒并不在意。他不需要融入简家，但是顾雪仪融入进去了，他被排除在外了，那种感觉一下就很奇怪了。

离开了曹家烨的简芮这会儿倒更像个年轻女孩儿，一会儿问顾雪仪戴她送的首饰了没，一会儿又问顾雪仪今天的裙子是谁挑的，很漂亮……

"今天宴太太特别像美人鱼。"简芮说着回头问道："对吧？小叔。"

简昌明正要开口，突然想起来一旁的宴朝，于是生生忍住了。

宴朝不急不缓地走到了顾雪仪的另一侧，淡淡地说道："今天太太是很像美人鱼。"

简芮暗暗咂舌。原来宴先生平时在家里称呼顾雪仪"太太"？这种有些老派的称呼，听着有些客气，但好像又有些别样的浪漫感。

顾雪仪不由得回头望了一眼宴朝，宴朝也正低头看着她。

两个人的目光有一瞬的相接，他的眼眸同样黑白分明，却不像宴文宏那样清澈，仿佛幽深的湖水。他的目光直直地闯入她的眼中，像是要将她看得明白。

顾雪仪轻轻眨了眨眼："谢谢夸奖。"她怀疑今天他们都吃错了药。

四个人很快一起坐下，整顿饭吃了足足一个多小时，多是简芮主动和顾雪仪交谈，偶尔再搭上简昌明。

宴朝眼中的顾雪仪彻底退去了以往的模样，换上了崭新的外衣。

她言谈举止得当，大多时候目光是冷淡的，但听见简芮说话时，会微微歪过头，嘴角噙着一点儿笑意，面容一下变得灵动又温柔，眼眸仿佛含了秋水一般。

席间，简芮突然问："宴太太喝酒吗？"

顾雪仪点了点头："喝的。"

简芮连忙问："宴太太喝什么酒？我让人取来。"

顾雪仪轻舔了一下唇，的确有点儿想念那股味道了。她少年时随父兄上战场去体验过，临行前为了壮胆，母亲给她倒了一碗白酒，辣得她的喉头痛了一晚。后来，他们遇见风雪天，所有人都是靠着酒取暖才活下来的。

她已经很久没有喝过酒了，于是问道："有烈一些的酒吗？"

"白酒啊？"简芮傻眼了。

"有吗？"

"有，有！但我不会喝，我小叔陪你？"简芮说着，连忙转头去看简昌明。

简昌明也是怔了怔。他是真没想到顾雪仪会喝白酒。好像在大部分人的固有印象中，女性是不善饮酒的，更何况是白酒。

宴朝却抬了抬眼，淡淡地说道："我陪太太喝。简总不会喝。"

这下简芮又吃惊了："宴先生也会喝？怎么以前没见过？"

"奇怪吗？"宴朝反问。

简芮点了点头，又摇了摇头。宴朝外表是疏朗的君子，哪里像是会喝酒的人？但她转念一想，顾雪仪不也是吗？他们俩外表都是矜贵、冷淡的模样，普通的酒倒好像配不上他们了。

他们喝了会儿酒，又说了几句闲话，然后才准备离开。

宴朝面不改色地从女佣的手中接过西装外套，重新穿好，每一颗扣子都仔细扣好了，然后才转过身去，朝顾雪仪伸出了手。顾雪仪冷淡地扫了一眼，眉眼间似乎有一丝矜骄之色溢出，然后她迈着步子，先走了出去。

如果她不是顾雪仪，那应该是个出身很高的人。

宴朝敛了敛思绪，也不生气，收起手掌，慢慢跟了上去。

简芮呼了一口气，感叹了一声："真是绝配啊，是吧，小叔？"

这回简昌明却一声也没应，过了一会儿缓缓起身，说："我有些醉了。"

简芮连忙说："小叔好好休息。"

等出了简家，二人先后上了车。

宴朝问："没醉吗？"

顾雪仪摇了摇头，没出声。

司机很快发动了车子。

312

过了好一会儿了，车子开出去很远了，顾雪仪才突然抬起手，轻轻摩挲了一下自己的唇瓣，然后舔了舔，扭过头和宴朝说："甜的……"

宴朝看着她——唇瓣绯红，眼中水光冷艳。宴朝一刹那有了一种很怪异的感觉。

原来她有点儿醉了。

宴朝鼻间萦绕着微醺的气息，低低地应了一声："嗯，甜的。"然后他转过头看向车窗外，抬手松了一颗扣子。

顾雪仪还是低估了这个时代的酿酒工艺。

随着工艺改善，酒精的纯度也得到了大幅度提升。她过去已经是盛家很能喝酒的人了，只是喝得少罢了，不承想这一回才喝了没几杯就有点儿醉了。

等她一觉睡醒，她还有些头疼。

顾雪仪揉了揉额角，缓缓走到桌前坐下，试图让大脑正常运转。

网上都在传，五年没变更过时间的红杏基金慈善晚宴竟然改时间了！

"以前确实没听说过红杏基金啊，有科普的吗？"

"确实没怎么宣传过啊，大家只知道老宋总爱做公益……大家谁不爱人美心善的呢？宋太太搞公益，我们也能吹宋太太嘛。但谁更讨喜，那就不是我们能控制的事了，有些人天生就是讨人喜欢的。"

"加一，科普一下红杏，如果很好，我也可以吹红杏厉害！"

"君语社了解一下？国外都有分社，我们努力一辈子也进不去的那种。"

"宴家是很厉害，宴总本人也很厉害。宴太太也就最近名声比较响亮，但实际上稍微留意一下，就知道她过去很少出现在媒体面前。她和宴家人并不亲近，宴总不喜欢她。思丽卡晚宴后稍微好点儿吧，但大部分向她递橄榄枝的是比她地位低的人。其实以宴家的地位，她要混进去完全没问题，但宴总的态度决定了一切……"

"之前隐隐约约听说过，但没想到是真的，这么一个大美人，宴总不喜欢？"

…………

网上大家正感慨着又长见识的时候，顾雪仪接到了电话。

这次不是封俞打过来的电话了。

"宴太太好，我是宋成德的太太，石华。"电话那头传出一个威严的女声。

宋成德也就是现在宋家的家主。虽然宋氏的大部分企业已经交给小辈管理，但宋成德在宋家仍旧是说一不二的。他的太太石华，就是现在君语社的名誉社长，红杏基金的发起人。

顾雪仪淡淡地打了声招呼："宋太太上午好。"

"在这个时候打扰宴太太，是为了邀请宴太太参加今晚红杏基金的慈善拍卖晚宴，不知道宴太太今天是否有空？"石华在那头问道。

她很客气，倒是没有轻视的意思。

"今晚几点？"

"六点半。在华悦酒店，上次宴太太去过的。"

顾雪仪应了。

那头的人也不再废话，连多余的寒暄都没有，立刻挂断了电话。

顾雪仪将手机放下，转而翻开了面前的书。谁知道下一刻，她的手机又响了。

顾雪仪接起电话，那头传来了宴朝的声音："宴太太酒醒了吗？"

他打电话来就是为了问这个？

顾雪仪有点儿惊讶，还有点儿摸不着头脑，但还是礼貌地答道："醒了。"

"我让女佣准备了点儿醒酒汤，你让她们端给你。"宴朝淡淡地说道。

这时候是上午十点四十五分。

宴朝的办公室里站着一圈儿高管，这些在外面威风八面的高管站在宴朝面前都不自觉地紧张。他们看见宴朝抬头望了一眼挂钟，然后突然拿起手机，拨电话出去，聊起了家常。

顾雪仪更觉得奇怪了："醒酒汤？"

"嗯。"宴朝一边翻动面前的报表，一边漫不经心地说道，"这个很有用，我以前试过。"

顾雪仪回想了一下在简家的家宴上宴朝喝酒时的样子，他好像比她还能喝？

"宴总也会喝醉吗？"

"会。很早的时候，刚进入商界，没什么经验。"宴朝说。

顾雪仪的心中又浮现出一丝怪异感。她对宴朝的了解并不多，仅存的那点儿了解完全来自那本书里的内容以及原主的印象，但原主过分美化了宴朝，现在倒让顾雪仪有种好像她在一点点了解宴朝的感觉。

"嗯，我去喝一些。"顾雪仪推开椅子站了起来。

宴朝却没有挂断电话，而是问道："石华给你打电话了？"

"对。"

"那你去吗？"

"去。"顾雪仪虽然惦记着那个女主角，但也不会因此消极怠工。在其位谋其事，她在这个位置上，就会努力做到最好。顾雪仪推开门，紧跟着反问："这会对宴总造成什么影响吗？"

宴朝屈起手指，继续翻着报表，然后说道："不会。你想做什么事都不会对宴氏集团造成影响。"这话他说得有点儿猖狂，偏偏他的语气又是云淡风轻的。

顾雪仪挑了挑眉，看来她对宴氏集团的了解还不够，说道："好。不打扰宴总了。"然后她挂断了电话。

他今天话也多？

宴朝又拨了电话回去。

顾雪仪这时候已经走到餐厅了，刚从女佣的手里接过醒酒汤："喂？"

"我让陈于瑾给你换了一个造型团队。"宴朝顿了顿，后半句才一改云淡风轻的语气，加重了语气，"一个更好的。"

"好，谢谢。"她好像并没有多高兴。

电话里一下沉默了。宴朝攥了攥手机，这次只好先挂断了电话。

她到底对什么东西有兴趣？宴朝的脑海中不禁又一次闪过这个问题。

宴朝说的新造型团队很快就到了宴家。团队中有华国人，也有外国人。做造型的时候，顾雪仪也不嫌麻烦，不紧不慢地又看完了一本书。

等女佣将另一本书递给她的时候，造型做好了。

"几点了？"顾雪仪问道。

"太太，五点了。"

顾雪仪应了一声，礼貌地和人道了谢，然后手机又响了。

那头传出的还是宴朝的声音："晚宴在六点半是吗？"

"嗯，是。"顾雪仪惊奇地问道，"怎么，宴总也要去吗？"

"我不去。"宴朝顿了顿，"你不用去太早。石华这个人很懂得看人下菜碟，你去早了，她就不拿你当回事了。"

顾雪仪："嗯，我知道啊。我刚做完造型，打算六点以后再出门。"顾雪仪还觉得有点儿新奇，从来没人为她操心过这些东西……

宴朝："嗯。"宴朝很快就挂断了电话。

对面的外国男人误以为他对这桩生意毫无兴趣，等他挂了电话，连忙热情地说了起来。

宴朝却还是神色淡淡的。他突然间意识到,自己好像废话是比较多。

她和陈于瑾配合,举办过思丽卡晚宴,又怎么会缺乏这些知识呢?只有过去的顾雪仪才对此一窍不通。

最近这段时间,顾雪仪一直是网络上的热议话题。

有心人将她和红杏基金对比过后,红杏基金也就进入了网民的视线,大众自然也关注起了这场慈善晚宴。

不少记者赶到了现场,甚至还有网民在微博上看媒体直播。

顾雪仪是最后一个到的,比石华到得还晚。

"还挺会拿姿态,现在还没来……"有人不高兴地说。

石华扫了那人一眼,那人才闭嘴了。

"宴总不在的时候,她仗着宴太太的名头出出风头,底下人还真将她供起来了。现在宴总一回来,她算什么?她在网络上出的风头再多,宴总也不喜欢她啊。"有人讥笑了一声。

"老三。"

年轻女人亲昵地挽着石华的胳膊,说:"妈,我说错了吗?她把自己搞得跟那些网红一样,不是自降身价吗?不过顾雪仪本来也没什么身价。"

这时候,顾雪仪到了。这次与她同行的,没有陈于瑾,也没有江越,但媒体已经不会再小瞧她了,他们疯狂地对她按下了快门,惊觉这一次宴太太比过去还要美丽。

石华不得不承认面前的年轻女人的确漂亮,全场竟然只有她最耀眼。

"宴太太。"石华淡淡地招呼道。

"宋太太。"顾雪仪微微颔首。

两个人一照面,那些指望顾雪仪怯场的人就不由得失望了。她们当年第一次参加红杏晚宴的时候都很紧张,怕得罪宋太太,顾雪仪竟然毫不怯场?

也是,如果她们嫁给了宴朝,自然也一样有底气!

石华侧身将顾雪仪领了进去。众人这才跟着一块儿往里走。

她们哪儿知道,这样的排场放在现代来看,当然令人惊掉眼球,可在古代,这又算得了什么呢?过去顾雪仪可是站在石华那个位置受人巴结的。

走进酒店的宴会厅后,顾雪仪一眼望去都是女宾客。

316

"拍卖会八点举行。"石华说着，从侍者的托盘中取过一杯酒，递给了顾雪仪。

这是一种明确主人身份的行为。

顾雪仪接过酒却没有喝。

"我先带你认识一下其他人。"石华在前面介绍，顾雪仪在后面看了过去。

顾雪仪今天的打扮原本就气势压人，再加上她的长相不是小家碧玉的类型，她冷淡地扫了一眼过去，那些本来还自视甚高、等着顾雪仪来巴结追捧的人，全不自觉地收敛了脸上的笑容，甚至还不自觉地避开了顾雪仪的目光。好像顾雪仪才是红杏基金的负责人，今天她出现在这里是来视察的。

慢慢地，石华也觉出味儿了。她负责给顾雪仪介绍其他人，而顾雪仪始终一声不吭，这可不就成了她给顾雪仪当秘书了吗？石华脸色不变，及时住口："好了，一时间给宴太太介绍太多人，宴太太应该也记不住。宴太太不喝酒吗？"

顾雪仪顺势将酒杯递给了一旁的侍者："我不爱喝这个酒。"

她还真是软硬不吃。

石华目光一闪，指了指一旁的沙发，说道："那咱们就坐着说会儿话。"

顾雪仪颔首，跟着走了过去。

其他人这会儿也明白了，想给顾雪仪下马威可没那么容易。

石华年过五十，保养得当。她是圆脸，绷住时挺威严，微笑起来就感觉挺慈祥的。她走到沙发旁先坐下，两个儿媳连忙一边一个挨着坐下了，自然就占了顾雪仪的位置。

顾雪仪也是无语。现在还有人玩这种戏码吗？顾雪仪径直选了一组单人沙发坐下。

大家左右一扫，那种不对味儿的感觉又来了。明明石华才是核心人物，平时谁挨着她，那地位都不一样……她身边的位置被占，大家以为顾雪仪要窘迫了，结果顾雪仪自己坐了，还是坐的单人座！

石华一直觉得自己的长相不算美，但一直很有威慑力。

既然威慑不成，那她就换种方式。石华露出笑容："宴太太应该听说过我们君语社吧？"

顾雪仪点了点头。

"我听说宴太太最近也弄了个基金，是由宴氏集团在代管吧？"

"嗯。"顾雪仪答道。

"宴氏集团做的都是大生意，宴太太的基金由宴氏集团来管，难免有疏漏的地方，不如和红杏基金合并到一块儿，咱们这边直接管理，也更方便。"石华顿了一下，问，"宴太太难道就甘心做个豪门太太，别的什么也不干吗？"

顾雪仪听出了石华的意思。石华倒真敢开这个口。顾雪仪轻笑一声，问道："宋太太以为我弄的这个新基金怎么样？"

石华毫不吝啬地夸奖道："宋太太弄得很不错，请了不少人宣传，还弄垮了一所学校，连地都被铲平了。这样的手腕、魄力，一般人没有。"

听见这句话，旁边就有人暗暗撇嘴。顾雪仪做事太绝，迟早要倒霉，但也有人忍不住羡慕。她们再有钱，也不能像顾雪仪这么玩，还请人宣传，顾雪仪一次就投千万元进去，连江氏都说得动……

就在她们心思各异的时候，顾雪仪摇了摇头，说："在我看来，它就是个微不足道的小东西。我又何必在它身上浪费精力呢？宴氏集团做的是大生意，但我这小生意，他们不也照样得给我跑腿吗？我就不拿这种小东西来跟宋太太的大基金凑热闹了。"

她好狂妄的口气！

其他人全傻眼了。她们万万没想到，顾雪仪会和石华反着说。石华刚才夸她的话反倒成了恭维。

顾雪仪又问："你们这个基金好玩吗？"

不少人抽了抽嘴角，一时间不知道该评价顾雪仪狂妄还是无知。

石华倒是心头激灵了一下，陡然警觉起来，随手点了一个人："程太太，和宴太太仔细说。"

被点到的人立马和顾雪仪仔细说起了红杏基金的项目。红杏基金其实是依托于封俞的基金会，只不过红杏基金的项目专门针对女性，比如说拯救失学女童、拯救患病女性、寻找被拐骗的女大学生，等等。

石华问道："宴太太觉得好玩吗？"

顾雪仪抬了抬下巴，说道："有点儿意思。"

程太太的表情都快僵了。不知道为什么，从封总打了那通电话开始，她就觉得这位宴太太不仅不是助力，恐怕还是个麻烦。

"红杏基金每年都会举办好几次慈善捐助，只有今晚的慈善拍卖是每年一次，固定不变。拍卖会上，所有拍下的金额都必须当场捐入红杏基金的项目。"石华的三儿媳突然盯着顾雪仪说道。

她显然是防着顾雪仪像上次一样转手将钱捐给了宴氏集团。

石华冷冷地看了她一眼，说："宴太太不用听她的，宴太太是我们请来的客人，不算红杏基金的人，不用遵守这样的规矩。"

三儿媳这才不说话了。

"你接着说。"顾雪仪点了点程太太，压根儿没理会其他人。

"呃……红杏基金会定期向贫困山区的失学女童捐助物资等。"程太太说得口干舌燥，心中也忍不住嘀咕：这宴太太的架子也太大了，搞得好像所有人都为她服务一样！

"我差不多知道了。"顾雪仪淡淡地说道，"还不如我弄的基金有意思。"

石华意味深长地笑着说："宴太太会看见有意思的地方。"

顾雪仪的视线转了转，突然顿了顿，她在人群中看见了宴文姝？她指了一个方向："那边也是你们红杏基金的人？"

"是君语社国外分社的成员。每年总有一些人会来这里参加晚宴。"石华说。

顾雪仪点了点头。看来宴文姝早在国外就接触君语社了。

"拿副牌过来。"顾雪仪说。

"啊？"周围人愣了愣。

石华反应倒是快："没听见宴太太说无聊吗？去拿副纸牌。"

"宋太太陪我打吧。"顾雪仪淡淡地说道，"我不太擅长玩这个，宋太太可得手下留情。"

别人只当她谦虚。

其他人眼看石华对顾雪仪的态度变了，她们当然也跟着改变，于是有几个人自告奋勇地陪着一起玩。

很快有人将纸牌拿了过来。

顾雪仪过去还打打叶子牌，但来了这个时代之后，她就发现很多东西她不会，眼下正好让她过把瘾。

几个人打着打着，终于反应过来，顾雪仪的牌技是真烂，但她们看石华给顾雪仪喂牌，自己也只能跟着喂牌。她们平时捧石华捧习惯了，这会儿也揣着一颗八面玲珑心，又想捧顾雪仪，又想捧得不露痕迹。那可太难了！几轮牌打下来，顾雪仪慢慢磨出点儿技术了，但其他陪玩的人都快吐血了。这比绞尽脑汁地赢牌还费劲！

顾雪仪玩够了，才推开牌说："行了，不玩了。"

其他人现在看见顾雪仪就有些发怵，听她说不玩了，纷纷松了一口气。

石华暗暗皱眉，觉得自己看不懂顾雪仪：说她聪明，好像只是天生倨傲，谁都看不上，所以才误打误撞破了下马威；说她不聪明，她又折腾得大家够呛。还有，她连纸牌都不会打，真奇怪……

终于，拍卖会开始了。

"早就给宴太太准备好了拍品。"石华说着，让人取了一幅画过来，"宴太太喜欢画是吗？"

顾雪仪点了点头，问："那谁来拍呢？"

程太太连忙说："我来拍宴太太的画。"

顾雪仪问她："你有钱吗？"

"啊？"

"你有多少钱？"顾雪仪说着，皱了皱眉，"如果拍得比上次的价格低，那我岂不是很没面子？"

程太太的表情僵了，她还真没那么多钱。

石华也沉默了，然后对旁边的女人耳语几句，转头说："宴太太放心，今天肯定让宴太太赚足面子。拍1000万元怎么样？"

顾雪仪这才点了点头。

石华想借她扩大红杏基金的影响力，这个代价似乎有点儿大。

顾雪仪目光一闪，立刻明白了。宋氏做慈善，在营销上没少花钱，虽然网民对此耳熟能详，但除此之外，也就没别的了。江越前脚拿了宝鑫的项目，更上一层楼，宋氏当然也想经营一个更有力的慈善品牌，来弥补这个缺漏。宋氏选的就是红杏基金。

整个拍卖流程并不长。她们叫价叫得比封俞的拍卖会上还要干脆，就如石华承诺的那样，最后那幅画以1000万元的价格被拍下。

慈善拍卖活动一结束，媒体拍够了素材也就先离开了。

晚宴却并未结束，宴会厅的门很快被关上，厅内的灯光调得昏暗了一点儿。厅中来往的人渐渐有了变化。人变多了，而且多了一些男性。

要不是顾雪仪一转头看见了一个秃头男，她差点儿以为红杏基金其实要搞红杏出墙的戏码了。

石华没有再跟着她，示意她可以自由行动后，石华就先离开了。现在是程太太陪着顾雪仪。

大厅里拿着酒杯的男人越来越多。他们有的西装革履，有的穿着一般。

走近一点儿，顾雪仪就听见有人激动地说着："您先听听，我有一个特别赚钱的项目！真的，您先听听……"

她再一转身，又有人在和豪门太太卖力地推销："我这儿有个点子，特奇妙，也不要多了……200万元投资就行！"

"100万元也行……"

"50万元！50万元！"

中途有几个男的迎面撞上顾雪仪，想上来搭话，但又碍于顾雪仪今天的打扮太过慑人，鼓了鼓勇气，还是没敢动。

顾雪仪转头问程太太："这是干什么的？"

"哦，这个啊，这是宋太太弄的。宋太太对您很好，我也就不卖关子了。说实话吧，除了那些跟家里那位白手起家、公司有股份的太太，其他的豪门太太大多是自己家里本来也有钱，商业联姻嫁出去的。原先在家做千金小姐，嫁过去也还是当阔太太，平时她们也就给别人剪剪彩、出席出席宴会、看看秀啥的。要是哪天娘家垮了，甚至破产了，那一离婚，她们什么都捞不着。"

顾雪仪心下认同。这话倒是没错，而且她发现现代与古代比起来有一点倒退了。在古代，做主母、做当家太太的，那就等同于一份职业。她们要管家，要管家族名下的铺子，手里是要过银子的。她们每月还有月银，上头还有赏赐。一个家族中，没人能否定当家主母的付出，而妄想越过妻，那是要坐牢的。现代就很奇怪了，做家庭主妇的人竟然没收入、没地位，连有些女性都瞧不起她们。

程太太说着，还有些激动："所以啊，宋太太就弄了个基金：一呢，咱们做做慈善，往外头打打名气，有个事儿做；二呢，以这个基金为支点，让那些求投资的人集中到这里来，咱们看着投。平时那些钱反正买包、买衣裳也是买嘛，何不拿来投资呢？没准儿就投中几单大生意呢？"

顾雪仪听到这里就觉得有点儿扯，不信宋太太有这样的手腕和眼光。

宋太太应该明白，一群从来没接触过商业投资的富太太，让她们看着投，那些钱打水漂的概率有多大？她起码得先给她们讲点儿基础知识吧？而且投资就投资，和慈善晚宴合并，那就有意思了。

顾雪仪淡淡地笑了笑，没对此进行评价。

有个三十来岁的男人正眉头紧锁，满脸焦灼之色。他不太适应这样的场合。

周围那些满口喊着"100万元也行""50万元也行"的人，让他感觉仿佛误入了奇怪的地方。

"你快点儿啊。"旁边那个人催促道。

男人抿了抿唇："你不觉得这看上去不太靠谱吗？"那些求投资的人随意喊，负责投资的人也随意给……这像叫花子要饭一样！

"哪儿不靠谱了？君语社的大名你没听过啊？孙导啊，你搞对赌搞得现在穷得快当裤子了！要不是看在过去咱们还有点儿交情的分上，我干吗带你来这里啊？"

男人沉声说道："我知道了。"

他艰难地迈出一步，随意找了个豪门太太搭话。

他话还没说完，对方就皱起了眉："什么玩意儿？听着就不赚钱。你当我傻呢？"

男人也想不明白。明明他说得更务实。刚才那个小青年吹得天花乱坠，什么投100万元，下月翻一倍，两个月翻两倍，那听着更不靠谱。怎么小青年就拿了50万元投资走了？

男人烦躁地抓了抓头发，吸了一口气，转头准备再去尝试。他一转头，然后就愣住了。

眼前的女人美得有点儿扎眼。他结巴了一下，说："我这儿有个剧本，您……听听看？再决定投不投？"

顾雪仪抬了抬眼皮，看向面前的男人。他的头发本来向后梳得整整齐齐的，只不过刚刚抓乱了，看上去有点儿狂放。

剧本啊？顾雪仪一下想到了宴文嘉，问了一嘴："什么剧本？"

男人没想到面前看上去高不可攀的女人竟然真问了自己，连忙认认真真地和顾雪仪说了。

顾雪仪对剧本的好坏判断不出来，但能看出人的好坏。这个人明显比前面那些人认真，是在认真找投资的。

"新导演？"顾雪仪问道。

男人苦笑了一下："不是了。"

他掏出手机，调出了自己的网络词条给她看。他也不知道自己为什么混成现在这样。

顾雪仪认真地看完了他的履历，并且将他这张脸和里面的脸对上了："你要多少投资？"

男人张了张嘴，有点儿局促："至少……至少1亿元。不，其实5000万元也行。电影和别的东西不一样，要拍好，就得烧钱。"

旁边有人听见了这话，立马挤了过来，热切地看向顾雪仪："太太，您投我吧。我要得不多，100万元就行！我开个画廊！这个生意肯定一本万利！您看看我，刚才您送到台上的那幅画就是我画的……"

顾雪仪扫了他一眼，那是个模样端正、满脸笑容的青年。

青年还冲她挤了挤眼睛："您开条件，怎么样都成！"

顾雪仪冷淡地挪开目光，看向男人："有名片吗？"

男人连忙掏出一张名片递了过去。

顾雪仪低头一看——孙俊义。

程太太暗暗将这一幕尽收眼底。

"之后再说。"顾雪仪淡淡地说道。

男人有点儿局促地搓了搓手，在对方面前，竟然有点儿自惭形秽的感觉，连忙说："您要全部剧本的话，我之后也可以发给您……"

"嗯。"顾雪仪拿了名片，就转身走开了。

男人在后面看了她一会儿。

带男人进来的那人很快又凑过来问："怎么样？"

男人说："递了张名片出去。"

那人没好气地说："那有什么用？你接着找啊！"

男人摇了摇头："算了。"

程太太寻了个借口离开了一会儿。等转过身，她给石华打电话："我觉得顾雪仪看着挺傻的……那些人拉投资，好歹都是几十万元，最多几百万元地要，今天来了一个开口就要1亿元的……顾雪仪竟然收了人家的名片。"

石华翻了翻新闻，竟然只有少数几个新闻提到了慈善晚宴捐了多少钱。

"还真拿顾雪仪当什么公众人物了？发个新闻稿还都得带她？"石华的三儿媳曾友珊不快地说道，"主次不分。"

"这些媒体一贯是这样，哪里有热度往哪里跑。"石华也皱了皱眉。

顾雪仪在媒体中的名声比她想象中还要好，还要响亮。红杏基金的慈善晚宴仿佛成了顾雪仪的陪衬，连她都成了陪玩的角色。

"宴朝回来了，她又能得意几天？宴朝会眼看着她打着宴家的旗号在外面耀武扬威？"曾友珊冷冷地说道。

石华却回头看着她："你错了。能坐到宴朝这个位置的人都只重利益，不讲感情。过去那是顾雪仪没给宴氏集团带来利益，只有麻烦，但现在不一样了。我们也最好盼着，顾雪仪和宴朝的婚姻更持久一点儿，她头上宴太太的帽子咱们还能用一用。之后她再怎么样，那也和我们不相干了。"

曾友珊连忙闭嘴，点了点头，不再点评顾雪仪。

顾雪仪刚下车回到宴家。

宴朝竟然比她回来得还早。身形挺拔的年轻男人倚在沙发上，在看一沓厚厚的资料。

顾雪仪进门后，礼貌地打了声招呼："宴总。"

宴朝答道："嗯，回来了。"

顾雪仪将手包交给女佣，点了点头，提着宽大的裙摆就准备往楼上走。

"石华刁难你了？"宴朝突然问道。

顾雪仪的步子顿住了，她一只手扶着扶梯，说："没有。"那还真算不上刁难。

"她邀请你将新基金加入红杏基金？"宴朝又问。

"嗯。"顾雪仪抬眸多看了他一眼，他早就知道石华想做什么？

宴朝放下手中的资料："你答应了？"

"没有。"

"石华不是宋成德的原配。"宴朝起了个头，客厅里的用人也就自觉地走开了。

宴朝接着淡淡地往下说："石华的父亲是做奶粉起家的，有一家工厂。因为就她一个独女，后来她父亲尝试着让石华接管了工厂。之后石华遇见了去港市发展的宋成德，两个人一拍即合，成了盟友。石华和其他豪门太太不同，她和宋成德是一类人……你知道红杏基金每月的收入流水有多少吗？高达3亿元。"

宴朝在给她开小课？

顾雪仪迟疑了一下，还是从楼梯上走了下来，走向宴朝，在沙发上坐下，认真听他说。

宴朝静静地等了会儿。

客厅里很安静。

顾雪仪丝毫没有追问的意思。

宴朝突然看向门外，低声吩咐道："给太太拿双拖鞋。"

女佣连忙去取了。

顾雪仪怔了一下，低头看了一眼，她还穿着高跟鞋。她其实并不太擅长穿高跟鞋，不过出席这种场合，高跟鞋必不可少，所以她特地给了宴朝面子，穿了宴朝从国外带回来的那双鞋。

拖鞋很快被摆到了她面前。

顾雪仪很快直起腰："好了。"

宴朝却突然弯下腰，理了理她的大裙摆："踩着了。"

顾雪仪怔了怔，然后说道："嗯，谢谢宴总。"

宴朝又等了一会儿，还是没等到顾雪仪再开口。

她受到的家庭教育一定和过去的顾雪仪大不相同，她太独立。

宴朝问道："今天喝酒了吗？"

顾雪仪摇头道："没有。酒店和封家有合作，红杏基金是宋太太的，说到底都是在别人的地盘上。"她喝酒也是要挑地方的。

宴朝的脑海中蓦地冒出一个念头：她和他坐在简家对饮，是因为她将在场的包括他在内的人都视作自己人吗？

顾雪仪倒是陡然想起了另一件事。

她让女佣把手包拿过来，从里面取出宴朝的那张副卡。

宴朝没来由地眼皮一跳。她不用了？

顾雪仪晃了晃手中的那张卡。

卡是黑色的，她的手指却纤细又白皙，宴朝不自觉地多看了一眼。

"石华准备得很周到，画是她买的，钱是我收的，一共拍了1000万元，税已经扣了。"顾雪仪顿了顿，说，"宴家的名头今天也很好用，所以我分宴总一半的钱。"

宴朝深深地看了顾雪仪一眼。他怎么也没想到顾雪仪会说这样的话。她竟然要给他分钱？

"我还希望宴总能帮我另外办一张卡。"

宴朝接过副卡，应了一声："好。"

他在境外的时候，总是收到来自副卡的提示短信，当副卡重新捏在他手中的时候，宴朝一时间有点儿说不出来是什么样的感觉。

"那就没事了。"顾雪仪站起身，"啊，对了，其他人呢？"

宴朝："都在房间里。"

顾雪仪看了宴朝两眼。他们是怕他吧？几个小的一直和宴朝不亲近，宴朝没觉得有什么问题，也不需要宴家的私生子和他亲近，但这会儿被顾雪仪一看，宴朝突然有种自己人缘很差的感觉。

宴朝抿了抿唇。

顾雪仪没有再说什么，很快离开客厅上了楼。

宴朝重新拿起资料继续看。

顾雪仪上楼后，先认真了解了那个导演都拍了什么作品。

得益于来到这个世界后她一直在看书，对这个世界的作品，她也培养起了一定程度的鉴赏能力，要分辨好坏，倒也不算太难。

从当晚到第二天，顾雪仪一口气看完了这个导演的所有作品。

这还不算，顾雪仪又去看了他的采访新闻，又把那些电影整理出来，看了一遍。

这时候，她才打电话问对方要了完整剧本。

剧本很快就被发到了顾雪仪的邮箱里。

宴朝去处理宝鑫的后续事宜了。

客厅里又成了顾雪仪一个人的天下，她坐在沙发上，缓缓拨通了导演的电话："剧本很好，但是结局不太对，怎么突然大团圆了？"

那头的男人松了一口气，反倒笑了："对。我怕剧本被盗，所以结尾部分特地放了个废掉的版本，您不介意吧？"他已经很久没听别人说"剧本很好"了。

大部分的投资商是对他说："孙导啊，现在不是过去了。国内的电影市场越来越大，谁还能拿钱去投情怀，就听个响呢？港市多少大导转型了？你也得想想了。"

顾雪仪顿了一下，说道："那重新聊聊你的新的结局吧。"

孙俊义也不再隐瞒，一一和顾雪仪说了。

"什么剧本？"宴文嘉的声音突然从不远处传来。

顾雪仪这时候已经和孙俊义聊得差不多了，先挂断了电话，然后才转头看向宴文嘉。

宴文嘉抿了抿唇，心"咚咚"直跳。

顾雪仪也关心他了？她是不是打电话给他的经纪人了？

"有个导演找我投资。"顾雪仪说。

宴文嘉的心"咚"的一声落了地："哦。"

顾雪仪看向他："会看剧本吗？"

宴文嘉的心跳又快了："会！"

顾雪仪起身上楼："到我的书房来。"

宴文嘉连忙跟上去了。

这辈子就没人指望宴文嘉能干好事儿，他们都指望着，给他钱，他不摆挑子就行了。此刻，宴文嘉坐在电脑前，竟然有种被寄予厚望的感觉。他不能让顾雪仪亏钱啊！她本来就很穷，大哥还要和她离婚！

宴文嘉坐在那儿认认真真地看了一下午剧本，顾雪仪中途还从女佣的手里接过洗干净的草莓，放在他的手边。

宴文嘉心中美得起码冒了三个泡泡。他终于不再对宴文宏究竟上什么小课耿耿于怀了！

"看完了。"宴文嘉转过了身。

"怎么样？"顾雪仪问。

"剧本……"这个剧本总让他有种熟悉感。抛开这点不谈，宴文嘉点了点头："很好，国内根本没有这样的剧本……很多导演、投资商不敢碰这个题材。你想投吗？"

顾雪仪点了点头。任何一个有把握来钱的方式，她当然都不会放过，这都是她将来离开宴家后生存得更好的基础。

宴文嘉一咬牙说："那你投，我去演。"

他的号召力不容小觑。哪怕是部扑街电影，有他在也总能让成绩好看点儿吧。

顾雪仪轻笑了一下："我也是这样想的。"她从看到剧本开始，就希望宴文嘉去演这样的角色。

为了成立新基金，她特地了解过心理这块。宴文嘉性格沉郁多变，热衷于寻求刺激活动，感到生活无聊，甚至找不到好好活着的意义，其中有一部分原因或许来自他童年的缺憾，还有一部分原因就是他少年成名，始终踩在云端，和生活是分割开的。

顾雪仪立刻给对方回了个电话："我投资。明天签合同。"

"您……您说真的？"

"嗯，1亿元应该不够吧？"

"是……是，不够。其实，保守估计得六七亿元。"

孙俊义已经等了很久，甚至觉得，对方索要剧本也许只是阔太太一时新鲜，结果突然就砸下了馅饼。

孙俊义苦笑了一声："上个月有个老总愿意投3亿元，但后面谈着谈着，对方又不签合同了。"

他磨了三个月，也没谈下来。眼看着偷他剧本的人飞黄腾达，他却在短短四年的时间里，将面子、里子丢得不能再丢了，彻底走入了深渊。

"好，我知道了。明天我这边会准备好合同。"顾雪仪说。

孙俊义颤声应了，连忙和顾雪仪约了时间。等挂断电话后，他还久久不能回神。

顾雪仪挂断电话,就听见宴文嘉问:"你有钱投资吗?"

顾雪仪想了想:"不够。"

宴文嘉张了张嘴,想说我有钱,你问我要啊!

顾雪仪紧跟着说:"宴朝有。"

宴文嘉的眼角耷拉了下来:"哦。"

顾雪仪也不耽搁,立刻给宴朝打了电话。宴朝那里不行的话,她还能去空手套白狼,不过她更希望优先跟宴朝合作,毕竟目前有这层关系在,彼此利益是一致的。

电话很快就被接起了。宴文嘉立马竖起耳朵偷听。

"宴总现在方便说话吗?"

宴朝站在裴丽馨的办公室里。裴丽馨跪在他面前,脸上的妆已经花了,额头上还带着血迹,那是她自己磕的。她模样狼狈,浑身大汗。

"你知道我去探监的时候你弟弟说了什么吗?"

"什么?"

"他说他姐夫才应该是宴家的家主。我也是头一次看见看门狗拿身后的宅子当自己的。"

"他年纪小……不懂事啊,宴总……"

"年纪小吗?他都敢说要羞辱顾雪仪的话了,你裴丽馨的弟弟好大的胆子,都冒犯到我宴朝的太太身上了。他配吗?"

刚才那段对话,又一次在裴丽馨的脑海中掠过。

宴朝要赶尽杀绝了。

裴丽馨死死咬着牙,又往地上磕了个头:"宴——"

她的话音还没落下,宴朝突然冷淡地扫了她一眼。

裴丽馨的声音顿时全部堵在了喉咙里,后背透着一股寒意,然后她听见宴朝对电话那头的人说:"嗯,方便说话的。"